COLLECTION FOLIO

W0208938

Guy Rachet

Le signe du taureau

La vie de César Borgia

Mercure de France

© *Mercure de France, 1987.*

Les voyages à travers le monde entier, les recherches historiques et archéologiques ont amené Guy Rachet à publier une œuvre désormais reconnue.

De l'Égypte ancienne à Guillaume le Conquérant, de Catherine Sforza au roi Cyrus, le talent de Guy Rachet apparaît sous diverses facettes, dictionnaires et romans, essais et biographies dont le premier mérite est d'offrir une lecture vivante et colorée.

Guy Rachet a publié, entre autres livres, un *Dictionnaire de l'archéologie* (1983), *Néfertiti, reine du Nil* (1984), *Le roi David* (1985), *La dame de Forli*, biographie de Catherine Sforza (1987), *Pleure Jérusalem* (1991) et *Le manuscrit secret du Nil* (1993).

Pour Virgile

CHAPITRE I

Bien qu'il fût bas sur l'horizon, prêt à disparaître derrière les tours du Vatican dont il dorait les toits de ses rayons déclinants, le soleil restait ardent et l'atmosphère moite par ce jour d'août 1484. Cependant s'était levé un léger vent marin qui tempérait la chaleur et apportait une nouvelle respiration dans les rues surchauffées de la ville. C'était l'heure habituelle où la plupart des Romains quittaient la fraîcheur des demeures ombreuses pour se répandre par les places et les venelles, les rives du Tibre et les étroits boulevards au pied des remparts, afin de prendre l'air et les nouvelles. Et ce jour, c'étaient avant tout les nouvelles que chacun quêtait auprès de son voisin avec anxiété. Car l'avant-veille, dans la nuit du 12 août, était mort le souverain pontife, le pape Sixte IV. Le Sacré Collège s'était aussitôt réuni afin de prendre toutes les dispositions qui s'imposaient. Des messagers avaient été envoyés par toute la chrétienté pour annoncer l'événement et convoquer les cardinaux afin d'ouvrir le conclave qui devait élire le nouveau successeur de Saint-Pierre.

Les promeneurs se dirigeaient de préférence vers le Vatican où les cardinaux tenaient leurs séances et aux alentours des portes de la ville, et plus particulièrement celle qui permettait l'accès le plus direct au Ponte

Molle. Dans les champs voisins de ce pont, Girolamo Riario, neveu du défunt pape et capitaine général de l'Église, venait d'établir son camp à la tête des troupes du Saint-Siège. Depuis plusieurs années, ce Riario avait acquis un tel empire sur le vieux pontife qu'il était considéré comme le véritable maître des États de l'Église. Il avait reçu de son oncle et à la suite de son mariage avec Catherine Sforza, bâtarde de Galeazzo Maria, duc de Milan et fils du grand Francesco Sforza, les comtés d'Imola et de Forli, villes clés du nord des Romagnes, mais son ambition avérée était de se rendre maître de l'ensemble des Romagnes. Il avait compris qu'il fallait, pour réaliser un si ambitieux programme, commencer par briser la puissance des grandes familles romaines maîtresses de châteaux et forteresses à travers les États pontificaux. Ainsi avait-il entrepris de détruire la famille des Colonna en s'appuyant sur leurs ennemis héréditaires, les Orsini. Il assiégeait Paliano, fief des Colonna, lorsque la nouvelle de la mort de Sixte IV avait éclaté comme un coup de bombarde dans le ciel de ses ambitions. Aussitôt rappelé par les cardinaux, il s'était hâté aux portes de Rome, sans oser y entrer, car il était aussi arriviste que lâche. Or il n'était guère un Romain qui n'eût contre lui quelque grief ou qui ne se fût trouvé quelque raison de le haïr ou de le mépriser tant il avait exercé sur la ville une tyrannie soutenue par la faiblesse du pape et les ambitions des Orsini qui voyaient dans ce parvenu un moyen d'anéantir ces grandes familles antagonistes, Colonna, Pallavicinni, Savelli, souvent affaiblies par leurs sanglantes querelles mais jamais abattues.

Chacun attendait avec curiosité les réactions du comte Riario et presque tous espéraient en secret la fin de son insolente domination, sinon sa ruine. Les portes largement ouvertes laissaient passer, en un flot continu, paysans avec leurs charrettes apportant des vivres aux marchés, voituriers et marchands, et surtout ambassadeurs des cités italiennes quand les princes eux-mêmes ou leurs plus proches parents ne se déplaçaient pas en personne, hauts dignitaires de l'Église et cardinaux dans leurs robes pourpres, tous montés sur des chevaux ou des mules richements harnachés et accompagnés d'un grand train de bagages, laquais et soldats armés de pertuisanes. Les Romains, peuple curieux et bavard, prenaient plaisir à contempler ces brillants cortèges, cherchaient à deviner d'où ils venaient et à quel grand ils appartenaient. Les jours d'interrègne qui suivaient la mort d'un pape étaient une période d'anarchie et, si les bourgeois de Rome se montraient dans l'ensemble paisibles, les familles nobles favorisaient les troubles provoqués par la lie de la population afin de régler en toute tranquillité leurs vieux comptes avec les familles rivales. Les querelles reprenaient alors de plus belle et les jeunes gens de ces familles se plaisaient à parcourir les rues afin de provoquer les partisans des familles ennemies. À peine avaient-ils appris la mort du pape abhorré que les Colonna avaient relevé la tête et lancé leurs partisans à travers la ville. Ainsi partout entendait-on les cris de « Colonna ! Colonna ! » qui dominaient le tumulte créé par les heurts violents entre les partis. Les Orsini qui déploraient la perte de leur protecteur se barricadaient dans leurs demeures, tandis que les Colonna reportaient leur colère contre les Riario qui avaient laissé sans défense leur palais. Les malheureux domestiques qui s'y trouvaient et n'avaient pas eu le temps de fuir avaient été violentés ou même massacrés et un pillage systématique commença. Les chariots se succédaient aux portes du parc pour emporter les meubles et tous les magnifiques objets d'art qu'y avait amassés depuis une dizaine d'années le neveu du pape. Une fois tout le mobilier enlevé, les pillards avaient entrepris d'arracher portes, fenêtres, poutres et ils coupèrent les arbres du parc afin d'en emporter les troncs.

Aucun de ces hommes acharnés à ravager ces créations patientes du génie humain ne prêtèrent attention à un jeune garçon d'une dizaine d'années monté sur une mule qui venait de déboucher sur la place du palais Riario. Ses yeux sombres, enfoncés dans les orbites, avaient on ne sait quoi de pensif et de rêveur qui surprenait chez un adolescent et ajoutait au charme de son visage ovale aux traits réguliers, encadré par une longue chevelure blonde. La toque de velours noir ornée d'un cabochon taillé dans un rubis qui le coiffait, sa chemise de soie à manches à crevées qui sortaient de son pourpoint de velours vert foncé, ses bas-de-chausses collants de drap fin, la chaîne d'or qui pendait sur sa poitrine, la richesse du harnachement de sa mule, révélaient sa haute naissance. Derrière lui, à respectueuse distance, venait un seul homme monté sur un vigoureux cheval. Grand, de forte carrure, il respirait une force redoutable tandis que son visage aigu, bordé d'une barbe taillée en pointe qui ne dissimulait que partiellement une longue balafre, inspirait, dès l'abord, une salutaire crainte à tous ceux qui auraient osé se hasarder à faire un mauvais parti à l'adolescent dont il était visiblement le protecteur. Sur sa hanche gauche pendait une lourde épée et sur la droite était glissée dans sa gaine une forte dague sur le manche de laquelle il posait le poing d'un air bravache.

Le jeune garcon poussa avec décision sa mule en direction du palais ainsi mis à sac, mais aussitôt son garde vint à sa hauteur :

— Il me paraît dangereux pour votre Seigneurie d'approcher ces enragés. Voyez, ils sont déchaînés et on les sent prêts à tuer tout ce qui n'est pas avec eux.

Il s'était exprimé non en italien mais en catalan et

dans cette même langue lui répondit l'adolescent en se tournant vers lui :

— Don Michelotto, ne savez-vous pas qu'en votre compagnie je ne crains personne ? Il me plaît de voir saccagé le palais de ce stupide Riario, comme l'appelle mon illustre père, mais aussi je méprise ces hommes qui exhalent leur haine d'une manière aussi vulgaire et montrent si peu de respect pour la beauté des œuvres enfermées dans cette demeure. Laissez-moi les observer car je veux pouvoir plus encore les mépriser.

— Don César, je vous prie de ne pas plus vous rapprocher. Si ces hommes reconnaissaient en vous le fils du Vice-Chancelier de l'Église, ils pourraient vous agresser car dans leur esprit l'Illustrissime cardinal de Valence est lié au défunt pape et aux Riario. Car nul à Rome n'ignore qu'il est le parrain de monseigneur Ottaviano, le fils du comte de Forli et de son épouse, la très Illustre et Excellente Catarina Sforza.

— Ils ne l'oseraient.

— Votre Seigneurie est trop sûre d'elle-même. En ces jours où nul pouvoir ne les contient, ils osent tout. Ne pillent-ils pas le palais du capitaine général de l'Église sous vos yeux ? N'avons-nous pas vu ces bandes de furieux mettre à sac les boutiques de tous les Génois de la ville pour la seule raison qu'ils sont les compatriotes du défunt pape Sixte ? Et que fait le seigneur Girolamo Riario avec son armée aux portes de la ville ? Il reste sur place sans oser intervenir, même pour défendre ses propres biens et ses serviteurs.

— Cet homme n'est qu'un pleutre. Ah ! si jamais j'étais Gonfalonier de l'Église, tous ces braillards n'oseraient ouvrir la bouche et j'aurais eu tôt fait de pendre ceux qui auraient osé toucher à l'un de mes biens.

Michelotto, dont le nom réel était Michele Corella, était un soldat de fortune de petite noblesse, originaire de Valence, venu d'Espagne pour se mettre au service de Roderigo Borgia, cardinal de Valence et Vice-Chancelier de l'Église, le père de César. Roderigo avait su, avec sa finesse et sa connaissance des hommes, rapidement apprécier les qualités de Michelotto, une fidélité inébranlable à son maître, un dévouement aveugle, au service desquels étaient mis une force exceptionnelle, une grande science de l'escrime ; avec cela, nulle autre ambition que celle de plaire à celui à qui il avait confié son destin et une intelligence suffisamment bornée pour ne pas aspirer à de grands desseins personnels mais assez souple pour aller au-devant des volontés du maître et mettre tout en œuvre pour les réaliser. Très rapidement Michelotto avait su capter la confiance du cardinal Borgia qui l'avait finalement mis au service de son fils César.

Michelotto porta sur César un regard chargé d'admiration. Cet homme rude, cruel et violent de nature, s'était rapidement attaché au jeune garçon qui, à un âge encore tendre, révélait une surprenante maturité d'esprit et portait déjà sur les hommes un regard aigu et sévère, alors que la plupart des adolescents de son âge ne songeaient encore qu'aux jeux et aux innocents plaisirs de l'enfance. Il est vrai que César n'était plus considéré comme un enfant par son père qui, grâce à l'immense influence qu'il exerçait sur Sixte IV, avait obtenu pour lui en juillet de 1482, alors qu'il avait à peine huit ans, les revenus des prébendes et canonicats de Valence, ce qui l'avait élevé au rang de chanoine de la cathédrale de cette ville épiscopale. En avril de cette année de 1484 il avait été fait Prévôt d'Albe et il était question de le nommer prochainement trésorier de l'église de Carthage. Tout cela lui assurait des revenus qu'auraient enviés un homme ordinaire mais qui n'étaient que menus hors-d'œuvre pour l'ambition qui déjà habitait le cœur de l'enfant. Michelotto avait su prendre la mesure des qualités de son jeune maître et avait décidé d'attacher sa fortune à ses pas. Il veillait sur lui avec un soin jaloux, et s'inquiétait parfois de sa témérité. Il en était ainsi ce jour car il connaissait les limites de ses forces et, devant le déchaînement de haine de ces forcenés, il craignait d'être impuissant à le défendre.

Corella savait qu'il ne détournerait pas César de son projet en l'incitant à la prudence ou en évoquant quelque interdiction de son père ou de sa mère, l'illustre madonna Vannozza dei Cattanei. Il préféra biaiser :

— On rapporte, mon cher seigneur, déclara-t-il, que le peuple s'est rendu vers le Ponte Molle par où arrivent de nombreux dignitaires et on attend avec intérêt l'intervention du comte de Forli.

— Il ne bougera pas. Mais allons-y voir car ces bravaches criards m'importunent.

César talonna sa mule qui repartit d'un pas rapide car son maître, dans son impatience juvénile, ne pouvait supporter contretemps et lenteurs de la marche des événements lorsqu'il avait décidé de se lancer dans une quelconque entreprise. Corella avait pris les devants afin de lui ouvrir le chemin parmi la foule qui se faisait plus dense à mesure qu'on approchait des portes de la ville. Ils atteignirent ainsi une place spacieuse sur le chemin du pont Saint-Ange où ils furent arrêtés par la multitude qui s'y pressait. Michelotto était descendu de cheval afin de frayer la voie à son maître, mais ce dernier l'arrêta en lui posant la main sur l'épaule :

— Écoutez, don Michelotto ! Entendez-vous ce que crie la foule ?

— Je l'entends bien, mon seigneur, et je ne comprends pas...

La rumeur s'était assourdie et les cris devenaient de

plus en plus nourris et perceptibles, et bientôt, tout proches d'eux, ils virent des gens qui, entraînés par l'enthousiasme général, se mettaient à hurler :

— Duca ! Duca ! Sforza ! Sforza ! Viva il duca !

Les cris se répétaient en écho et la foule s'ouvrait devant quelques cavaliers armés de pertuisanes. Puis de nouveaux cris succédèrent :

— Contessa ! Contessa ! Catarina ! Catarina !

Et au milieu des cavaliers, César reconnut Catarina Sforza, fille du feu duc de Milan, petite-fille de Francesco Sforza, le plus prestigieux condottiere de tous les temps qui, par son génie et la pointe de son épée, avait conquis Milan et le titre de duc. Elle avait revêtu un habit de cavalier de velours cramoisi et elle portait au côté une épée au pommeau et à la fusée finement ciselés dans l'or fin, visiblement sortie de l'atelier d'un armurier lombard. Elle laissait flotter dans son dos sa chevelure qui formait comme un soyeux voile d'or, seule une chaînette sertie de pierres précieuses ceignait la tête et le front qu'elle avait haut et bombé.

Mariée à quatorze ans à Girolamo Riario, elle avait été à Rome l'ornement de la cour du pape Sixte IV. Ce dernier avait manifesté à son égard une affection toute paternelle et une admiration sans borne autant pour son intelligence et son esprit, que pour sa grâce et sa beauté ; car le renom de sa beauté s'était répandu, non sans raison, à travers toute l'Italie. César, alors encore tout enfant, n'avait eu que rarement l'occasion de la voir, lorsque son père l'emmenait au Vatican. À vingt et un ans, Catarina était parvenue à la plénitude de sa beauté ; et son habit masculin mettait en valeur la sveltesse de son corps dont il moulait les courbes élancées. Elle s'avançait au milieu de ses hommes d'armes, droite, quelque peu hautaine, semblable à quelque guerrière d'épopée.

César poussa sa mule pour se mettre dans son sillage

et il suivit son cortège jusqu'au Château Saint-Ange où elle se rendait. Tout en cheminant, il prêtait l'oreille aux conversations des gens qui les suivaient, ou regardaient passer la belle comtesse.

— En voilà une qui ne manque pas d'audace pour oser venir avec si faible escorte narguer les Romains. Car ceux-là voudraient bien tenir son mari pour le jeter dans le Tibre, disait l'un.

— Ce Riario est si couard qu'il délègue sa femme pour prendre possession de Saint-Ange, remarquait un autre.

— Moi, répondait un troisième, je suis sûr qu'elle agit de son propre chef et je doute qu'on lui ouvre les portes du château. Elle sera alors bien en peine de rentrer dans son palais car il paraît qu'il n'en reste même plus poutres ni chevrons.

Les cavaliers s'engagèrent sur le pont et s'arrêtèrent devant la puissante porte du château. Alors Catarina s'avança et cria :

— Au nom de mon Seigneur, le comte de Forli, capitaine général de l'Église, j'ordonne qu'on me livre cette forteresse.

Le gouverneur du château, Innocenzo Codronchi, qui était originaire d'Imola et sujet du comte, accourut aux remparts et en reconnaissant la comtesse, il s'empressa de faire abaisser le pont-levis. Aussitôt Catarina poussa son cheval au galop et s'y engouffra, suivie de ses gens d'armes.

— Une perle donnée à un pourceau, murmura César.

Puis, se tournant vers Corella, il lui dit :

— Rentrons.

Cette soudaine décision de son protégé apporta un vif soulagement chez Corella. Ils repassèrent le Tibre et se dirigèrent vers la via del Orso, l'une des rues les plus animées de la ville, bordée de riches demeures et de beaux immeubles de pierre nouvellement construits à la suite des grands travaux entrepris dans la cité à l'initiative du défunt pape. Ils firent halte face à la « torre di Nona » qui dressait haut vers le ciel sa massive silhouette carrée, devant une auberge à l'enseigne du Lion. C'était une riche hostellerie pourvue d'une cour intérieure où ils laissèrent leurs montures entre les mains d'un valet qui les salua avec un respect qui frisait l'obséquiosité. Car l'auberge appartenait à la mère de César, Madonna Vannozza. César avait tenu à s'y arrêter pour embrasser sa mère qui s'y trouvait chaque soir afin de recevoir personnellement les riches seigneurs et dignitaires ecclésiastiques qui se piquaient de descendre dans une maison qui était non seulement accueillante et très bien tenue, mais dont l'hôtesse était au su de tous la maîtresse officielle du cardinal Borgia, l'un des hommes les plus riches et les plus puissants de Rome.

Depuis deux ans, César avait été retiré par son père de la demeure maternelle, un palais de la Pizza di Merlo, pour loger chez Adriana de Mila, fille de don Pedro Mila, cousine de Roderigo Borgia et petite nièce du pape Calixte III. Ce dernier, de son vrai nom Alonso Borja, était à l'origine de la fortune de la maison des Borgia, forme italianisée de Borja, noble famille de Xativa, village d'Espagne près de Gandia, au sud de Valence. Devenu pape en 1455, Alonso Borgia, homme énergique, intelligent, savant théologien et habile diplomate, loué pour son équité et la simplicité de ses mœurs, avait cependant été le premier des papes à favoriser ses neveux, Pedro Luis et Roderigo. De par sa volonté Roderigo avait été fait cardinal et en 1456, Vice-Chancelier de l'Église, poste envié dont le titulaire était considéré comme le second personnage de l'Église et qu'il avait su conserver sous les pontificats suivants, c'est-à-dire ceux de Pie II, Paul II et Sixte IV. Au demeurant, le Sacré Collège était certain que le cardinal de

Valence serait maintenu à son poste sous le prochain pontificat, ce qui en faisait à l'heure présente, le personnage le plus jalousé et le plus en vue de la chrétienté.

Adriana avait épousé Ludovico Orsini, seigneur de Bassanello, et elle vivait avec son époux dans leur palais du Monte Giordano. Roderigo Borgia n'avait donné à Vannozza aucune raison pour justifier sa décision de lui retirer la garde de leur fils César pour le confier aux soins de sa cousine. Vannozza conservait auprès d'elle le second fils qu'elle avait eu de Roderigo, Giovanni, né en 1476, leur fille Lucrezia, de six ans plus jeune que César et enfin Joffré qui naquit l'année même où César fut ôté à sa mère. Vannozza qui, en cette année de 1484, avait quarante-deux ans, était encore une très belle femme. Comme beaucoup d'Italiennes du nord, car elle était, disait-on, née à Mantoue, elle possédait une belle chevelure blonde, des yeux profondément enfoncés dans les orbites, une grande énergie dans le visage, toutes choses dont avait hérité son fils César ; cependant, cette femme de tête qui était aussi une femme d'affaires manquait de culture et s'intéressait plus à l'administration des nombreuses auberges qu'elle possédait dans Rome et de ses biens qu'aux questions de philosophie et d'art. Afin de préserver les apparences, Roderigo qui était à l'origine de sa fortune, lui avait donné en 1474 un premier mari, Domenico d'Arignano qui passait officiellement pour le père de César. Elle s'était retrouvée veuve au moment de la naissance de Giovanni, et, pour donner un père officiel à Lucrezia, Roderigo lui avait alors fait épouser Giorgio da Croce avec qui elle vivait dans son palais de la place Pizza di Merlo.

Sans le dire explicitement à sa maîtresse, Roderigo avait considéré que César se trouverait dans un milieu plus favorable à son évolution intellectuelle chez Adriana où fréquentaient de hauts prélats et surtout les humanistes de l'Académie romaine dont Pomponius Laetus avait été grand pontife sous l'impulsion de Sixte IV.

Ainsi, depuis maintenant deux ans, César vivait-il chez sa cousine, avec pour compagnon le fils d'Adriana et de Ludovico, Orso, de peu d'années son aîné. Dans ce palais où l'on se plaisait à parler latin de préférence à l'italien ou au catalan qui était la langue maternelle d'Adriana, dont les salles somptueuses résonnaient des tirades de Cicéron ou de Virgile lancées par Pomponius Laetus ou l'un d'entre les membres de la savante académie, où les conversations, lorsqu'elles ne portaient pas sur quelque sujet savant, traitaient de politique, des affaires de l'État ou de l'Église, l'esprit de César déjà naturellement peu enclin aux frivolités et aux jeux de son âge, s'était plus encore affermi dans sa gravité et avait acquis une précoce maturité.

Dès qu'ils entrèrent dans la salle basse de l'auberge au fond de laquelle brûlait un grand feu sur lequel rôtissaient dans le même temps cochons entiers et volailles embrochées, Vannozza courut vers son fils qu'elle serra affectueusement dans ses bras.

— Mon cher et illustre fils ! s'exclamait-elle. Je suis si heureuse de te voir ! Voici déjà six jours que tu n'es pas venu auprès de moi ! Ah ! je crains bien que tu ne te hâtes d'oublier ta malheureuse mère maintenant que tu vis chez ta noble et excellente cousine. Tandis que moi, qui suis-je ?

Il se dégagea doucement de l'étreinte et, la regardant droit dans les yeux, il lui répondit :

— Vous, madonna, vous êtes ma mère, et cela veut tout dire pour moi.

— Cher, cher enfant ! Tu sais pourtant combien me manque ta présence. Pourquoi es-tu resté si longtemps sans venir nous voir, tes frères et sœur et moi-même ?

— J'ai été très occupé ces derniers jours. Sachez,

magnifique madonna, que désormais je consacre plusieurs heures chaque jour à apprendre à monter à cheval et à manier l'épée avec les meilleurs maîtres d'armes et écuyers de Rome.

En disant cela il avait redressé fièrement la tête et bombé le torse. Vannozza le serra à nouveau dans ses bras et des larmes perlèrent de ses yeux :

— Mon grand et illustre fils ! Te voilà devenu un homme... Mais sois prudent car je te sais si audacieux que je crains que tu ne tombes de cheval ou que tu ne te blesses à l'épée.

— N'ayez de crainte, ma mère. Vous l'avez bien dit, je suis maintenant un homme.

Se redressant, elle salua Michelotto et, tout en les entraînant vers une arrière-salle, elle éclata en reproches :

— Don Michele, n'est-ce pas grande folie que d'avoir permis à mon illustre fils de courir les rues par ce jour ? N'avez-vous pas vu que la ville est en folie et que rôdent par les rues manants et détrousseurs qui cherchent à en découdre avec tous ceux qu'ils rencontrent ? Vois, César, ton illustrissime père en a tant de crainte qu'il a envoyé plein de gens d'armes avec leurs sergents pour garder notre demeure et mes auberges. Et ce n'est pas là une vaine prudence, car des faquins sont venus tourner autour de notre palais... que ta pauvre petite sœur Lucrezia en a eu bien peur et a pleuré, car ils ont lancé des pierres contre les fenêtres tout en braillant comme des fous et même que plusieurs ont fait des gestes... et montré des choses...

Elle se tut, soupira et reprit aussitôt :

— Heureusement que les archers de la garde vaticane étaient là ! Ces braillards croyaient le palais sans défense et lorsque les archers sont sortis, ils ont tous pris la fuite, comme des chiens qu'on chasse à coups de pieds...

— Madonna, avec don Michele, je ne crains rien ni personne... Et attendez encore quelques années et vous verrez que votre fils saura tout seul faire respecter le nom des Borgia et l'honneur de son illustre mère.

— Cher enfant ! Que le Seigneur qui est dans le ciel et veille à la splendeur de notre magnifique famille t'entende et te protège ! Mais parle-moi de toi, dis-moi ce que tu fais, ce qu'on t'enseigne... Que dit madonna Adriana ?

L'image de Catarina Sforza dressée sur son cheval ne quitta pas César de la nuit et dès qu'il put se libérer, le lendemain, il entraîna Corella vers le château Saint-Ange dans l'espoir d'entrevoir une fois encore la jeune femme. Corella avait la discrétion de tout bon serviteur et il ne posa aucune question à son jeune maître sur cette étrange passion qui l'inclinait à rôder autour du château, bien qu'il eût bientôt compris qu'il s'était épris de la belle comtesse. Le pont qui conduisait au château, ainsi que l'étroite esplanade qui se développait le long de l'aile droite des murs de la forteresse, étaient remplis de badauds qui attendaient ils ne savaient au juste quoi, mais certainement quelque action d'éclat de la comtesse.

César était descendu de sa mule et il s'était posté à l'angle du pont d'où il pouvait surveiller la porte principale aménagée dans une tour carrée et les créneaux de cette même tour. Il demeura là, patiemment, un long moment, observant les passants, prêtant l'oreille à leurs discours qui lorsqu'il était question de Catarina, étaient plus admiratifs qu'hostiles. Enfin s'avança une forte troupe de cavaliers venue visiblement du Vatican par la voie de la rive droite du Tibre qui reliait directement la résidence du pape à Saint-Ange, forteresse du Vatican. Qui tenait Saint-Ange tenait le Vatican et tout le Borgo, le quartier de la rive droite du Tibre, du côté du Vatican.

Les cavaliers s'arrêtèrent devant la tour d'entrée du château et l'homme qui les commandait appela le gouverneur de la forteresse. Le soldat qui veillait sur les remparts en cet endroit lui répondit que madonna avait renvoyé le soir même de son arrivée le seigneur Codronchi, et qu'elle avait personnellement pris le commandement du fort et de sa garnison qui lui était toute dévouée.

— Alors, prie madonna de me recevoir. Je lui suis envoyé par son illustre cousin, le cardinal Riario.

Le garde disparut et un moment plus tard apparut sur le rempart Catarina avec deux de ses officiers. Elle avait changé sa tenue de cavalier pour une robe de soie, mais elle avait ceint sa taille d'une large ceinture de cuir à laquelle étaient attachées une hache et une forte dague, et elle avait couvert sa chevelure flottante d'un morion de métal doré finement ouvragé.

Après l'avoir courtoisement saluée, le messager la pria de le recevoir dans le château au nom de son cousin le cardinal Riario.

— Délivre-moi d'ici ton message, répliqua-t-elle, non sans une certaine insolence.

— Madonna, je supplie votre seigneurie de me laisser entrer car je ne puis lui crier ce qui doit être tenu secret.

— Alors il suffit de l'écrire car, pour l'heure, c'est moi qui tiens ce château et bien habile sera celui qui m'en chassera tant que je n'aurai pas reçu du nouveau pape l'assurance que le comte, mon époux, conservera ses prérogatives et restera capitaine général des armées du Saint-Siège.

— Ce château dépend pour l'instant du Sacré Collège et votre seigneurie l'occupe contre tout droit. Je la prie, au nom de son illustre cousin, de me le céder.

— Je vois que tu entends mal mes paroles à moins que tu ne comprennes pas la langue que je parle, car tous ceux qui ici m'ont ouïe ont bien compris que je suis maîtresse de ce château et que tu ne l'auras pas.

— Madonna, acceptez pour le moins de me recevoir avec mon escorte car je crois qu'on peut discuter et nous sommes disposés à vous donner toutes les assurances que votre seigneurie pourra désirer.

Elle secoua la tête en riant et, posant les poings sur ses hanches, elle s'écria :

— Celui-là veut jouer avec moi au plus malin ! Mais il ignore que j'ai la malignité du duc Galeazzo mon père et que je suis comme lui pleine de ressources.

Sans plus insister, le messager fit demi-tour et repartit au galop avec les siens. Catarina resta un instant sur le rempart afin de les suivre des yeux, puis elle regarda la foule tournée vers elle. César, qui pendant cette conversation s'était rapproché, vint au bas de la tour et, ôtant sa toque, il s'inclina en disant bien haut :

— Madonna, le fils du cardinal de Valence salue votre excellence et tient à vous déclarer son admiration et vous assurer de l'appui de son illustre père.

César avait pris l'initiative de parler ainsi, car précisément la veille, peu après qu'il fut rentré chez Adriana, Roderigo était venu les visiter et il avait parlé avec admiration de la manière dont Catarina avait pris possession de Saint-Ange, de la colère de certains cardinaux qui étaient les plus proches de ses parents puisqu'il s'agissait de Rafaelle Riario, de Giuliano della Rovere, cardinal de San Pietro in Vincoli (Saint-Pierre-aux-Liens) qui était un autre neveu de Sixte IV et, par conséquent, un autre cousin par alliance de Catarina, Ascanio Sforza, son oncle, et enfin les cardinaux Cibo et Savelli. Pour sa part, Roderigo Borgia avait déclaré qu'il trouvait sa manœuvre habile et qu'il serait le premier à soutenir ses prétentions car, s'il méprisait son époux, il lui portait en revanche une grande admiration.

Catarina se pencha vers lui et, lui rendant son salut, elle demanda :

— Seriez-vous don César que j'ai vu tout enfant ?

— Pour vous servir, illustre dame.

— Veuillez alors, en mon nom, saluer votre illustrissime père et l'assurer du dévouement de la comtesse de Forli.

— Je m'empresserai de le faire dès que je le verrai, madonna.

— Je reste votre servante, don César. Adieu, sans doute nous reverrons-nous bientôt.

— C'est mon plus cher désir, madonna.

À l'encontre de son souhait, César ne revit pas Catarina. Le Sacré Collège traita directement avec Girolamo Riario et, finalement, ce dernier ayant reçu toutes les assurances désirées, elle fut contrainte de rendre la forteresse et elle se retira dans leur comté de Forli avec son époux sans plus reparaître à Rome.

César était à un âge où des impressions fugitives mais fortes marquent profondément une âme encore vierge d'émotions violentes. Il vécut encore quelque temps avec l'image de la fière guerrière dans son cœur, puis vint l'oubli, ou plutôt son souvenir demeura ignoré au fond de lui-même, peu à peu remplacé par d'autres images, mais celles qui le marquaient ainsi étaient toujours des visions de beauté lorsqu'il ne s'agissait pas de grandes aspirations qui ne faisaient que le renforcer dans ses ambitions et le sentiment de la grandeur de son destin.

CHAPITRE II

Par cette fraîche journée du mardi 13 novembre de l'an 1487, Rome était en liesse. Des banderoles étaient lancées à travers les rues, des fenêtres et des balcons pendaient des tapis aux armes des Médicis, les fameuses « palle » qui ne sont autres que des besants d'or, et à celles du successeur de Sixte IV, le pape Innocent VIII. Car ce jour on attendait l'entrée dans Rome de Maddalèna dei Medici, fille de Lorenzo surnommé le Magnifique « Il Magnifico » et de Clarissa Orsini. Si le Magnifique, maître de Florence, avec une prudence propre aux princes avait préféré ne pas quitter sa ville, la mère de la jeune fille l'avait accompagnée à la tête d'un riche train de femmes et familiers.

Car Maddalèna dei Medici venait à Rome pour épouser le fils du pape, Francesco Cibo. Ce dernier était un personnage médiocre, de petite ambition, sans nulle grandeur, ni de corps ni d'âme ; il n'avait pour lui que d'être le fils aimé du Saint-Père qui l'appelait affectueusement Franceschetto, diminutif que reprenait le peuple à son propos en lui conférant un sens péjoratif.

Naturellement, pour la réception de la fiancée, la famille d'Adriana apparentée aux Orsini et au Vice-Chancelier de l'Église, avait droit à une place d'honneur.

Roderigo avait trouvé dans ce mariage l'occasion de

montrer sa famille à la cour vaticane, aussi avait-il tenu à ce que chacun de ses enfants parût dans les plus riches atours.

Un événement capital était survenu dans la vie des enfants du cardinal Borgia et de madonna Vannozza, en 1486. Giorgio da Croce, le second mari de Vannozza, était mort en 1481, peu de temps après son mariage. Choisi par Roderigo, comme cela avait été le cas pour son prédécesseur, il s'était montré complaisant comme il convenait de l'être et Roderigo retrouvait plusieurs soirs par semaine sa maîtresse à qui il avait donné un fils Joffré, né alors qu'elle était à nouveau veuve. Or, Vannozza, qui grâce aux revenus de ses nombreuses auberges — outre celle du Lion, elle avait celles aux enseignes de la Fontaine, du Serpent, de la Vache, toutes bien situées et de bon rapport — vivait fort à l'aise, avait de son propre chef épousé Carlo Canale, car elle se voyait vieillir sans pouvoir espérer terminer ses jours auprès de son cardinal d'amant qui lui permettait de porter le nom de Borgia mais qui ne pouvait l'épouser devant l'autel. Canale était un humaniste qui avait tenu école avant de devenir chambellan du cardinal Francesco Gonzaga. À la mort de ce dernier il était venu à Rome où il avait rencontré madonna Vannozza dans l'une de ses auberges. Cela s'était terminé par un mariage, en suite de quoi Roderigo avait cessé de voir sa maîtresse à qui il avait d'ailleurs déjà fait de très nombreuses infidélités. Vannozza s'était alors installée avec son nouvel époux dans une belle demeure de la Piazza Branchis et, avec une dotation que lui avait faite Roderigo, elle avait acquis dans le Suburre, près de San Pietro in Vincoli, une villa dans un magnifique parc et une vigne. En revanche, Roderigo lui avait enlevé la garde de leurs autres enfants et les avait confiés à sa cousine Adriana, comme il l'avait déjà fait pour César.

Cependant, César se sentait toujours aussi seul. Il n'avait aucune sympathie pour Orso Orsini à qui il trouvait un esprit étroit et une âme basse ; il n'en avait guère plus pour son frère cadet qui restait un enfant capricieux sur la jolie tête de qui s'unissait l'amour de leur père et de leur mère, lesquels marquaient de plus en plus leur préférence à son endroit. Il est vrai que, par un mouvement opposé, Adriana manifestait ostensiblement son élection pour César et sa sœur Lucrezia, louant hautement la profondeur, l'intelligence de l'un et la beauté et la grâce de l'autre.

Durant les jours qui avaient précédé la venue des Florentins, la plus grande effervescence avait régné dans le palais Orsini du Monte Giordano car non seulement venaient chaque jour les couturiers chargés de confectionner les vêtements de fêtes dans les draps les plus précieux, mais la maison se préparait à recevoir un nouvel hôte. Ludovico et Adriana avaient considéré que leur fils allait bientôt être en âge de prendre une épouse. Or il y avait déjà plusieurs années qu'on lui avait choisi une fiancée qu'il n'avait jamais vue.

Les Farnèse étaient une vieille famille féodale établie auprès du lac de Bolsena dès le XIe siècle. Ils avaient acquis à la pointe de l'épée un certain nombre de fiefs au midi et à l'est de ce lac, mais ils étaient demeurés une grande famille provinciale de la Toscane sans encore être parvenus à acquérir une grande notoriété. Ranuccio Farnèse, dit l'Ancien, avait le premier entrepris une politique d'union avec de grandes familles ; aussi avait-il marié son fils Gabriele Francesco à Isabella Orsini et son autre fils Pier Luigi à Giovannella Caetani issue également d'une vieille famille féodale. De ce mariage était né en 1468 un garçon, Alessandro, puis une fille, Giulia, qui, à quelques mois près, avait le même âge que César. Par Isabella Orsini, la famille Farnèse était entrée en relations avec la famille Orsini, et plus particulièrement avec Ludovico. Pier Luigi était mort en 1478 et son épouse, Giovannella, avait songé à préparer un mariage entre sa fille Giulia, encore enfant, et Orso Orsini.

Les Farnèse étaient naturellement en rapport avec les Médicis. Alessandro avait entrepris des études de théologie et de droit canonique à l'université de Pise et, depuis peu de temps, il s'était établi à Florence pour achever son éducation auprès des platoniciens et humanistes qui gravitaient autour de Lorenzo. Ainsi était-il déjà devenu un familier de Giovanni Pico della Mirandola et fréquentait-il chez Marsilio Ficino, Angelo Poliziano, Chalcondylas, Lascaris. Il s'était aussi lié d'amitié avec les deux fils aînés de Lorenzo dei Medici, Piero alors âgé de seize ans, et Giovanni qui en avait trois de moins.

Giovannella Caetani avait profité de l'occasion du mariage de la fille du Magnifique et du cortège qui l'accompagnait pour y intégrer sa fille. Adriana, qui en réalité dirigeait selon son bon plaisir la maison, avait décidé que la jeune Giulia résiderait dans le palais Orsini en attendant d'avoir atteint l'âge de se marier. Ainsi aurait-elle tout loisir de mieux connaître son futur époux et s'habituer à sa compagnie.

Aussi, la venue à Rome de Maddalèna dei Medici ne présentait-elle pour les enfants du palais Orsini qu'un intérêt anecdotique et il était beaucoup plus question de l'arrivée dans la famille de Giulia Farnèse que les enfants devaient regarder désormais comme une sœur. En apprenant qu'on allait lui donner une épouse, Orso avait fait une moue dont on ne savait si elle était d'ennui ou de dégoût. Sa mère, qui savait qu'au lieu de fréquenter chez les courtisanes comme le faisaient les garçons de son âge qui avaient quelque bien, il courait les tavernes mal famées en compagnie de vauriens sodomites, lui avait déclaré qu'il devrait s'en accommoder et s'arranger pour lui faire un enfant afin de perpétuer la lignée de cette branche des Orsini ; à quoi il avait répondu :

— Je trouverai bien quelqu'un qui le fera pour moi, quitte à le payer, à moins qu'elle ne soit trop laide.

— Sa mère m'a assurée qu'elle est jolie, déclara Adriana.

— Alors elle sera pour César, lui qui prétend aimer la beauté.

César, qui se trouvait là, avait haussé les épaules en répondant :

— Je ne suis pas de ceux qui ramassent les miettes des festins des autres.

— Si ce n'est que cela, avait répliqué Orso, je t'abandonne tout le festin.

La plus curieuse de connaître cette sœur qui lui venait non du ciel mais des montagnes de l'antique Étrurie, était Lucrezia. À sept ans, elle était très éveillée, vive dans ses gestes pourtant pleins d'une grâce tout aérienne. Avec ses yeux d'un bleu si clair qu'ils paraissaient se fondre en eau et sa longue chevelure d'un blond pâle comme la mousse irisée de la cascade de Terni, elle semblait appartenir à un autre monde, celui des elfes et des sylphides. Par nature elle aimait les ris et les jeux, mais seule fille parmi quatre garçons elle s'était laissée envahir par un ennui qui lui conférait une sorte de gravité. Orso ne lui prêtait aucune attention, Giovanni dédaignait de jouer avec une fille, si bien qu'il ne lui restait plus que César et Joffré. Avec ce dernier elle jouait à la maman, se plaisait à l'habiller, à le faire manger, puis se lassait de ses babillages. Elle se tournait alors vers César qu'elle admirait et dont elle aimait la compagnie. Lui-même se plaisait à lui raconter des histoires merveilleuses, aventures de héros conquérants, de chevaliers sans peur ou d'amoureux fous comme Orlando, qui n'était autre que le Roland des épopées de France, histoires qu'il inventait ou plus souvent adaptait à partir de ses lectures sans cesse renouvelées.

Lucrezia espérait trouver une compagne dans cette Giulia, bien qu'elle fût son aînée de six ans : César, qui était son meilleur compagnon, n'avait-il pas le même âge qu'elle ? En cette sœur peut-être trouverait-elle une compagne de jeux, une amie qui rirait avec elle, partagerait ses joies et, comme elle, aimerait la danse et tous ces plaisirs anodins que dédaignaient ou raillaient ses frères.

César manifestait ostensiblement une indifférence à la nouvelle venue, plus pour se persuader qu'il vivait toujours dans le souvenir de son seul amour, c'est-à-dire Catarina Sforza et qu'il dédaignait une personne destinée à Orso, que pour en convaincre les autres. Néanmoins il soigna particulièrement sa mise et tint à ce que son habit fût particulièrement somptueux :

— Pour honorer l'illustre fille du magnifique seigneur Lorenzo, déclara-t-il à Adriana qui s'étonnait de ses exigences vis-à-vis du tailleur dont il ne se montrait jamais satisfait.

Vers la fin de l'après midi, un messager expédié par Roderigo vint annoncer qu'il allait être temps de se mettre en route pour aller au-devant du cortège des Médicis. Le soleil, qui avait brillé toute la journée, était maintenant bas sur l'horizon et le froid de l'automne était tombé sur la ville avec une légère brume. César jeta sur ses épaules une courte cape de velours doublée de soie et bordée de franges d'or ; il avait ceint sa taille d'une ceinture de velours entièrement brodée qui soutenait dans sa gaine un poignard au manche de métal guilloché. Depuis plus de deux ans qu'il s'exerçait assidûment dans les arts de l'escrime, il s'était pris d'une sorte de passion pour les belles armes et il aimait ainsi arborer au côté dagues et fines épées. Il fut l'un des premiers à descendre dans la cour du palais où attendait une escorte de gentilshommes, Aragonais pour la plupart, parmi lesquels se distinguait par sa carrure le fidèle Corella. Lorsque arriva Lucrezia, emmitouflée dans un lourd manteau qui soulignait sa fragilité, elle se jeta dans les bras de César qu'elle n'avait pas vu de ce jour car il l'avait passé en exercices physiques dans les vastes jardins du palais de son père.

— Dis-moi, mon magnifique frère, lui dit-elle en riant, qu'as-tu fait tout ce jour ? As-tu vu notre illustre père ?

— Je n'ai fait que l'entrevoir, petite sœur, car il est très occupé à préparer la réception de madonna Maddalèna. C'est lui qui dirige la légation que le Saint-Père envoie au-devant du cortège. Hâtons-nous sans quoi nous serons les derniers et nous ne pourrons saluer dames et seigneurs du cortège...

— Madonna Adriana me suit avec Orso.

— Et naturellement Giovanni se fait pomponner avec tant de soins qu'il sera le dernier. Moi, je ne l'attendrai pas.

Sur ces mots, il prit sa sœur par les hanches et d'un seul élan l'éleva sur la selle de la mule qui lui était destinée. Lui-même, dédaignant l'aide de Michelotto, sauta en selle sur le cheval noir, rapide et fougueux que lui avait offert son père pour son treizième anniversaire, un cheval venu des haras du marquis de Mantoue. Dès qu'Adriana de Mila eut pris place sur sa mule et Orso eut enfourché son cheval, César voulut donner l'ordre du départ :

— Te voici bien pressé, mon illustre cousin, lui dit Adriana. Il manque ton frère Gianni.

— Il viendra seul, nous n'allons pas nous retarder pour lui.

— Il ne peut venir seul par les rues de la ville et la route des champs.

— C'est alors moi qui irai seul.

— Mon bon cousin a bien hâte de connaître ma fiancée, ironisa Orso.

— Je n'en ai que faire. Je ne veux pas paraître manquer de courtoisie en n'étant pas parmi le cortège de notre illustre père, lorsqu'il accueillera les magnifiques hôtes du Saint-Père.

— Et moi, intervint Lucrezia, j'aurai bien du plaisir à la voir, ta fiancée, contrairement à toi... et je meurs d'impatience d'être là-bas. César a raison : Gianni est une bête, ne l'attendons pas.

— Dis-moi, Lucrezia, répliqua Orso, arrive-t-il que César n'ait pas raison ?

Elle lui lança un regard rieur et déclara avec assurance :

— Jamais. Il a toujours raison. Alors que toi, tu as toujours tort et tu ne dis que des sottises, comme Gianni.

Celui-ci arriva à cet instant, bombant le torse sous ses habits de brocart. Il n'avait cependant encore droit de monter qu'une mule n'étant pas un cavalier accompli, ce qui le faisait enrager car il voulait en toutes choses se montrer plus splendide que son frère. Les portes de la cour furent ouvertes et le cortège se mit en route ; César caracolait en tête, retenant son cheval qu'il aurait volontiers lancé au galop par les rues populeuses. Ils parvinrent à la porte du Verger par où devait pénétrer le cortège des Florentins ; il y avait là une grande presse car le peuple de Rome y était venu attendre la jeune Médicis, mais ils apprirent là que le train de la fiancée avait pris du retard et que le cardinal de Valence avec la délégation papale était allé à sa rencontre car la nuit commençait à tomber et il paraissait nécessaire qu'on le guidât. Le capitaine de la porte qui savait avoir affaire à la famille du cardinal de Valence, mit à leur disposition plusieurs gens d'armes munis de torches pour les escorter sur la route car César avait déclaré qu'il voulait rejoindre son père.

La nuit était tombée depuis longtemps et il bruinait de plus en plus lorsqu'ils retrouvèrent à l'abri d'un petit pavillon de campagne, la suite du cardinal de Valence. Roderigo vint lui-même au-devant de ses enfants et il tint à enlever dans ses bras la petite Lucrezia qui, en le voyant s'approcher entouré d'hommes porteurs de torches, se mit à s'agiter sur sa selle en tendant vers lui ses mains et riant de plaisir. À cinquante-six ans, le cardinal Borgia avait conservé un air de jeunesse et surtout il rayonnait toujours de cette séduction qui allait plus loin que la beauté et lui avait acquis la plus flatteuse réputation auprès des dames. Comme le notait déjà son précepteur Gaspare da Verona, « en voyant de nobles dames il allume étrangement en elles les feux de l'amour et les attire plus sûrement que ne le fait l'aimant avec le fer ». Robuste et de haute taille, il commençait à s'empâter sans que cela ne nuisît en rien à sa prestance ; il avait le teint légèrement olivâtre des Espagnols, mais son nez légèrement busqué, ses lèvres sensuelles, ses yeux noirs et ardents, lui conféraient dans le même temps une grande majesté dans le visage et un charme indescriptible dont son fils César avait en grande partie hérité.

— Ma belle enfant ! perle de mon cœur ! dit-il, en pressant sa fille contre sa large poitrine.

C'était un spectacle assez extraordinaire qu'offrait ce haut dignitaire de l'Église, revêtu d'une robe pourpre de velours, le chef couvert du large chapeau de cardinal, serrant entre ses bras cette frêle enfant qu'il appelait ma chère fille et dont il couvrait le visage de baisers aux regards de tous.

Tout le monde entra dans le pavillon pour se réchauffer et boire du vin chaud en attendant l'arrivée des hôtes pontificaux. Roderigo était accompagné de quelques cardinaux et prélats, des ambassadeurs (qu'on appelait alors « orateurs ») de Florence, Milan et Venise, du représentant du comte et de la comtesse de Forli. Les orateurs donnaient des nouvelles de leurs maîtres et c'est ainsi que César apprit que Catarina Sforza avait récemment mis au monde son cinquième fils, Sforzino. À Milan, Ludovico dit il Moro (non pas qu'il eût le teint sombre mais parce qu'il avait inclus dans ses armes le mûrier), oncle du jeune duc régnant, Gian Galeazzo, et véritable maître de Milan car, ayant assumé la régence, il avait finalement gardé entre les mains les rênes de l'État, venait à peine de sortir d'une maladie dont on avait pu craindre qu'elle ne l'emportât tant elle avait revêtu un caractère de gravité.

Mais César n'écoutait plus guère ce qui se disait car il avait à nouveau l'esprit entièrement occupé de Catarina, et il se prenait à haïr plus que tout au monde ce Girolamo Riario qui réussirait finalement à déformer le corps de son épouse en lui faisant tant d'inutiles enfants.

Une cavalcade au-dehors annonça enfin l'arrivée des Florentins et aussitôt tout le monde sortit derrière Roderigo Borgia. À la lueur des torches fumeuses qui crépitaient dans la nuit embruinée et formaient des halos de lumière, César vit les hommes à cheval sauter à terre et venir aider les femmes à descendre de leurs montures. Une femme, grande, hautaine dans une magnifique robe de brocart dont l'or scintillait de feux sombres lorsque ses plis surgissaient de sa longue houppelande, s'avança vers Roderigo. À sa suite venaient deux adolescents d'environ seize ans chacun et deux jeunes filles, emmitouflées dans d'épais manteaux à capuchons d'où sortaient des mèches de cheveux, blonds chez l'une, bruns chez l'autre.

César ne prêta guère d'attention aux autres personnages qui venaient ensuite et c'est à peine s'il remarqua que la dame, qui n'était autre que Clarissa Orsini, épouse du Magnifique, vint s'incliner sur la main de son père dont elle baisa la bague cardinalice. Toute son attention s'était concentrée sur l'une des deux jeunes filles dont il ne savait si elle était Maddalèna dei Medici.

— Que ce soit l'une ou l'autre, se dit-il, c'est une colombe qu'on livre à ce misérable Franceschetto qui, avec ses quarante années, paraît déjà un vieillard et a le port d'un charretier.

Chacun vint à tour de rôle baiser la bague du Vice-Chancelier de l'Église puis on se hâta d'entrer dans le pavillon. Lorsqu'elle se fut dépouillée de sa houppelande, Clarissa vint accoler Adriana qui était sa cousine par alliance, puis elle présenta les jeunes gens : Maddalèna était la jeune fille brune, et César en ressentit une joie secrète ; l'un des garçons était Piero dei Medici et l'autre Angelo Farnèse, frère aîné de Giulia, mais cadet de Giovanni, délégué par Giovannella Caetani pour conduire sa sœur dans sa nouvelle famille. La jeune fille blonde, celle qui avait ébloui César dès le premier regard, était Giulia. À treize ans, elle avait déjà acquis une maturité qui lui faisait paraître plus que son âge. Nul mot ne pourrait décrire l'éclat de ses yeux noirs, d'une étrange profondeur, la perfection de l'arc de ses sourcils, la finesse de son profil, et surtout le charme incomparable qui se dégageait de ce visage si vivant et expressif. Elle regarda César, César la regarda. Mais Adriana rompit cet entretien secret en venant prendre la jeune fille dans ses bras et, après l'avoir embrassée, elle l'entraîna au-devant de son fils :

— Voici Orso, lui dit-elle, votre fiancé. Vois, mon fils, n'est-elle pas très belle celle que madonna Giovannella et moi-même t'avons choisie pour épouse.

— Si fait, si fait, reconnut le jeune homme d'un ton maussade.

César ne cessait d'observer Giulia qui avait esquissé

une légère révérence devant Orso, sans lui faire de compliment.

Tandis que se poursuivaient les présentations, des valets vinrent offrir des coupes de vin chaud, des galettes, massepins, gâteaux aux épices, amandes rôties. On se répandit dans les nombreuses salles pour trouver une place auprès des cheminées dans chacune desquelles brillait un grand feu. César se plaça dans le sillage de Giulia que son frère avait entraînée dans un cabinet, sous prétexte de l'aider à retirer son manteau humide. Il se tint sur le seuil d'où il put entendre Angelo qui disait d'un ton de reproche :

— Giulia, que t'arrive-t-il soudain ? Tu es toute morose et tu as oublié de débiter à ton fiancé le compliment que tu avais appris par cœur.

— Je ne l'ai pas oublié mais je n'ai pas pu le dire. Apprends que je suis très triste. Je hais déjà cet homme à qui on veut me donner pour femme.

— Que t'a-t-il fait ? Il n'est point laid et à peine plus âgé que toi. Qu'est-ce qui peut te pousser à le détester alors qu'il n'a guère ouvert la bouche ?

— Pourquoi je sens que jamais je ne pourrais l'aimer, je l'ignore, mais il en est ainsi. Je ne veux pas devenir sa femme.

— Ne parle pas ainsi. Et pourquoi déjà te désespérer ? Tu ne l'épouseras pas avant un an ou deux : tu auras bien le temps de changer d'opinion à son propos. À moins que d'ici là tu sois parvenue à persuader madonna Adriana que tu ne veux pas devenir sa bru.

— Je saurai bien le lui dire car je doute que le temps me le rende plus aimable...

L'entrée de César qui craignait d'être surpris en train de les épier, mit un terme à leur discussion.

— Seigneur Angelo, dit-il en s'approchant, avez-vous fait un bon voyage ?

— C'est une bien mauvaise saison pour se déplacer,

répondit le jeune homme. Je crains que Giulia n'ait pris froid.

— Voilà qui serait fâcheux et le seigneur Orso, son fiancé, en serait sûrement désespéré.

L'ironie de la remarque était trop évidente pour que le frère et la sœur n'y fussent pas sensibles et Giulia se mit à rire.

— César, dit Angelo, vous qui connaissez bien Orso qui est un peu pour vous comme un frère, rassurez, s'il vous plaît, ma sœur Giulia, et dites-lui quel noble cavalier est le fils de l'illustre Ludovico Orsini.

César se tourna vers Giulia pour répondre :

— Je ne veux pas vous mentir ni bercer d'illusion madonna Giulia. Orso n'est qu'un rustre, ignorant, et, qui plus est, il n'aime pas les dames ni les demoiselles.

— Je vous sens un peu sévère.

— Je suis au contraire indulgent.

— Le ciel peut le réformer.

— Si telle était son intention, ç'aurait été fait depuis longtemps. Il me paraît que chaque jour qui passe ne fait que le rendre plus désagréable... je ne dirai pas plus sot car on ne peut l'être plus qu'il ne l'est.

— Tu vois, Angelo, dit Giulia, mon sentiment était juste. César, je vais vivre désormais auprès de vous et vos frères. Voulez-vous être mon ami ?

— C'est moi qui vous prie d'être mon amie.

— Prenez ma main, car je le veux. Et je me réjouis de voir que vous n'aimez que peu cet Orso, car sachez que je le déteste. J'aurai pour le moins la consolation de pouvoir me confier à vous et de partager avec vous la haine que je lui porte sans même le connaître.

Nulle parole ne pouvait plus plaire à César, qui lorsqu'il avait sur le moment décidé de détruire dans le cœur de Giulia tout sentiment favorable à l'endroit d'Orso, n'osait espérer qu'il la trouverait déjà prête à n'en avoir aucun, décidée à s'obliger à le haïr plutôt que l'aimer. Il lui prit la main qu'elle lui tendait, fine et longue, et la serra avec une sorte de ferveur. Elle-même referma ses doigts sur les siens, et il en fut heureux.

— Mes chers enfants, vous voilà !

Adriana se tenait dans l'embrasure de la porte et elle vint jusqu'à eux. Elle prit Giulia par les épaules et la contempla un instant :

— Ma chère, chère Giulia, dit-elle. Je t'ai vue lorsque tu avais cinq ans et tu étais déjà une enfant bien mignonne. Mais jamais je n'aurais pu imaginer que tu allais devenir si belle.

La jeune fille esquissa un sourire et baissa la tête pour cacher son embarras tout en rougissant.

— Venez vous restaurer car nous devons sans trop tarder reprendre la route. Vous resterez auprès de moi. Nous laisserons les Florentins se rendre au Vatican pour recevoir la bénédiction de Sa Sainteté tandis que nous rentrerons chez nous, car désormais, Giulia, notre demeure est la tienne.

Giulia fit une révérence en l'assurant qu'elle en était enchantée et qu'elle l'aimerait comme sa propre mère. Lucrezia qui venait de se glisser dans la pièce, se planta devant Giulia et lui déclara de sa voix claire :

— Et moi, tu voudras bien m'aimer comme ta sœur ? J'aimerais tant avoir une sœur !

Giulia se pencha vers elle, et l'embrassa en assurant :

— Je serai ta sœur et nous pourrons faire mille belles choses toutes les deux, ensemble. Mais pourtant, je croyais que tu avais deux sœurs aînées ?

— Il ne reste plus qu'Isabella. Ne sais-tu pas que Girolama est partie auprès du Seigneur Dieu peu après avoir épousé Giovanni Andrea Cesarini, il y a maintenant plus de quatre ans ? Tu vois, celle-là, je ne l'ai pas connue et Isabella est tellement plus âgée que nous ! Et puis comme nous n'avons pas les mêmes mères, je n'ai que bien rarement eu l'occasion de la rencontrer. Je vois plus souvent notre grand frère Pedro Luis. Lui, il m'aime bien et il vient nous faire des visites quand il est à Rome. Mais lui non plus n'a pas la même mère que nous. En ce moment il est en Aragon, dans son duché de Gandia.

Giovanni Borgia, qui arrivait derrière sa sœur, ajouta avec fierté :

— Et sais-tu pourquoi il est là-bas ? Parce qu'il va épouser l'infante doña Maria Enriquez. Ainsi serons-nous alliés à la famille royale d'Aragon. C'est moi que notre frère Pedro Luis préfère. Je viens d'ailleurs de lui écrire une lettre, en latin.

— Giovanni, répliqua César, tu es plein de toi-même comme une outre remplie de vent. Précise donc qui a traduit ta lettre en latin car tu n'en connais pas un mot.

— Toi, toujours tu cherches à m'humilier. Il est vrai que je l'ai écrite avec l'aide de notre maître, mais elle n'en est pas moins de mon cru.

— Il suffit les enfants, vous n'allez pas commencer à vous disputer devant Giulia, à peine vient-elle d'arriver, intervint Adriana.

Elle prit par le bras la jeune fille qui avait lâché la main de César, et l'entraîna vers une crédence sur laquelle étaient exposés des plats chargés de mets.

— Je voudrais, chère Giulia, lui dit-elle alors, que tu ne portes pas un jugement précipité sur mon fils Orso. Il est vrai qu'en ce moment il traverse une période difficile car il découvre la vie du monde, mais je pense qu'il se réformera et qu'il se montrera plus courtois envers toi qu'il ne l'a été ce jour.

Giulia, qui ne voulait s'aventurer à rassurer sa future belle-mère sur les sentiments qu'elle pourrait jamais porter à son fils, balbutia qu'elle ne voulait le méjuger et saurait patienter pour apprendre à l'aimer, car elle n'était pas plus empressée qu'il ne semblait l'être lui-même à voir se réaliser leur union.

L'intervention du cardinal de Valence interrompit leur conversation.

— Mon illustre cousine, dit-il à Adriana, je découvre avec admiration que vous avez su choisir pour votre fils une fiancée digne d'un roi, car je la soupçonne d'unir à tant de grâce et de beauté autant d'esprit que de sagesse.

Adriana se contenta de sourire car ce compliment ambigu pouvait laisser supposer qu'Orso, qui n'avait rien de royal était parfaitement indigne de sa promise. Quant à Giulia, elle baissa les yeux en répondant :

— J'espère que mon comportement ne trompera pas le jugement si indulgent de votre Seigneurie.

Roderigo sourit et, caressant sa joue, il murmura :

— J'ai la conviction de n'avoir pas été indulgent ni non plus que sera trompée mon attente.

Le cortège reprit bientôt la route et à dix heures il faisait son entrée dans Rome par la porte du Verger, au milieu d'une foule dense qui attendait là depuis le début de l'après-midi.

CHAPITRE III

Pendant les mois qui suivirent, les liens de tendre amitié qui s'étaient dès le premier soir noués entre César et Giulia, ne firent que se resserrer, malgré une certaine réserve que chacun conservait vis-à-vis de l'autre. D'un autre côté, Orso semblait chercher tous les moyens de se rendre odieux à sa future épouse. Lorsque d'aventure, il la rencontrait dans les galeries du palais familial, il la saluait à peine et si elle était en compagnie il s'adressait à la personne avec qui elle se trouvait sans paraître s'apercevoir de sa présence. Au demeurant, il était plus souvent à l'extérieur que dans sa famille. Il s'était soudainement pris d'amitié pour Franceschetto Cibo que son mariage n'avait guère assagi et qui passait son temps en beuveries, débauches ou encore dans les maisons de jeu où il perdait des fortunes. Orso était devenu son commensal et pour flatter son puissant ami et protecteur, il dépensait aussi des sommes considérables à jouer et il avait accepté de rendre parfois hommage au sexe qu'il détestait en fréquentant chez les courtisanes en renom qui tenaient salon, et en particulier chez la magnifique doña Juana et l'impétueuse Isabella de Luna, toutes deux espagnoles, protégées du Vice-Chancelier. On ne le vit d'ailleurs bientôt plus que chez Isabella de Luna, car elle avait acheté sur les marchés de Venise un couple de jeunes esclaves circassiens, frère et sœur, adolescents d'une grande beauté ; elle leur avait donné les noms italiens d'Angelo et Angela, sans toutefois songer à les faire baptiser car elle n'avait que peu de soucis de la religion, contrairement à sa rivale et cependant amie Juana qui songeait parfois à son salut, entre deux formidables orgies. Or Angelo faisait les délices d'Orso, parmi d'autres jeunes nobles et prélats romains à qui Isabella le prostituait.

Lorsque sa mère lui reprochait sa vie de débauche, il répliquait que c'était pour oublier la sombre perspective de son mariage et lorsqu'il apprit que sa fiancée n'apporterait qu'une dot de trois mille cinq cents ducats d'or, il s'écria :

— Ma mère, vous voulez me marier à une pauvresse. Par tous les saints, pourquoi être allée si loin pour me ménager un si ridicule mariage ? Est-ce digne d'un Orsini ?

— Une Orsini a bien épousé un Farnèse et lorsque Giulia sera en âge de sortir et d'être montrée dans les palais de Rome, plus d'un enviera ton bonheur d'avoir une épouse aussi belle, sans doute la plus belle femme de Rome.

— Pour ce que j'ai l'intention d'en faire, cela m'importe peu et je préférerais qu'elle m'apportât une dot qui ne parût pas être une aumône. Savez-vous, madonna, qu'il est partout dans la ville question du mariage de doña Isabella d'Aragon avec le duc Gian Galeazzo ? Il doit se faire à la fin de cette année et l'on rapporte que la dot de la fiancée sera de plus de cent mille ducats d'or.

— Fort bien mon fils, mais tu n'es pas duc de Milan que je sache et je vois mal comment tu pourrais prétendre à une princesse de Naples, même si ton parent Virginio a pu commander les armées de don Ferrante.

— Et pourquoi un Orsini ne pourrait-il épouser une Aragon ? Les Orsini sont d'aussi bonne noblesse que la famille de Naples.

César, qui avait assisté à l'entretien, ne put s'empêcher d'intervenir et de dire haut ce qu'il pensait :

— Sans doute parce qu'il y a Orsini et Orsini et que tu dois paraître bien insignifiant aux yeux du duc de Calabre, le père d'Isabella d'Aragon.

— César, je me demande ce qui me retient parfois de te frapper ! s'exclama Orso.

— Simplement la crainte que tu as de moi car je suis plus fort que toi et avec une épée tu serais transpercé avant même d'avoir su te mettre en garde.

— Suffit, mes enfants, intervint Adriana d'un ton péremptoire.

— Ma mère, je trouve insupportable de me faire insulter dans notre demeure par un étranger ! s'écria Orso.

— César n'est pas un étranger mais notre cousin. Et je regrette de te déclarer qu'il ne t'injurie pas en te disant cela, il ne fait qu'exprimer une vérité qui paraît bien triste aux yeux d'une mère.

— Je sais bien madonna, que vous préférez César et sa sœur à votre fils.

Sur cette amère constatation, Orso quitta la pièce. César se tourna alors vers sa cousine :

— Pardonnez-moi, madonna Adriana, d'avoir parlé si vivement, mais je ne peux supporter qu'on méprise pareillement Giulia qui est un ange de beauté mais aussi de bonté et de tendresse. Ah ! qu'on me la donne pour épouse, moi je la prendrai sans dot car sa chevelure de soleil, ses yeux, le moindre de ses gestes si pleins de grâce, valent bien plus que les cent mille ducats d'or qu'Isabella d'Aragon apporte au duc de Milan.

Adriana de Mila soupira mais ne dit rien. Elle évita de répondre car elle savait que jamais Giulia ne pourrait devenir l'épouse de César. Roderigo Borgia venait souvent en visite chez sa cousine. Dans les premiers temps, c'était pour y rencontrer les savants et humanistes, membres de l'Académie romaine dispersée par Paul II mais réouverte par Sixte IV, son successeur, à l'instigation de Roderigo. Sa position au Vatican interdisait au cardinal de Valence de recevoir dans son propre palais ces lettrés et philosophes, mais il avait persuadé sa cousine, femme de tête, libérale et cultivée, de faire de son palais l'un des centres de leur cénacle, de manière qu'il pouvait les y rencontrer sans qu'on puisse y trouver à redire. Il convient de préciser que le prestige dont jouissait le cardinal dans le palais Orsini, tenait non seulement à son éminente position dans le Vatican, mais au fait qu'il entretenait de ses propres deniers le palais Orsini qui, sans son aide financière, n'aurait fait que misérable figure.

Lorsque Roderigo eut confié à sa cousine le soin de ses enfants, il trouva là de nouvelles raisons de fréquenter assidûment chez sa cousine. Mais après que Giulia Farnèse s'y fut installée, on ne l'y vit plus que rarement et il faisait de préférence venir dans son propre palais ses enfants. Or, quelques jours avant l'altercation entre César et Orso, Adriana avait eu un entretien avec Roderigo, à la suite duquel elle était revenue toute rêveuse. Voyant le dégoût que manifestait son fils pour ce mariage et la chaleur avec laquelle César parlait de la jeune fille, Adriana avait déclaré à son cousin :

— Mon illustre seigneur, il me paraît que nous avons fait une erreur, madonna Giovannella et moi-même, en songeant à marier nos enfants. Visiblement mon fils ne veut pas d'elle et, considéré ses regrettables tendances que vous connaissez, je crains qu'un tel mariage ne rende fort malheureuse Giulia à qui j'ai appris à m'attacher durant ces quelques mois passés.

— Eh, ma chère Adriana, on ne peut entrer dans de telles considérations et, pour ma part je trouve au contraire que les choses sont parfaites ainsi, repartit Roderigo à la surprise de sa cousine.

— Ce n'est point mon avis. Or je vis en permanence avec ces jeunes gens et je prétends les connaître mieux que votre seigneurie. Écoutez, il m'est apparu qu'un tendre sentiment est né entre elle et votre fils César. Ces deux me paraissent mieux assortis et comme nul contrat n'a été signé, je me suis demandé s'il ne serait pas mieux que ce fût César qui épousât Giulia, et non pas Orso.

— Je vous entends, ma chère cousine, mais cela ne peut être. D'abord parce que César, en tant que cadet de Pedro Luis, est destiné à un état ecclésiastique. Il a déjà de bonnes prébendes qui lui permettent d'avoir à son âge le train de vie d'un évêque, mais cela n'est encore rien. Nous avons dans notre famille un pape, notre oncle de si chère mémoire, Calixte, et je ne vous apprendrai rien en vous disant que j'ai la ferme intention de monter sur le trône de Saint-Pierre lorsque notre actuel Saint-Père ira en enfer. Si ce maudit cardinal de Saint-Pierre-aux-Liens, ce Giuliano della Rovere que le diable emporte avec tous les della Rovere, n'avait pas si impudemment intrigué — l'expression fit sourire Adriana car Roderigo n'était pas demeuré en reste pour ce qui concernait les intrigues lors de la dernière élection, et même lors des précédentes — je me trouverais maintenant coiffé de la tiare. Vous pouvez donc déjà soupçonner le grand avenir qui est ainsi réservé à mon cher fils, car je compte bien qu'il soit le troisième des papes que donneront les Borgia à l'Église. Et pour ce qui concerne la charmante Giulia...

— Charmante, dites-vous, mon illustre cousin ? Il m'avait paru que vous ne l'aimiez guère et que c'est la raison pour laquelle on vous voit moins souvent en ma demeure.

— Adriana, me connaissez-vous si mal ? Je vous croyais aussi plus avisée. Je suis satisfait de voir que j'ai donné le change à tout le monde, même à vous. Car sachez que dès que je l'ai aperçue mon cœur s'est épris de cette jeune beauté. Oui, Adriana, je crains d'aimer plus que de raison cette enfant. Et si j'évite de venir chez vous, c'est pour éviter de trop vite pécher, car la vue de tant de beauté est pour moi une infernale tentation et y résister est un supplice pis encore. Elle me paraît d'ailleurs trop jeune, mais à mesure que passent les jours augmentent ma passion et mon impatience de la serrer entre mes bras. Ah ! lorsque je viens chez vous et que je la vois, si tendre, si pure, si belle, je dois faire un bien grand effort sur moi-même pour ne pas la prendre entre mes bras et couvrir de baisers ce visage qui est celui d'un ange venu du ciel.

— Seigneur, mon cousin ! Que m'apprenez-vous là ? Y pensez-vous ? Vous l'avez dit, elle n'a pas quatorze ans et vous-même en avez...

— Bientôt cinquante-sept, mais je crois avoir un air de jeunesse et j'ai conservé une gaillardise qui me font l'égal des plus fougueux cavaliers.

— Il est vrai que vous êtes encore bien séduisant, mais vous pourriez quand même être son grand-père ! Au demeurant, vous ne pouvez songer à l'épouser.

— Je n'y songe point. En ai-je pour cela moins aimé ma chère Vannozza ? Vous comprenez donc que je tiens à ce qu'elle épouse Orso qui sera justement un mari idéal. Vous n'ignorez pas qu'il perd des fortunes au jeu, avec ce rustre de Franceschetto. Celui-ci sera ruiné dès que lui fera défaut la protection de son père dont la santé est heureusement fort précaire... C'est d'ailleurs la raison pour laquelle, lorsque j'ai vu que je ne pouvais avoir suffisamment de voix pour l'élection, j'ai fait alliance avec della Rovere pour que celui-là soit élu. Notre cher Orso prend aussi le chemin de dilapider la fortune paternelle et ce n'est pas vous, et moins encore ce pauvre Ludovico qui vit plus couché que debout et qui n'a pas plus de volonté qu'une chenille, qui vont le détourner d'une voie qu'il a aussi allègrement empruntée. Je serai heureusement là pour l'aider en toutes choses.

— Fort bien, mon cousin, je ne suis pas contre un arrangement qui ne sera pour déplaire à mon fils et qui favorise vos visées amoureuses. Mais la décision finale appartient à Giulia car si on peut la contraindre à un mariage qui lui déplaît, on ne peut l'obliger à coucher avec un cardinal.

— Ne soyez pas en peine, de cela, j'en fais mon affaire. Mais vous comprenez que je ne puisse la donner à mon fils, surtout si vous soupçonnez qu'il puisse l'aimer.

— Je connais trop bien César pour que vous ne puissiez d'évidence compter sur sa complaisance.

— Il va bientôt avoir quatorze ans, il est temps qu'il aille faire ses études ailleurs. Je songe à l'envoyer à Pérouse dès l'été prochain. Et entre-temps, afin de le détourner de quelque funeste passion pour Giulia, il serait bon qu'il accompagnât votre fils chez ces belles courtisanes qui sauront l'emmener dans les jardins du véritable amour qui est d'abord toute volupté. Notre magnifique compatriote, Isabella de Luna me paraît tout indiquée pour lui faire connaître des plaisirs qui le détourneront de ces sottes amours enfantines. Je vous confie ce soin.

Or, Lucrezia qui se trouvait toujours dans le sillage de son frère, avait entendu le dialogue entre Orso et sa mère et l'intervention de César, sans cependant que les intéressés ne le sussent car elle était restée dissimulée sur le seuil de la porte restée ouverte. Comme elle ressentait la plus vive aversion envers Orso, elle s'empressa de venir auprès de Giulia qui faisait de la tapisserie dans sa chambre.

— Giulia, Giulia, l'entreprit-elle aussitôt, savez-vous bien ce que ce méchant Orso a dit de vous ?

La jeune fille leva la tête de son ouvrage et s'étonna :

— Comment le saurai-je ? Mais est-ce lui qui vous a parlé ?

— Non, je l'ai entendu qui parlait à sa mère, madonna Adriana.

— Vous écoutez aux portes ? Ne savez-vous pas que c'est très mal ?

— Pourquoi ? Au contraire, ainsi connaît-on nos amis et nos ennemis car ceux-là vous font mille saluts de face et disent tout le mal possible de vous dans votre dos.

Giulia se contenta de sourire en songeant qu'elle n'était que trop dans le vrai, tandis que Lucrezia poursuivait :

— C'est d'ailleurs Orso lui-même qui dit que les choses se passent ainsi. Et voici : il a dit que vous étiez une pauvresse, que vous n'étiez qu'un parti bien médiocre et il a dit aussi qu'il aurait voulu épouser une princesse de Naples parce qu'elles ont de très grosses dots. Comme mon grand frère Pedro Luis qui va épouser une princesse d'Aragon. Et vous savez ce que lui a répondu César ? Quelque chose comme ça : qu'il était insignifiant comme un insecte et que jamais un roi ne lui donnerait sa fille. Ensuite, après qu'Orso se fut éloigné, César a déclaré que votre beauté valait toutes les plus riches dots et que lui-même vous épouserait sans nulle dot.

Bien qu'elle eût quelque vergogne à prêter une oreille complaisante aux paroles de la fillette, Giulia se sentit rougir de plaisir en entendant ce qu'avait assuré César, et comme après s'être tue, Lucrezia la scrutait du regard, attendant manifestement ses réactions, elle soupira :

— Hélas ! il est vrai que, autant j'ai bien du chagrin

en pensant à celui qu'on me destine, autant j'aurai du bonheur à épouser votre frère.

— Alors, pourquoi ne le lui dites-vous pas ? Moi, je veux bien en parler à mon vénéré père, il fait tout ce que je lui demande.

Giulia rit et la serra dans ses bras.

— Il n'est pas sûr qu'en cela il vous écoutera.

— Moi, je voudrais tant que vous deveniez plus encore ma sœur par un tel mariage ! soupira Lucrezia.

Depuis qu'elle était arrivée au palais Orsini, Giulia, qui avait tout de suite éprouvé un vif penchant pour César, n'avait cessé de s'interroger sur les sentiments que l'adolescent pouvait lui porter. Il était toujours plein d'égards, manifestait par ses attentions, ses paroles, une amitié faite d'estime, mais en tout il semblait voir en elle plus une sœur et une compagne de jeux qu'une possible amante. Ils parlaient de tout, sauf d'amour et s'il lui arrivait de lui prendre la main, ce n'était jamais en des moments d'intimité et d'abandon, mais lorsqu'ils couraient dans la campagne ou qu'il l'entraînait dans les salles du palais pour se rendre en hâte dans quelque autre lieu pour y jouer à la balle ou suivre les leçons de l'un de leurs précepteurs, car étant du même âge, on avait jugé que Giulia pourrait suivre le même enseignement que César.

Or, à partir de ce jour, les relations entre les deux adolescents commencèrent à se modifier. Mû par un ensemble complexe de sentiments où se mêlaient une sorte de retenue, un respect pour la femme qui mûrissait lentement dans la jeune fille, un orgueil aussi, car il se refusait de devoir quoi que ce soit à la complaisance d'Orso (il n'avait pas oublié que ce dernier lui avait abandonné Giulia avec une impudence qui lui paraissait une injure faite à la jeune fille), César avait maintenu toujours une certaine distance dans leurs rapports et il n'avait voulu voir en elle qu'une sœur ou une compagne de jeux et d'études. Les paroles qu'avait prononcées Orso devant sa mère, le silence de celle-ci lorsque César avait déclaré qu'il était prêt à épouser Giulia, et qu'il avait interprété pour un acquiescement tacite, ce furent là, à ses yeux, des raisons pour se montrer plus prévenant à l'égard de Giulia et lui révéler la nature réelle de ses sentiments, avec cependant cette prudence qui lui était particulière. De son côté, Giulia avec l'intuition propre à son sexe, avait décelé, dans les paroles de César que lui avait rapportées Lucrezia, l'affleurement d'une sourde passion qu'il dissimulait sous des attitudes d'indifférence. Car, elle aussi, n'avait jusqu'à ce jour voulu laisser percer des sentiments, voire des désirs que sa pudeur, tout autant que son éducation, voulaient qu'ils fussent profondément enfouis au fond du cœur. Et elle les avait d'autant plus soigneusement dissimulés qu'elle s'était finalement persuadée que César ne voyait en elle qu'une amie, et qu'une attitude équivoque de sa part à elle risquait de le choquer, sinon de le fâcher. Aussi naquit en elle l'espoir de voir rompre un projet de mariage qui lui était un sujet de perpétuels tourments au profit d'une union avec un homme à qui elle se croyait destinée de par les sentiments mêmes qu'elle nourrissait silencieusement en son cœur.

On les vit désormais de plus en plus souvent ensemble. César ne croyait plus déchoir en participant avec elle aux jeux qu'elle partageait avec Lucrezia et elle-même osa lui suggérer de l'emmener chez leur mère madonna Vannozza, lorsqu'ils s'y rendaient. Or, pendant un certain temps, César y vint souvent car Canale abritait sous le toit conjugal Angelo Poliziano. Cet homme de génie n'avait alors pas encore trente-quatre ans, mais, élève à Florence de Joannes Argyropoulos, Andronicos Kallistos et Cristoforo Landino, à quinze ans il maniait si parfaitement le grec et le latin qu'il avait entrepris une traduction de *l'Iliade* en vers latins. Ancien précepteur des enfants de Lorenzo dei

Medici, ami de ce dernier, il avait acquis une réputation universelle pour les ouvrages philosophiques et poétiques qu'il avait publiés en latin et en italien. Il avait connu Canale lors d'un séjour à Mantoue et il s'était lié avec cet homme qui l'admirait passionnément. Dans ce mois de mai 1488, Poliziano avait été envoyé par le Magnifique à Rome avec son fils Piero. Donna Clarissa y était demeurée depuis le mois de novembre, avec sa fille Maddalèna. Piero y venait en compagnie de son ancien maître afin de consommer son mariage, signé en mars de l'année précédente à Naples, avec Alfonsina Orsini, jeune sœur de Virginio et cousine de Clarissa.

César trouvait le plus grand plaisir à la compagnie de Poliziano. Cet humaniste, capable de parler avec autant de compétence et de subtilité, de Platon et des néo-platoniciens qu'il avait largement pratiqués et interprétés dans le cadre de l'Académie platonicienne de Florence, dirigée avec maîtrise par Marsile Ficin, d'Aristote et de théologie, savait avec la plus grande élégance tourner des vers charmants, faire l'éloge de la beauté et de l'amour, chanter le vin et les plaisirs de la vie, raconter avec autant d'art que d'aisance les fables de l'Antiquité, les aventures piquantes des dieux grecs, et aussi celles de princes et ecclésiastiques encore bien vivants, avec autant de verve que Boccace.

Poliziano consacrait de longs moments à lire à l'assemblée, composée non seulement de la famille de Vannozza mais aussi des prélats et humanistes venus là pour rencontrer Poliziano et s'entretenir avec lui, des passages de son *Orfeo* une version en cinq actes, remaniée et développée de la « rappresentazione » qu'il avait écrite jadis en deux jours pour célébrer l'entrée à Mantoue du cardinal Francesco Gonzaga et à la requête de ce dernier. Cette histoire que César avait déjà lue dans Virgile, lui fit cependant la plus vive impression, tout autant qu'à Giulia. La passion qui unissait Eurydice à Orphée, la manière dont elle avait fui les avances d'Aristée, n'ayant en son cœur que la pensée de son amant, sa mort à la suite de la morsure d'un serpent au cours de sa fuite dans les collines de la Thrace, le chagrin d'Orphée qui avait obtenu de venir la chercher dans l'enfer tant les dieux avaient été touchés par ses larmes et la beauté de sa musique, enfin la perte définitive d'Eurydice parce que dans son impatiente passion il n'avait pu se retenir de tourner vers elle son regard malgré l'interdiction des dieux, toute cette histoire d'amour embellie par les vers de Poliziano et les chants des chœurs qu'il y avait insérés, furent longtemps un sujet de commentaires entre les deux adolescents qui, par ce biais, laissèrent percer les sentiments qui les consumaient en désirs mutuels sans cependant les exprimer clairement.

Pendant un temps Angelo Ambrogini, qu'on n'appelait plus que Poliziano, d'après son lieu de naissance, Montepulciano, en Toscane, devint l'oracle des deux jeunes gens qui se procurèrent auprès de Carlo Canale une partie de ses œuvres. Il n'était plus question entre eux que de l'île de Chypre dédiée à Vénus, avec ses montagnes, ses bosquets fleuris balayés par les souffles du printemps, telle que l'avait décrite Poliziano dans un poème qu'il lui avait consacré ; sa description poétique de la chasse de Giuliano dei Medici, frère de Lorenzo assassiné quelques années auparavant lors de la fameuse conspiration dei Pazzi, fit que Giulia ne rêva plus que d'aller chasser avec César comme ses *Laude* de la vie rustique firent naître en eux le désir de se promener dans les monts Albins ou vers les frais ombrages de la Sabine chantés par Horace.

On arrivait vers la fin du mois de mai, période pendant laquelle la campagne romaine et les monts environnants se couvrent de fleurs aux fragiles couleurs, où reverdissent les feuillages touffus qui se chargent de chants d'oiseaux, où en un cantique de louange universel renaît la nature engourdie dans les brumes moroses de l'hiver.

César et Giulia avaient apporté dans les salons du palais Orsini le souffle des vers de Poliziano. Pomponius Laetus les entendit déclamer les vers célébrant la vie dans la nature et il en fut charmé.

— J'aime messer Angelo, assura-t-il, mais je lui adresserai toujours le reproche de préférer le grec au latin alors que moi je me refuse à savoir le grec car seul le latin nous donne accès aux vertus de nos ancêtres romains. Caton l'Ancien refusait tout ce qui était grec, face aux Scipions déjà corrompus par la volupté de la vie grecque. C'est lui et les anciens républicains de Rome qui doivent être nos modèles.

De son vrai nom Giulio Sanseverini, il était un bâtard de la puissante famille des princes de Salerne, vassaux du roi de Naples. S'il partageait avec bien des Italiens sa passion pour l'Antiquité romaine, il était sans doute le seul homme de riche maison qui avait, au nom de cette même passion, abandonné tous ses biens pour se consacrer entièrement à l'étude des anciens. Il avait acquis sur les pentes du Quirinal, à Rome, une rustique demeure et une vigne où il logeait sans domestiques, avec ses deux filles, Nigella, laquelle cheminait sur les traces de son père dans l'amour du savoir, et Fulvia qui préférait tenir la maison plutôt que d'étudier. Dès le petit matin, parfois même encore avant que ne se lève le soleil, à l'instar des anciens Romains, on le voyait descendre de la colline, portant une lanterne pour s'éclairer, seulement vêtu d'un manteau troué qui voulait imiter le pallium des philosophes grecs et latins. Cet homme petit, malingre, qui comme Démosthène bégayait, par son savoir et l'envolée de sa pensée, mais aussi ses mœurs qui passaient pour austères dans une société aussi raffinée et voluptueuse que celle de la curie romaine, exerçait une véritable fascination sur la jeunesse qui se pressait dans la salle de l'université de Rome où il dispensait ses cours. Au reste, ses auditeurs n'étaient pas seulement les jeunes Italiens, mais aussi bien des dignitaires de l'Église, des humanistes, voire des théologiens venus de toutes les parties de l'Italie et même de l'Allemagne et du royaume de France.

Grand Pontife de l'Académie romaine, il avait dans le cadre de cette Académie de nombreux disciples, poètes, humanistes, philosophes, qu'il recevait dans son jardin où il élevait des canards et cultivait des légumes en suivant les prescriptions de Columelle et de Varron. Là, ils s'adonnaient à de joyeuses agapes, partageant une chère préparée en commun, chacun apportant ses talents et sa bonne humeur, buvant en chantant des vers d'Horace ou de Catulle, déclamant l'hymne à Vénus de Lucrèce dont on mettait le *De Natura Rerum* fort au-dessus des enseignements bibliques considérés à juste titre comme quelque peu puérils.

En découvrant l'intérêt soudain de César et de Giulia pour la vie simple et l'Antiquité latine, Pomponius les convia à venir participer à un banquet dans sa vigne, la présence de ses filles justifiant celle de Giulia. C'est là que César rencontra ces disciples lointains d'Horace et de Cicéron que le pape Paul II avait si sévèrement persécutés et qu'avait restaurés son successeur. Parmi eux il distingua deux poètes, Francesco Sperulo, de Camerino et Pier Justolo, de Spolète, que plus tard il allait prendre sous sa protection et qui devaient célébrer ses hauts faits. Et il fut décidé d'aller en une sorte de pèlerinage vers les collines de la Sabine et l'antique Tibur pour rendre hommage à Horace qui y avait reçu une maison de Mécène et visiter les ruines de l'immense palais qu'y avait fait construire l'empereur Hadrien. Les pèlerins pouvaient se targuer d'un illustre exemple dans le pape Pie II, ami et protecteur du cardinal Roderigo Borgia, qui, alors qu'il n'était que le cardinal Æneas Sylvius Piccolomini, avait ainsi parcouru la campagne romaine et visité les ruines de la villa Hadriana sur lesquelles il avait médité sur l'éphémère gloire des choses humaines. C'est avec un exemplaire des *Commentaires* en latin de ce grand pape, que Pomponius Laetus avait emmené ses amis, car le texte d'Æneas Sylvius était constellé de poétiques évocations de la nature et de ses beautés.

Roderigo s'était fait longuement prier par Adriana pour accepter d'accorder sa bénédiction aux deux adolescents, car il redoutait qu'ils n'en profitassent pour se donner l'un à l'autre. Mais Adriana lui avait fait remarquer que si réellement ce désir leur tenaillait les entrailles, nulle interdiction, nulle séparation ne pourrait les empêcher de l'accomplir et que si jusqu'à ce jour ils n'avaient rien fait ensemble, ils n'en feraient pas plus les jours suivants. Roderigo dut se laisser convaincre, ne serait-ce que parce qu'il n'avait aucune raison avouable à s'opposer à cette partie de campagne.

On quitta Rome par la voie tiburtine de grand matin. César et Giulia allaient à cheval, ainsi que l'inévitable Corella. Roderigo voulait fermement que ce rude condottiere ne quittât pas César dans ses randonnées, prétendument pour le défendre contre un quelconque danger, mais en réalité afin de le surveiller car il l'interrogeait souvent sur les actions de son fils ; il ne se doutait nullement que Corella était désormais entièrement acquis à César et ne rapportait au cardinal que ce que César voulut bien qu'il lui dise. Pomponius et ses autres invités suivaient sur des mules dont, prétendaient-ils, le pas majestueux convenait mieux à des penseurs et des poètes, mais qui en réalité redoutaient les écarts inattendus de ces fougueuses montures qu'étaient les chevaux. La lenteur de leur train qui se conciliait mal avec l'impétueuse impatience des deux adolescents, permettait à ces derniers de caracoler en avant ou en arrière de la troupe, de s'arrêter dans les champs pour cueillir des fleurs ou galoper après un lapin.

Lorsque le soleil fut parvenu au zénith, on fit halte pour prendre une collation. On étala sur l'herbe des nappes et on sortit des corbeilles disposées dans de grands paniers attachés aux flancs d'un âne, anguilles salées, pâtés de lièvre, chapon froid, melon, figues et oranges que Pomponius avait reçues de Salerne, le tout arrosé de vin de Frascatti. La chaleur était vive et les hommes quittèrent leur pourpoint, restant en chemise. L'un des convives avait amené une viole sur laquelle il chanta des airs à la mode et Pomponius incita César et Giulia à danser :

— Madonna, dit-il, on colporte partout dans Rome que vous avez avec notre charmante Lucrezia, le meilleur maître de danse de la ville et que vous dansez à ravir. Et nous savons que notre magnifique César apprend avec le même maître. Voici une occasion de danser comme le faisaient les nymphes dans les prairies de Vénus.

César se leva et tendit la main à Giulia pour l'aider à se redresser. Elle la prit en riant et lui laissa enfermer ses doigts dans ses mains car on jouait une basse danse au rythme lent et gracieux. Ils changèrent de registre avec une suite de « brando » rapides et sautillants puis le musicien annonça une volta comme on les dansait par couples en France et en Allemagne. César ne savait si Pomponius et son ami musicien avaient agi avec quelque arrière-pensée, mais en lui-même il leur rendit grâce, car dans cette danse il devait prendre la jeune fille par la hanche, la faire tourbillonner de manière que volait haut son cotillon léger, et la tenir serrée contre lui. Giulia s'abandonna entre les bras de César qui était heureux de montrer par la même occasion sa remarquable robustesse. La jeune fille était rouge de plaisir et ses yeux noirs brillaient comme des charbons ardents. César la sentait haleter contre lui, la chaleur de sa poitrine pénétrant jusqu'à sa propre chair. Et lorsque se termina le pas final, les spectateurs réclamèrent le baiser qui devait couronner la danse. Un instant, les deux adolescents se regardèrent, seules leurs lèvres frémissant, puis César approcha sa bouche et l'unit à la sienne. Elle ferma les yeux et il sentit son corps s'abandonner entre ses bras.

Les spectateurs applaudirent bruyamment en les félicitant tandis qu'ils se séparaient. Ils s'étaient arrêtés à proximité de l'Aniene qui descend des monts Sabins et alimente Tivoli de ses somptueuses cascades. César entraîna Giulia au bord de la claire rivière et il puisa de l'eau dans ses mains jointes pour lui offrir à boire. Elle s'aspergea pour se rafraîchir le visage et la gorge puis ils ôtèrent leurs chaussures et les bas pour tremper les pieds dans le courant. Ils se tenaient par la main et leurs regards se croisèrent. César se pencha vers elle et elle ne recula pas lorsque à nouveau il posa ses lèvres sur les siennes. Mais ils ne parlèrent point car il leur semblait que leurs regards et ces deux baisers, les premiers qu'ils aient encore échangés, étaient plus éloquents que toute parole amoureuse.

Ce soir-là, ils dormirent dans une auberge de Tivoli, et chacun dans sa chambre ne songea qu'à l'autre, et au lendemain.

Pomponius avait voulu que la journée suivante fût entièrement consacrée à parcourir les ruines de la villa d'Hadrien. Ils s'y rendirent sur leur monture, mais dès qu'ils eurent pénétré dans les vallonnements d'où surgissaient les monuments mutilés par les hommes et le temps, ils laissèrent les bêtes à la garde de Corella et allèrent à pied à la suite de Pomponius Laetus qui lisait à haute voix en latin les passages qu'Æneas Sylvius avait consacrés à ces témoignages de la magnificence de l'empereur romain. César, qui tenait Giulia par la main, ralentit le pas pour laisser peu à peu le groupe des humanistes les distancer, puis il déclara à la jeune fille :

— N'est-il pas mieux que nous errions de notre côté dans ces lieux qui furent témoins de la gloire des Césars ? Les commentaires de Pomponius m'ennuient.

— Je partage votre opinion. Allons, je vous suivrai en quelque lieu que vous m'emmènerez.

César saisit l'allusion sans la relever et il l'entraîna en une direction tout à fait opposée à celle qu'avaient prise les autres visiteurs. César se mit alors à dire à Giulia son admiration pour son homonyme romain qui avait dompté les peuples les plus guerriers de son temps et avait ensuite soumis à ses volontés le sénat romain.

— C'est là, dit-elle, un modèle digne d'une grande âme dévorée par la plus belle des ambitions.

— Pensez-vous qu'il peut être mon modèle ?

Elle le regarda avec gravité avant de répondre :

— J'en suis convaincue, César.

Ils étaient parvenus devant une voûte à demi dissimulée par du lierre et toute une végétation rampante qui avait envahi les ruines du monument.

— Oh, allons voir ce qu'il y a là... dit-elle.

Il s'engagea résolument sous la voûte, mais elle eut un mouvement de recul :

— Ne risquons-nous pas d'être mordus par un serpent, comme Eurydice ?

— Il n'y a rien à craindre...

Puis tout en avançant lentement dans le souterrain enveloppé d'une lumière verte qui tombait des ouvertures ménagées dans la galerie, soit qu'elles l'aient été à l'origine, soit que le toit se soit partiellement écroulé, César reprit :

— Si par malheur il t'arrivait ce qui est advenu à Eurydice, j'irai moi aussi te chercher jusqu'en enfer, car lorsque je veux quelque chose, Satan lui-même ne me ferait pas reculer.

Elle avait crispé sa main dans la sienne, émue par ces paroles qui lui donnaient la mesure des sentiments que César lui portait, et aussi par ce tutoiement soudain. Et tout en marchant il avait enlacé sa taille tandis qu'elle appuyait la tête sur son épaule. Un instant ils errèrent dans cette galerie souterraine, en silence, songeant à eux-mêmes bien plus qu'aux ombres des amants de jadis qui avaient peut-être en ces lieux échangé des serments d'un amour éternel. Est-ce par crainte de rompre ce lien subtil qu'ils savaient les unir sans qu'il fût besoin de l'évoquer ? ou encore par une sorte de pudeur, car elle se savait promise à un autre et lui ne se doutait que trop que son père le destinait à un état ecclésiastique, que ni l'un ni l'autre ne voulut exprimer par des mots son amour et se jurer de s'appartenir mutuellement et à personne d'autre ? Les appels de Pomponius et de ses compagnons les tirèrent de leur rêverie :

— Écoutez, je crois qu'on nous cherche, dit Giulia.

— Au diable ces fâcheux ! s'exclama César, en la serrant plus fort contre lui, si bien que leurs visages furent tout proches.

Elle ne le repoussa pas lorsqu'il lui donna un baiser, mais comme il ne semblait pas disposé à se séparer d'elle, elle murmura :

— Retournons auprès d'eux car ils pourraient penser mal de nous.

Elle glissa entre ses bras et s'éloigna en courant. César la suivit du regard un instant en maudissant son jeune âge qui l'obligeait à rendre des comptes à des tiers, et aussi ce défaut d'expérience qui faisait qu'il ne savait exprimer ses désirs et saisir le moment si fugitif où une volonté secrète s'accomplit en un acte unique.

CHAPITRE IV

Par ces premières journées de juin, chaudes et lumineuses, le palais Borgia était en fête. Pedro Luis, le fils aîné de Roderigo, venait de rentrer d'Espagne. Grâce à l'immense influence qu'il exerçait dans son archevêché de Valence et surtout à sa haute position dans la curie romaine qui lui valait les diplomatiques faveurs des Rois Catholiques Isabelle et Ferdinand, Roderigo Borgia avait obtenu pour son fils le fief de Gandia, petite cité proche de Xativa, berceau des Borja, que le roi Ferdinand avait érigé en duché. Il convient cependant de reconnaître que Pedro Luis n'avait pas obtenu ce duché par la seule protection paternelle car il avait combattu contre les Maures dans les rangs de l'armée d'Aragon et il s'était distingué lors de la bataille de Ronda.

Particulièrement infatué de ce titre de duc, qui en réalité ne représentait que peu de choses, Pedro Luis, depuis qu'il l'avait obtenu à la fin de 1485, passait le plus clair de son temps à la cour d'Aragon où il ne cessait d'intriguer, grâce à quoi il avait obtenu du roi la promesse d'un mariage avec l'infante doña Maria Enriquez. Aussi est-ce auréolé de la gloire d'un nouveau prince qu'il fit son apparition à Rome. Il s'installa dans le palais Borgia et il eut avec Roderigo de longs et secrets entretiens. Les enfants de Vannozza vinrent lui faire plusieurs visites au palais Borgia, puis, un matin, un valet du duc vint chercher César au palais Orsini pour le conduire auprès de son maître. En apprenant que Pedro Luis voulait s'entretenir seul à seul avec César, Giovanni pâlit de rage et de jalousie, mais il dissimula son mécontentement.

— Je me réjouis, dit Pedro Luis en embrassant César, de voir que mon bien aimé et illustre frère se porte à merveille et qu'il est tout florissant. Vous voilà devenu un homme...

Il lui prit le bras pour l'entraîner vers deux sièges sur lesquels ils s'installèrent avant de poursuivre :

— J'ai aussi appris avec une grande satisfaction que vos maîtres sont fort contents de vous et que vous progressez merveilleusement dans tous les domaines du savoir. Je me suis aussi laissé dire que vous êtes devenu un excellent cavalier et une fine lame.

— Mon très cher frère, il me semble qu'on vous a dit trop de bien de moi et je crains que ce ne soient là que paroles de flatteurs.

— Non point, vous me semblez trop modeste. César, si je vous ai fait venir seul, c'est pour vous parler au nom de notre illustrissime père et au mien car nous considérons que vous n'êtes plus un enfant et j'ai à vous entretenir de choses très sérieuses qui engagent tout l'avenir de notre maison.

— S'il s'agit de cela, je vous écoute avec passion, mon seigneur.

— Vous avez, bien sûr, entendu parler du roi de Naples, don Ferrante.

— Fort peu, avoua César, surpris par cette entrée en matière.

— Ce bâtard d'Aragon qui est sur le trône de Naples nous donne chaque jour l'exemple de ce que ne doit pas faire un prince : par ses exactions, ses cruautés, sa perfidie, il s'est aliéné aussi bien l'ensemble de son peuple que les barons de son royaume de manière que son trône n'est plus soutenu que par les glaives de ses condottieri. Non content d'imposer ses sujets d'une manière honteuse, il utilise tous les moyens pour percevoir ces impôts, y compris la prison et la torture. Il n'hésite pas à confisquer les biens des particuliers et ceux des ecclésiastiques sous le plus mince prétexte, il exerce un contrôle tyrannique sur le commerce, il s'est attribué le monopole du trafic du blé et de l'huile, de manière qu'il n'a pas un sujet qui ne soit prêt à la révolte, excepté les bouffons et autres parasites de sa cour qu'il entretient sur le plus grand pied. Vous savez peut-être que durant ces dernières années il a été en guerre contre le Saint-Siège et ses propres barons.

— J'ai en effet entendu parler de ces guerres au cours desquelles son fils le duc de Calabre, s'est acquis une réputation de grand capitaine, et aussi que la paix a été signée avec Sa Sainteté en août 1486.

— Fort juste. Vous ignorez peut-être encore que, peu après, il déchirait le traité comme simple chiffon et il ourdissait une terrible vengeance contre ses barons. Sous prétexte de fêter paix et réconciliation, il a invité à un grand festin en son château neuf, à Naples, les comtes de Borelo, Carinola et de Policastro, ainsi que son conseiller Giovanni Pou, Antonello Petrucci et, ce qui était pour rassurer tout le monde, un homme qu'on disait être son ami et âme damnée, Francesco Coppola, un marchand qui avait pour charge la surveillance de toutes les transactions commerciales du royaume. Ils vinrent tous, ces fous, avec leurs femmes et leurs enfants, en habits de fête, sans la moindre méfiance. Or, à peine furent-ils réunis dans la salle des fêtes du château que le roi les fit saisir et emprisonner, même Coppola qu'il accusa d'avoir participé à la révolte des barons. On instruisit leur procès pour trahison, mais avant même que ne fussent rendus les jugements qui d'ailleurs condamnèrent à mort ces malheureux, il avait saisi tous leurs biens qu'il mit en vente, ce qui lui rapporta plus de 300 000 ducats. Nous savons que le seul tort de Coppola était de s'être prodigieusement enrichi, et c'est ce que voulait Ferrante afin de pouvoir ensuite le spolier.

« Mais ce n'est pas tout. Je ne dirai rien de leurs femmes et de leurs filles qui servirent aux plaisirs des bourreaux avant d'être exécutées, ou pour les plus favorisées, gardées en prison ou vendues dans des maisons de plaisir. Il restait cependant encore de nombreux barons qui avaient eu la prudence de ne point rentrer à Naples, les princes de Bisagno et d'Altamura, les comtes de Lauria et de Melito, le duc de Melfi. Sachez qu'aucun d'eux n'échappa à sa vengeance : il lança sur leurs traces, pareils à d'opiniâtres limiers, une troupe de bravi et de spadassins qui eurent tôt fait de les égorger, les empoisonner, les jeter à la mer pour ceux qui crurent trouver leur salut dans une fuite vers les Espagnes ou la Sicile.

« L'adage latin que nous a transmis Cicéron, *Oderint, dum metuant*, “qu'ils me haïssent pourvu qu'ils me craignent” ne doit jamais être appliqué à l'ensemble d'un peuple qu'on est amené à gouverner. La sagesse, César, c'est d'abattre les grands mais de se rendre les populations favorables par des largesses, une justice équitable, une grande mansuétude. Les mains des Aragons de Naples ruissellent tant de sang que le roi d'Espagne, don Ferdinando d'Aragon, en est atterré. Or, sachez qu'il songe à faire chasser ses cousins de ce trône sur lequel il ne parvient plus à exercer la moindre influence. Il verrait d'un œil favorable une intervention du pape, voire la formation d'une ligue qui abattrait la puissance de Ferrante, chasserait ce bâtard d'un trône qu'on peut considérer comme usurpé, afin d'y placer votre serviteur qui va être étroitement lié à la famille d'Aragon par son mariage. César, sachez que vous avez devant vous le futur roi de Naples... et ensuite... »

Il s'était levé de son siège et il fit quelques pas avant de venir se pencher sur César et poursuivre avec exaltation :

— Mon illustre frère, ce bon à rien, cet épicier de Savone, je veux parler de ce ridicule Girolamo Riario récemment assassiné par le peuple en colère et ses plus proches amis, s'était cru capable de placer l'Italie sous son joug avec la complicité de son oncle Sixte IV. Il n'avait pour lui que sa prétention excessive, et ce pleutre ne sut que terroriser les Romains sans être capable d'accomplir la moindre action mémorable. Mais nous, oui, je dis bien nous, toi et moi, mon frère, nous réussirons à réaliser ce vieux rêve.

Il s'était à nouveau éloigné et marchait d'un pas nerveux. Cette évocation du comte de Forli, rappela à César qu'il avait ouï le bruit de son assassinat au début de cette même année à la suite d'une conjuration qui avait un instant mis en danger la vie de Catarina Sforza, son épouse. Mais elle avait su réagir avec autant d'habileté que d'énergie et finalement elle avait mâté la révolte dans le sang et pris en main les affaires du comté. Mais César, qui se trouvait désormais sous le charme de Giulia, avait à peine prêté attention à une affaire à laquelle, quelques mois auparavant, il aurait porté le plus vif intérêt.

Pedro Luis s'était à nouveau arrêté devant son frère :

— Oui César, je serai roi, et vous, vous serez pape.

César leva les sourcils en marquant sa surprise :

— Moi, pape ?

— Oui, toi, reprit Pedro Luis qui, dans son exaltation, avait abandonné le vous cérémonieux que se piquaient d'utiliser les enfants de la grande noblesse, non seulement envers leurs parents mais même entre eux.

À la mort de cet encombrant et inutile Innocent VIII, notre père sera élu, on n'en peut douter. Il faut alors que tu aies acquis tes grades à l'université et aussitôt il fera de toi un cardinal et il te donnera son archevêché de Valence. C'est ce qu'il m'a assuré lors de nos récents entretiens. Si tu es habile et intrigant, tu monteras sur le trône de Saint-Pierre avant peu d'années. Je serai alors le maître de Naples et en unissant nos puissances nous deviendrons maîtres de l'Italie. Toi tu régneras sur les âmes, moi sur les corps. Ainsi sera réalisée la prédiction que fit un jour une bohémienne à notre père qu'il enfanterait le futur roi de l'Italie.

Une telle perspective était en mesure de faire rêver César, qui avait déjà entendu Roderigo faire une allusion à cette prédiction, mais il n'envisageait qu'avec la plus grande répulsion d'embrasser l'état ecclésiastique.

— Pardonnez-moi, Pedro Luis, mais je me vois bien mal portant la robe.

— Que me dis-tu là ? Écoute César, tu es le cadet et la coutume veut que le deuxième-né entre en religion. Mais cela ne peut gêner ni tes désirs de jouissances, ni ton ambition. Tout au contraire. Suis l'exemple de notre vénéré père. Ne tenons-nous pas de lui notre richesse et notre puissance ? Les princes autant que les plus hauts dignitaires de l'Église sollicitent ses faveurs, mais son état qui lui vaut tant de prestige ne l'empêche ni d'aimer ni d'avoir des enfants. Nous savons tous que pour les grands, l'état ecclésiastique n'engage nullement le mode de vie et rien ne nous oblige à porter la robe en permanence. Il en sera ainsi pour toi, car telle est la volonté de notre père.

Comme César baissait la tête en songeant à Giulia dont il ne pourrait ainsi jamais faire sa femme, son frère poursuivit, en lui mettant la main sur l'épaule.

— Il est bien étrange que mes paroles puissent ainsi t'attrister. Je sais, moi, ce qu'il te faut. Pendant mon séjour à Rome, tu seras mon commensal. Je t'emmènerai chez les plus belles courtisanes de la ville car il me paraît qu'il est temps de faire ton éducation sur ce chapitre. Et je demanderai à notre père de te raconter quelques-unes de ses aventures galantes alors qu'il était jeune cardinal, afin que tu ne puisses imaginer que la vie d'un prince de l'Église soit celle d'un méchant moine. Mon César, je puis ici t'assurer que nous sommes tous deux destinés à réaliser ensemble de grandes choses qui resteront dans la mémoire des hommes.

Il terminait de parler ainsi lorsque entra Roderigo. Aussitôt César se leva et vint au-devant de lui. Tandis qu'il ployait un genou en inclinant la tête, son père qui portait précisément, non point la robe pourpre mais un habit de cavalier dans lequel il ne manquait toujours pas de prestance, lui donna sa bénédiction puis, le relevant, le serra contre sa poitrine. Lorsqu'ils eurent échangé quelques paroles affectueuses, Pedro Luis fit part à Roderigo de son entretien avec César et des craintes qu'avait celui-ci de voir ses ambitions et ses désirs entravés par le port de la robe. Roderigo qui s'était assis sur un fauteuil couvert de coussins de velours pourpre, se mit à rire et lui dit :

— Que cela ne te mette pas dans un sot embarras. J'étais déjà cardinal et Vice-Chancelier de l'Église au printemps de 1460, lorsque je me trouvais à Sienne après avoir accompagné dans les forêts et la campagne notre bienheureux pape Pie II qui, à mon grand dam car je le suivais partout, était entiché de nature et d'antiquités. Il s'en était allé prendre les eaux à Pietriolo et moi-même je me serais bien ennuyé dans cette ville de Sienne où il m'avait laissé l'attendre, si je n'avais eu pour ami le magnifique Giovanni dei Bichis chez qui je logeais. Or avec quelques-uns de ses compagnons dont plusieurs étaient comme moi des ecclésiastiques mais n'en portaient pas plus que moi l'habit, nous avons organisé une fête dans ses jardins qui étaient bien agréables en ce mois de juin. Il avait dans ses relations nombre de jeunes dames et demoiselles que nous avons sélectionnées afin de les inviter à participer à ce festin. Nous avions convoqué les meilleurs musiciens de la ville, mais nous refusâmes l'entrée aux époux, frères et parents de ces gentes femmes qui cependant s'étaient empressées de venir sur la seule renommée du Vice-Chancelier de l'Église.

« La Madonne m'en est témoin, ce fut une bien belle fête qui se poursuivit tard dans la soirée jusqu'à la vingt-deuxième heure. Dans le jardin, à l'ombre des treilles et des roses, avaient été dressées les tables couvertes des mets les plus fins et dans les carafes de cristal scintillaient les vins les plus exquis. Nous avons commencé à bien manger et boire, puis nous avons dansé de sorte que tout ce monde se soit échauffé, et sache qu'il y avait plus de femmes que d'hommes. L'air était chaud, lourd de parfums et le vin tout autant que la musique et la danse avaient commencé à tourner les esprits, si bien que lorsque Giovanni dei Bichis proposa aux dames de se rafraîchir en se trempant dans un grand bassin où coulait une fontaine, elles se hâtèrent de se dépouiller de leurs robes pour aller s'y tremper. Seules les jeunes filles hésitèrent mais bientôt, se débarrassant d'une ridicule pudeur, elles se mirent aussi nues qu'au jour de leur naissance et allèrent rejoindre leurs aînées. Ah ! ce fut un bien beau spectacle que nous offrirent ces gracieux corps dévêtus, ces chevelures d'or ou de jais qui flottaient sur les eaux au milieu des guirlandes de fleurs. Nous ne tardâmes pas à les rejoindre dans la même tenue qu'elles et nous jouâmes à la balle et à toutes sortes de jeux en riant et en s'éclaboussant. Et les musiciens nous accompagnaient toujours de leurs chants et les valets apportaient sans cesse des coupes de vin. Nous avons ensuite dansé sur l'herbe alentour, comme ont dû le faire nos premiers parents dans l'Éden, et de temps à autre, lorsque le désir devenait trop pressant, le cavalier entraînait sa cavalière à l'abri d'un fourré pour lui faire danser un autre genre de passe-pied.

« Or, mon rang dans l'Église m'attira toutes les galanteries des dames et l'une d'entre elles tint avec obstination à ce que je dépucelle sa fille âgée de quinze ans. C'était une très belle enfant qui ne me déplaisait nullement et rien que de la voir nue je sentais tourner mes sens. Sa mère déclarait en riant qu'on aspire avec ferveur à la bénédiction d'un évêque lors du mariage, et que sa fille aurait mieux encore avec le sceau d'un cardinal. Et moi j'assurai que je la doterai personnellement, ce que je fis après avoir cueilli les prémices de sa beauté. Sache, mon illustre fils, que mes dignités et mes fonctions au lieu d'éloigner de moi ces gentes personnes me les ont attirées car chacune voulait pouvoir se vanter d'avoir couché avec un cardinal si bien qu'il m'aurait fallu la même puissance que cet Hercule qui dans une seule nuit dépucela les cinquante filles du roi de Thespies, à ce qu'on raconte, pour parvenir à satisfaire les désirs lascifs de toutes ces femmes.

« Tu peux donc voir que la robe ne te fermera pas l'accès aux plaisirs de l'amour, tout au contraire, car si la loi canonique interdit le mariage des prêtres, elle ne traite pas des autres genres de relations amoureuses. Or qu'est-ce d'autre que l'amour sinon un hommage rendu à la beauté ? Mais depuis le divin Platon ne savons-nous pas que la beauté est d'essence divine, qu'elle est une expression du bien ? Ainsi en adorant la beauté, nous adorons notre divin créateur qui a aussi voulu la beauté comme une manifestation de sa sublime présence. Aimer un beau corps, c'est un acte d'adoration, un acte religieux que doit accomplir un prêtre avec d'autant plus de ferveur et de piété qu'il s'est mis au service de Dieu et de ses créatures. »

Roderigo négligea cependant de mentionner que cette fête galante avait été une cause de scandale pour certains et de persiflage pour d'autres, si bien que le pape lui avait envoyé une lettre de remontrances dans laquelle il écrivait, plus particulièrement : « On rapporte qu'on a dansé de la manière la plus lascive et qu'on s'est livré à tous les plaisirs de l'amour et que toi-même tu t'es comporté comme si tu appartenais à une troupe de ces jeunes débauchés. La pudeur m'oblige à taire ce qu'on me dit qui s'est passé là ; il paraît que les maris, pères et frères des jeunes dames et demoiselles n'ont pas été admis afin que vous puissiez vous livrer sans freins à tous les plaisirs. Toi seul avec tes amis et des domestiques te chargeais de diriger et animer tous ces chœurs... Tu es la fable du jour et le vicaire du Christ est entraîné dans cette réprobation, alors que toi, mon fils bien aimé, tu présides à l'évêché de Valence, le premier des Espagnes, toi le Vice-Chancelier de l'Église ! Crois-tu donc qu'il soit convenable de séduire des jeunes femmes, de les lutiner, de leur envoyer des fruits et de faire passer des coupes de vins où tu as laissé les traces de tes lèvres à la beauté que tu as élue, enfin de passer le jour à contempler de lascives nudités et de t'abandonner à toutes les voluptés ? »

Donc, oubliant cette lettre rédigée dans un élégant latin, Roderigo poursuivit à l'adresse de son fils :

— Pour ce qui est de tes ambitions, mon cher fils, il me paraît que je te fais prendre la route qui te conduira au plus haut sommet des honneurs et de la puissance, car si les rois sont au-dessus des comtes et des ducs, les papes sont au-dessus des rois, et non seulement ils règnent sur un état souverain mais ils sont aussi les arbitres des princes, eux seuls peuvent délier ce qui a été lié sur la terre et envoyer en paradis ou en enfer ceux qui ont l'heur de leur plaire ou de leur déplaire, alors qu'un roi ne peut que donner la mort sans avoir capacité d'intervenir dans l'au-delà. Quant aux revenus que rapportent les biens ecclésiastiques, tu peux voir que les abbayes dont je suis titulaire en Italie et en Espagne, mes évêchés de Valence, Porto et Carthagène, mes rentes diverses et ma fonction de Vice-Chancelier qui à elle seule me rapporte huit mille florins l'an, font de moi l'un des hommes les plus riches de l'Italie, ce qui nous permet de vivre sur le pied que tu sais.

C'était là une évidence que reconnaissait César de bonne grâce. Car le palais dans lequel il se trouvait en cet instant même, était considéré comme l'un des plus somptueux de Rome. Les salles s'y succédaient toutes lambrissées d'or ; les murs du vestibule étaient revêtus de splendides tapisseries à sujets historiques, mais on y voyait aussi un tableau représentant une Vierge sous les traits d'une femme d'une exceptionnelle beauté, sous lequel on lisait une inscription en vers latins qui invitait le visiteur à réciter devant la Madonne à qui Roderigo portait la plus grande dévotion, sans doute parce qu'elle était femme et incarnait à ses yeux la beauté, un *Ave* et prier Dieu pour qu'Il continuât de faire fleurir la maison des Borgia. La grande salle d'apparat était ornée de six magnifiques tapisseries, de tapis et d'un lit de parade pourvu d'un dais d'où tombaient des rideaux en satin cramoisi ; sur les crédences était exposée une vaisselle d'or et d'argent. Les chambres voisines étaient tout aussi richement parées et meublées de lits et de divans couverts de brocarts d'or et de velours. Le cardinal s'était ainsi entouré d'un tel luxe qu'il était parvenu à étonner le cardinal Ascagno Sforza lui-même, renommé pour son faste et ses richesses.

— Aussi, poursuivait Roderigo, me plaît-il que tu te laisses conduire par ton frère qui a l'âge d'être ton père, afin qu'il te prépare à la vie mondaine en attendant que tu te rendes à Pérouse où tu poursuivras tes études, ce qui se fera avant la fin de l'été qui vient.

Roderigo avait parlé d'un ton péremptoire et César dut se contenter de hocher la tête et promettre qu'il serait un fils obéissant et respectueux. Lorsque leur père se fut retiré, Pedro Luis déclara :

— Pendant ces prochains jours, tu logeras dans ce palais qui est le nôtre, car je veux te garder près de moi et te conduire chez de gentes dames qui te feront découvrir les plaisirs de l'amour. Les valets ont reçu ordre d'aller chercher auprès de donna Adriana ton cheval et tes habits afin que tu aies auprès de toi tout ce qu'il convient à un riche jeune seigneur.

César ne protesta pas. Il songeait bien à Giulia, mais ayant pris la mesure de son impuissance à obtenir sa main comme il l'aurait désiré, il éprouvait une sorte de soulagement à ne pas avoir à l'affronter dans l'immédiat pour lui annoncer une nouvelle qui l'accablait et dont il savait qu'elle-même serait fort chagrinée de l'apprendre.

Le soir-même Pedro Luis lui dit de s'habiller avec soin car il l'emmenait chez Isabella de Luna. Le jour n'était pas tombé lorsqu'ils se mirent en route. Corella les escortait avec plusieurs valets porteurs de torches et armés de pertuisanes. Malgré l'assurance avec laquelle il allait, droit sur son cheval, le poignard au côté, une légère cape de satin beige ornée de larges bandes sombres dans le bas, flottant sur les épaules, il se sentait ému à la perspective de cette soirée enveloppée des brumes d'il ne savait quel mystère.

Ils s'arrêtèrent devant une belle demeure pourvue d'une loggia, située près de Santa Maria Maggiore, au cœur de la ville. Bien que le jour ne fût pas encore complètement tombé, les fenêtres entrouvertes étaient toutes illuminées et des rires mêlés aux sons fluides des luths et des harpes qui en sourdaient, révélaient que déjà avaient commencé les réjouissances qui en ce lieu chaque jour se renouvelaient. Ils laissèrent leurs montures aux soins des domestiques qui emmenèrent vers les communs les valets de Pedro Luis. Et ceux-là déjà se réjouissaient car ils savaient que la maîtresse des lieux leur procurerait vins et jeunes femmes à volonté, tout cela aux frais de leurs propres maîtres.

Une jeune femme, grande, bien faite malgré un certain embonpoint qui n'était pas pour déplaire à nombre de ses soupirants, richement vêtue d'une robe de velours broché de Gênes, parée de très riches bijoux, vint les accueillir et Pedro Luis la présenta à César comme Isabella de Luna. Elle serra Pedro Luis dans ses bras, le baisa sur la bouche puis, ouvrant les bras, elle s'exclama en les refermant sur César :

— Par Sainte Vénus, ton frère est beau comme un dieu antique. Venez, mon seigneur, que je vous embrasse.

Elle pressa César contre son sein et sans plus de façon unit ses lèvres aux siennes, l'imprégnant de son parfum poivré. Elle le prit ensuite par la main et entraîna ses hôtes vers une suite de salons où se trouvaient plusieurs jeunes femmes et nombre d'hommes, parmi lesquels César distingua plusieurs ecclésiastiques qui n'avaient même pas cru utile d'échanger leur robe contre un habit de cavalier. Un homme élégamment vêtu, paré de bijoux, vint à leur rencontre en s'écriant :

— Seigneur Pedro Luis ! vous voici de retour parmi nous. Quelle est ma joie de vous revoir !

— Je suis flatté que votre seigneurie m'ait aussitôt reconnu, assura Pedro Luis en lui baisant la main.

César, qui reconnut le cardinal Ascagno Sforza, oncle du duc de Milan et demi frère du More, lui baisa à son tour la main tandis que Sforza reprenait :

— Seigneur César, je suis aussi enchanté de vous rencontrer enfin dans cette maison. N'est pas tout à fait un homme de bonne compagnie celui qui vivant à Rome n'y a pas été reçu.

— Mon cher seigneur, dit Isabella, vous êtes trop flatteur et sachez que c'est moi qui me réjouis d'avoir parmi mes familiers des personnages aussi illustres que vous... et que sa seigneurie le cardinal de San Pietro in Vincoli...

Elle avait ajouté ces mots en se tournant vers un homme de taille moyenne, aux yeux sombres, profondément enfoncés dans les orbites sous des sourcils en bataille, qui lui donnaient un air de belette rusée. Giuliano della Rovere s'arrêta auprès d'eux, se laissa aussi baiser les doigts puis il posa ses lèvres sur l'épaule nue de la jeune femme en murmurant :

— Ce soir, tu es à moi.

Puis il salua avec une froideur courtoise les fils de Roderigo Borgia qui était son meilleur ennemi.

César, qui avait saisi les paroles que le cardinal avait adressées à la courtisane, songea qu'il ne découvrirait pas la volupté entre ses bras, en tout cas pour ce soir-là. Il s'en fit aisément une raison car elle ne lui avait pas paru particulièrement séduisante. Pedro Luis l'entraîna dans une salle voisine où se tenaient les musiciens tandis qu'Isabella se portait au-devant de quelque nouvel hôte.

— César, lui dit-il, allez parmi ces gens. Toutes les femmes que vous voyez ici sont mercenaires ; c'est à vous de choisir selon vos penchants celle que vous préférez, elle vous appartiendra pour cette nuit et pour d'autres nuits si vous en avez encore le désir car notre illustre père, vous le savez, ne regarde jamais à la dépense, surtout lorsqu'il s'agit de ses plaisirs ou de ceux de ses enfants.

Sur ces mots il quitta son jeune frère. César se mit

alors à errer parmi les invités, se laissant servir par les valets des verres de vin afin de trouver dans une certaine ivresse un courage qui lui manquait pour affronter un monde inconnu qui l'impressionnait singulièrement. Il se mit à la recherche de quelque visage familier pour pouvoir entamer une conversation et se trouver un compagnon, car visiblement son frère l'avait volontairement laissé seul afin de l'obliger à se jeter dans les eaux mouvantes de ce monde trouble. Autour de lui s'enlaçaient des corps qui dansaient, ondulaient des jeunes femmes qui riaient, passaient des hommes indifférents, tourbillonnaient les parfums et les sons, au point qu'il lui semblait que le monde tournoyait autour de lui. Il titubait légèrement et saisi d'une sorte d'angoisse, il chercha à s'isoler afin de retrouver ses esprits. Ainsi se glissa-t-il dans une pièce faiblement éclairée par quelques lampes à huile. Devant la fenêtre ouverte étaient disposés trois sièges à dossier rembourrés de coussins. Il n'aperçut qu'une seule personne qui lui tournait le dos, assise sur l'un des fauteuils proches de la fenêtre. À son pourpoint vert foncé et à sa toque de velours ornée de perles qui couronnait une chevelure d'une teinte de feu, à sa silhouette svelte il crut reconnaître un jeune garçon de son âge. Enfin il rencontrait là quelqu'un avec qui il pourrait s'entretenir sans risquer qu'il le dédaignât comme il le redoutait pour un haut personnage, ou qu'elle se jouât de lui s'il s'agissait d'une femme. Il s'approcha de la fenêtre et se glissant entre deux fauteuils :

— Bonsoir... dit-il, je ne vous dérange pas, sinon dites-le moi et je me retire... Moi aussi j'ai besoin de respirer...

Le jeune inconnu sursauta, puis sourit :

— Vous m'avez surpris... Mais vous êtes le bienvenu.

Il avait une voix mélodieuse, mais haute, comme celle d'un adolescent, d'un castrat... ou d'une femme.

César s'assit et scruta ses traits estompés dans la pénombre. Il lui trouva un air bien féminin pour un jeune homme et il lui vint à l'esprit que ce devait être l'un de ces garçons que certaines courtisanes gardaient auprès d'elles pour la satisfaction de leurs clients sodomites. Il voulut s'en assurer.

— Sans doute êtes-vous de la maison ? lui demanda-t-il.

— Non point. Mais j'y viens souvent car Isabella me convie à toutes ses grandes réceptions. Et elle en donne presque chaque soir. Il avait ajouté cela avec un sourire que César trouva si charmeur qu'il se dit qu'il comprenait soudain qu'avec un si ravissant compagnon il s'adonnerait volontiers à ce vice que goûtaient tant les Italiens et plus particulièrement les Romains.

Il le dévisagea à son tour un court instant avant de reprendre :

— Et vous, c'est sans doute la première fois que vous venez ici, car je ne vous y ai encore jamais rencontré.

— C'est juste. Mon frère, le duc de Gandia, m'y a abandonné et je dois reconnaître que je m'y sens un peu perdu car je ne suis guère accoutumé à la compagnie qu'on y trouve. Vous comprenez que je suis ainsi heureux de rencontrer un jeune homme de mon âge avec qui je peux parler sans vergogne.

L'inconnu éclata de rire et, dans un mouvement spontané qui surprit César tout en le charmant, il jeta ses bras autour de son cou et l'embrassa.

— Alors tu es César, le second fils du cardinal de Valence ?

— Précisément, admit César, flatté d'être ainsi reconnu et accueilli avec un tel témoignage d'amitié.

Il lui vint alors à l'esprit que ce jeune garçon n'était peut-être autre que cet esclave oriental qu'avait acquis Isabella de Luna et qu'elle nommait Angelo, oubliant dans son trouble qu'il lui avait déclaré ne pas être de la maison. Orso avait naturellement dû lui parler de lui et de Pedro Luis. César voulut alors montrer qu'il n'était pas en reste et il répliqua :

— Et toi, tu es sans doute Angelo.

— Angelo ?

Et à nouveau, l'inconnu se mit à rire, en se rejetant en arrière, révélant ostensiblement les dents les plus éclatantes et les mieux rangées que César avait encore jamais vues.

— Je dois te paraître bien stupide pour que chacune de mes paroles déclenche ton hilarité, dit-il en prenant un air piqué.

— Pas du tout, pardonne-moi. Non, je ne suis pas Angelo. Il est justement en ce moment avec ton parent Orso, dans la salle du second étage où l'on joue aux cartes. Non, moi, je suis Fiammetta.

— Fiammetta ? Est-ce ton vrai nom ?

— Qu'importe mon vrai nom ? Je suis vive et légère comme la flamme, ma chevelure a la couleur de la flamme et mon cœur est, dit-on, une flamme à laquelle se brûlent les ailes des papillons volages qui viennent se prendre dans les toiles de ce palais de l'araignée.

— Seriez-vous une femme ? s'étonna César qui recommença à employer le vouvoiement.

— Ainsi tu m'as prise pour un garçon ? lui demanda-t-elle rieuse, en nouant ses mains derrière sa nuque de manière à attirer son visage tout contre le sien.

— Votre habit de cavalier... commença-t-il.

— Ne sais-tu pas que nombre de courtisanes aiment à se vêtir en cavaliers ? Cela ne trompe généralement pas les hommes. Mais moi, j'ai un corps si mince, un corps de garçon, de manière que j'attire tout autant les hommes qui aiment les femmes que les sodomites. Mais ne crains rien car j'ai une belle poitrine de femme et tout ce qu'un homme peut désirer d'une femme.

— Ainsi tu es aussi une hétaïre ?

Volontairement César avait employé le terme grec par lequel les Italiens cultivés se piquaient de désigner les courtisanes, et dont la forme masculine, en grec, pouvait désigner les jeunes amants des pédérastes.

— Ici, toutes les femmes sont des courtisanes. Imagines-tu une fille honorable fréquenter chez une prostituée ?

Il songea qu'il venait de dire une sottise, mais elle eut tôt fait de lui faire oublier sa bévue, car elle unit ses lèvres aux siennes et lorsqu'elle s'éloigna, elle lui dit :

— Sais-tu que tu es très beau ?

— Je puis te dire la même chose, répondit-il. Dis-moi de quelle ville es-tu ?

— De Venise. C'est là que j'ai appris à faire blondir mes cheveux en les trempant dans l'eau de mer et en les exposant ainsi au soleil. Aimes-tu leur couleur ?

— À la folie.

En prononçant ces mots, il songea à la magnifique crinière naturellement blonde de Giulia, et son visage s'assombrit.

— À quoi penses-tu, soudain ? s'étonna-t-elle.

— À... à rien.

— Tu as une amie ?

Il hésita avant de prononcer un « non » peu convaincant.

Elle se leva soudain. Il craignit de la voir partir, mais elle lui tendit la main :

— Je m'ennuie ici, je veux rentrer chez moi. Veux-tu me raccompagner ? Les rues ne sont pas sûres, la nuit.

— N'as-tu pas de valets armés pour t'escorter ?

— Point lorsque je viens ici, car soit j'y passe la nuit, soit je trouve un amant qui me reconduit.

— Je n'ai point amené d'argent sur moi.

— Tu m'offenses. T'en ai-je demandé ?

— Pardonne-moi. Mais on m'avait dit que les courtisanes...

— Je ne suis pas une vile prostituée. Je choisis toujours mes amants et je ne m'abandonne pas au premier venu pour quelques pièces d'or.

— Me considères-tu comme le premier venu ?

— S'il en était ainsi, t'aurais-je dit que tu étais beau ? Viens...

César se retrouva chevauchant à ses côtés dans la rue obscure. Elle montait une jument blanche richement harnachée et tenait à la main une torche. En la voyant ainsi, droite et gracieuse sur sa monture, il évoqua l'image de Catarina Sforza, telle qu'il l'avait vue lors de sa montée au château Saint-Ange, et il lui vint à l'esprit qu'il y avait une certaine ressemblance entre la comtesse et Fiammetta. Il se prit alors à désirer fortement la jeune femme. Tout en allant l'amble, César serrait dans son poing le manche de sa dague, l'œil aux aguets, cherchant à percer les trous d'ombre, car il savait que dans chaque obscure venelle pouvait se cacher un spadassin. Cependant le pas du cheval de Michelotto qui les suivait de loin et dont les fers résonnaient sur le pavé, le rassurait pleinement.

Ils s'arrêtèrent devant une maison dont l'étroite façade s'insérait entre deux immeubles. À l'étage s'ouvrait une loggia éclairée par une lampe à huile. Fiammetta mit pied à terre et frappa avec le heurtoir. Aussitôt s'ouvrit un judas puis la porte tourna sans bruit sur ses gonds ; c'était une haute porte cochère dans laquelle ils s'engouffrèrent. Ils pénétrèrent dans une petite cour éclairée par des torches. Un serviteur prit leurs chevaux et Fiammetta invita César à la suivre. Une femme entre deux âges, dont César se dit qu'elle pouvait fort bien être la mère de Fiammetta, les accueillit et demanda :

— Dois-je préparer quelque chose ?

Fiammetta se tourna vers César :

— As-tu quelque désir particulier ?

— Sache que je n'en ai qu'un seul, répondit-il avec une assurance que la jeune femme avait su lui rendre par ses manières amènes et franches.

Elle sourit, lui prit la main et l'emmena à l'étage. Elle le fit entrer dans une chambre de belles proportions qui s'ouvrait sur la loggia extérieure. Dans le fond était une alcôve à demi fermée par de lourds rideaux de velours rouge, derrière lesquels apparaissait le lit. Les murs peints étaient en partie drapés de tentures et des rideaux ouverts isolaient une baignoire ovale tendue de draps et remplie d'une eau chaude et parfumée. Sur une table légère étaient disposés des fruits, des galettes, des confiseries, une carafe pleine de vin, des verres fins, des assiettes, des serviettes. Quelques coffres et des sièges complétaient le mobilier ; sur le sol en bois en forme de damier, étaient jetés de moelleux tapis. Enfin, sur un socle se dressait une statue de marbre blanc dont il manquait la tête ; c'était une Vénus dont les lignes harmonieuses se dessinaient dans la pénombre. Son corps parut à César si beau, le marbre patiné par le temps si vivant et chaud, qu'il ne put s'empêcher de passer la main le long de la cuisse et du ventre poli. Fiammetta lui dit en riant :

— Tous les hommes qui viennent ici font comme toi.

— Elle est si belle ! D'où vient-elle ?

— Un amant qui me l'a offerte. Elle ne lui a pas coûté cher car c'est l'un de ses jardiniers qui l'a trouvée en travaillant dans sa vigne. Il est bien dommage que la tête manque ! Ici, elle est ma déesse protectrice, car elle représente Vénus, la déesse antique de l'amour et des courtisanes.

Tout en parlant elle avait entrepris d'ôter son pourpoint.

— Le sol de Rome est rempli de statues anciennes, poursuivait-elle. Tu as dû en voir, toi aussi... Te souviens-tu de ce corps de jeune Romaine qui a été retrouvé dans un sarcophage de la Via Appia, près de Santa Maria Maggiore ?

César avait entendu parler de cette étrange découverte faite par des maçons qui travaillaient par là, deux ou trois ans auparavant.

— Je ne l'ai point vue, mais on a rapporté qu'elle était encore très belle.

— Un vrai miracle, par la Madonne ! s'exclama Fiammetta en se signant. Moi je suis allée la voir alors qu'on l'avait exposée au Capitole. Elle avait la peau toute fraîche et les lèvres incarnat, comme si elle vivait encore, et ses cheveux noirs étaient noués en un chignon sur sa nuque... Et ses yeux ! Elle les tenait grands ouverts et semblait vous regarder, et ils étaient noirs... On aurait juré qu'elle vivait encore et pourtant il paraît qu'elle est morte depuis quinze siècles puisqu'on prétend que c'est la fille de Cicéron... Il est bien dommage que Sa Sainteté l'ait faite nuitamment ensevelir.

Elle s'était maintenant dépouillée de sa chemise à larges manches, révélant deux seins bien plantés et arrondis. Elle s'assit pour retirer ses souliers et ses bas de chausses.

— Le pape craignait qu'on ne se mît à adorer ce corps comme celui d'une sainte, à ce qu'on rapporte, remarqua César qui, cependant, ne quittait pas des yeux la jeune femme.

— On ne l'aurait pas plus adorée que l'une de ces statues... Et cette Vénus m'est chère car elle est très belle et elle a un corps qui ressemble au mien, tu vas voir... Mais qu'attends-tu pour te déshabiller ?

Elle se leva, entièrement nue, et César se sentit dans le même temps ébloui et ému, car ses formes étaient belles et sa chair lascive. Dans la pénombre son corps semblait aussi sculpté dans un marbre laiteux dont il avait le poli, car elle était soigneusement épilée de manière que rien ne venait en déparer l'éclat lunaire.

Elle s'arrêta devant César et lui demanda :

— Ne me trouves-tu pas belle ? Ne suis-je pas à ton goût ?

— Tu es très belle, murmura-t-il.

— Alors, pourquoi restes-tu muet et sans mouvement comme si tu étais toi aussi une statue.

Il la laissa le dépouiller de ses vêtements car le fait qu'elle-même était nue lui ôtait une certaine honte d'être mis dans ce même état par une femme.

— Toi aussi tu es bien fait... Viens.

Elle l'emmena jusqu'au bassin et ils descendirent dans l'eau chaude et parfumée. Elle entreprit de le laver tout en le caressant et lui donnant des baisers, ceci avec tant de grâce et de rires, que bien vite il se décrispa et participa à ses jeux.

— Suis-je la première femme que tu vas charnellement aimer ? lui demanda-t-elle.

Ils étaient couchés dans le lit, étroitement enlacés, et elle sentait ses réticences et ses hésitations, car il se demandait si, en s'unissant à cette femme, il ne trahissait pas l'amour qu'il portait à Giulia. Comme il hochait la tête, elle unit sa bouche à la sienne puis, se soulevant légèrement car elle était venue sur lui, elle lui dit :

— Alors, tu ne m'oublieras jamais et j'en suis heureuse.

— Pourquoi ?

— Ne sais-tu pas qu'on ne peut oublier la femme qui vous a la première fait connaître l'amour ?

CHAPITRE V

— César ! Comme tu m'as manqué ! Depuis tant de jours !

Dans un mouvement spontané et ingénu, oubliant toutes les convenances, Giulia se jeta dans les bras du jeune homme qui la prit contre lui sans cependant oser la regarder dans les yeux. Mais elle s'était blottie la tête sur son épaule, de manière qu'elle ne le voyait pas. Il la sentait toute palpitante, prête à pleurer d'émotion et de bonheur.

Il y avait plus d'un mois qu'il avait quitté le palais Orsini et pendant tout ce temps, il n'avait pas envoyé le moindre message à la jeune fille, et maintenant il s'en faisait mille reproches. Tous ces jours s'étaient passés comme dans un rêve. C'est à peine s'il avait quitté parfois Fiammetta. Il avait commencé par passer en sa compagnie les cinq premières journées, plus souvent couché que debout et lorsqu'il se levait, c'était pour se baigner, manger, jouer du luth en chantant des chansons d'amour à sa belle. Ils n'étaient pas sortis une seule fois et lui-même ne désirait que contempler sa beauté, admirer son corps dans ses mouvements les plus gracieux mais aussi les plus lascifs lorsqu'elle dansait pour lui seul, entendre le son de sa voix lorsqu'elle lui chantait des couplets souvent obscènes, jouir de sa beauté de toutes les manières, jusqu'à l'épuisement, mais non la satiété, car plus il la possédait plus s'exaltait son désir.

Seule l'intervention de Pedro Luis l'avait arraché à ce festin des sens. Il s'était décidé à venir le chercher chez la courtisane car il commençait à s'inquiéter d'un si long silence, tout autant que leur père.

— César, mon magnifique fils, lui dit Roderigo lorsque son frère l'eut ramené dans le palais Borgia, tu hésites parfois trop à entreprendre, mais lorsque tu t'es décidé à agir, tu fais tout avec trop de passion... Oui, en cela tu me ressembles car j'étais un peu ainsi lorsque j'avais ton âge, mais tu me parais plus violent encore que moi dans tes emportements. Il convient que tu te mesures non pas que ce soit une question de dignité, mais afin de conserver un esprit lucide et ne pas ainsi se laisser dominer par des sentiments que tes adversaires ne manqueront pas d'utiliser à leur avantage et, par conséquent, à ton détriment.

Roderigo Borgia se tenait à demi assis dans son lit d'apparat, confortablement adossé à des coussins négligemment amoncelés. César s'était agenouillé à son chevet. Il l'invita alors à s'asseoir sur le bord du lit et poursuivit :

— Il m'apparaît que ton initiation aux plaisirs de Cupidon ne t'a pas été désagréable et que tu as trouvé dans cette belle Fiammetta une personne qui convenait à ton tempérament.

— Plus que je ne l'espérais, mon excellent seigneur, et je vous rends grâce ainsi qu'à mon illustre frère bien-aimé, de m'avoir fait connaître une chose hors de laquelle la vie a bien peu de sel.

— Je m'en réjouis, mais il convient que tu ne passes pas le plus clair de ton temps en compagnie des courtisanes ; même en cela il faut de la modération. Le jour, consacre quelques instants à tes études, continue de pratiquer les exercices physiques qui forment si bien les corps, va à la chasse avec ton frère et autres compagnons, mais attends le soir pour te rendre chez les courtisanes.

— Mon père et seigneur, je n'ai nulle envie de musarder avec les courtisanes. Il n'y en a qu'une qui a mon assentiment et elle m'a si largement comblé en toutes choses que je n'en désire pas connaître d'autres.

— Qu'il en soit comme tu le souhaites et conserve ta Fiammetta qui te restera fidèle, j'en fais mon affaire. Mais, au nom de la Vierge, ne passe pas tes journées enfermé avec elle dans sa demeure, les nuits me semblent bien suffire pour l'appaisement de ce feu qui te brûle les sens. Si tu tiens tant à sa présence auprès de toi, emmène-la à la chasse ou en promenades, mais ne t'incruste pas dans sa demeure comme moine en un couvent. Il n'est d'ailleurs pas recommandé de s'éprendre trop follement d'une courtisane car elles sont sans cesse à l'aguet d'une telle faiblesse et elles possèdent alors au plus haut point l'art de plumer le dolent comme canard qu'on va mettre en broche. Mon fils, il faut aimer les femmes, mais ne pas s'en rendre esclave. Il est bon de leur tenir la dragée haute et de leur montrer que l'amour qu'on peut leur porter, pour aussi vif soit-il, n'implique pas une quelconque soumission de l'homme, tout au contraire ; c'est la femme qui nous doit être soumise, car telle est la nature des choses, et ainsi l'a voulu Dieu en sa grande prévoyance.

Ainsi fut-il fait, mais le besoin physique qu'éprouvait César d'avoir la jeune femme auprès de lui fit qu'il exigea qu'elle l'accompagnât aussi bien à la chasse que chez son maître d'armes. Et dans ces moments, il voulait qu'elle revêtit des habits de cavalier, ce qui convenait parfaitement à l'humeur de Fiammetta, enchantée d'avoir un amant si jeune, si beau, si fougueux, et en outre pourvu d'un père d'une générosité sans limites. Aussi n'avait-elle nul effort à faire pour se montrer spontanément chaleureuse et combler tous les désirs de César.

On arrivait à la fin du mois de juin et la chaleur de plus en plus lourde et moite devenait difficilement supportable. Fussent les miasmes qui depuis les marais pontins étaient apportés sur la ville par les vents de la mer ? ou encore les humeurs de son corps furent-elles troublées par les émanations des eaux troubles du Tibre ? Toujours est-il que Pedro Luis alors qu'il ne cessait d'échafauder dans son imagination fiévreuse les projets les plus fous, se vit soudain terrassé par une autre sorte de fièvre dont nul mire ne put déterminer la nature. Il s'alita un soir, au retour d'une orgiaque soirée chez Isabella de Luna et lorsque César qui rentrait de chez Fiammetta vint le chercher au palais Borgia, il le trouva dans son lit grelottant de fièvre.

On convoqua aussitôt les médecins du Vatican réputés parmi les meilleurs de l'Italie et ils déclarèrent tous avec une magnifique assurance qu'il était atteint d'une fièvre, tierce pour les uns, quarte pour les autres. Seules varièrent les thérapeutiques. On les essaya toutes, mais au lieu de le quitter, la fièvre ne fit qu'augmenter et l'état du patient empirer, ce qui devint un admirable sujet d'étonnement ou plutôt de dissertations savantes pour les médecins qui ne quittaient pas son chevet.

Lorsqu'il vit que son frère allait de plus en plus mal, César interrompit ses visites à Fiammetta et demeura dans le voisinage de la chambre de son frère. Il lui arrivait souvent d'aller s'agenouiller devant le tableau de la Vierge très Sainte et de la prier pour la guérison de son frère à qui il s'était attaché en si peu de temps, plus qu'il ne l'aurait jamais cru possible. Roderigo vint de plus en plus souvent et resta de plus en plus longtemps en compagnie de Pedro Luis. Comme de grave, l'état du malade devint bientôt alarmant, on appela en consultation d'autres médecins et on fit venir Lucrezia et Giovanni.

La présence de sa sœur rappela à César l'existence de Giulia qu'il avait voulu occulter dans son esprit. Mais même aurait-il songé à éviter de demander des nouvelles de Giulia à Lucrezia, cette dernière l'entreprit sur ce sujet, à peine quittait-elle le chevet de Pedro Luis.

— César, mon doux frère, la maison est bien triste sans toi, soupira-t-elle en lui prenant la main. Certainement tu nous aimes bien peu, Giulia et moi, pour nous avoir ainsi laissées sans nouvelles.

Il serra fortement la petite main de sa sœur en disant :

— Ne dis pas que je ne vous aime pas. Ma Lucrezia, sache que les deux êtres que j'aime le plus au monde, ce sont toi et Giulia.

— Tiens, tu le dis, mais tu as pourtant eu tôt fait de nous oublier.

— Je ne vous ai pas oubliées. Je n'avais pas le droit de venir vous voir, notre père lui-même m'a dit qu'il ne voulait pas que je retourne au palais Orsini sans son autorisation. J'aurais voulu écrire, mais on pouvait lire mes lettres et le sachant, je n'aurais pas écrit ce qui est vraiment dans ma pensée et vous auriez dit que je suis bien froid, alors qu'il n'en est pas ainsi.

— Moi, je veux bien te croire, mais je sais que bien des fois Giulia a pleuré... Oh, elle se cachait toujours, mais je voyais qu'elle avait les yeux rouges et toujours elle reniflait. Tu devrais aller la voir. Elle en serait si heureuse ! Tu sais, je crois qu'elle t'aime bien, quoique, à mon avis, tu ne le mérites pas...

Elle avait dit cela sur un ton quelque peu dédaigneux mais avec une pointe de raillerie qui toucha César en plein cœur. Il la prit dans ses bras et la serra fortement contre lui en murmurant :

—Tu as raison, petite sœur, je ne mérite pas qu'elle m'aime pareillement. Mais si tu savais...

— Si je savais quoi ? Crois-tu que je ne sais pas qu'elle est amoureuse de toi ? Et que toi tu prétends aussi l'aimer ?

— Qu'est-ce qui te fait croire cela ?

— Mon illustre frère me prend donc pour une sotte ? Ou alors penses-tu que je suis si petite que je ne vois rien de ce qui se passe autour de moi ?

L'intervention de Roderigo Borgia mit un terme à leur entretien. Le visage jusqu'alors grave du cardinal s'éclairait d'un pâle sourire. Il vint embrasser Lucrezia et leur dit :

— Il semble que le ciel a comblé mes prières : les médecins assurent que notre cher malade va un peu mieux. Son pouls bat plus modérément et il paraît moins agité. Il s'est profondément assoupi. Ne le dérangez surtout pas, mais demeurez auprès de lui. Je veux, ma Lucrezia, que tu restes ici ces jours prochains avec ton frère Gianni. Mon cher Pedro Luis semble avoir retrouvé quelque lucidité et il sera heureux de vous voir tous les deux à son chevet car il vous aime comme si vous étiez ses propres enfants. Il est temps maintenant que je retourne à mes occupations à la Curie car voici plusieurs jours que je n'ai pas mis les pieds au Vatican ; il convient qu'on ne puisse dire que je suis père avant d'être prêtre et Vice-Chancelier de l'Église.

Les remarques de Lucrezia avaient touché César au plus profond de lui-même et dès que son père se fut éloigné, il profita de se trouver soudain sans surveillance pour courir au palais Orsini. C'est ainsi que le hasard voulut que la première personne qu'il rencontrât fut Giulia qui dès qu'elle l'aperçut se précipita dans bras.

— Giulia, ma Giulia, murmura enfin César... Est-il vrai que je t'ai manqué à un tel point ?

— Oh ! en aurais-tu un instant douté ?

Elle leva vers lui son regard embué de larmes, puis elle sourit en reprenant :

— Je me sentais comme Eurydice dans le monde des morts. Et toi qui es mon Orphée, tu viens m'y chercher...

— Hélas, je t'ai regardée, j'ai regardé un visage si beau et qui m'est si cher, et je crains de te perdre.

Elle soupira et lui prit la main :

— Viens, ne restons pas là, je ne voudrais pas qu'on nous vît ainsi. Madonna Adriana est sortie ainsi que messer Orso, mais il y a partout des valets pour épier tous nos actes.

Elle l'entraîna dans sa chambre dont elle poussa le verrou, puis elle alla s'asseoir sur le lit tandis que César restait debout devant elle.

— César, dit-elle alors, j'ai eu plusieurs entretiens avec donna Adriana. Je lui ai franchement déclaré que je ne voulais pas être la femme de son fils Orso mais la tienne. Hélas ! j'ai bien vu, malgré tout ce qu'elle a pu inventer pour me rassurer, que je serai contrainte de l'épouser car tu es destiné à devenir prêtre, comme ton illustre père.

— Telle est bien la volonté du cardinal de Valence. Mais rien n'est encore dit. Il est vrai que je dois d'ici un mois partir pour Pérouse afin d'y poursuivre mes études, mais il peut ensuite se passer tant d'événements inattendus.

— Assurément César, mais moi, je vois que s'approche bien vite le jour où je serai contrainte d'épouser cet Orso que je déteste plus que tout au monde.

— Tu l'épouseras peut-être, mais il ne te possédera jamais.

— Ceci, je le crois volontiers, sachant combien il hait notre sexe, mais devant Dieu et les hommes je serai sa femme et jamais je ne pourrai devenir la tienne.

— Rien n'est encore scellé, ma Giulia.

Il s'était assis auprès d'elle et il l'enlaça avec une infinie tendresse. Elle lui abandonna ses lèvres, longuement, en un baiser dont elle n'aurait jamais voulu voir la fin. Mais avec une sorte d'exaltation fiévreuse, il l'avait couchée sur le lit et il couvrit son visage de baisers tandis que sa main pressait doucement ses seins sous le tissu léger de la robe, parcourait son corps. Avec une audace dont jamais il ne se serait cru capable, il laissa sa main remonter sous l'étoffe qu'elle froissait tout au long de la peau douce et tiède de sa cuisse. Il la sentit se crisper légèrement lorsque ses doigts en effeuillèrent la tendre fourche, mais aussitôt après elle s'abandonna à la pénétrante caresse.

— Lumière de mes yeux, murmura-t-il alors, je ne pourrais vivre loin de toi en imaginant qu'un autre te tient entre ses bras comme je le fais maintenant et te rende femme...

— Cela, tu ne peux ni l'imaginer ni le craindre. Je ne me lasserai pas de te le redire : même serais-je contrainte d'épouser Orso, jamais je ne serai à lui. Le seul homme entre les bras de qui je veux devenir femme, tu le connais, je lui appartiens depuis déjà longtemps, de toute éternité sans doute, car Dieu nous avait destinés l'un à l'autre avant que nous ne vînmes au monde.

— Il en doit être ainsi et c'est pourquoi je t'ai aimée, dès que je t'ai aperçue par cette froide soirée d'automne ; alors que tout n'était que brume et obscurité, tu m'es apparue comme le radieux soleil de l'été.

— Oh, mon si grand amour, je t'en supplie, fais de moi ton épouse, dès cet instant, afin que nul autre ne puisse se targuer de m'avoir faite femme. Par ce don que je veux te faire de moi-même, j'inscrirai dans l'azur du ciel que je t'appartiens, que je t'ai fait présent de mon âme en même temps que de mon corps et que si d'aventure d'autres pouvaient prétendre à être mon époux, ils n'auraient de moi qu'une apparence.

Elle avait glissé sous lui et s'étant redressée elle entreprit de dégrafer sa robe.

— Mon cher amour, madonna Adriana a été pour moi comme une mère et elle m'a tout appris de ce qui concerne le grand mystère de l'amour. Aussi je veux que toi, et toi seul, voies ma beauté.

Elle se redressa au pied du lit et se dépouilla de sa robe et de sa chemise toute brodée. La chaleur justifiait qu'elle ne portât en dessous ni jupe ni bas et comme toutes les jeunes filles elle ne se parait pas de bijoux, de manière qu'elle lui apparut d'une éclatante beauté dans sa lumineuse nudité. Elle baissa les yeux pour cacher son trouble et en un geste rempli de grâce, elle dénoua son opulente chevelure qui coula en un flot ondulant jusque sur ses talons.

César resta un instant silencieux en contemplation comme s'il s'apprêtait à adorer une idole antique. Il la scruta d'un regard si enflammé sans prononcer la moindre parole, qu'elle en ressentit une gêne et pour se donner une contenance se mit à rire et croisa les bras sous ses seins déjà bien pleins qu'elle releva et semblait bercer.

— Certainement nulle femme ne peut rivaliser avec toi, reconnut César en l'attirant vers lui.

Elle s'abandonna entre ses bras, le laissa la coucher sur le lit et couvrir son visage et son corps de baisers et de caresses. Il lui semblait qu'il n'avait pas assez de la bouche et des doigts pour palper tout ce corps, l'ensevelir sous ses baisers comme pour lui faire un voile de son amour, le contenir entièrement entre ses mains afin de l'y dérober à tout autre regard que le sien.

Il avait avec des gestes fous d'impatience, jeté au loin ses vêtements afin de sentir la douceur de sa peau contre la sienne, la chaleur de son corps au parfum musqué, en un impérieux désir de se fondre en elle afin qu'ils ne fussent plus deux êtres distincts mais une seule personne en la plus étroite communion des corps et des âmes.

Il reçut dans sa bouche le faible soupir qui sortit de ses lèvres lorsque, en un mouvement lent et continu, il s'enfonça en elle comme l'abeille bourdonnante impatiente de distiller son miel au cœur de la corolle d'un lys. Et pareille à une fleur vivante, sous lui elle s'étirait, ses hanches ondulaient, ses bras se refermaient sur son dos où s'incrustaient ses ongles, pour le presser plus encore contre sa poitrine puis soudain ils se déployèrent au-dessus d'elle, ses mains s'acrochèrent aux montants du lit et elle cambra ses reins en se sentant inondée de son amour.

Un moment ils restèrent silencieux leurs lèvres jointes comme s'ils cherchaient à boire mutuellement leurs âmes. Enfin ils se désunirent et elle soupira alors :

— César, aimé de mon âme, on rapporte bien des choses dans Rome à ton sujet.

— Que rapporte-t-on ? Tu sais, dès qu'un grand ou l'un de ses fils commence à vivre dans le monde, médisance et calomnie commencent pareillement à courir sur lui.

— On dit que tu as une maîtresse, une courtisane que tu aimes et avec qui tu t'es montré en tout lieu, une fille très belle... est-elle vraiment très belle ?

— Il est vrai, mon doux cœur, que j'ai rencontré cette jeune femme dont le nom est Fiammetta et si je suis venu vers toi, c'était pour te confesser cela.

— César, tu n'as rien à me confesser. Tu es libre d'aller avec qui te plaît sans avoir à m'en rendre quelque compte.

Elle avait dit cela en prenant un air détaché mais elle ne put retenir le sanglot qui montait en sa poitrine.

D'un ton chargé de fièvre et de regrets, il chercha à la rassurer :

— Mais moi je veux t'en parler. Oui, je puis te jurer que nulle femme au monde n'est plus belle que toi et que toi seule es celle qui a son nom gravé en mon cœur. Il est bien vrai que j'ai fréquenté chez Isabella de Luna et chez Fiammetta, selon la volonté de mon illustre père et de mon frère aimé Pedro Luis car ils me trouvaient niais et voulaient que par la grâce de l'une de ces femmes je devinsse un homme. La chose est maintenant faite, mais cela n'a rien changé aux sentiments que je te porte.

— Comment puis-je te croire ? Comment pour obéir à ton père, à la coutume, as-tu accepté d'aller avec une autre femme ? Non, pendant tant de jours que je ne t'ai vu, je sens que tu as voulu m'oublier !

— Giulia, ma Giulia, crois-tu qu'on puisse aussi aisément oublier la magnificence de ta chevelure dont le soleil lui-même doit être jaloux, la profondeur sombre de ton regard qui enchaîne les cœurs, toute la beauté qui rayonne de ton visage que Vénus elle-même doit t'envier ? Non, ma Giulia, je ne sais ce que l'avenir nous réserve, mais quoi qu'il puisse en advenir de nous, je te dis que jamais je ne t'oublierai car on ne peut jamais oublier son premier amour qui est celui qui marque une âme pour l'éternité. Oui, je le reconnais, j'ai désiré le corps de Fiammetta et ses étreintes qui sont toute volupté, mais celle que j'aime dans sa totalité, celle qui habite désormais mon cœur, c'est toi, ma Giulia.

Longtemps encore il dut lui parler ainsi, multiplier les preuves de son amour afin d'éloigner de son âme fragile la tristesse qui l'avait envahie en l'entendant confesser sa fugitive passion pour une courtisane.

La nuit était tombée lorsque César rentra au palais Borgia. En quittant la chambre de Giulia il était allé rendre visite à Adriana dans ses appartements, un valet l'ayant informé que la maîtresse était de retour. Giulia aurait voulu qu'il se retirât sans se faire voir, mais il lui parut insupportable de devoir se dissimuler pour entrer et sortir d'une demeure qu'il considérait comme sienne. Il ne cacha pas à Adriana qu'il était arrivé dans le courant de l'après-midi et lui déclara qu'il venait la saluer et apporter de bonnes nouvelles sur la santé de son frère.

— Avez-vous passé tout ce temps en compagnie de Giulia ? lui demanda sa cousine.

— Avec qui, sinon elle, aurais-je quelque plaisir à demeurer dans cette maison lorsque vous ne vous y trouvez pas ? répliqua-t-il avec à-propos.

— La chère enfant a dû fort s'en réjouir, je suppose, car il m'a paru qu'elle avait pour vous la plus vive affection.

— Plus que de l'affection, madonna, et je lui rends ses sentiments.

Il s'inclina sur sa main, en ajoutant :

— Pardonnez-moi, madonna, de vous consacrer si peu d'instants, mais mon devoir m'appelle au chevet de mon illustre frère.

— César, évitez de commettre quelque folie, dit-elle en le regardant dans les yeux.

— Il n'est pas plus de grandes actions que d'amours passionnées qui ne soient entachées de quelque forme de folie, madonna, mais je crois aussi savoir conserver l'esprit lucide.

— César, l'affection que je ressens pour vous m'incline à vous donner un conseil que vous ne solliciteriez sans doute pas. Sachez que votre illustre père serait extrêmement fâché si Giulia n'épousait pas mon fils. Il considère dans sa grande prudence et sa sagesse, qu'Orso est l'époux idéal pour Giulia, parce que, précisément, leur mariage sera blanc. Et vous êtes vous-même suffisamment avisé et lucide pour être convaincu que la volonté de votre père qui vous a élu pour suivre la même glorieuse et excellente voie que lui, doit être respectée si vous ne voulez encourir sa colère ; or vous savez combien terribles sont ses emportements.

— Madonna, vos conseils qui me paraissent plutôt des mises en garde sont superflus et j'agirai selon ce que je crois être le mieux, et pour moi, et pour... les autres.

Pendant tout le trajet du retour et la nuit qui suivit, César médita les paroles d'Adriana et s'imposa une ligne de conduite qu'il choisit après une longue réflexion car il savait qu'il engageait tout son avenir. Suivant la volonté de son père, il poursuivrait ses études et se montrerait un fils soumis afin que s'accumulent sur sa tête prébendes et charges qui ne manqueraient pas de faire de lui un important personnage. Puisqu'il ne pouvait empêcher ce mariage, il le laisserait s'accomplir car ce que lui avait déclaré Adriana qu'il ne serait qu'une façade, lui ouvrait tous les espoirs. N'était-il pas désormais l'amant de Giulia, celui qui lui avait fait connaître les plaisirs de l'amour ? Qu'est-ce donc qui pourrait l'empêcher de continuer de l'aimer et vivre en sa compagnie lorsqu'il serait de retour à Rome ? Comme justement l'avait fait son père avec madonna Vannozza, sa mère dont les époux n'avaient été, jusqu'à l'arrivée du dernier, que des margotins que le cardinal faisait danser selon son bon plaisir dans le théâtre dont il était l'animateur.

César considérait qu'il était naturel que sa décision d'accepter, malgré ses répugnances, de suivre la voie cléricale trouvât une compensation en une fréquentation assidue de Giulia dont il allait bientôt être séparé pour de nombreux mois, sinon plusieurs années. Aussi, dès le lendemain courut-il auprès d'elle. Il évita de se montrer à Adriana afin de ne pas éveiller ses soupçons et il retrouva Giulia dans sa chambre. Après lui avoir généreusement donné tout ce qu'elle désirait, il lui rapporta son entrevue avec Adriana.

— Non, je ne veux pas être sa femme, jamais je n'épouserai cet Orso ! s'exclama-t-elle avec vivacité. César, mon aimé, je ne vois qu'une issue, un seul moyen pour échapper à un si affreux destin : fuyons d'ici, emmène-moi loin de Rome, loin d'Orso, n'importe où. Je te suivrai partout où tu voudras bien m'emmener.

— Giulia, mon cœur plein d'excellence, où veux-tu que je t'emmène et comment vivrions-nous ? Tu parais méconnaître la puissance de mon père. En quelque lieu que nous nous cachions, il nous retrouvera car tous les princes et même les rois veulent se ménager son amitié, d'autant qu'il aura l'appui du Saint-Père.

— On ne peut me contraindre à épouser cet homme contre mon gré.

— On le peut, détrompe-toi, et, en tout cas, tu risques de te retrouver enfermée dans un couvent et moi dans un monastère.

Il la serra contre lui, couvrit ses paupières et ses lèvres de baisers car cette perspective l'avait fait éclater en sanglots.

— Calme-toi, mon aimée, et écoute-moi attentivement.

Il lui fit part de ses méditations, lui représenta combien un tel mariage ne représentait rien, la persuada qu'il convenait de s'armer de patience et qu'elle se trouverait bientôt maîtresse d'un palais, où elle partagerait sa vie avec lui, César, tandis que son époux passerait le plus clair de ses jours et de ses nuits en compagnie de ses sodomites amants. Il lui donna l'exemple de sa propre mère qui se faisait appeler Vannozza Borgia et n'avait qu'à peine connu ses deux premiers époux, son véritable mari étant Roderigo Borgia.

Malgré qu'elle en eût, Giulia se résigna à son sort et

accepta d'envisager l'avenir tel que César le lui présentait, car au fond d'elle-même elle avait la conviction que son amant avait raison et qu'ils ne pourraient aller bien loin dans leur fugue, à moins qu'ils ne se rendissent chez le Grand Turc et qu'ils se fissent musulmans.

— Mon cher amour, soupira enfin Giulia, je me rends à tes raisons, mais à deux conditions.

— Elles te sont accordées avant même que je ne les connaisse.

— Voilà : je veux que jusqu'à ton départ tu demeures la plus grande partie du jour et toutes les nuits auprès de moi, et voici la seconde qui est incluse dans la première, car tu ne peux être au four et au moulin dans le même temps, je t'interdis de revoir cette courtisane avec qui tu t'es si indignement affiché.

— Il en sera comme tu le souhaites. Mais comme je ne puis revenir m'installer ici sans le consentement de mon père, chaque nuit je te retrouverai en passant par la fenêtre de ta chambre et je repartirai au petit jour pour rentrer presque aussitôt après par la porte.

— Oh, oui, ce sera merveilleux et moi je t'attendrai chaque soir comme une châtelaine dans sa tour qui languit d'amour pour son amant.

Ces rendez-vous nocturnes avaient un parfum de mystère et d'aventure qui séduisait l'esprit romanesque des deux amants. César attendait que la nuit fût obscure pour venir lancer un petit caillou contre la fenêtre de la chambre de Giulia. La jeune fille venait l'ouvrir en tenant une chandelle dont la lueur auréolait son visage d'un nimbe doré. Elle lui envoyait un baiser du bout de ses doigts puis elle laissait descendre une corde par laquelle il se hissait jusqu'à elle. Il repartait par le même chemin avant l'aube, mais s'il arrivait parfois qu'ils s'endormissent et fussent surpris par le jour, César se glissait hors de sa chambre et se montrait dans le palais comme s'il ne faisait que d'y arriver.

Le bonheur qu'ils connurent pendant ces jours fut soudainement interrompu par un drame qui se faisait plus imminent chaque jour. Pedro Luis, dont la santé avait paru un moment se rétablir, retomba dans la plus profonde consomption et s'éteignit un mois après avoir été terrassé par ce mal mystérieux.

César n'avait connu que trop superficiellement son frère pour ressentir un grand chagrin de sa perte, d'autant qu'il vivait en permanence dans l'exaltation de son amour pour Giulia. La peine qu'il en eut fut d'ailleurs bien vite remplacée par un véritable ressentiment lorsque fut ouvert le testament du défunt : il laissait une importante somme d'argent à Lucrezia, quelques centaines de ducats furent partagées entre ses serviteurs, et tout le reste était donné à Giovanni : légataire universel de Pedro Luis, Giovanni hérita son duché et son titre, et en outre le feu duc priait le roi d'Espagne de considérer Giovanni comme un autre soi-même et faire passer sur sa tête la promesse de mariage avec l'infante Maria Enriquez. Il avait en outre déclaré de vive voix avant de mourir qu'il voulait que Giovanni se substituât à lui pour réaliser ses ambitions avec la complicité de César. Quant à ce dernier, il ne lui laissait rien d'autre que des encouragements à poursuivre dans la voie qu'il s'était tracée en accord avec lui, Pedro Luis.

Giovanni, qui avait versé des larmes lors des funérailles de son frère, se mit à rire et à battre des mains lorsqu'il eut pris connaissance des dispositions testamentaires de son frère, puis, il fit une grimace à César et le nargua :

— Je le disais bien que j'étais le préféré de Pedro Luis. Il savait que j'étais le seul digne de lui succéder. Pour toi, César, tu seras curé et puisque tu sais si bien le latin, ce sera très bien pour toi. Moi, maintenant, je suis duc, duc de Gandia et j'accomplirai plein de grandes choses, et je me marierai à une Grande d'Espagne.

Jusqu'alors César n'avait éprouvé pour son frère qu'un mépris condescendant. De ce jour, il se mit à le haïr, mais il enferma soigneusement ses sentiments dans son cœur.

Malgré le chagrin qu'il avait de la perte de son fils aîné en qui il avait mis tant d'espoirs, Roderigo se réjouit des termes d'un testament qui substituait l'un de ses fils à un autre, et il s'en réjouit d'autant plus qu'en réalité Giovanni était son fils préféré. César lui semblait trop secret, trop grave aussi, et il lui trouvait il ne savait quoi d'inquiétant dans sa façon de regarder les gens, de les juger, de les mépriser. Il trouvait aussi qu'il manquait de religion car si lui-même se sentait des trésors d'indulgence et de magnanimité, s'il montrait une grande tolérance, il était pieux et il aurait voulu trouver cette ferveur chez les siens. Or César ne dissimulait pas son impatience lorsqu'il assistait aux offices, ce qu'il ne faisait d'ailleurs que le dimanche, visiblement sans conviction, sinon de mauvais gré. Et il était paradoxal que ce fût lui qui avait été désigné par on ne sait quel hasard, pour faire carrière dans l'état ecclésiastique. Lorsque Roderigo songeait à cela, il lui arrivait de se reprocher d'avoir voulu imposer à César de s'engager sur une voie qu'il répugnait manifestement de suivre. Mais il avait tôt fait de se rasséréner en se disant que César était de tous ses fils le plus doué pour les études et donc le seul à être capable de tenir un rang dans la robe.

A la fin de l'été, César quitta Rome pour Pérouse, laissant Giulia dans la plus profonde tristesse.

CHAPITRE VI

Au milieu de son cirque de collines verdoyantes, Pérouse trônait comme un diamant au cœur d'un collier d'émeraudes. Les chauds rayons du soleil de printemps enveloppaient d'un nimbe d'or les flèches de ses églises, les toits de ses palais, les tours de ses hautes murailles, les fronts de ses portes qui depuis les temps lointains où les avaient érigées les Étrusques, défiaient les siècles et les hommes. Sous l'antique voûte de la Porta Marzia se croisaient charrettes et chevaux, paysans qui venaient vendre sur les marchés les produits de leur ferme, voyageurs et marchands.

C'est par cette porte que, venant de Rome, Fiammetta entra dans la ville des Baglioni. Comme à l'accoutumée, en particulier lorsqu'elle partait en voyage, elle avait revêtu un costume de cavalier qui mettait en valeur la sveltesse de son corps, et surtout qui lui donnait plus d'aisance pour aller à cheval. Elle s'était aussi pareillement vêtue parce qu'elle savait que César aimait particulièrement la voir dans cet accoutrement masculin, mais elle en ignorait la raison profonde, car jamais César ne lui avait parlé de l'impression que lui avait causée la vision de Catarina Sforza prenant possession du château Saint-Ange. D'ailleurs, avait-il lui-même une claire conscience de la raison de ce goût ? Elle ne l'avait pas revu depuis le jour où il s'était brusquement éloigné d'elle sans lui donner la moindre explication, lorsqu'il ne vécut plus que dans l'amour de Giulia. Et maintenant elle venait vers lui, déléguée auprès de lui par le Vice-Chancelier de l'Église, et avec sa bénédiction.

Fiammetta était insouciante et impavide ; aussi aurait-elle entrepris seule ce voyage, malgré les mauvaises rencontres qu'on pouvait faire sur les routes de campagne et dans les montagnes de l'Ombrie, si Roderigo n'était intervenu.

— Mon seigneur, vous m'avez demandé de me rendre en toute hâte auprès de votre illustre fils, je prends mon cheval et je cours auprès de lui sans plus tarder, avait-elle assuré au cardinal de Valence.

— Mon enfant, j'admire ton zèle à me servir, répliqua-t-il, mais il te faut une escorte car les routes ne sont point sûres.

— Quel est le risque ? Que je sois dépouillée de ma bourse ? Elle sera mince et je m'en remettrai à mon seigneur César pour le reste. Qu'on abuse de ma personne ? Je me laisserai faire comme s'il s'agissait d'un riche seigneur qui me comble de cadeaux. Et encore, j'aurai au côté une épée qui portera à la réflexion ces bravi de grands chemins.

— Fiammetta, je sais que tu es une fille aussi belle que courageuse, mais je serais bien fâché s'il t'arrivait quelque malheur, et je crains que ton épée ne te soit d'un grand secours contre une troupe de spadassins. Ton minois charmant ne peut effrayer personne, tout au contraire et qu'ils te prennent pour un joli garçon ou une fille, tu n'en éveilleras pas moins leur concupiscence. Je veux te donner quelques bons compagnons qui sauront te défendre.

C'est ainsi qu'elle traîna à sa suite quatre robustes Catalans à la solde du cardinal, commandés par un officier aragonais du nom de Juan Cervillon. Ainsi parvint-elle à Pérouse sans un quelconque incident qui aurait pu apporter quelque piquant à la monotonie de la route. Fiammetta allait à quelques pas en avant de son escorte qui surveillait ses bagages répartis sur quelques mules. L'officier des gardes postés à la porte pour percevoir les taxes de l'octroi, arrêta Cervillon pour lui demander s'il transportait des marchandises destinées au commerce.

— N'est-il pas visible que c'est là le train de ce jeune seigneur qui nous précède ?

Le soldat lorgna Fiammetta qui s'était arrêtée et tournée vers lui.

— Et qui est ce jeune seigneur ? s'enquit l'officier avec un sourire que Cervillon jugea offensant.

— Sache, mon maître, répartit l'Espagnol avec morgue, que ce jeune seigneur est l'envoyé de l'Illustrissime Vice-Chancelier de l'Église, le cardinal de Valence, auprès de son Excellentissime fils don César.

Ces paroles eurent un effet magique ; aussitôt l'officier s'inclina :

— Que vos seigneuries veuillent me pardonner, dit-il. Si vous le désirez je puis vous donner un homme qui vous guidera en son palais qui est sis dans le quartier de la Porta Sole.

Fiammetta accepta le guide qui chevaucha à ses côtés.

— Connais-tu don César ? lui demanda-t-elle.

— Qui ne connaît son illustre seigneurie dans cette ville ?

— Comment s'est-il acquis déjà une telle notoriété ?

— C'est que le seigneur César est un familier de nos maîtres les Illustrissimes Baglioni. Son palais est toujours illuminé car il y tient chaque soir une cour, mais cela n'aurait rien de particulier si lui-même ne se montrait avec le peuple d'une grande générosité. Les pauvres trouvent chez lui leur pitance et on le voit aller seul, à pied par les rues de la ville où il s'entretient avec tout le monde, comme un simple citoyen, un quelconque fils d'artisan. Il n'est personne ici qui songerait à l'assaillir lorsque tard dans la nuit il va se promener vers les remparts car tout le monde l'aime. D'ailleurs, on sait aussi que malgré son jeune âge, c'est un rude bretteur. Il paraît qu'il prend plaisir à courir la campagne avec ses compagnons pour se mesurer avec des taureaux. C'est un jeu qui se pratique dans les Espagnes, à ce qu'on rapporte.

Ainsi l'entretint-il de César et de divers caractères de la ville tout en chevauchant par les rues encombrées. Il se chargea de frapper à la porte du petit palais que Roderigo avait loué pour son fils, dans un quartier calme. Un valet vint ouvrir qui les fit attendre sur le seuil tandis qu'il allait quérir le chef de la maison, ainsi qu'il le précisa. Michelotto en personne, qui était devenu comme l'ombre de César, vint bientôt l'accueillir. En reconnaissant Fiammetta qui lui dit être envoyée par le cardinal, il la salua chapeau bas et congédia le guide qu'elle gratifia d'un florin. César était absent. Après avoir donné des ordres pour que les valets prissent en charge les bagages et la suite de la jeune femme, Corella l'invita à l'accompagner dans ses propres appartements afin de se rafraîchir en attendant le retour du jeune maître.

— Sa seigneurie, l'Illustrissime cardinal ne vous a-t-il pas confié quelque message personnel pour son dévoué serviteur ? lui demanda Corella.

— Il vous apporte sa bénédiction, ce qui est déjà quelque chose, assura Fiammetta. Don Michelotto, parlez-moi plutôt de César. Comment va t-il ? Quelle vie mène-t-il ici ? S'y plaît-il ? Ne regrette-t-il pas la vie romaine ? Pense-t-il aux siens ? Lui arrive-t-il de vous entretenir de sa famille, de ses plaisirs, de ses amours, de madonna Giulia, par exemple ?

— Que de questions en même temps ! s'exclama Michelotto. Mon cher seigneur don César se porte à merveille, si bien que vous ne le reconnaîtrez pas tant il a crû en taille et en force durant cette dernière année. Il est aussi bon bretteur que cavalier et sa santé est florissante.

— Voilà qui est satisfaisant. Mais encore ?

— Qu'il se plaise ici, je le pense car il a autour de lui une véritable cour, on l'admire et cela lui plaît infiniment. César lui-même l'a écrit à son excellentissime père : ses maîtres à la Sapienza sont fort satisfaits et Pompilio ne cesse de déclarer qu'il est l'ornement et l'espoir de la maison des Borgia. Qu'il regrette la vie romaine, je le crois, bien qu'il n'en dise rien car vous savez combien il est secret. Je me flatte pourtant d'être l'homme en qui il met le plus de confiance et avec qui il s'abandonne le plus aisément. Vous savez quelle mission son père m'a confiée lorsqu'il m'a placé auprès de lui, et je me suis si fortement attaché à lui que je tiens plus à sa gloire et à son bonheur qu'aux miens. Aussi je m'inquiète quand je le vois devenir soudain sombre et mélancolique alors qu'il était joyeux et plein d'entrain. Lorsque lui prennent ces sortes de crises, il s'en va errer de par les rues de la ville ou encore il monte sur les remparts et reste des heures entières en méditation devant le spectacle des collines qui entourent la ville.

« Je sais où il va dans ces cas-là car je me hâte de le suivre sans me montrer car il lui arrive tout aussi bien de sortir de nuit et je ne saurais être trop prudent pour lui éviter quelque malheur. En revanche, je serais bien en peine de vous dire ce qu'il pense car il ne se confie jamais. Il n'y a qu'une seule personne qui serait peut-être à même de vous informer sur ses soucis, c'est un moine du couvent de San Domenico, le père Sebastiano Angeli. Nous savons qu'il lui arrive parfois de demeurer une journée entière dans le couvent. Il aime à se promener dans le cloître et dans le jardin et à s'entretenir avec les frères des choses les plus diverses. Mais à cela il préfère encore retrouver le père Angeli dans sa cellule où il reste des heures sans que nul ne puisse savoir ce qu'ils se disent car le père est aussi discret qu'un confesseur. »

Après qu'elle se fut restaurée et eut ouï encore de nombreuses confidences de Michelotto, ce dernier conduisit Fiammetta dans la chambre qu'il avait ordonné qu'on lui aménageât et il la laissa s'y reposer. En traversant les salles et les galeries qui conduisaient à sa chambre, Fiammetta avait pu admirer le luxe ostensible de l'ameublement et la richesse des tapisseries qui couvraient les murs. La chambre qui lui fut donnée était tout aussi somptueusement arrangée ; elle songea que le jeune César avait hérité la magnificence de son père et que sans doute il n'aurait pas été fâché de le surpasser. Au demeurant, elle le connaissait déjà suffisamment pour être assurée qu'il voulait être le premier en toute chose et étonner le monde autant par ses débordements que par ses exploits, ainsi qu'il le lui avait un jour confié, ou plutôt une nuit après qu'il eut tant redoublé ses assauts amoureux qu'elle lui avait fait part de son émerveillement et l'avait comparé à Hercule et à Priape.

Elle resta en chemise et hauts-de-chausses pour s'étendre sur le lit où elle s'endormit. Lorsqu'elle se réveilla, elle vit César, assis à son chevet, qui la toisait de son regard sombre.

— Mon cher seigneur ! s'exclama-t-elle en se redressant.

— Fiammetta, est-il vrai que tu viens ici envoyée par mon illustre père ?

— Je viens en son nom auprès de vous.

Depuis presque un an qu'il l'avait quittée, César lui parut être devenu une autre personnage. Il avait conservé une certaine sveltesse d'adolescence, mais il lui parut si grave, vêtu avec tant de magnificence, qu'elle se sentait vivement impressionnée au point qu'elle n'osait plus lui parler familièrement en employant le tutoiement, comme si elle n'avait jamais été sa maîtresse et son initiatrice.

— Sans son ordre, poursuivit-elle, je n'aurais jamais voulu me présenter à un homme qui m'a aussi méchamment traitée, car je devrais vous haïr.

— Fiammetta, une courtisane ne peut haïr un homme qui l'a couverte de cadeaux et lui a donné un infini plaisir, en tout cas tant qu'il reste riche et susceptible de lui revenir.

— César, je te trouve bien sûr de toi. Tu ne l'étais pas autant jadis.

— Je le suis donc devenu entre-temps. Mais dis-moi, chère Fiammetta, de quelle mission t'a investie l'excellentissime cardinal.

— Je vous apporte des nouvelles de Rome, commença-t-elle en s'adossant parmi les coussins.

— Je t'écoute, car sache que je suis toujours avide de savoir ce qui se passe à Rome.

— Eh bien... par quoi commencer. Voilà, en mars dernier, le sultan Zizim est entré dans Rome sur un beau cheval blanc avec tout un cortège de Turcs et de chevaliers chrétiens.

— Qui est ce Zizim ?

— Le petit frère du Grand Turc. À la mort de leur père, Mahomet II, l'infidèle qui a pris Constantinople, il a voulu s'emparer du trône.

— S'il valait mieux que son frère, il a eu raison.

— Il ne paraît pas qu'il valait mieux. En tout cas, il a été vaincu et s'est enfui auprès des chevaliers de Saint-Jean de Jérusalem à Rhodes. Le Grand-Maître, le sire d'Aubusson, l'a envoyé à sa demande dans le royaume de France, dans une commanderie de l'ordre où il est resté sept années. Et soudain tout le monde a songé à se disputer la possession de cet heureux homme qui leur est apparu comme un gage contre le sultan Bajazet son grand frère. Il paraît que le roi de Naples, le roi de Hongrie, la sérénissime république de Venise et enfin le roi de France ont voulu le ravir aux chevaliers qui ont alors songé à en tirer le meilleur prix. C'est finalement Sa Sainteté le Pape, en cela conseillé par votre illustre père, qui a remporté le tournoi, en particulier parce qu'il dispose du pouvoir de distribuer des chapeaux rouges que tout haut dignitaire de l'Église aspire à coiffer. Il semble que le roi Ferrante et son beau-fils Hercule d'Este se seraient alliés pour tenter d'enlever le prince Zizim dans la galère qui l'amenait à Civita-Vecchia. En tout cas, ils n'y ont pas réussi et ainsi ce beau prince turc est arrivé à Rome avec un magnifique cortège. J'ai eu par la grâce de ton père, le privilège de me trouver parmi les gens admis à voir le prince lors de son arrivée à Ostie. Le premier qui vint à lui fut l'ambassadeur du sultan d'Égypte, dont il a été l'hôte. Nous avons tous été émerveillés de la manière dont cet ambassadeur a salué ce prince en exil. Sache qu'avec les hommes qui l'escortaient, il s'est prosterné dans la poussière, il a baisé le sol, puis les sabots du cheval du prince et enfin le bas de sa robe. On n'en fait pas le quart pour le pape qui est pourtant le vicaire de Dieu sur la terre.

— Sans doute ce Zizim se prend-il pour le dieu des mahométans en personne. Mais arrête là pour ce Turc dont je n'ai que faire et dis-moi plutôt la véritable raison de ta présence ici. Car je me doute que mon père ne t'a pas choisie et envoyée auprès de moi pour me raconter la réception du sultan des Turcs à Rome.

— Ce n'est pas le sultan mais son frère et maintenant il est logé au Vatican même. Mais si je vous raconte cela, c'est parce que vous m'avez demandé de vous rapporter les nouvelles de la ville.

— Dis-moi donc la nouvelle que tu es chargée de me communiquer.

— Il s'agit de Giulia.

— Giulia Farnese ?

— Existe-t-il une autre Giulia à qui vous porteriez quelque intérêt ?

— Je t'écoute.

— Le 21 mai dernier, elle a épousé devant messer Camillo Beneimbene, notaire à Rome, Orso Orsini.

En entendant cette nouvelle, les traits de César restèrent impassibles, mais elle vit sa main se crisper sur le drap.

— Raconte, demanda-t-il après un court silence.

— Les noces ont été célébrées dans le palais Borgia, dans la salle des étoiles.

César eut un geste de la main que Fiammetta ne chercha pas à interpréter. Cette salle était dite des étoiles à cause de l'ornementation de son plafond qui imitait un ciel nocturne. La salle elle-même, vaste et bien proportionnée, était ornée dans un goût oriental, avec le plus grand luxe.

— Madonna Giulia, poursuivait Fiammetta, avait revêtu une robe de satin blanc toute brodée de perles et de pierres précieuses et ses cheveux étaient maintenus pas un diadème fait de feuilles d'or. Tous ces atours étaient des présents du Cardinal votre père. Elle s'est rendue du palais de San Martinello au palais Borgia sur une hacquenée blanche conduite par deux pages qui portaient aussi des habits de satin blanc. Et devant eux allaient des pages qui aspergeaient le sol d'eau parfumée. Le fiancé l'attendait sur le seuil du palais de votre père avec tous les invités.

— Qui y avait-il ?

— Vos parents et tous les gens de la maison Orsini, et aussi d'autres personnes de la famille Farnèse, dont le frère de madonna Giulia, et aussi monseigneur Zeno, cardinal de Santa Maria in Porticu...

— Et toi tu te trouvais parmi les invités ? s'étonna César.

— Votre Illustre père lui-même m'avait conviée, en vérité afin que je puisse vous en faire le récit.

César ne releva pas l'étrangeté de cette raison et la laissa poursuivre.

— Là, selon la coutume romaine, le compère de l'anneau qui était un parent de messire Orso que je ne connaissais pas, a offert à madonna Giulia la cuillère de miel qu'elle a très gentiment sucée, au point que j'ai ouï derrière moi quelqu'un assurer qu'elle satisferait fort bien son époux avec sa langue.

— Celui-là était un bélître que j'aurais volontiers frappé pour avoir ainsi parlé de Giulia ! s'exclama César.

La véhémence avec laquelle il s'était exprimé fit sourire Fiammetta qui remarqua avant de poursuivre :

— Ce sont pourtant des plaisanteries que se plaisent à faire plus particulièrement les Romains sans nulle malice.

— Tu sais bien que nous autres Espagnols, sommes particulièrement sourcilleux quand il s'agit de l'honneur d'une femme.

— Donc, toujours selon la coutume romaine, un noble vieillard brandissait au-dessus d'elle une épée pour évoquer les châtiments qui attendent l'épouse infidèle. Tout le monde s'est ensuite rendu dans la salle des étoiles où fut signé le contrat puis on alla danser et banqueter dans les autres salles préparées à cet effet. Voulez-vous que je vous fasse le détail des viandes, venaisons, volailles, poissons, légumes, fruits, friandises, apportés par des valets sur des plats d'or et d'argent...

César eut un geste d'impatience :

— Épargne-moi cela et dis-moi plutôt comment se comportaient madonna Giulia et messer Orso.

— Ils n'étaient ni gais ni tristes, au point que cette indifférence a étonné bien des témoins. Cependant madonna Giulia a parfois souri et elle a dansé, mais point avec son époux. Enfin, tard dans la nuit, ils sont rentrés au palais de San Martinello, chez madonna Adriana qui avait présidé à ces festivités.

— Messer Ludovico s'est-il résolu à quitter sa chambre pour assister au mariage de son fils ?

— Messer Ludovico ? Mais ne savez-vous pas qu'il est mort voici plusieurs mois ?

— Est-il possible que ce vieux podagre se soit enfin résolu à rejoindre le diable ? Nul n'a jugé utile de m'en aviser. Il est vrai que je reçois bien peu de nouvelles de Rome. Mais encore, dis-moi la raison de ta présence ici, car, ce que tu me racontes là, madonna Adriana pouvait tout aussi bien me l'écrire.

— Il est une chose qu'elle ne pouvait vous écrire. Les deux époux ont passé leur nuit de noces chacun dans une chambre séparée et il n'y avait nul témoin lors de leur coucher.

— Cela ne me surprend pas car madonna Giulia avait juré ne jamais appartenir à ce hallefessier.

— Voici ce que je suis chargée de vous annoncer : l'Illustrissime cardinal, votre père, s'est follement épris de madonna Giulia et elle-même n'est pas restée insensible aux grandes qualités physiques et intellectuelles dont le ciel a comblé Sa Seigneurie. Aussi, le soir suivant, elle est devenue la maîtresse très aimée de votre père. Il a voulu que je vienne vous annoncer cette grande nouvelle et, par la même occasion, il vous apporte sa bénédiction et vous fait dire que le moment ne va pas tarder où vous recevrez l'investiture de l'évêché de Pampelune lorsque le siège sera vacant ; l'actuel évêque est vieux et malade.

— Pampelune contre Giulia ! lança César entre ses dents.

— César, c'est donc bien pour elle que tu m'as si brusquement abandonnée, dit Fiammetta en lui prenant le bras.

— J'ai abandonné une courtisane pour une putain et c'est moi qui en porte le ridicule ! s'exclama-t-il avec colère en se levant.

Il se mit à aller et venir nerveusement dans la chambre sous le regard désolé de Fiammetta qui n'osait parler, ayant compris qu'il convenait de laisser passer l'orage. Enfin il se tourna vers elle :

— Si le cardinal a pensé qu'il devait te choisir toi, pour cette mission, c'est qu'il se doutait de ma réaction, n'est ce pas ?

— Qu'en saurais-je, César !

— Allons, ne mens pas. Il t'a dit sans doute ceci : Fiammetta, tu vas te rendre auprès de César pour lui annoncer ceci. Je sais qu'il en sera furieux mais tu l'apaiseras par tes caresses et par la promesse d'un évêché. C'est bien cela ?

— Un peu, mais il a assuré non pas que tu serais en colère, mais très triste. Je ne savais pourquoi car il ne m'en a rien dit de plus.

Elle soupira avant de remarquer, avec une grande prudence :

— César, tu dois tout à ton père, tu n'es quelqu'un que par lui, tout ce luxe qui t'entoure, le respect et la considération de tous les gens d'ici, tout cela te vient de lui. Oublie donc Giulia ou plutôt ne vois plus en elle qu'une sœur, ou une belle-mère, car c'est ce qu'elle est réellement pour toi, désormais.

Sans répondre, animé d'une sorte de fureur contenue, il déchira à demi ses vêtements et se rua sur Fiammetta qu'il prit avec une sorte de fureur.

Cette nouvelle, qui avait pourtant porté un coup violent au cœur de César, ne parut pas modifier sensiblement son comportement, sinon qu'il garda ostensiblement Fiammetta auprès de lui et se rendit moins souvent au couvent de San Domenico. En revanche, il parut se jeter avec plus d'ardeur encore dans les études, car la remarque de la jeune femme sur sa dépendance de son père l'avait frappé et il caressait l'ambition de se distinguer par ses propres qualités et non par un éclat emprunté. Il aimait aussi à fréquenter chez les peintres et il se plaisait plus particulièrement dans l'atelier de Pietro Vanucci que déjà tout le monde appelait Perugino. Alors âgé d'une quarantaine d'années, il était au zénith de sa gloire et après avoir participé sous le pontificat de Sixte IV à la décoration de la Chapelle Sixtine, il était rentré à Pérouse où il était accablé de commandes. César avait vu à Rome l'un de ses plus originaux disciples, Bernardino di Betto que déjà d'aucuns avaient surnommé par malignité il Pinturicchio, « le barbouilleur », alors qu'il peignait les salles et les loges du Belvédère à la requête d'Innocent VIII. César avait apprécié son art parfois un peu chargé et peut-être selon un certain goût, trop rehaussé d'ors, et il avait voulu connaître le maître dont il avait pu admirer quelques œuvres dans la Chapelle Sixtine et aussi dans le palais des Saints-Apôtres où il avait travaillé pour Sciarra Colonna.

Ainsi le jeune étudiant se familiarisait aussi bien avec l'art de la peinture qu'avec les arts libéraux.

La magnificence de César était telle qu'il dépensait tous les revenus de ses sinécures et devait avoir sans cesse recours à son père, par l'intermédiaire de Fiammetta, pour couvrir tous les frais supplémentaires qu'il était incapable d'assumer. Il attendait avec une impatience non dissimulée la mort de l'évêque de Pampelune, laquelle se fit attendre plus de deux ans. Enfin, en septembre 1491, alors qu'il était en vacances à Soriano, un messager vint lui faire savoir qu'il était nommé par le Pape évêque de Pampelune avec tous les avantages et revenus qui étaient attachés à cette charge qui concernait l'un des plus importants évêchés de l'Espagne. Aussitôt César rédigea de sa propre main, car il était fier de la beauté de son écriture, une longue lettre pastorale dans un élégant latin, où il se montrait plein de bienveillance et demandait avec humilité que ses ouailles et en particulier le clergé lui témoignassent leur agrément, mais il laissait entendre que dans le cas contraire, il saurait bien s'en passer. Il terminait en précisant qu'il leur déléguait en tant que procureur général avec les pleins pouvoirs, son éminent et vénérable collègue Martin Zapta, chanoine et trésorier de Tolède, personnage qu'il ne connaissait pas mais dont on lui avait dit qu'il serait son coadjuteur.

En apprenant qu'on leur donnait pour évêque un tout jeune homme de seize ans qui n'avait même pas terminé ses études, les gens du clergé de Pampelune manifestèrent leur indignation, ce dont ne se soucia pas César, mais le pape dut promulguer un *monitorium pœnale* pour faire rentrer dans le bercail ces brebis rebelles.

Depuis son départ pour Pérouse, César n'était pas retourné à Rome ; alors qu'en d'autres circonstances il aurait eu la plus grande hâte de se retrouver auprès de Giulia, il se refusait maintenant à la voir et son éloignement lui était le meilleur des prétextes. Aussi, de Soriano, il se rendit directement à Pise où son père avait décidé qu'il poursuivrait ses études universitaires. L'université de Pise était alors la plus réputée de l'Italie et y venaient étudier les enfants les plus doués et les plus riches de la noblesse de la Péninsule. À la faculté de droit enseignait Filippo Decio, sans doute le plus réputé des professeurs de droit canonique.

Nanti de ses nouveaux revenus, César voulut surpasser en faste tous les jeunes nobles et bourgeois venus poursuivre leurs études dans cette illustre cité. Alors qu'à Pérouse il s'était contenté d'un modeste palais, il voulut pour l'évêque de Pampelune, une immense demeure où il put loger sa cour d'Espagnols et d'Italiens dont on murmura bientôt que c'étaient des gens de sac et de corde, grands viveurs, buveurs, spadassins, trousseurs de jupons. Il avait aussi sa garde commandée par Juan Cervillon qui était resté à son service tandis que Michelotto était devenu le gouverneur de son palais qui fut bien vite rempli de meubles luxueux, tapisseries, vaisselle d'or. Cependant, César n'était pas un médiocre esprit tout prêt à simplement profiter de ses richesses pour mener une vie de délices et de débauche. S'il voulait par son faste et sa manière de vivre provoquer l'étonnement et l'admiration, ce n'était pas par vaine ostentation mais dans un dessein précis et profond. Il savait qu'un homme médiocre ne pouvait espérer exercer sur le peuple tout autant que sur les grands une quelconque influence. Il se devait de se distinguer de toutes les manières pour pouvoir s'imposer et s'ouvrir ainsi la voie abrupte qu'il avait décidé de gravir, celle de la puissance et de la domination. Il eut tôt fait d'étonner ses maîtres par son savoir, son assiduité à suivre les cours, si bien que le « Pampelune », comme l'appelaient ses compagnons d'études, s'illustra comme l'un des plus brillants sujets de l'université.

Il se lia bientôt d'une étroite amitié à Giovanni dei Medici, fils de Lorenzo, le maître de Florence. De quelques mois plus jeune que César, il en était à sa dernière année de droit. César sut le charmer au point que Giovanni n'hésitait pas à déclarer qu'ils étaient tous deux comme nés de la même mère *nati ex eodem utero*. César vint souvent à Florence où il rencontra le Magnifique et fréquenta Alessandro Farnèse, le frère de Giulia, sans que cependant il laissât de quelque manière percer les sentiments qu'il avait portés à la jeune femme. Ainsi lui arrivait-il souvent de séjourner à Florence où il était reçu par Lorenzo en personne dans l'un des palais des Médicis, car il importait, autant à son père, le cardinal, qu'à lui-même, d'être dans les meilleurs termes avec cette magnifique famille.

César veillait à être tenu au courant de tout ce qui se passait à Rome et même ailleurs. Il avait fait de Fiammetta son agent, l'ayant parfaitement circonvenue de manière qu'elle se rendait souvent à Rome pour porter à Roderigo les nouvelles que César voulait bien qu'elle transmît, et lui rapportait en revanche des informations souvent confidentielles que, grâce à sa condition de courtisane, elle recueillait sur l'oreiller de la bouche aussi bien de cardinaux que de puissants personnages dont César voulait connaître les secrets. C'est ainsi qu'il parut à César que 1492 serait pour lui et sa famille une année faste. Au début du mois de février parvint en Italie la nouvelle de la prise de Grenade, dernier bastion en Europe de la foi musulmane, par les Rois Catholiques Ferdinand d'Aragon et Isabelle de Castille. Roderigo, en tant qu'Espagnol, voulut que cette victoire de sa nation sur les derniers infidèles fût joyeusement fêtée par les Romains. Les cloches des églises de Rome sonnèrent à toute volée tandis que le Vice-Chancelier dirigeait une procession qui se rendit à l'église Saint-Jacques qui appartenait aux Espagnols, lesquels la nommaient Sant'Iago, située sur la Piazza Navona ; la nuit commençait à tomber, raison pour laquelle, outre les cierges, les fidèles portaient lampions et torches. Lorsque Fiammetta, qui fit le récit de l'événement à César, lui dit qu'une pluie aussi soudaine que violente avait éteint cierges et lampes et dispersé la foule ruisselante d'eau, César sourit en remarquant :

— Dieu serait-il avec les mahométans ?

— Certainement pas, répartit Fiammetta, sans quoi il n'aurait pas permis que les Rois Catholiques enlevassent Grenade à Boabdil. Ton illustre père a ensuite offert aux Romains un spectacle tout nouveau pour eux mais qui se fait, à ce qu'on rapporte, dans les Espagnes, une course de taureaux. Ainsi a-t-il fait construire une enceinte circulaire entourée de gradins, dans laquelle ont été lâchés cinq de ces puissants taureaux qui hantent les solitudes des marais pontins, vers la route d'Ostie. Ils se sont affrontés à des hommes qui ont cherché à faire avec eux une sorte de danse avant de les combattre avec des épées. Mais les bêtes étaient plus dangereuses qu'on ne le supposait et il y a eu plusieurs hommes encornés, piétinés, qui ont perdu la vie dans ce terrible jeu. Il n'en demeure pas moins que les Romains ont été enchantés de ce spectacle qui rappelait les antiques jeux du cirque.

— Je regrette de n'y avoir pu assister. Mais as-tu des nouvelles de Sa Sainteté Innocent VIII ?

— Elle s'affaiblit de jour en jour, torturée par la gravelle. Elle ne peut plus supporter pour toute nourriture que le lait de femme, à ce qu'on rapporte. J'ai aussi entendu dire qu'un médecin juif a essayé de la soigner avec un remède de sa fabrication : il a tiré le sang de trois enfants de dix ans, qu'il lui a fait boire, mais cela ne semble avoir servi à rien, sinon que les enfants en seraient morts peu de temps après. Ce médecin aurait donné un ducat à chacun d'entre eux. Maintenant, on attend à tout moment la fin du pape ; aussi ton père veille et prépare la succession tout en tenant à l'œil cet avorton de Franceschetto afin qu'il ne recommence pas comme en septembre de 1490 où, croyant le pape déjà auprès de Saint-Pierre ou du diable, je ne sais, il commençait déjà à faire main basse sur les trésors d'or du Vatican.

La maladie du pape permettait à la famille Borgia et à César de caresser les plus folles espérances. Cependant, au cours du printemps de 1492, quelques événements vinrent contrarier César. Ce fut d'abord la nouvelle des fiançailles officielles de sa sœur Lucrezia. Déjà, l'année précédente, elle avait été fiancée à un gentilhomme de Valence, don Cherubino Juan de Centelle, frère du comte d'Oliva. Lorsque César avait appris ces accordailles il s'était empressé d'écrire à son père pour protester contre un projet qui lui semblait déshonorant pour la famille. Il s'étonnait que le Vice-Chancelier de l'Église, sans doute le futur successeur de Saint-Pierre, puisse aussi précipitamment disposer de sa fille pour l'accorder à un simple noble Espagnol, alors que dans les grandes familles les mariages devaient avant tout être des alliances diplomatiques à de hauts niveaux. Par ailleurs, c'est en Italie où les Borgia faisaient leur fortune, qu'il convenait de nouer de telles alliances et ne pas perdre un gage aussi important qu'une fille, en l'abandonnant à un lointain et obscur seigneur. Rodrigo fut sensible aux arguments de son fils et finalement ces premières fiançailles furent rompues à la plus grande satisfaction de César.

Mais sans daigner consulter son fils, Roderigo avait à nouveau promis sa fille à un noble Espagnol dont les biens étaient situés dans le royaume de Naples, don Gasparo, fils de don Juan Francisco de Procida, comte d'Aversa. César n'apprit ces fiançailles que plusieurs mois après la signature du contrat car Roderigo avait jugé bon de ne pas le tenir au courant afin qu'il n'intervînt pas une nouvelle fois. César n'apprit la chose qu'au printemps, par l'intermédiaire de Fiammetta. Il s'écria avec colère qu'il ne comprenait plus son père qui avait de si hautes visées pour les membres de sa famille mais acceptait de marier sa fille à un sujet du roi de Naples alors que seul un prince, fils de roi, était digne d'elle. Fiammetta lui fit doucement remarquer que le père et le maître était le Vice-Chancelier et que le contrat ayant été signé, il était préférable de ne pas irriter Roderigo par un quelconque esclandre. « C'est ce que nous verrons, car je n'ai pas encore dit mon dernier mot, répliqua César. Le mariage ne devant devenir effectif que d'ici quelques années, nous aurons tout le temps d'aviser. »

Une autre contrariété fut infligée à César par la nomination au cardinalat de Giovanni dei Medici. Non pas que César ait été jaloux que le pape ait conféré la pourpre à son ami mais il ne comprenait pas que son père ne lui ait pas obtenu la même dignité. Fiammetta assura à César, au nom de Roderigo, qu'il recevrait aussi bientôt le chapeau et qu'Innocent VIII avait ainsi agi pour complaire au Magnifique qui était en même temps le beau-père de son fils Franceschetto et l'un des princes les plus puissants et influents de l'Italie.

Cependant au mois d'avril, Giovanni dei Medici vint en larmes chez César pour lui annoncer la mort de son père Lorenzo. Le jeune évêque fut touché par cette mort car il avait appris à apprécier et admirer cet homme qui, à d'éminentes qualités d'homme d'État et de financier, avait su unir un goût exquis pour la beauté, protéger et encourager artistes, humanistes et philosophes, se révéler lui-même poète, philosophe et néanmoins joyeux compagnon et bon vivant, incarnant ainsi le modèle du prince éclairé, honneur de l'Italie. César dut attendre plusieurs jours avant d'être remis de son chagrin et se sentir capable de prendre sa plume pour rédiger de sa belle écriture une lettre de condoléances à Pietro, frère aîné de Giovanni et successeur désigné de Lorenzo :

« J'ai ressenti tant de peine en apprenant la nouvelle de la mort de votre père que je n'ai pas trouvé jusqu'à ce jour le courage et la force d'adresser mes condoléances à Votre Magnificence. Je conserve de sa seigneurie le plus beau souvenir car il était pour moi comme un père ; il a montré dans sa splendeur une grande et paternelle bienveillance à mon égard. Mais je me suis rappelé combien fut excellente sa vie toute faite de charité, de foi, de justice et de toutes les plus hautes vertus qu'on peut espérer trouver réunies chez un homme, et j'ai considéré qu'il est mort si pieusement, laissant dans ce monde le souvenir d'une gloire immortelle, que je ne puis douter que son âme ait pris place pour l'éternité entre la Divine Majesté et les Saints Glorieux si bien que je crois que notre tristesse et notre douleur doivent se transformer en allégresse et en consolation, et nous devons nous féliciter qu'il ait délaissé cette vie temporelle et transitoire, pleine de crainte et d'angoisse, pour entrer dans une vie éternelle, bienheureuse et sans plus de soucis. »

L'agonie d'Innocent VIII fut lente. Au mois de juillet de cette même année, on ne pouvait cependant plus douter que vînt rapidement l'issue fatale car le pape restait au lit, incapable de bouger, voire de parler. Il était en permanence entouré de cardinaux venus en hâte au chevet de l'auguste malade, malgré les grosses chaleurs estivales. Nombre d'entre eux avaient emmené dans leurs bagages canons et soldats car on savait qu'à la mort de chaque pontife s'ouvrait une ère d'anarchie et de violence. Or, déjà depuis quelque temps, la faiblesse du pape faisait que les rues de la ville, dès que tombait la nuit, devenaient le domaine des brigands et des tire-laine tandis que les familles ennemies profitaient de l'obscurité pour régler leurs comptes. Ainsi avait-on tout à craindre à la suite de la mort du pape, d'autant plus que les rivalités entre cardinaux avaient rarement été aussi vives quoique sourdes. Giuliano della Rovere, cardinal de San Pietro in Vincoli et Roderigo Borgia, cardinal de Valence, se montraient non pas les plus prévenants mais les plus entêtés à rester à son chevet. Cette sollicitude était commandée par le désir d'influencer le pape dans sa décision relative à la possession du château Saint-Ange. Roderigo, qui n'était pas assuré de sa propre élection et craignait que ne lui fût préféré le cardinal de San Pietro in Vincoli, voulait que le château fût remis entre les mains des cardinaux, c'est-à-dire des siennes en tant que Vice-Chancelier ; Giuliano, assuré de sa victoire, voulait au contraire que le château soit directement confié au successeur élu du pape, c'est-à-dire, pensait-il, à lui-même, car il redoutait que dans le cas contraire, Borgia ne conservât la forteresse d'où il aurait pu à tout moment menacer le Vatican.

Roderigo, fort de sa fonction de Vice-Chancelier, avait résolument pris les choses en main. Il avait affecté une centaine de hallebardiers à la garde de Zizim, qu'on appelait aussi Djem, dans la crainte que son frère le sultan ne profitât des troubles qui suivraient la mort du pape, pour le faire assassiner. Il le logea dans une salle située au-dessus de la Chapelle Sixtine et affecta quatre cents hommes à la garde du Vatican. Le comte de Pitigliano, capitaine général de l'Église, reçut le commandement de la ville et un renfort de huit cents soldats.

Enfin, profitant d'une absence de Giuliano della Rovere, Roderigo obtint que le pape fît un signe de la main pour affirmer sa décision de donner Saint-Ange au Sacré Collège. Mais à ce même moment arriva Giuliano qui supplia le moribond de n'en rien faire. Alors Borgia éclata, car le cardinal de San Pietro in Vincoli outrepassait ses droits :

— Si nous n'étions en présence de Sa Sainteté, s'écria-t-il, je vous ferais voir qui est le Vice-Chancelier de l'Église !

La présence du pape agonisant n'embarrassa guère le futur Jules II qui répliqua en injuriant Roderigo qu'il se mit à traiter de juif et de marrane, ces derniers étant les juifs d'Espagne convertis de force au christianisme mais qu'on soupçonnait de pratiquer en secret leur ancienne religion. La protection que le Vice-Chancelier accordait aux juifs et aux marranes lui avait valu la réputation d'être des leurs, ce qui, en soi, ne semblait pas choquer Roderigo, bien qu'il appartînt en réalité à une famille de vieille noblesse guerrière qui s'était précisément illustrée lors des guerres que les rois d'Aragon avaient soutenues contre les Maures d'Espagne. Rodergo rendit injure pour injure et n'auraient été les cardinaux Orsini et Colonna qui se trouvaient là et les séparèrent, ils en seraient finalement venus aux mains. En revanche, ce sont ces deux-mêmes cardinaux médiateurs qui s'empressèrent d'aller ébruiter dans tous les salons de Rome cette altercation, ce qui réjouit tout le monde.

Peu après, l'Italie apprenait la mort d'Innocent VIII survenue le matin du 25 juillet 1492.

CHAPITRE VII

Sienne était l'une des plus belles et orgueilleuses cités de l'Italie. Le voyageur qui l'abordait était frappé par le nombre considérable de hautes tours carrées qui semblaient s'élancer vers le ciel, à l'abri de ses puissants remparts. Chacun de ces donjons était le repaire des puissantes familles qui s'étaient longtemps partagé la domination de la cité. Depuis l'an 1125 où elle était devenue ce qu'on était convenu d'appeler une république, Sienne était en lutte avec Florence. Cette opulente capitale de la Toscane, dès qu'elle se trouvait entre les mains d'une faction ou d'une famille puissante, ne rêvait que de soumettre sa rivale qui, moins ambitieuse, ne désirait que rester libre. En 1286, Sienne avait infligé une cuisante défaite aux Florentins à Montaperti et les Siennois en avaient tiré une telle gloire que pour perpétuer celle-ci ils avaient institué une course qui est demeurée jusqu'à nos jours l'un des charmes de la ville sous le nom de *Palio*. La cité était alors divisée en trois grandes régions, les *Terzi* (Città, San Martino et Camollia) et cinquante-neuf *Contrade*. La course du *palio* se disputait entre ces *contrade* réparties entre les trois *Terzi*. Cette compétition avait lieu chaque année le 16 du mois d'août, le lendemain de l'Assomption et pour y assister venait un grand concours de monde non seulement des environs mais même de toutes les parties de l'Italie. Le succès de cette manifestation devint si grand que, par la suite, en 1659, les Siennois en instituèrent une autre le 2 juillet, le jour de la Visitation.

Cette manifestation était pour les plus riches seigneurs de la région une occasion de briller en faisant courir leurs meilleurs chevaux. César trouva là un moyen de se distinguer malgré son jeune âge ; il parvint à se faire admettre dans la compétition où il présenta un beau cheval sorti des haras de Mantoue qu'il donna à monter à un excellent écuyer. Aussi, en cette brûlante journée du 16 août 1492, il se trouvait à Sienne pour assister à la victoire du taureau des Borgia déployé sur l'oriflamme et les livrées de ses valets. Depuis plusieurs jours déjà on pouvait le rencontrer dans les rues de la ville et sur le *Campo*, cette vaste place concave semi-circulaire dont la façade du *Palazzo Publico* forme la base, toujours vêtu avec l'élégance la plus raffinée, entouré d'une cour de compagnons d'étude et d'Aragonais à son service.

Malgré ses airs enjoués et son attitude désinvolte, César était soucieux. Une dizaine de jours auparavant, les cardinaux s'étaient enfermés dans le Vatican pour élire le nouveau maître de la Chrétienté. Or, si dans l'entourage de Roderigo on espérait que l'archevêque de Valence coifferait la tiare papale, on redoutait ses rivaux dans cette autre course au pouvoir spirituel. Il y avait d'abord Giuliano della Rovere, peut-être le mieux placé parmi les cardinaux, bien que les faveurs qu'il avait reçues du défunt pape lui aient aliéné bien des suffrages tout autant que son inféodation au roi de France qui lui avait ouvert un crédit de deux cent mille ducats pour « financer » son élection. Ascanio Sforza n'était pas moins redoutable, grâce à sa fortune et le soutien que lui assurait son demi-frère, maître du Milanais.

Le conclave s'étant ouvert le 6 août, César brûlait d'impatience de savoir où en étaient les tractations entreprises par son père afin de réunir les deux tiers des suffrages nécessaires pour son élection. Or, nulle nouvelle ne lui était encore parvenue de Rome et il s'en inquiétait. Cela ne l'empêchait d'ailleurs pas de préparer sa propre victoire lors du *palio*, ce pourquoi il avait suggéré à son écuyer une ruse anodine capable de lui assurer cette victoire tant désirée. Car déjà il s'était convaincu de cette vérité : peu importe les moyens employés, seul compte le résultat ; et lorsqu'on n'a pas la force, il est bon de recourir à la ruse. C'est ainsi que Castruccio Castracane, célèbre condottiere du siècle précédant, pouvait se vanter de n'avoir jamais utilisé la force quand il suffisait d'avoir recours à la ruse. De cette manière on évitait de faire inutilement couler le sang des siens et l'intelligence suppléait à l'absence de force. De cette conception était d'ailleurs née la stratégie inventée par ce petit peuple, faible et divisé qu'étaient les Grecs, devenus les modèles de César aussi bien que de ses contemporains ; ils s'étaient affirmés les maîtres de toutes ruses, et ce n'était pas un hasard si dès la plus haute Antiquité leur héros national avait été Ulysse.

— Voici ce que tu devras faire, avait soufflé César à l'oreille de son écuyer en le prenant par les épaules : quand ton cheval parviendra en fin de course, si tu n'es pas en tête, jette-toi au sol comme si tu avais été désarçonné. La bête ainsi allégée reprendra de la vigueur et terminera seule la course.

Afin que monture et cavalier soient rompus à cet aléatoire et dangereux exercice, pendant plusieurs jours César s'était rendu dans la campagne avec son écuyer et il leur avait fait répéter l'exercice, l'un apprenant à tomber sans se blesser, l'autre à continuer de courir bien qu'étant démonté. Et pour que personne ne pût soupçonner ses desseins, César n'avait voulu auprès d'eux aucun témoin et il avait fait jurer à l'écuyer de ne rien révéler à qui que ce soit de ce qu'ils tramaient. Ainsi, le jour de la course, César ne songeait plus qu'à sa victoire au point qu'il en avait presque oublié que se jouait le destin de son père et de sa famille dans le même temps.

Le *Campo* était noir de monde et les hallebardiers avaient du mal à contenir la foule hors du circuit aménagé autour de la place ; aux fenêtres des palais ouverts sur le *Campo* se pressaient aussi de nobles spectateurs car arrivaient les concurrents, les uns après les autres. Chaque écuyer sur son cheval aux couleurs de son maître ou de la *contrade* était entouré de hérauts et souvent accompagné du propriétaire du cheval. César avait tenu à se montrer auprès de son écuyer en compagnie de valets portant sur leurs habits les armes des Borgia. Il allait s'éloigner après avoir fait ses recommandations à son écuyer lorsque un homme dont les vêtements étaient gris de poussière et le visage ruisselant de sueur vint au-devant de lui après avoir bousculé les valets qui voulaient s'interposer. Il portait aux côtés épée et dague et d'aucuns auraient pu craindre qu'il ne voulût faire un mauvais parti à César qui le regarda venir à lui sans broncher. Il s'arrêta, mit un genou à terre et s'écria :

— Mon seigneur, votre famille est bénie du Sauveur. La victoire est à vous : l'illustrissime et excellentissime cardinal de Santa Maria in Porticu, votre magnifique père a été élu sous le nom d'Alexandre VI le 11 de ce mois.

César sentit à cette nouvelle son cœur éclater de joie et il aurait voulu hurler pour libérer son anxiété ; pourtant il maîtrisa cette explosion de bonheur qui secouait sa poitrine, et il resta grave. Il ne daigna même pas interroger le messager en public et se contenta de le remercier et de lui donner une lourde bourse remplie de florins d'or. Puis, se tournant vers son écuyer, il lui dit :

— Je te laisse le soin de remporter une nouvelle victoire pour les Borgia.

Il ordonna alors à quelques serviteurs et au héraut de le suivre, puis il s'éloigna sans même hâter le pas. Il avait laissé tous ses bagages dans son palais de Pise : quelques instants plus tard il s'y dirigeait, seul. Alors il s'abandonna à sa joie, cria, chanta, tout en poussant sa monture au grand galop tant il mourait d'impatience de se retrouver à Rome, auprès du nouveau pape, du chef spirituel de la Chrétienté, du souverain des États de l'Église, de son père.

À peine arrivé à Pise, César ordonna que fussent sans plus différer préparés ses bagages et le lendemain il se mettait en route pour Rome en compagnie de l'un de ses maîtres, savant juriste et homme vertueux, Francesco Remolino da Lerida, de Michele Corella, Juan Cervillon et quelques cavaliers. Afin de gagner du temps, il coupait par les chemins de montagne à travers la Toscane, sans craindre les brigands qui y faisaient la loi, comme si sa proche parenté avec le nouveau pape lui conférait plus encore d'assurance. Au demeurant, il se sentait aussi sûr de sa propre force que de celle de ses compagnons, tous de fines lames et de bons tireurs. Ainsi évita-t-il la grande route qui passait par Sienne mais il y dépêcha un cavalier afin de savoir s'il avait gagné la course, bien que cette victoire n'occupât plus dans son esprit qu'une mince place. Après une halte à Viterbo, cité papale où il fut accueilli avec mille marques de respect, il reprit la route, menant sa troupe à un train épuisant. Dans les chemins des monts Cimini qui dominent le lac de Vico encastré dans son cirque de collines comme un joyau au cœur d'un écrin de verdure, il eut cependant une pensée pour Giulia, car là étaient les domaines de sa famille et à Caprarola il fit une halte dans la demeure que possédaient les Farnèse. Il y fut reçu par Girolama, la sœur de Giulia, qui s'y trouvait par hasard.

L'intention de César était de n'y prendre qu'un bref repos de quelques heures, mais c'est là que vint le rejoindre le héraut qu'il avait envoyé à Sienne. Celui-ci lui apprit que son cheval avait remporté le *palio*, grâce précisément au stratagème utilisé par l'écuyer qui s'était habilement jeté à bas de sa monture. Mais cette victoire était contestable et aussi bien contestée de manière que les Seigneurs de Sienne érigés en juges, n'avaient pas encore pris de décision.

Aussitôt César se retira dans sa chambre, se fit apporter de l'encre, une plume et du papier à ses armes et de sa plus belle écriture il rédigea une lettre vigoureuse mais adroite, où il invitait les magnifiques seigneurs de la cité à respecter son honneur et à lui accorder les mérites d'une victoire que ne pouvaient que contester des âmes jalouses de voir le même jour l'évêque de Pampelune recevoir à Sienne le prix d'une victoire chèrement disputée tandis que son propre père était intronisé dans la chaire de Saint-Pierre. Et tout en rappelant ainsi la puissance dont il se trouvait soudainement investi, il les assura qu'il leur tiendrait compte du singulier plaisir qu'ils lui feraient en lui accordant une victoire due aux qualités de son cheval et au mérite de son écuyer. La cire du cachet était encore tiède qu'il rappela son messager et le pria d'apporter en une seule traite cette lettre aux gouverneurs de Sienne. La journée était alors trop avancée pour se remettre en route et il décida de passer la nuit à Caprarola.

Il soupa en compagnie de son hôtesse et de ses commensaux. Bien que moins belle que sa sœur, Girolama avait avec elle des traits communs qui réveillèrent en César des souvenirs endormis. Girolama ne manqua pas de lui donner des nouvelles de Giulia qu'elle avait vue lors d'un récent voyage à Rome.

— Mon illustre sœur se porte à merveille, assurait Girolama. Il paraît que le mariage lui est très profitable car elle a pris un léger embonpoint qui lui est un nouvel avantage et sa chevelure est plus opulente que jamais.

— Vous a-t-elle parlé de son époux ? lui demanda César.

— Elle est des plus discrètes sur ce chapitre mais comme elle est toujours d'une humeur joyeuse, il m'apparaît qu'elle a fait un heureux mariage. Ce qui pourtant m'étonne car son illustre époux passe plus de temps dans les tripots que dans le palais Orsini. En revanche, on y voit fort souvent votre magnifique père qui semble fort goûter la compagnie de madonna de Mila et des beaux esprits qui fréquentent chez elle. Il est vrai qu'il y retrouve madonna Lucrezia à qui Sa Sainteté porte la plus vive affection.

César n'entendait plus la voix de Girolama que comme à travers un épais brouillard. Elle lui parut soudain lointaine et il se sentit saisi d'un indéfinissable malaise en la regardant ; il lui semblait que l'aile de la mort était passée au-dessus de son front et cela lui procura une sensation si désagréable qu'il se leva soudain, pria son hôtesse de l'excuser et il se retira.

César sortit dans la cour de la demeure afin de respirer les odeurs qu'apportait le vent chaud de la nuit. Bien qu'il l'eût voulu, il ne pouvait éloigner de lui l'image de Giulia et il dut admettre que sa hâte de rentrer à Rome qu'il avait quittée depuis trois ans, venait tout autant de son désir de revoir Giulia que de féliciter son père. Néanmoins il redoutait cette rencontre car il se sentait près d'éclater en reproches alors qu'il devait demeurer indifférent afin d'éviter de fâcher un père de qui il tenait tout, richesse et puissance.

Il méditait sur ce grave sujet lorsque des coups violents furent frappés à la porte. Des domestiques se précipitèrent avec des torches mais aussi des hallebardes dans la crainte de brigands car on était entré sur les territoires de l'Église et, depuis le règne d'Innocent VIII, le banditisme triomphait aussi bien dans les rues de Rome que dans les campagnes. Lorsqu'ils ouvrirent la porte, se présentèrent plusieurs cavaliers et l'un d'eux déclara :

— Je suis envoyé par Sa Sainteté auprès de son magnifique fils don César Borgia. On m'a assuré dans ce bourg qu'il est établi ici pour la nuit.

César, qui avait aussitôt reconnu la voix de Fiammetta, se leva et se hâta vers elle. Il la prit dans ses bras pour l'aider à descendre de sa monture et après l'avoir galamment saluée, il lui dit :

— Pour que mon illustrissime père te délègue auprès de moi, c'est sans doute qu'il a un message important à me délivrer.

— Ce n'est que trop vrai, monseigneur. Mais je vous en prie, commencez par ordonner qu'on donne le gîte et le couvert à ma suite car nous avons fait ce jour une grande étape, et accordez-moi les mêmes avantages.

— Je saurai modérer mon impatience. Ta présence m'apporte le plus grand plaisir que je pouvais espérer ce soir. Viens, je vais te présenter à nos hôtes.

Lorsque Fiammetta se fut restaurée et reposée, César l'invita à le suivre dans sa chambre afin de lui poser les questions qui depuis un long moment lui brûlaient les lèvres. Avant qu'il ne les ait formulées, elle alla au-devant de ses désirs.

— Tu aimerais savoir comment s'est déroulé le conclave et pourquoi sa Sainteté m'envoie auprès de toi, dit-elle en s'installant dans un haut fauteuil couvert de coussins.

— Je voudrais d'abord savoir pourquoi mon père t'envoie car s'il t'a choisie, c'est pour calmer mon impatience ou ma colère.

— Il en est bien ainsi. Sa Sainteté te prie de ne pas poursuivre ta route. Tu dois te rendre à Spoleto et t'installer dans le palais papal en attendant que ton père t'appelle à Rome.

— Jamais.

— Il faudra bien que tu lui obéisses et sache que sa Sainteté n'agit pas ainsi par caprice.

— Jamais mon père n'a agi par caprice. Mais là, il exige trop de moi.

— Apprends que la récompense de ta patience n'en sera que plus grande. Il a pour toi les plus vastes desseins, mais ta présence à Rome en ce moment n'est pas souhaitable. Il considère qu'il est mieux que ses enfants n'apparaissent pas durant ces jours qui suivent les cérémonies du sacre et en particulier toi, car tu es celui qui va le premier recevoir les grâces de sa Sainteté. Il lui sera plus facile d'imposer ses décisions si tu te trouves éloigné afin qu'on ne pense pas que tu es accouru simplement pour exiger ta part à la table divine autour de laquelle se pressent déjà tous les Catalans de Rome et de Valence au point que le seigneur orateur de Ferrare, Giandrea Boccaccio a déclaré que dix papautés ne suffiraient pas à satisfaire toute cette parenté. Aussi ton magnifique père veut que, lorsque tu entreras dans Rome, tu sois rehaussé par de nouvelles dignités ecclésiastiques dont il ne m'a pas dit la nature tout en me laissant penser qu'elles ne seront pas insignifiantes.

Ces paroles laissèrent César un moment songeur, puis il reprit :

— Sais-tu comment s'est passé le conclave ?

— Je ne pourrais t'en relater tous les détails. Ton magnifique père a accepté de distribuer ses biens aux pauvres et ceux-ci lui ont manifesté leur reconnaissance. Au seigneur Ascanio Sforza, le plus redoutable de ses concurrents, il a généreusement donné son palais de Rome, la ville de Nepi, les revenus de l'évêché d'Agri et promis la charge de Vice-Chancelier ; il paraît que ce fastueux cardinal était si pauvre que ces miettes du festin ne lui ont pas suffi et qu'on vit quatre mules chargées de trésors apporter ces menues offrandes en son palais de la Piazza Navona. Au seigneur Colonna, il a donné l'abbaye de Subiaco et au cardinal Orsini l'église de Carthage et la légation des Marches ; au cardinal Riario des bénéfices en Espagne d'un rapport de quatre mille ducats annuels et au seigneur de Sanseverino la demeure qu'il possède à Milan. Pour cinq mille ducats le cardinal Gherardo, patriarche de Venise a continué de hocher la tête comme il le fait toujours, donnant par là son approbation à l'élection du noble cardinal de Valence.

— J'enrage ! Mon père s'est dépouillé de tous ses biens ! s'exclama César.

— Oui, mais pour un bien incomparablement plus précieux car se voyant bientôt isolé, le cardinal della Rovere qui tant vous hait s'est élancé vers ton illustre père, l'a enlacé et s'est écrié d'une voix vibrante de sincérité et d'émotion : « Je vous veux faire pape à tout prix. » Il ne manquait plus que sa voix de manière que l'archevêque de Valence a été élu à l'unanimité. Aussitôt s'est ouverte la fenêtre sur la place où une immense foule, parmi laquelle était ta servante, attendait la nouvelle de l'avènement et je ne sais quel prélat est apparu qui a crié : *Nuncio vobis gaudium magnum* : *pontificium habemus*, et tout de suite après la foule a acclamé ton illustre père que portait dans ses bras le cardinal de Sanseverino. Le lendemain, 12 août, au soir, plus de huit cents nobles et bourgeois de Rome se sont rendus au Vatican pour rendre hommage au nouveau souverain pontife tandis que partout dans la ville s'allumaient des feux de joie et que le peuple était en liesse.

— A-t-il pillé notre palais, comme il en est accoutumé ?

— Il n'y a pas manqué de sorte que le cardinal Sforza

a dû non sans chagrin voir partir une partie de son bénéfice, mais nul ne l'a plaint.

Obtempérant aux ordres de son père, le lendemain César prit la route du nord et alla s'installer dans le château de Spolète avec sa suite et Fiammetta. Suivant les conseils de la jeune femme, il prit son parti de ce qu'il considérait comme une sorte d'exil et afin de tromper son impatience, il passait ses journées à chasser, s'exercer à l'escrime, lire. Il s'entretenait souvent avec son maître Francesco Remolino qu'il désira bientôt remercier de sa fidélité en lui obtenant ce dont rêvait le vieux juriste, une chaire de droit à l'université de Pise. Pour cela il écrivit une lettre à Piero dei Medici, le nouveau maître de Florence, pour le prier d'intervenir dans ce sens tandis que lui-même n'oublierait pas sa famille auprès de la cour de Rome.

Tout semblait sourire au jeune évêque de Pampelune : les seigneurs de Sienne lui accordèrent la victoire au *palio* ; le Médicis obtint la chaire pour son cher professeur et bientôt il apprit qu'il était nommé archevêque de Valence et primat d'Espagne avec un revenu annuel de seize mille ducats. Il guettait aussi les réactions de l'Italie à l'annonce de l'élection de Roderigo et il ne put que s'en réjouir. À Florence avaient sonné joyeusement toutes les cloches de la ville et il en allait de même dans le comté de Catarina Sforza qui avait ordonné de grandes réjouissances. Milan était dans la joie et Ludovic se montrait enchanté des relations amicales qui existaient entre son demi-frère et le nouveau pape, lequel avait déclaré : « J'ai plaisir à reconnaître que j'ai été fait pape grâce à l'action de monseigneur Ascanio, ceci contre toute attente, d'une façon vraiment miraculeuse. Je me montrerai le plus reconnaissant des papes. Ce sera pour moi une joie qu'il s'assoie auprès de moi sur mon trône et dispose de mon pouvoir spirituel et temporel comme je le ferais moi-même. » Mais nulle part plus qu'en Espagne la joie fut grande et dans la ville natale de Roderigo, à Jativa se succédèrent des fêtes trois jours durant avec des courses de taureaux sur la place de la Seo. Et le nouveau pape, jadis sujet du roi d'Aragon, vit ce même roi lui prêter serment d'obédience. Ce qui importait tout autant à César qu'à son père, c'était ces manifestations de joie et peu leur importait qu'elles ne fussent souvent qu'apparentes et que les princes qui les manifestaient puissent dans les secrets de leurs chancelleries se désoler de voir tomber un si redoutable pouvoir entre les mains d'un homme ambitieux et trop fin politique pour ne pas chercher à les duper et les dominer.

César était installé depuis quelques jours dans sa retraite de Spolète lorsqu'un émissaire d'Alexandre VI vint lui faire le récit de l'intronisation du nouveau souverain pontife, le 26 août. Ce couronnement apparaissait comme le triomphe du taureau des Borgia. Tous les monuments de la ville éternelle, ses immeubles, ses palais, étaient parés de tapisseries et de flammes aux armes des Borgia, bœuf pourpre paissant et trois bandes noires sur champ d'or, tandis qu'en dessous étaient inscrits : *Viva diu Bos ! Borgia viva !*, véritable cri que la foule allait répétant, sans réaliser combien cette ovation du dieu Taureau renouait avec le paganisme oriental. Car le dieu bovin n'était-il pas l'Apis des anciens Égyptiens ? Et c'était bien à cette divinité que songeait Roderigo Borgia qui voyait un signe céleste dans le triomphe du taureau des Borgia par sa propre élévation. Et il se réjouissait de voir que nombre d'hommes de la cour pontificale devançaient même ses désirs, tel ce protonotaire apostolique qui avait fait construire un arc de triomphe sur la voie que devait suivre la procession papale et sur le front duquel il avait fait inscrire en lettres d'or sur fond couleur de ciel : « Rome était grande sous César, maintenant elle est plus grande encore car règne Alexandre VI. César était un homme, Alexandre est un dieu. »

Vint le cortège du pontife. En avant marchaient prêtres et dignitaires ecclésiastiques dans leurs riches habits de cérémonie, encadrés de cavaliers vêtus de grandes robes et coiffés de hauts turbans à la mode turque, ce qui aurait pu laisser penser qu'il s'agissait plutôt du cortège du grand muphti d'Istanbul que du pape de Rome. Suivait la garde palatine dans ses uniformes rutilants, portant de longues hallebardes et le bouclier brillant comme de l'or dans le soleil. À sa tête chevauchait le Gonfalonier de l'église, le comte de Mirandola qui tenait l'étendard pontifical aux armes des Borgia. Alexandre s'avançait parmi les gardes, majestueux sur son cheval blanc au chanfrein d'argent. Sur sa soutane blanche, en dépit de la chaleur il avait revêtu une lourde chape de brocart tissé de fils d'or broché de dessins de plantes stylisées et constellé sur ses bordures de grosses perles et de pierreries, dont les pans étaient maintenus sur la poitrine par une énorme broche de tissus où était enchâssée une croix en rubis entourée de perles énormes au plus pur orient. Sa tête restait droite sur sa nuque puissante, malgré le poids de la haute tiare oblongue enserrée dans son triple rang de couronnes entièrement serties des joyaux les plus précieux. Jamais encore les Romains n'avaient vu un souverain aussi magnifique, jamais pape nouvellement élu n'était allé à son couronnement en si prestigieux équipage et dans de si somptueux vêtements, au point que l'empereur germanique, le sultan des Turcs, le fils du ciel des Chinois, aucun roi de la terre, ne pouvait rivaliser en munificence avec le souverain pontife de la Chrétienté.

Sur le chemin suivi par le cortège auquel s'étaient joints les orateurs de tous les États de l'Italie et les ambassadeurs de tous les royaumes chrétiens et mêmes des empires musulmans, s'était amassée la plus vaste foule qu'on eut jamais vue à Rome depuis les triomphes des empereurs romains. Et les acclamations s'élevaient si haut dans le ciel qu'on n'en percevait plus que faiblement les sons des trompes qui rivalisaient avec les tintements des cloches des églises. À ces bruits vinrent bientôt se mêler les roulements de tonnerre des bombardes qui depuis les murs du fort Saint-Ange saluaient à leur manière le couronnement du nouveau pontife.

La chaleur était si étouffante, les rumeurs si assourdissantes, la poussière soulevée par tant de pieds humains et de sabots de chevaux et de mulets si dense que le pape, malgré sa puissante constitution n'y put résister et il s'évanouit une fois arrivé au Latran. Mais il fut bientôt revenu à lui et les fêtes se poursuivirent jusque tard dans la soirée, où des courses aux flambeaux qui succédèrent à des feux d'artifice illuminèrent la nuit et la firent aussi claire que le jour.

Lorsque le héraut eut terminé son récit, César ne manifesta pas son déplaisir à avoir été privé d'un spectacle dont il aurait été en partie l'acteur. Mais au fond de lui-même il se jura d'acquérir par ses propres mérites des lauriers qui lui permettraient un jour de connaître un triomphe comme celui dont son père avait été ce jour-là le héros.

Par la suite, César apprend que le nouveau pape entreprend de tenir les promesses faites au peuple et comble les espoirs des esprits républicains nombreux dans toute l'Italie. Il crée des juges pour trancher les différends entre particuliers et ordonne que soient visitées les prisons afin que n'y demeurent pas des gens enfermés injustement. Avec énergie il réprime le crime et ramène la paix dans les rues et les campagnes où régnaient l'anarchie et l'arbitraire. Lui-même consacre ses mardis à recevoir en audience tous les citoyens sans distinction d'origine, s'imposant par un esprit de justice qui semblait bien nouveau depuis la mort de Pie II. Magnifique et dépensier, le cardinal Borgia s'était acquis une réputation de sobriété et les grands mangeurs redoutaient d'être invités à sa table où la chère restait simple et où l'on ne buvait guère ; le nouveau pape conserva ce régime si bien que sa maison ne coûtait que fort peu. Il envisageait même de réformer l'ancienne constitution et avait proposé aux représentants du peuple de proposer une nouvelle constitution libérale.

César approuva l'action de son père aussi bien dans sa manière de dispenser la justice que dans l'intérêt qu'il montrait pour les misères du peuple, car il savait que c'est en se ralliant le peuple que les grands hommes, depuis Marius et César jusqu'à Cola di Rienzi à Rome au siècle précédent, avaient vaincu les familles nobles et établi leur pouvoir. Mais lorsqu'il entendit parler de réformes politiques, il se mit à craindre que son vénéré père ne soit soudainement saisi de cette étrange maladie républicaine qui avait tourné tant de beaux esprits trop nourris de modèles antiques. Aussi, lorsque lui parvint enfin l'autorisation de son père de rentrer à Rome, il s'empressa de boucler ses bagages et de se mettre en route pour la ville où il savait désormais que se scellerait son destin.

CHAPITRE VIII

Gianandrea Boccaccio poussa son cheval sur le pont qui enjambait le Tibre à la hauteur du Vatican. Quiconque le voyait saluer avec la plus grande courtoisie les gens qu'il croisait, se pencher sur sa monture comme pour mieux observer l'agitation des pêcheurs et des nautoniers dans leurs barques sur le fleuve boueux, parfois donner sa bénédiction à une vieille femme qui venait s'incliner devant lui, car bien qu'il eût revêtu un habit de cavalier, tout le monde à Rome connaissait l'évêque de Modène, ne pouvait que faire l'éloge de sa bonhomie et de l'attention qu'il portait au petit peuple et à la vie bourdonnante de Rome, par ce matin ensoleillé de juin 1493. Mais en y regardant de plus près, il apparaissait que monseigneur Boccaccio était soucieux et qu'il songeait beaucoup plus à l'entretien qu'il devait avoir avec César Borgia, le magnifique archevêque de Valence, qu'aux personnes pour lesquelles il faisait montre d'un si vif intérêt.

Depuis que le nouveau pape Alexandre VI avait fait revenir à Rome son fils César et lui avait attribué l'une des plus vastes et somptueuses demeures du Borgo, celle de Domenico della Rovere dont une partie subsiste dans l'actuel palais dit des « Pénitenciers », tous les princes de l'Italie avaient bientôt compris que pour toucher sa Sainteté, il convenait de courtiser son fils aîné. Boccaccio était évêque de Modène, mais avant tout l'orateur de Ferrare à Rome ; aussi observait-il avec la plus vive attention les actes du pape et son comportement vis-à-vis de sa famille afin de déterminer sa propre ligne de conduite.

Plus encore que ses prédécesseurs, Alexandre VI se comportait comme un prince de ce monde et utilisait ses enfants pour nouer des liens matrimoniaux dans lesquels l'aspect politique primait toute autre considération. Au mois de septembre de l'année précédente, Franceschetto Cibo avait vendu ses domaines acquis d'une manière plus ou moins licite sous le pontificat de son père Innocent VIII, à Virginio Orsini pour 40 000 ducats. Or, les joyaux de ces fiefs étaient les châteaux de Cerveteri et d'Anguillara, au nord des États pontificaux. Tant que ces places appartenaient à un médiocre arriviste comme Franceschetto, elles ne représentaient pas de menace pour le pape. Mais il en allait différemment lorsqu'il s'agissait de la puissante famille des Orsini, et plus particulièrement de son chef Virginio qui était aussi Gonfalonier des armées de Naples. Ce n'était un secret pour personne que la somme réclamée pour la vente avait été fournie à Virginio Orsini par le roi Ferrante, lequel, par l'intermédiaire de son Gonfalonier, se trouvait en mesure de menacer les États du pape désormais pris en tenaille entre le royaume de Naples au sud et ces forteresses au nord. Alexandre VI, en tant que suzerain du seigneur de ces fiefs, s'était vainement élevé contre cette cession. Il lui avait été facile de trouver dans Ludovic le More, alors en guerre contre Naples, un allié avec qui il avait constitué une ligue afin de récupérer Cerveteri et Anguillara. Venise, Mantoue et Ferrare étaient aussi entrées dans la ligue de manière que l'orateur de Ferrare était devenu le représentant à Rome d'un allié des États pontificaux.

Or, afin de sceller son alliance avec Milan, Alexandre VI avait décidé de marier sa fille Lucrezia à un membre de la famille Sforza. Son choix était tombé sur Giovanni, Seigneur de Pesaro. Tandis que Francesco Sforza devenait duc de Milan, son frère Alessandro se taillait un fief à Pesaro. Francesco léguait son trône à son fils légitime Galeazzo Maria, père de Catarina, devenue comtesse de Forli, et de Gian Galeazzo devenu à son tour duc de Milan en 1478 après l'assassinat de son père. Ludovico Maria, dit le More, véritable maître de Milan et le cardinal Ascanio étaient les frères de Galeazzo Maria et les oncles du jeune duc. De son côté Alessandro avait laissé son héritage à son fils Costanzo auquel avait succédé en 1483 son fils bâtard Giovanni. Ce dernier était veuf de Maddalèna Gonzaga, sœur du marquis de Mantoue et de la duchesse d'Urbino, morte en couches en 1490. Agé de vingt-sept ans, Giovanni était un homme robuste, bien fait, et point dépourvu de culture, en foi de quoi Alexandre avait considéré qu'il représentait un beau parti pour sa fille. Le mariage avait eu lieu par procuration le 2 février 1493 et il devait être réellement accompli le 12 juin prochain. Aussi, depuis plusieurs jours Rome était en fête, dans l'attente de noces qui s'annonçaient fastueuses.

Au demeurant, processions et réceptions se succédaient presque quotidiennement. Le 6 de ce mois avait eu lieu la procession du *Corpus Christi*. En ces journées, le temps était incertain, parfois pluvieux, et les doyens du Sacré Collège avaient suggéré que la procession ne quittât pas l'enceinte du Vatican. Le maître des cérémonies dont l'étroitesse d'esprit convenait au rôle qu'il avait obtenu de Sixte IV, Johannès Burchard, avait déterminé un autre itinéraire qui passait devant le palais du cardinal de San Clemento où on savait qu'était descendu incognito la veille Diego Lopez de Haro, l'ambassadeur d'Espagne. D'aucuns considérant que ce serait là une sorte d'hommage rendu aux Rois Catholiques par l'organe de leur ambassadeur. Alexandre s'était refusé à suivre ni les conseils des vieux cardinaux ni le chemin péremptoirement imposé par son grand cérémoniaire envers qui il affichait un ironique mépris. Il avait donc personnellement veillé à l'organisation de la procession et avait fixé l'itinéraire à suivre. Ainsi, au milieu de sa brillante cour, avait-il été porté sur son palanquin placé sous un dais, parmi les rues ornées de bannières et de tapisseries, remplies d'une foule qui avait acclamé le Saint-Père. Tout le monde avait cependant pu remarquer que sur l'itinéraire se trouvait le palais du cardinal de Santa Maria in Porticu où logeaient Lucrezia et Giulia qui se tenaient à une fenêtre pour saluer le pape, lequel ne manqua pas de les bénir en passant.

L'orateur de Ferrare avait aussi fait partie de la délégation envoyée au-devant de Giovanni Sforza, trois jours plus tard. Il se trouvait parmi les orateurs des États alliés : celui de Mantoue qui adressait de longues lettres à la marquise, Isabella d'Este, lui rapportant en détail tous les ragots de la cour pontificale ; celui de Venise qui, bien qu'allié, ne cessait de dire tout le mal possible du pape et de ses enfants ; celui de Milan qui montrait plus de bienveillance. À la tête de la délégation le pape avait placé son fils Giovanni, duc de Gandia, qui caracolait fièrement sur son cheval. César le suivait en habits ecclésiastiques, sur une mule, ainsi que les dignitaires de la Curie romaine qui l'accompagnaient. Boccaccio n'avait prêté que peu d'attention au duc de Gandia qu'il avait jugé brillant mais superficiel et de faible caractère. En revanche, il s'attachait à étudier le jeune archevêque qu'on surnommait le Valentinois par allusion à son mirifique archevêché espagnol. Il lui trouva un air sombre et surprit à plusieurs reprises les regards méprisants qu'il lançait à son frère.

Le cortège était sorti par la porte « del Popolo » vers laquelle s'avançait Giovanni Sforza avec sa suite. Il avait visiblement voulu égaler en magnificence son pontifical beau père. En tête venaient des écuyers tout vêtus de brocarts d'or et d'argent suivis de pages qui arboraient des habits de soie aux vives couleurs. Sforza chevauchait un magnifique destrier, au milieu d'une suite de gentilshommes et enfin venait le train de bagages protégé par une troupe de hallebardiers. Les deux cortèges s'étaient arrêtés face à face et l'orateur de Venise avait débité un long discours de bienvenue au seigneur de Pesaro que cardinaux et ambassadeurs étaient venus ensuite personnellement saluer. Gianandrea Boccaccio, qui s'était ingénié à demeurer au plus près de César, avait aussi pu remarquer que la courtoisie avec laquelle il avait abordé son beau-frère n'était pas parvenue à dissimuler une sourde hostilité que l'orateur de Ferrare avait cru discerner.

Nouvelle cérémonie le lendemain pour recevoir l'ambassadeur du Grand Turc. Cette fois, toute la cour vaticane et une brillante troupe armée sous le commandement du Gonfalonier de l'église, le comte Pittigliano, s'étaient rendues au-devant de l'ambassadeur. Depuis l'arrivée du prince Djem, la mode était aux turqueries ; aussi nombre de dignitaires ecclésiastiques s'étaient vêtus à la turque, à commencer par le duc de Gandia et César lui-même. C'est au cours de cette réception que Boccaccio avait trouvé l'occasion de dire quelques mots à César, lequel l'avait invité à le venir trouver dans son palais le lendemain matin, veille des noces de Lucrezia et de Giovanni Sforza.

C'est ainsi que ce matin du 11 juin, l'orateur de Ferrare se rendait au palais de Domenico della Rovere.

Parvenu dans la cour du palais animée par les allées et venues d'ecclésiastiques et de nobles romains mêlés aux nombreux Catalans qui formaient la cour personnelle du Valentinois, l'orateur mit pied à terre et laissant sa monture entre les mains d'un valet, il pénétra dans le grand vestibule du palais où un huissier vint poliment l'accueillir et l'aviser que l'illustrissime archevêque ne recevait pas ce jour car il s'apprêtait à partir pour la chasse. Boccaccio demeura un bref instant coi, partagé entre la surprise et la colère, puis, la raison diplomatique reprenant ses droits, il s'apprêtait à se retirer lorsque apparut César. Il avait revêtu chausses et pourpoint de soie vert foncé agrémenté d'un mince col de dentelle blanche et coiffé une toque de velours noir ornée de perles. Malgré son état ecclésiastique il portait les cheveux longs qui lui descendaient sur la nuque et encadraient son visage fin aux traits réguliers, cerné par une mince barbe soigneusement taillée qui laissait découverte la partie du menton arrondie sous la lèvre inférieure et rejoignait par les côtés la moustache peu fournie. Même lorsqu'il demeurait découvert la petite tonsure symbole de son état était à peine perceptible. Il portait au côté une solide épée pourvue d'une double garde courbe en or ciselé et une longue dague.

Boccaccio admira sa démarche alerte, son air noble qui aurait pu paraître hautain s'il n'avait été adouci par un sourire et le rayonnement de sa jeunesse. Il songea qu'il avait des manières de grand seigneur, ce qu'il ne manqua pas d'assurer dans la lettre qu'il expédia par la suite à son maître le duc de Ferrare. Il comprit qu'il n'avait rien à voir avec ces parvenus de petite origine, au comportement vulgaire qu'on avait vus sur le trône de Saint-Pierre et dans son entourage, ces Sixte IV, avec ses neveux les della Rovere et les Riario, fils d'épiciers et de pêcheurs de Ligurie, Innocent VIII et les Cibo. Les Borgia étaient d'une autre race, la fleur d'une noblesse qui avait longtemps combattu les ennemis de l'Aragon aux côtés de ses rois. César vint vers lui et le salua en le remerciant d'avoir daigné venir le visiter en sa demeure comme il le lui avait demandé, puis il poursuivit :

— Excellent seigneur, me ferez-vous l'honneur de m'accompagner. Je m'en vais prendre quelque exercice en courant le sanglier et autres gibiers. Nous trouverons bien un moment de loisir pour converser agréablement pendant la route.

— L'honneur de tenir compagnie à Votre Excellence sera pour moi, assura Gianandrea.

César le prit familièrement par le bras et l'entraîna vers la porte sous les regards des courtisans ; l'évêque de Modène sentit une bouffée de fierté lui saisir la gorge et il redressa la poitrine tout en marchant. Dans la cour, un écuyer tenait la monture de l'évêque à côté d'un cheval noir magnifiquement harnaché. Un valet tint l'étrier à Boccaccio et l'aida à se mettre en selle. César jeta un regard sur les valets de chasse tous revêtus de la livrée aux couleurs des Borgia, puis il adressa un salut à Michelotto qui se tenait à cheval, prêt à se mettre à la tête des chasseurs. Prenant appui d'une main sur la croupe de son cheval, d'un seul bond dont la vigueur et la souplesse provoquèrent l'admiration du Ferrarais, il sauta en selle et talonna son cheval qui partit à l'amble.

Ils chevauchaient sans hâte dans le soleil vers l'Agro tout en conversant familièrement lorsque César demanda soudain :

— Que pensez-vous du mariage de mon illustre sœur donna Lucrezia avec le seigneur de Pesaro ?

La question laissa un bref instant Boccaccio perplexe car si en l'interrogeant ainsi César voulait manifestement savoir ce que pensait de ce mariage non pas l'orateur de Ferrare mais son maître, il convenait de lui dire de préférence ce que le jeune homme voulait entendre plutôt qu'une vérité qui risquait de l'indisposer aussi bien envers le duc de Ferrare que son ambassadeur.

— Il semble, se décida enfin à répondre Gianandrea, que le choix de Sa Sainteté a été longuement pesé, sans quoi elle n'aurait pas rompu à grands frais les fiançailles de madonna Lucrezia avec don Gaspare d'Aversa. Votre Seigneurie se rappelle sans doute que nous avons été les premiers à venir féliciter votre illustrissime père lors de ces fiançailles qui ont longtemps été tenues secrètes. Et puisque le choix du fiancé a été proposé par le magnifique cardinal Ascanio Sforza et son non moins illustre frère Ludovico, les Ferrarais ne peuvent que se réjouir d'un choix qui rapproche deux familles que notre excellent duc tient en si haute estime.

— Certes, mais ce Giovanni Sforza manque de véritable grandeur. Afin de rivaliser avec le faste de nos cours, ne s'est-il pas donné le ridicule d'emprunter des bijoux à son ancien beau-frère de Mantoue ?

— Votre Seigneurie n'est pourtant pas la dernière à soigner son apparence. Elle s'est déjà acquis la réputation d'être l'un des hommes les plus élégants de toute l'Italie, c'est-à-dire de la Chrétienté.

— Il est vrai, mais ne pensez-vous pas que l'élégance tient plus encore à la beauté des vêtements et à la manière de les porter qu'à la richesse des parures ?

— Nul n'en doute et je vous accorde qu'il y aurait eu des hommes plus dignes de madonna Lucrezia.

— Comme, par exemple, l'un des fils de votre duc Ercole, suggéra César en se tournant vers lui.

— Dans ce cas, il ne pourrait s'agir que de don Alfonso car Votre Seigneurie n'ignore pas que le jeune Ippolito a choisi l'état ecclésiastique et il me souvient que récemment encore madonna Adriana m'a déclaré, je répète ses belles paroles : « nous le ferons cardinal ». Nul n'ignore combien Sa Sainteté est attentive aux conseils de Votre Seigneurie et je saisis cette occasion pour vous assurer de la plus vive reconnaissance de notre illustrissime duc si vous obteniez le chapeau rouge pour son fils bien-aimé.

— Soyez donc sans crainte pour votre seigneur, je n'aurai de cesse que je n'eusse obtenu ce qui vous a été promis par madonna Adriana.

— Pour ce qui est de notre seigneur don Alfonso, il est vrai qu'il est l'héritier de l'un des plus beaux trônes de l'Italie et qu'en cela il surpasse aisément le comte de Cottignola et seigneur de Pesaro.

— Cependant, le plus beau parti de l'Italie ne se trouve-t-il pas dans la famille de Naples ? Le duc Ercole lui-même n'en doutait pas qui a épousé Eléonora d'Aragon, la fille du roi Ferrante.

— Je me garderais de le contester, mais c'est miracle que notre duchesse révèle tant de bonté et d'autres précieuses qualités lorsqu'on connaît la cruauté de son frère le duc de Calabre et celle de son père.

— Oui, j'ai entendu dire qu'il aimait à garder ses ennemis dans une cage comme s'il s'agissait de bêtes dangereuses.

— Il en va bien ainsi pour ceux qui ont le malheur de tomber entre ses mains et heureux sont ceux qu'il doit se contenter de faire assassiner hors de ses États. Et sa vindicte est telle qu'il fait momifier ses ennemis morts afin de poursuivre jusque par-delà la mort sa vengeance.

— Un homme fascinant, ne trouvez-vous pas ?

— Effrayant au point qu'il devrait plutôt être Turc que Chrétien.

— Cela montre simplement que les Turcs sont moins cruels qu'on ne le dit et que les chrétiens ne sont pas tous des saints. Au demeurant, nous ne sommes pas concernés par ces affaires privées et nous avons la conviction que Naples est une meilleure alliée que Venise qu'on sait toujours prête à trahir ses amis de la veille. Tenez, croyez-vous que nous ignorons que l'orateur de Venise dit dans ses lettres à la seigneurie le plus grand mal de Sa Sainteté tout en l'assurant de l'amitié de la République ?

— C'est néanmoins le Saint-Père qui a formé avec Milan et Venise la ligue contre Naples dans laquelle nous sommes entrés.

— Vous voyez bien, vous y êtes entré quoique Venise soit votre ennemi naturel et Naples un allié potentiel d'autant que votre prochain duc aura dans les veines moitié de sang d'Aragon.

— Votre Seigneurie serait-elle donc opposée à la politique de Sa Sainteté ?

— L'action de mon illustre père était dictée par le comportement du cardinal de San Pietro in Vincoli, Giuliano della Rovere. Il a prêté la main à toutes les tractations qui pouvaient nuire à Sa Sainteté et en recevant dans sa demeure le second fils du roi Ferrante, don Federigo, il a cherché à provoquer le pape en laissant entendre qu'il s'alliait à Naples. Aussitôt après ne s'est-il pas fortifié dans son château d'Ostie d'où il n'est toujours pas sorti ? C'est lui qui a entraîné Naples à rompre avec notre famille alors qu'il était question que j'épouse une fille d'Aragon, sans doute Sancia et que je sois fait prince de Salerne.

— Votre Seigneurie aurait ainsi abandonné la robe ?

— Ne trouvez-vous pas que je porte mieux l'habit de cavalier ?

— Je vois que vous portez aussi bien la robe d'archevêque que le costume du chasseur.

— Oui, mais je préfère le cheval à la mule.

Tout en parlant ainsi César avait conservé un air gai qui permettait de penser que s'il faisait peu de cas de son état ecclésiastique, il s'en accommodait fort bien. Comme ils s'étaient engagés dans des terres giboyeuses, ils mirent un terme à leur conversation et César se fit apporter un épieu et ordonna qu'on lâchât les chiens afin de commencer la chasse. L'évêque de Salerne s'appliqua à le suivre dans ses courses à travers les taillis et les halliers, mais il dut bientôt capituler et rester avec les valets tandis que César s'acharnait à une poursuite qui dura une grande partie du jour.

Depuis qu'il était rentré à Rome, César avait dans la mesure du possible évité de se trouver en présence de Giulia. Il l'avait cependant parfois croisée alors qu'il venait en visite au palais de San Martinello où était logée Lucrezia auprès de qui elle se rendait presque chaque jour. Ce palais appartenait à Battista Zeno, évêque de Tusculum et cardinal au titre de Santa Maria in Porticu. Sa situation contiguë au Vatican, l'avait fait choisir par Alexandre VI qui l'avait loué au cardinal. C'est là qu'il rencontrait Giulia car il évitait de se montrer au palais Orsini où elle logeait officiellement avec son mari. En revanche, depuis trois ans qu'il n'avait pas vu sa sœur, César avait eu un certain mal à la reconnaître. La fillette espiègle, encore menue et un peu maigre, s'était transformée en une gracieuse adolescente au visage d'un ovale parfait, plein d'un charme délicat auquel ses grands yeux d'un bleu aussi fluide que de l'eau conféraient on ne savait quelle fragilité accentuée encore par l'extrême blondeur de sa longue chevelure qui l'auréolait d'un nimbe solaire. Lorsqu'elle se trouvait auprès d'elle, Giulia avec ses cheveux d'un or enflammé, son visage sensuel, son corps charnu, la faisait paraître plus fragile encore et plus gracile, mettait plus en évidence l'aspect éthéré de sa beauté. Après une si longue séparation, César retrouvait ainsi une personne qui lui paraissait étrangère et il se sentit plus surpris qu'effrayé de se découvrir pour sa sœur un sentiment nouveau proche du désir.

Dans un premier mouvement, il avait cherché à fuir la compagnie de Lucrezia tout autant que celle de Giulia pour qui il éprouvait toujours un penchant qu'il refusait de reconnaître, ne cessant de se répéter qu'elle avait trahi leur amour. On le vit alors fréquenter assidûment chez les plus belles courtisanes de Rome, à commencer par Isabella de Luna et on rencontrait souvent dans son palais Fiammetta qui était désormais plus son agent que sa maîtresse. Par elle, il apprenait bien des secrets que ses fortunés amants lui confiaient sur l'oreiller et il les enfermait précieusement dans sa mémoire afin d'en user à l'occasion. Mais lorsqu'il quittait les bras de l'une de ces chaudes courtisanes, il ouvrait Catulle et Properce, Tibulle et Ovide et se gavait de leurs élégies où ils se plaignaient de leurs infidèles maîtresses. Il se nourrissait aussi des poèmes des troubadours catalans et surtout des sonnets de Pétrarque qui le faisaient soupirer d'amour. C'est ainsi que, saisi de la passion courtoise qui avait enflammé aussi bien Dante pour sa Béatrice que Pétrarque pour Laure, il avait fait broder sur l'une de ses chemises des vers amoureux sous lesquels s'enlaçaient ses initiales à celles d'une femme que nul ne connaissait, un « L » et un « G » qui n'étaient autres que les premières lettres de Lucrezia et de Giulia.

Aussi avait-il haï Giovanni Sforza avant même de le connaître, comme il aurait haï tout autre prétendant à la main de sa sœur. Mais il n'était pas homme à s'abandonner à des passions qui risquaient de compromettre les desseins qu'il avait lentement mûris au cours de ces dernières années dans le même temps qu'il acquérait une profonde maturité d'esprit et qu'il se voyait pourvu si rapidement des moyens de la réalisation de ses ambitions. Alors que le jugeant sur les apparences, sur la magnificence de ses réceptions, la légèreté de ses propos, la superficialité de ses occupations car on le voyait bien plus souvent à la chasse ou chez les courtisanes qu'à l'église et on avait remarqué qu'il ne disait jamais la messe et prenait plus de plaisir à la compagnie des humanistes de l'Académie romaine qu'à celle des moines des couvents de Rome, l'orateur de Mantoue écrivait à Francesco Gonzaga et à son épouse Isabella que « César n'appliquait son esprit à aucune idée sérieuse », il ne songeait, dans le secret de son cœur, qu'à des sujets graves et il fourbissait ses armes dans l'intention de bientôt étonner le monde par ses actions. Lorsqu'il délaissait les poètes latins et italiens, c'était pour étudier à travers les auteurs anciens, les vies de Sylla et de César, ou plus proche de lui celle de Rienzi ou de ces condottiere qui avaient modifié la face de l'Italie, à commencer par Muzo Attendolo, le premier des Sforza et son illustre fils Francesco. Mais le duché de Milan lui semblait trop étriqué et c'est à l'Italie qu'il songeait.

Il songeait à l'Italie, mais aussi à sa sœur. Il s'était aisément persuadé que ce mariage était une mésalliance ; dès que son père lui avait fait part de sa décision de donner Lucrezia à Sforza, César lui avait manifesté son opposition ; le pape ne s'était pas fâché de l'attitude hostile de son fils, mais il lui avait laissé entendre qu'il était seul juge en la matière et que personne ne pourrait le faire changer d'avis. César avait bien vu qu'Alexandre VI tenait l'artisan de ce mariage, Ascanio Sforza dans une telle estime, qu'il était aussi vain qu'imprudent de se dresser contre le puissant cardinal à qui le pape déclarait devoir son trône. Un moment il avait espéré que l'engouement d'Alexandre pour les Sforza s'atténuerait et qu'il serait possible de le faire revenir sur sa décision, mais il n'en fut rien et par tous les moyens le pape cherchait à hâter ces noces qui, s'il n'avait tenu qu'à lui, auraient été célébrées plus tôt encore. La date du 12 juin avait été fixée par les astrologues qui avaient déclaré que seulement à partir de ce jour les astres seraient favorables et que le mariage serait alors fécond et heureux. Alexandre, qui ne croyait guère en ces prédictions, aurait voulu passer outre, mais Ascanio Sforza tout autant que le futur époux, avaient fermement défendu la cause de l'astrologie et le pape avait finalement dû s'incliner. César, qui se riait de ce qu'il considérait comme des niaiseries, aurait pourtant souhaité que les astrologues remissent ces noces aux calendes grecques. Toujours est-il que le pape et son fils ne purent, par la suite, qu'être confortés dans leur scepticisme considérée la manière dont tourna cette union réalisée cependant sous les meilleurs auspices astrologiques.

Ne pouvant donc persuader son père, César décida de séduire sa sœur. Le soir du 11 juin, il se rendit au palais de Santa Maria in Porticu, à la nuit tombante, assuré qu'il n'y rencontrerait ni son père ni Giulia. Il y vint seul, enveloppé dans une ample cape sombre, le visage dissimulé sous un masque en velours noir. Il avait appris au cours de ses escapades nocturnes chez les courtisanes, à se masquer ainsi. Les ecclésiastiques qui y fréquentaient se dissimulaient de cette manière le visage afin de ne pas être reconnus par les gens du petit peuple ; ainsi avaient-ils donné l'impulsion à un comportement qui devint bientôt une mode ; César s'y conforma car il y trouvait un moyen d'intriguer autrui et la chose conférait à ces sorties nocturnes un air de mystère et un charme romanesque qui lui plaisaient. Une servante, à qui il se fit reconnaître, sans quoi il n'aurait jamais été reçu, le conduisit auprès de Lucrèce qui se trouvait seule dans sa chambre où elle lisait son livre d'Heures.

En voyant entrer son frère, elle reposa le livre et courut vers lui pour l'embrasser. Elle avait conservé à son égard la même vivacité affectueuse que naguère, alors qu'elle n'était qu'une enfant. En revanche, l'admiration qu'elle avait portée à son grand frère s'était transformée en une sorte de ferveur car il lui paraissait incarner tout ce qu'une femme de sa race pouvait désirer chez un homme : beauté, vigueur, élégance, raffinement, force d'âme, ambition, volonté de puissance. Il la serra dans ses bras et, ce faisant, il y trouva un plaisir qui le conforta dans son dessein. Il la conduisit jusqu'au lit et, s'asseyant auprès d'elle, il lui prit ses mains si fines, si diaphanes qu'il lui arrivait de craindre de les briser entre ses doigts.

— Petite sœur, lui dit-il, que penses-tu de l'époux que t'a choisi notre père ?

— Qu'en puis-je penser ? Je n'ai fait que l'entrevoir l'autre jour, lorsqu'il s'est arrêté devant ma fenêtre pour me saluer, alors qu'il arrivait à Rome. Il était au milieu de ce magnifique cortège, mais si je n'avais su qui il était, sans doute ne l'aurais-je pas distingué parmi les autres cavaliers. Il est de belle apparence, mais j'ai tant vu de beaux seigneurs à la cour de notre vénéré père !

Elle soupira, leva vers César son regard lumineux puis, en éclatant d'un rire dont la gaieté cachait une sorte de gêne, elle reprit :

— Lorsque tu passes devant ma fenêtre et que je te regarde, je me dis qu'il n'existe pas en ce monde un homme plus magnifique, plus beau que toi. Or, tu te trouvais dans le cortège, auprès de lui, et c'est surtout toi que j'ai regardé.

— Dans ce ridicule habit de prélat, sur cette mule paresseuse ! s'exclama César avec impatience.

— Tu portes bien cet habit, tout autant que celui de cavalier dans lequel tu te trouves maintenant. Qui était plus superbe que notre père lorsqu'il allait dans sa robe de pourpre ?

L'apostrophe de Lucrezia fit sourire César qui posa un baiser sur son épaule.

— Tu sais pourtant que je ne me sens pas à l'aise dans ces défroques qui ne sont pas faites pour moi.

— Le crois-tu vraiment ? Tu seras bientôt cardinal et tu pourrais vite être élu pape, comme notre père. Existe-t-il un prince plus puissant que le pape ? N'est-il pas le vicaire de Dieu, son représentant dans le monde ? Un roi qui parle d'égal à égal à un autre prince, ne vient-il pas s'agenouiller devant le pape, baiser sa mule ?

— Mon impatience ne pourrait s'accommoder d'une si longue attente. Car considère tous les trésors de temps, d'habileté, de diplomatie, qu'a dû dépenser notre père pour parvenir sur le trône qu'il occupe si magnifiquement ? Ne lui souhaitons-nous pas une très longue vie, car le trône de Saint-Pierre n'est pas transmissible par héritage, de père en fils. Si par malheur il venait à disparaître, notre avenir pourrait être menacé comme l'est celui de ce Franceschetto. Alors, faudrait-il que je spécule sur la mort d'un père que je chéris malgré tout pour pouvoir prendre la place qu'il occupe au Vatican ?

Lucrezia ne releva pas la restriction que faisait César en parlant d'un père qu'il aimait « malgré tout », car par une complicité tacite ils évitaient de faire allusion aux liens qui avaient uni César à Giulia.

— Ne reconnais-tu donc pas, intervint-elle alors, que justement notre père prépare l'avenir de notre maison et mon mariage...

César ne la laissa pas poursuivre. Il lui serra violemment le bras en l'interrompant :

— Précisément, ton mariage est une union indigne de toi. Quoi, tu vas épouser ce petit parvenu, cet obscur seigneur qui n'a pour lui que le nom de Sforza ? Encore s'agirait-il du duc de Milan ! C'est un homme sans grandeur, un jouet entre les mains de son oncle, mais il ferait de toi une duchesse et l'alliance milanaise n'est pas négligeable.

— Que pouvons nous faire ?

— Je n'ai pas réussi à persuader notre père qu'il commettait une faute en te donnant à cet homme. Mais il faut préserver l'avenir car un pape a le pouvoir de délier ce que Dieu a lié sur la terre si l'on en a une bonne raison.

— Et quelle raison aurait-il d'annuler un mariage auquel il paraît tenir si fort ?

— Des raisons personnelles, ou plutôt politiques, il en aura bientôt. Il convient dès lors que tu lui procures une raison au regard des hommes, ou plutôt du tribunal ecclésiastique qui sera constitué pour annuler ton mariage. Et cette raison, la voici : tu dois te refuser à lui, il faut que cette union ne soit jamais consommée et que tu puisses jurer qu'il en est bien ainsi.

— Comment ferai-je ?

— Pour la première nuit, je veillerai à ce qu'il soit si ivre et si las qu'il demeure incapable de te toucher. Ensuite tu essaieras de te détourner de lui : invoque la sainte pudeur, le dégoût de la chose, sois froide, simule le sommeil...

— Je m'y essaierai, mais il viendra bien un jour où il me contraindra à céder.

Il la transperça alors de son regard sombre et pressa plus fort encore ses mains entre les siennes :

— Alors, ose lui déclarer qu'à aucun prix tu ne lui appartiendras car tu n'aimes qu'un homme à qui tu appartiens, à qui tu t'es donnée, corps et âme...

— César ! qu'entends-tu par là ?

Il y avait dans sa question plus de surprise que de reproches.

— Dois-je t'en dire plus ?

— Mais je ne me suis jamais donnée à toi... en tout cas j'entends pour le corps et ce serait là un grand péché.

— Préjugés de petites gens ! Ne sommes-nous pas au-dessus de cela ? La grande reine d'Égypte, Cléopâtre, qu'aimèrent César et Marc-Antoine, ne fut-elle pas mariée à son frère ? D'ailleurs tous les rois d'Égypte épousaient leur sœur et l'exemple leur venait de haut. Tu as bien vu les salles que le Pinturicchio peint dans le nouvel appartement de notre père au Vatican ?

— Quelle question ! Tu sais bien que j'ai subi ces fastidieuses séances de pose pour sa belle fresque où il a voulu que je sois sainte Catherine.

— Parfaitement et tu as pu voir ce qu'il a peint sur le plafond. N'est-ce pas l'histoire d'Isis et Osiris telle que nous l'a rapportée Plutarque ? Et aussi le triomphe du bœuf divin que les Égyptiens appelaient Apis. Oui, cet Apis qui n'est autre que le taureau des Borgia. Mais songe donc à Isis et Osiris qui ont régné sur le Nil avant d'être considérés par les Égyptiens comme des dieux et les créateurs de la royauté pharaonique. Or ils étaient frère et sœur. Et comme l'a montré messer Pinturicchio, après qu'Osiris eut enseigné aux hommes le labourage, la culture de la vigne et du pommier, il épousa sa sœur Isis dont il fit la reine de ce pays.

— Oui, mais les Égyptiens ne connaissaient pas le vrai dieu et la révélation de Jésus.

— Tout au contraire, car l'histoire d'Osiris qui meurt pour sauver l'humanité et descend aux enfers préfigure la venue du Christ dans le monde, ainsi l'a voulu Dieu dans sa grande sagesse. D'ailleurs, la reine Bérénice qui était juive et connaissait le vrai Dieu, n'a-t-elle pas vécu maritalement avec son frère ? Et à notre époque Gianpaolo Baglioni n'est-il pas l'amant de sa sœur au su de tous ?

— Mais c'est là un sujet de scandale et je ne veux pas qu'il en soit ainsi pour nous.

— Il suffit que tu le laisses penser à ton époux. Il n'osera rien révéler et certainement il ne voudra plus t'approcher.

— Mais si je lui laisse croire une chose pareille, je me rendrai en plus coupable d'un mensonge.

— À ceci, nous pouvons remédier. Ma Lucrezia, après ces années passées loin de toi, c'est une jeune femme que j'ai retrouvée, une femme qui m'est presque étrangère et je ne te vois plus avec les yeux d'un frère.

— Oh ! César ! Que m'avoues-tu là ? J'ai peur...

— De moi qui t'aime plus que tout au monde ?

— Plus que Giulia ?

— Ne prononce pas son nom. Tu sais bien qu'elle a trahi notre amour.

— Et pourtant, je crois qu'elle t'aime encore, d'un autre amour que celui qu'elle porte à notre père.

— Peu m'importe désormais. Elle n'a pu être mon épouse, pas plus que toi-même ne pourras l'être : telle est la part que m'a donnée le Créateur, mais qu'est-ce qui peut empêcher que tu ne sois mienne, en secret, comme il en a été un moment de Giulia, un moment qui aurait pu durer longtemps, si elle l'avait réellement désiré.

Lucrezia aurait voulu lui avouer ses craintes du scandale, des conséquences d'un acte qui revêtait à ses yeux quelque chose de terrible et de sacré, du péché... Mais il avait si fortement attaché ses lèvres aux siennes qu'elle ne pouvait prononcer une parole et lorsqu'il la coucha sur le lit, il la serra si fort entre ses bras qu'elle se sentit incapable de le repousser autant par faiblesse qu'à cause des sentiments troubles mais si doux qui s'emparaient de son âme et de son corps. Lorsqu'elle sentit que ses baisers et ses caresses allaient plus loin encore sur la voie du plaisir, elle esquissa une velléité de résistance, elle se débattit faiblement, puis, soudainement vaincue, elle accepta sa délicieuse défaite et s'abandonna à l'étreinte de son amant, son frère.

CHAPITRE IX

Les noces de Lucrezia et Giovanni Sforza furent l'occasion d'une magnifique fête. Le jeune Giovanni Borgia, duc de Gandia, fut chargé d'aller quérir l'épousée en son palais. Elle se rendit au Vatican tout proche dans un magnifique cortège. Elle était vêtue d'une robe richement brodée, pourvue d'une longue traîne que portait une jeune esclave noire. Sa suite se composait de Battistina da Pitigliano, petite fille d'Innocent VIII, de Giulia et de cent cinquante dames. Le pape reçut sa fille dans la grande salle d'audience du Vatican, entouré de dix cardinaux, de César en habit d'archevêque et du duc de Sora, frère de Giuliano della Rovere. La journée se passa en cérémonies et fut close par un banquet présidé par le pape qui avait pris place entre Lucrezia et Giulia. Ensuite on dansa, puis fut présentée une comédie que d'aucuns déclarèrent licencieuse. Les ambassadeurs des États voisins, Milan, Venise, Ferrare et celui du roi de France, vinrent offrir de riches présents. Le vin coula à flots et vers la fin de la soirée on fit circuler cent cinquante coupes en argent remplies de dragées et de diverses confiseries. La plupart des convives étaient dans un état avancé d'ébriété et l'un d'eux eut la plaisante idée de verser des confiseries dans le décolleté de sa compagne afin de les en retirer avec ses doigts. Il fut aussitôt imité au milieu de rires qui couvraient la musique commandée pour l'occasion à l'un des plus grands musiciens du temps, invité par Sixte IV à la cour vaticane et qui s'y trouvait encore, Josquin des Prés. Alexandre VI qui bien qu'ayant accédé à la dignité pontificale avait conservé une gaillardise qui apportait une belle gaieté, qui offensait beaucoup plus les esprits chagrins que Dieu lui-même, avait franchement participé à la liesse générale. César, de son côté, avait veillé à ce que Giovanni Sforza ait toujours en main une coupe pleine de vin épais si bien qu'il était ivre avant la fin de la soirée.

Alexandre en personne, suivant la coutume, raccompagna les nouveaux mariés au palais de San Martinello, avec César, et les conduisit jusqu'à leur chambre. En les quittant, César fut satisfait car il avait la certitude que ce soir-là, le seigneur de Pesaro serait bien incapable de rendre femme Lucrezia, cela n'aurait-il pas déjà été accompli par un tiers. Il eut par la suite tout loisir de se trouver satisfait de Lucrezia qui fut assez rouée pour éviter tout contact intime avec son époux.

Quatre jours après ces noces, l'ambassadeur d'Espagne don Diego Lopez de Haro, fit annoncer son entrée officielle dans Rome. Le pape agit comme s'il avait ignoré qu'il était déjà à Rome secrètement, ce dont l'orateur des Rois Catholiques ne fut pas dupe car il savait bien que si Sa Sainteté avait refusé de passer devant le palais du cardinal de San Clemento lors de la procession du *Corpus Christi*, c'est bien parce qu'il s'y trouvait. L'ambassadeur considérait d'ailleurs cette attitude comme un affront, et il enrageait de ne pouvoir manifester son indignation ; il était au demeurant décidé à exprimer la colère de ses souverains sur un autre registre. Il laissa entendre la chose à César délégué par son père pour venir au-devant de lui sur la route de Rome.

— J'ai ouï dire, commença-t-il, que tous ces marranes, juifs descendants des déicides que dans leur grande sagesse Leurs Majestés Catholiques ont chassés de leur royaume, ont trouvé refuge à Rome même, sur cette via Appia le long de laquelle les anciens Romains ensevelissaient leurs morts.

— Il est exact que Sa Sainteté n'a pu tous les accueillir dans Rome considéré leur nombre et l'exiguïté de la ville. Mais ces pauvres gens ont été heureux de trouver un asile sûr aux alentours de notre généreuse cité.

L'ambassadeur ne put cacher son indignation en entendant César lui déclarer cela d'un ton désinvolte :

— Quoi, Votre Seigneurie qui est archevêque de Valence et primat des Espagnes paraît plaindre ces misérables qui ont refusé de se convertir à la religion du vrai Dieu et ont ainsi osé braver nos rois ?

— Eh ! don Diego, n'est-ce pas précisément à un serviteur du Christ de montrer sa pitié pour des gens persécutés ? Et n'est-il pas d'un bon chrétien de montrer sa compassion pour des gens injustement spoliés ?

— Quel langage ose tenir Votre Seigneurie ?

— Le langage d'un vrai chrétien, car sachez que je désapprouve les méthodes de vos souverains...

— Qui sont aussi les vôtres ! l'interrompit l'ambassadeur.

— En nulle manière. Mon seul souverain est Dieu et en son nom Sa Sainteté Alexandre.

— Je référerai de cela à Sa Sainteté car je ne puis penser qu'elle approuve votre attitude.

— Je puis au contraire vous assurer que le Saint-Père est plus encore que moi outré par l'attitude si peu chrétienne de vos souverains et elle désapprouve l'initiative qu'ils ont osé prendre au mépris des droits du Saint-Siège d'instaurer monseigneur Torquemada leur grand Inquisiteur de la foi et l'investir du pouvoir de juger les hommes au nom de Dieu. Nous désapprouvons vigoureusement les condamnations que ces tribunaux qui se prétendent ecclésiastiques portent contre des gens qui sont bientôt jetés sur des bûchers après que tous leurs biens ont été saisis.

— Je prie le seigneur Dieu que Sa Sainteté ne tienne pas devant moi de semblables discours !

— Il faut alors croire que Dieu préférera exaucer les vœux de son évêque en ma personne, car je puis vous assurer que le Saint-Père sera plus sévère encore que moi et condamnera vos maîtres.

— Vous oubliez que mes souverains ont pouvoir sur vos terres de Valence et votre archevêché...

— Et que mon cher frère va épouser une fille de la famille d'Aragon.

— Précisément.

— Illustre seigneur, je connais mieux que personne Sa Sainteté ; c'est pourquoi je vous déconseille vivement d'employer ce genre de menaces. Aussitôt vous feriez balancer le pape dans l'alliance française et il dispose de redoutables pouvoirs spirituels : n'oubliez pas qu'un empereur d'Allemagne est venu s'humilier devant un pape. Aussi, voilà mon pacte : modérez les reproches que vous avez mission de faire au Saint-Père et acceptez ses admonestations car il n'est pas homme à se laisser dicter sa conduite. En revanche je le persuaderai d'abandonner le duc de Milan pour se tourner vers les Aragon de Naples. Vous connaissez les prétentions du roi de France et il suffit que décède le vieux roi Ferrante (Que Dieu l'ait en sa sainte protection !) et que le pape refuse d'investir son fils d'une couronne dont le Saint-Siège est le dépositaire, pour que bientôt Naples revienne aux Français et que l'Espagne se trouve menacée au nord et à l'est.

Don Diego se rendit bientôt aux arguments de César et lorsqu'il se présenta devant Alexandre, il se montra modéré dans ses récriminations, à quoi le pape lui répondit par des remontrances qu'il voulut très paternelles, mais qui montraient fermement sa détermination à protéger les juifs et les marranes contre toute entreprise violente de la part des Rois Catholiques.

Afin de montrer à l'Espagnol qu'il tenait sa parole, mais aussi parce qu'il jugeait que tel était son intérêt, César entreprit de pousser son père vers l'alliance napolitaine, par laquelle, assurait-il, il voyait le meilleur moyen de faire rentrer à Rome le cardinal della Rovere toujours retranché à Ostie d'où il menaçait la sécurité du pape. Malgré l'opposition du duc de Gandia qui craignait de voir son frère aîné prendre un trop grand empire sur leur père, César parvint à convaincre Alexandre VI de l'opportunité d'une alliance avec Naples et, à la suite de pourparlers secrets avec le roi Ferrante, il fut décidé que Joffré, le plus jeune fils du pape épouserait Sancia, fille bâtarde du duc de Calabre, le fils du roi de Naples. César fut déçu mais dissimula ses sentiments. Car en se faisant le défenseur de l'alliance napolitaine, il n'avait pas perdu de vue la possibilité d'un mariage avec une princesse d'Aragon à son profit, de manière que son père l'aurait délié de ses fonctions religieuses. Or, si Alexandre désigna son fils alors à peine âgé de treize ans comme fiancé de Sancia qui était son aînée de trois ans, c'est parce qu'il s'affermissait dans sa décision de faire de César un futur pape. Et pour bien marquer sa détermination, il décida d'élever César à la pourpre cardinalice. Ainsi, le 16 août, Joffré épousa Sancia par procuration. Aussitôt après eut lieu la réconciliation du pape avec Giuliano della Rovere qui vint dîner au Vatican. César assista au repas, heureux de triompher auprès de son père car son frère Giovanni avait quitté Rome pour l'Espagne le 4 du même mois afin d'aller y épouser Doña Maria Enriquez.

Après un été lourd et orageux, l'automne s'annonça doux et ensoleillé. Le 20 septembre, Alexandre VI avait procuré une fournée de jeunes cardinaux : dans le même temps il coiffa du prestigieux chapeau rouge, son fils César, Alessandro Farnèse, le frère de Giulia, Ippolito d'Este qui n'avait que quinze ans ! Ces nominations provoquèrent une vague d'indignation parmi les membres du Sacré Collège, certains d'entre eux comme le cardinal Riario ou Giuliano della Rovere oubliant qu'ils avaient aussi été élevés encore jeunes à cette dignité par leur oncle Sixte IV. Il est vrai que les trois nouveaux cardinaux totalisaient à eux trois à peine l'âge auquel on accédait normalement à ce titre, et peu de temps auparavant Innocent VIII avait aussi fait entrer dans le Sacré Collège encore un tout jeune homme en la personne de Giovanni dei Medici. Comme selon le droit canonique un cardinal devait être issu de parents unis par les liens du mariage, Alexandre VI avait promulgué une bulle par laquelle il déclarait César né de l'union légitime de madonna Vannozza avec Domenico d'Arignano. Dans une seconde bulle secrète remise à César, il assurait qu'il n'était pas responsable de la déclaration qu'avait faite César selon laquelle il était enfant légitime et il confirmait sa propre paternité. On ne pouvait mieux ridiculiser une loi ridicule.

César triomphait aussi sur un tout autre plan. Furieux de l'attitude de son épouse qui ne cessait de se jouer de lui et refusait obstinément de partager son lit, Giovanni Sforza était rentré à Pesaro dès les premiers jours du mois d'août. Mais bientôt, il avait écrit au pape pour lui demander une avance de cinq mille ducats sur les trente mille du montant de la dot. Alexandre lui avait répondu qu'il devait rentrer à Rome vers le 10 ou le 15 octobre et qu'il toucherait alors la totalité de la dot et consommerait décidément le mariage « *ad nos venturus es pro totali consumatione matrimoni cum eadem uxore tua* ». Vint la mi-octobre : Giovanni ne rentra pas. En revanche le pape, en compagnie de Giulia qu'il ne quittait plus, décida d'aller faire un voyage à Viterbo où était une résidence papale. Il emmena avec lui César qui dut suivre de mauvais gré : non seulement il se voyait éloigné de Lucrezia, mais il devait en plus se trouver sans cesse en présence de Giulia et la voir minauder avec son père. Après avoir passé quelques jours à Viterbo, ils séjournèrent à Capodimonte, dans le château familial des Farnèse, puis à Orvieto. Ce ne furent que fêtes, réceptions, banquets, pendant tous ces jours d'automne. Mais tout le temps César resta sombre et taciturne, aussi bien pour manifester l'ennui que lui causait ce voyage que pour signifier à Giulia son ressentiment. Ainsi évitait-il de lui parler et détournait-il la tête pour l'ignorer ostensiblement. Roderigo qui se doutait de la nature des liens étroits qui les avaient unis dans le passé, feignait de ne rien voir.

Peu après leur retour à Rome en novembre, reparut Giovanni Sforza qui, ne parvenant toujours pas à persuader sa femme d'accomplir son devoir conjugal, repartit bientôt pour Pesaro. Tout cela était pour satisfaire César, aussi bien que les nouvelles d'Espagne. Le pape apprit bientôt que Giovanni menait une vie scandaleuse, qu'il délaissait son épouse Doña Maria pour aller la nuit en compagnie de jeunes débauchés courir les filles et jouer dans les tripots ; ainsi avait-il dilapidé 2 600 ducats d'or en moins de deux mois ! Le pape lui envoya une lettre de remontrances à laquelle, suivant la prière de son père, César avait ajouté une autre lettre pour l'inciter à une vie digne et exemplaire, tout en sachant que la manière dont étaient tournées ces exhortations à la vertu ne pourraient que pousser le jeune homme plus encore vers la débauche, à seule fin de provoquer son frère aîné.

En janvier 1494, Giovanni Sforza revint à Rome auprès de son épouse toujours aussi capricieuse et réticente. Elle savait maintenant comment lui tenir la dragée haute et s'était fait un jeu de le berner avec la complicité de Giulia qui vivait avec elle au palais de San Martinello loin de son époux resté dans la demeure familiale. Afin de justifier l'installation de Giulia chez Lucrezia, Alexandre VI avait fait de sa maîtresse la dame d'honneur de sa fille. Le couple papal baignait dans la joie car Giulia avait récemment mis au monde une fille, Laura, à la conception de laquelle l'époux légitime de Giulia n'était pour rien. Durant ces derniers mois, César avait dû se résigner à rencontrer quotidiennement Giulia qu'il ne pouvait manquer de voir lorsqu'il se rendait auprès de Lucrezia. Il se montrait cependant vis-à-vis d'elle courtois, froidement respectueux, et ne lui adressait la parole que par nécessité. Lucrezia lui avait reproché cette intransigeance dans son comportement envers Giulia qui par ailleurs, s'était faite la complice de leurs amours, comme elle-même l'avait été jadis de ceux de César et de Giulia. César l'avait priée de ne plus évoquer des souvenirs qu'il avait effacés de sa mémoire afin qu'ils puissent regarder Giulia comme leur belle-mère, sans quoi il éclaterait en reproches à l'encontre de cette infidèle et ne pourrait lui manifester le respect qu'il devait à la concubine de son père.

La mort du vieux roi Ferrante vers la fin du mois de janvier 1494, *sine luce, sine cruce, sine Deo,* comme le nota Burchard, le maître des Cérémonies, dans son journal, obligea le pape à prendre une très grave décision. Le roi de France Charles VIII, au nom de sa grand-mère Marie d'Anjou, épouse de Charles VII, revendiquait le trône de Naples. Au siècle précédent

Louis Ier, fils de Jean II le Bon et frère de Charles V, était monté sur le trône de Naples et de Sicile ; il était le grand-père de Marie d'Anjou et par cette filiation Charles VIII contestait à la famille d'Aragon la royauté sur Naples. Il était soutenu dans ses prétentions par nombre de barons napolitains, ennemis des Aragons, et par Ludovic le More, adversaire acharné de Ferrante et de son fils Alfonso de Calabre qui revendiquait la succession. En suite des relations nouvelles entre Naples et le Vatican, le duc de Calabre demanda à Alexandre VI son investiture, le pape étant le suzerain de droit du royaume de Naples. Naturellement, l'ambassadeur du roi de France chercha à intimider Alexandre VI, lui représentant que son maître était l'héritier légitime du royaume et que s'il consacrait l'Aragonais, Sa Sainteté créerait un véritable *casus belli* avec Charles VIII. Le pape ne put tolérer qu'un prince chrétien cherchât à faire pression sur une décision dont il était le seul maître en tant que représentant de Dieu. Bien qu'il n'eût que peu d'estime pour Alfonso de Calabre, homme sans grandeur ni magnanimité, dépourvu de culture et d'esprit, et pour le moins aussi féroce que son défunt père, Alexandre VI voulut demeurer fidèle à sa nouvelle alliance et il décida de légitimer un pouvoir dont l'héritier de Ferrante s'était déjà rendu maître. Aussi dépêcha-t-il à Naples son neveu, Giovanni Borgia-Lançol, cardinal de Monreale, qui intronisa Alfonso au début du mois de mai. Quelques jours plus tard, Joffré, devenu duc de Squillace et comte de Cariati, arrivait à Naples où il épousait Sancia.

Par ce matin de la fin du mois de mai, le pape se trouvait dans l'une des belles salles du Vatican qu'il faisait décorer de peintures chatoyantes où brillaient les ors. Il voulait consacrer aux réceptions cette suite de vastes pièces aux hautes voûtes situées à l'étage de l'un des nombreux bâtiments qui constituaient le palais du Vatican. Depuis maintenant dix-huit mois y travaillait il Pinturicchio avec ses élèves ; les travaux progressaient rapidement, mais jamais suffisamment au gré de l'impatience du Saint-Père qui presque chaque jour venait les surveiller et s'entretenir avec le maître de ses projets pour la décoration des autres pièces.

— Je tiens absolument, disait le pape au peintre, que les sept figures de femmes représentant les sept arts libéraux soient similaires afin qu'apparaissent aux regards l'harmonie et l'égalité de ces arts entre eux.

— Je comprends le désir de Votre Sainteté, répliquait Bernardino di Betto, mais on doit craindre une monotonie dans l'alternance des figures.

— À vous, illustre maître, de savoir varier les attitudes et les personnages qui entourent nos figures allégoriques afin de rompre cette uniformité. Et ici, je veux que vous peigniez mes armes dans un cadre...

— Je vois très bien le blason de Votre Sainteté dans un cadre de stuc.

— Voilà qui serait fort beau... J'ai aussi songé à l'allégorie de la musique que nous avons décidé de placer sur cette paroi. Je tiens à ce que sa robe soit bleue et qu'elle ait un manteau rouge, ce contraste me plaît. Et essayez de lui conférer plus encore que les autres la physionomie de madonna Giulia, car elle est musique, son corps est aussi harmonieux qu'un bel accord, son... Que me veux-tu ?

Un serviteur venait d'entrer dans la salle et il s'inclina devant le pape qui s'interrompit pour l'interroger ainsi.

— L'illustre parent de Votre Sainteté, le cardinal de Monreale vient d'arriver de Naples et il demande audience à votre Béatitude.

— Allons-y, allons-y, il nous apporte les dernières nouvelles de notre fils bien-aimé... César, viens avec moi, cela t'intéresse aussi.

César, qui avait accompagné son père dans sa visite aux nouveaux appartements, était resté dans un angle de la salle d'où il observait en silence le travail des peintres perchés sur les échafaudages. S'il savait pouvoir abandonner entre les mains de coadjuteurs plus experts que lui l'administration de son archevêché et de ses divers bénéfices, il ne laissait à personne le soin de tisser autour de son père une trame subtile de fils qui devait lui permettre de tout savoir des actes et décisions du pape et de tous les hauts dignitaires de la cour vaticane. Aussi le voyait-on chaque jour aux côtés du Saint-Père où il restait le plus souvent silencieux, car il attendait toujours de se trouver seul avec lui pour lui faire part de ses remarques et de conseils qu'il lui suggérait avec suffisamment d'habileté pour que l'homme d'expérience qu'était Roderigo ne s'en formalisât pas.

Alexandre VI reçut le cardinal de Monreale en audience privée, avec César pour seul témoin.

— La jeune épousée, disait le cardinal en parlant de Sancia, est d'une rare beauté, une chaude brune aux yeux d'un bleu pareil à la mer de Naples. Elle a été éblouie par la cassette de bijoux que Votre Sainteté lui a fait porter par don Ferrando Dixer (un Espagnol que Roderigo avait promu gouverneur de la maison de son fils Joffré).

— Voilà qui est heureux. Et ce couronnement ? Et les noces ?

Le cardinal rapporta en détail ce qu'il avait écrit succinctement dans un courrier envoyé de Naples. Il dit le cérémonial qui présidait à chaque acte du sacre au cours duquel il reçut la couronne, le sceptre et l'épée, la proclamation des indulgences accordées par Sa Sainteté, le discours de Giovanni Pontano, humaniste, poète, littérateur, fondateur d'une académie qui portait son nom et qui avait reçu du feu roi la charge de Premier ministre. Et le pape l'écoutait en riant et battant des mains, ravi à l'ouïe de toutes ces choses.

— Le roi Mon Seigneur, poursuivait Borgia-Lançol, s'est ensuite levé du trône où il avait pris place pour distribuer biens et titres et c'est l'illustre fils de Votre Sainteté, Giovanni, bien qu'absent, qui a le premier été comblé par l'Excellentissime Alfonso. Sachez qu'il l'a fait prince de Tricarico et comte de Chiaramonte et de Lauria, et qu'en outre il lui a attribué la lieutenance de la Sicile. Ensuite est venu notre cher Joffré ployer le genou au pied du trône afin que le roi le fasse chevalier, duc de Squillace, comte de Coriata, chevalier de l'ordre de l'Hermine. Le seigneur Virginio Orsini a été à son tour promu grand Connétable du royaume...

César ne l'écoutait plus. En entendant le récit des honneurs et des titres qui pleuvaient sur son frère Giovanni, jeune fat, esprit vain, cœur médiocre qui ne savait que mener une vie de débauche en Espagne, il sentait monter en lui des bouffées de colère qui bientôt crevaient comme des bulles à la surface d'une eau stagnante pour se transformer en une haine sourde. Car s'il avait tout d'abord méprisé son frère, il découvrait de plus en plus en lui un ennemi qui ne pourrait jamais qu'être un obstacle à ses justes ambitions. Il enveloppa aussi dans cette haine Joffré qui, à sa place, recevait des principautés à Naples et se voyait attribuer une femme dont tout le monde célébrait la beauté. Il avait aimé Catarina Sforza, on l'avait donnée à cette outre creuse de Riario ; il avait aimé Giulia, son père la lui avait enlevée ; il aurait dû épouser Sancia que déjà il désirait avant même de la connaître, on l'unissait à un enfant sans nul caractère. Il se consolait en songeant qu'il avait eu de Giulia les prémices de sa beauté, qu'il était le maître du corps et de l'esprit de Lucrezia, qu'il saurait bien se venger de Joffré en lui prenant Sancia, mais Giovanni ?

Il dressa l'oreille lorsque après avoir décrit la cérémonie du mariage de Joffré et Sancia dans la chapelle du Castel Novo et les fêtes qui suivirent, son cousin poursuivit :

— Selon la coutume, les époux furent remis entre les mains des dames et demoiselles de leur suite qui les ont dévêtus entièrement et les ont mis au lit. Alors le roi et votre serviteur en tant que le représentant de Votre Sainteté, ont été invités à venir visiter les jeunes époux. Ils se trouvaient couchés côte à côte, le drap sur la taille de manière que leurs torses demeuraient nus. Le prince est gracieux et il m'a paru fort entreprenant car il s'est mis à tâter son épouse qui est si belle et gracieuse que j'aurais payé cher pour que Votre Sainteté ait vu le spectacle auquel j'ai assisté. Les dames se sont retirées nous laissant seuls avec Mon Seigneur le roi et nous, nous sommes restés à plaisanter sur les époux et à deviser tandis qu'ils faisaient ce qu'on doit faire dans de telles circonstances, bien qu'il m'ait paru que malgré tous les efforts qu'a pu faire madonna Sancia, le pauvre petit mari n'est guère parvenu à lui donner ce qu'une gente femme peut attendre d'un époux diligent et attentionné.

Le pape se réjouit fort du récit de son neveu et il manifesta bruyamment son contentement à propos du comportement du roi qui avait ainsi comblé de titres ses deux fils tant aimés, au point que malgré l'estime et l'affection que César lui portait, ce dernier se sentait en ces instants près de le haïr.

À la fin de ce même mois de mai, Lucrezia partit rejoindre son époux à Pesaro, suivant en cela la volonté du pape qui avait donné toutes ses instructions à Adriana, laquelle accompagnait Lucrezia avec Giulia. César, qui chaque jour et souvent la nuit rendait visite à sa sœur, avait tenté de s'opposer à cette volonté de son père mais ce dernier, qui précisément trouvait que

Lucrezia manifestait une trop vive inclination pour son frère, répondit à son fils avec une sécheresse qui le blessa :

— Il en sera ainsi parce que telle est ma volonté. Il me déplaît que l'on te voie trop fréquemment au palais de Santa Maria et sache que c'est là l'une des raisons qui ont dicté ma décision. Mon fils, avant toute chose il convient de sauver les apparences. Ce départ m'évite de t'interdire de fréquenter chez ta sœur et madonna Giulia, car à travers tout Rome on commence déjà à imaginer les relations les plus scandaleuses entre le Cardinal de Valence et des femmes qui sont, l'une sa sœur, et l'autre ma maîtresse.

— Laquelle est aussi l'épouse du seigneur Orso Orsini que Votre Sainteté a exilé dans ses terres de Bassanello, ne put s'empêcher de remarquer César.

Roderigo leva vers César un regard flamboyant de colère rentrée :

— César, retire-toi et n'apparais à mes yeux que lorsque je t'y autoriserai ! lui lança-t-il.

César s'inclina et alla s'enfermer dans son palais d'où il se tint au courant de toutes les affaires aussi bien de sa famille que de l'État. Son plus fidèle agent était un docteur apostolique, Jacopone Dragoni, qu'il avait délégué à Pesaro afin de l'informer de tout ce qui concernait Lucrezia, Giulia et Giovanni Sforza. Lucrezia Lopez, fille d'honneur de sa sœur et l'Espagnole Juana Moncada, attachée à Giulia, communiquaient à Dragoni les événements de la vie intime des deux jeunes femmes. Ses espions auprès du pape étaient Francesco Gaçet et Pietro de Solis, en qui Roderigo avait placé toute sa confiance sans se douter qu'ils étaient plus encore dévoués à son fils César, un dévouement évidemment puissamment soutenu par les ducats d'or que César distribuait avec la plus grande générosité. C'est ainsi que Dragoni ralluma les feux de la passion qui couvait dans le cœur de César pour Giulia lorsqu'il lui parlait de l'effet qu'avaient produit ses yeux noirs, l'éclat de sa chevelure, la chaleur de sa beauté qui avait éclipsé celle de Catarina Gonzaga pourtant célèbre pour sa beauté, et qui se trouvait parmi les invités de Giovanni Sforza pour les fêtes successives qu'il avait organisées à Pesaro en l'honneur de sa femme. Et dans le même temps, Pietro de Solis lui communiquait la copie d'une lettre adressée par Giulia au pape avec cette adresse : « À mon unique seigneur. » Elle lui rapportait les fêtes et bals masqués qu'elle ornait de sa présence avec Lucrezia, mais elle précisait qu'elle ne trouvait pas dans ces folles distractions une plénitude de joie car, assurait-elle : « Il manque, hélas ! Votre Sainteté qui est tout mon bien. Comme mon bonheur dépend d'Elle, je ne puis trouver nul vrai plaisir, nulle satisfaction dans ces distractions car là où est mon Trésor, là est mon cœur... Mon seul plaisir est de demeurer aux pieds de Votre Sainteté et bien fou serait celui qui prétendrait le contraire. »

Cette lettre qui laissait supposer que Giulia ressentait une véritable passion pour Roderigo, ralluma la colère de César qui chercha comment l'apaiser.

Entre-temps, on apprit que le roi de France, Charles VIII, avait décidément entrepris ses préparatifs d'invasion du royaume de Naples. Une flotte avait appareillé en direction de Gênes tandis que les avant-gardes de l'armée royale déferlaient des Alpes vers le duché de Milan où s'apprêtait à l'accueillir Ludovic le More qui, dans sa rage contre les Napolitains avait fait alliance avec le roi. Pareillement, Giuliano della Rovere, suivant l'une de ces foucades caractéristiques de son comportement politique, avait abandonné son allié napolitain pour se réfugier en France et presser Charles VIII de descendre en Italie avec une armée afin de déposer le pape.

Ces graves événements avaient fait oublier un moment à Alexandre VI sa fille et sa maîtresse avec lesquelles il était en correspondance régulière, pour s'occuper à resserrer les liens entre le Saint-Siège, Naples et Florence. César, qui restait enfermé dans son palais, n'assista pas à l'entrevue qu'eurent le pape et Alfonso II de Naples à Vicovaro, le 14 juillet, afin de raffermir leur alliance contre l'envahisseur français. Il profita de l'absence de son père pour quitter Rome un soir, masqué et vêtu en cavalier. Il se rendit d'une seule traite à Bassanello où il fut reçu par Orso Orsini. En voyant arriver inopinément César, Orso fut d'abord pris de crainte et il se tint sur ses gardes. Mais César lui parla avec tant de conviction de son honneur qui exigeait que fût mis fin au scandale de la conduite de Giulia, de ses droits d'époux, qu'Orso se sentit saisi d'une audace toute nouvelle et d'une sûreté de soi qui l'étonna.

— Orso, disait César d'un air attristé, nous avons toujours été liés d'amitié, c'est par toi que j'ai connu la vie, l'amour chez Isabella et auprès de ma Fiammetta. Ce n'est pas sans un véritable chagrin que j'ai appris, alors que je me trouvais loin de Rome, que l'infidèle Giulia était devenue la concubine du pape, de mon propre père, ton vénérable cousin. Je ne puis plus supporter l'injustice que te fait mon père car non content de te prendre ta femme, il te tient éloigné de Rome, dans cette lointaine bourgade : ainsi Auguste a exilé Ovide à Tomes ! Si tu ne veux pas terminer tes jours dans la honte, fais valoir tes droits, exige le retour de madonna Giulia auprès de toi, menace le pape de faire un si grand scandale que toute la Chrétienté en sera informée. Rappelle-lui que le roi de France est en marche sur Rome et que les cardinaux qui souhaitent le voir choir de son trône pontifical trouveront dans ce scandale une nouvelle raison à son indignité.

— César, mon ami ! répliqua Orso en lui prenant la main, tu me rends par tes exhortations la vie avec l'honneur. Oui, je vais réclamer ma légitime épouse et cet enfant qu'elle a eu du pape et qui est censé être le mien...

Il parut hésiter un instant avant de soupirer :

— Oui, mais si elle revient ici, auprès de moi, elle y rencontrera mes jeunes amis... Peut-être par vengeance, exigera-t-elle de partager mon lit...

— Orso, mon ami, nul ne te demande un si grand sacrifice ! le rassura César. Il suffit qu'elle vienne dans ton château où elle aura ses appartements. Et moi, ami fidèle, je suis tout disposé à venir t'apporter mon soutien et apaiser sa rancœur... Mais une chose importe plus que tout, réussir à la séparer du pape.

Le ciel parut favoriser l'entreprise de César car dans le même temps le frère aîné de Giulia, Angio Farnèse, à la suite d'une grave maladie, se sentait mourir, en suite de quoi il avait fait prier Giulia de venir à son chevet si elle voulait le voir encore une fois vivant. Ainsi Giulia se hâta-t-elle de courir au chevet de son frère, accompagnée par Adriana de Mila. À peine César s'apprêtait-il à quitter Bassanello, qu'il apprit l'arrivée de Giulia dans sa famille à Capodimonte. Au lieu de prendre la route du sud vers Rome, il prit celle du nord, vers Capodimonte où il arriva dans la nuit. Tout en songeant qu'il faisait une folie en agissant ainsi, il ne pouvait se l'interdire. Cependant il trouva trop imprudent de se rendre au château des Farnèse car le pape apprendrait forcément sa fugue par Adriana. Il se résolut à descendre incognito dans une auberge où il passa la nuit. Le lendemain il avisa un domestique de l'auberge à qui il confia un pli cacheté en le priant de le remettre en main propre à madame Giulia, au château ; il lui glissa pour sa commission un carlin et précisa :

— Tu connais madame Giulia ?

— Ici, tout le monde la connaît.

— Alors dis-lui que tu reviendras ce soir prendre sa réponse car ce pli attend une réponse. Tu recevras de moi un autre carlin.

Lorsque le valet fut devant Giulia, elle commença par s'étonner :

— Dis-moi qui t'a remis cette lettre ?

— Madame, je ne sais qui est ce gentilhomme. Il est arrivé hier soir à l'auberge. Ce matin il m'a demandé de vous apporter ceci, voilà qui est fait. Je sais qu'il demande une réponse que je viendrai chercher ce soir.

Giulia trouva inutile de l'interroger plus avant, assurée que la lettre lui révélerait l'identité du personnage. Elle alla l'ouvrir dans sa chambre et la lut et la relut tout en sentant son cœur battre plus fort.

Dans cette lettre César lui disait en substance ceci : « Des années durant j'ai enfermé dans mon cœur le ressentiment que j'éprouvais non envers toi mais envers ta légèreté car il m'apparaissait que tu avais bien tôt oublié les serments d'amour éternel que nous avions échangés. Pour moi je n'ai pas varié et j'ai toujours porté ton nom inscrit en lettres de feu dans mon cœur. C'est pour ne pas souffrir plus encore ni pour te faire souffrir que j'ai jusqu'à ce jour évité de m'adresser à toi. Je ne t'ai pas fait de reproche, je ne t'en ferai pas maintenant. Tu as été libre de ton choix, tu as eu la faiblesse de te laisser circonvenir par un homme qui pourrait être ton grand-père mais qui avait pour lui un pouvoir dont il a usé tout autant pour te séduire que pour t'éloigner de moi. Le hasard ou plutôt Dieu qui ne doit pas voir sans frémir la trahison de serments prêtés en son nom, a voulu que Sa Sainteté t'envoie loin d'elle avec madonna Lucrezia, et maintenant il t'enlève ton frère bien-aimé, peut-être pour te faire retourner dans la maison de tes ancêtres et te maintenir loin des regards de l'homme pour l'amour de qui tu as si gravement péché. C'est parce que j'ai vu là, la main du Seigneur que j'ai cru qu'était venu le moment de te dire que si je suis mort dans ton cœur tu ne l'es pas dans le mien. Je repartirai demain dès l'aube et je n'attends de toi qu'un mot : si ton âme et ton cœur ne sont pas insensibles à tout sentiment de ta propre dignité, reste ici, ou encore va à Bassanello retrouver ton époux, mais cesse de te montrer soumise comme une chienne aux ordres de ton amant qui veut que tous lui obéissent servilement en toute chose. Montre-lui que tu peux vivre sans lui, que tu es la maîtresse de ton corps et de tes mouvements, qu'à toi seule appartient la décision de venir à lui ou de t'en éloigner. Si tu t'estimes suffisamment encore pour agir ainsi, écris-moi simplement ces mots : je reste. S'il n'y a plus en toi que faiblesse et si t'a quittée toute fierté, dis alors : je rentre à Rome. Que Dieu te pardonne et te conserve en sa garde. »

Le valet revint le soir. Il apportait à César un pli que ne fermait nul sceau, sur lequel était marqué d'une écriture fine : je reste. Le lendemain dans la nuit, César était de retour à son palais sans que nul hors ses plus intimes serviteurs ait eu connaissance de sa fugue.

CHAPITRE X

En entrant dans le Vatican par ce jour de fin octobre, César songea qu'il y avait déjà quatre mois qu'il n'y était revenu, qu'il vivait retiré dans son palais ; il n'en sortait jamais que la nuit, toujours masqué, pour se rendre chez quelque courtisane. Néanmoins, il n'était aucunement coupé du monde car, tout le jour, il recevait des lettres de ses informateurs ou la visite des espions qu'il entretenait chez la plupart des grands de la cour pontificale ; et là où il n'avait pu s'introduire par la corruption des serviteurs, il y avait délégué Fiammetta qui lui rapportait fidèlement les confidences qu'elle soutirait dans les alcôves de ces illustres dignitaires. La veille, le pape lui avait enfin envoyé un messager pour le mander au Vatican, mettant un terme à cette sorte de semi-exil. Pour cette occasion il avait revêtu la robe pourpre et coiffé le chapeau de sa dignité, et aux révérences des gens à son approche, il se réjouit en voyant que son crédit n'avait nullement été entamé par cette retraite qui n'avait rien d'une disgrâce.

Un huissier introduisit César dans la salle où se tenait le pape. Il était en compagnie de Navarrico, son argus auprès de Giulia. Ce dernier était assis devant une lourde table et tenait à la main une plume tandis que Roderigo, debout lui dictait à haute voix une lettre. N'ayant pas vu entrer son fils, il poursuivait sa dictée d'une voix frémissante de colère :

— Ingrate et perfide Giulia... tu as écrit ?

— C'est fait, Votre Béatitude, opina le rédacteur.

— Navarrico nous a remis une lettre de ta main dans laquelle tu nous fais part de ton intention de ne revenir auprès de moi qu'après avoir obtenu l'autorisation d'Orsino. La malignité de ton âme et de celle qui te dispense ses conseils nous était bien apparue, mais nous ne pouvions imaginer que tu te comporterais d'une manière aussi perfide et ingrate alors que maintes fois tu nous as juré de rester fidèle à nos volontés et de ne pas t'approcher de cet Orsino. Et maintenant, voici qu'au contraire tu prétends te rendre à Bassanello au péril de ta vie...

— Que Sa Sainteté daigne m'attendre car ma plume n'est pas aussi véloce que sa langue...

— Bon, bon... où en suis-je ? Oui, au péril de sa vie, car maintenant que rôdent en tout lieu ces brigands de France... Non n'écris pas cela, au péril de ta vie suffit... précise : certainement pour te livrer à cet étalon...

Navarrico leva la tête :

— Votre Béatitude ne craint-elle pas que le terme soit ici quelque peu...

— Un étalon : c'est ce qu'il est et elle une vraie cavale.

— Cependant, il est de notoriété publique que mon seigneur Orso préfère les poulains aux cavales...

— Peu importe. Il faut que je frappe de terreur cette petite mule qui ose résister à mes injonctions. Écris maintenant... Euh... en bref, nous souhaitons que toi-même et cette ingrate d'Adriana preniez conscience de vos erreurs et fassiez la pénitence qui convient. En définitive, par la présente *sub paena excommunicationis late sententiae et maledictionnis aeternae*...

— Votre Béatitude désire que je rédige cette sentence en latin ?

— Une excommunication se fait toujours en latin.

— Votre Sainteté ne pense-t-elle pas que pour un si mince péché, une sentence d'excommunication et de malédiction éternelle n'est pas, pour le moins, un peu excessive ?

— Le péché de désobéissance est l'un des plus graves... De toute facon, ce ne sont là que des menaces... précise que : Nous t'interdisons de quitter Capodimonte pour te rendre à Bassanello pour ce qui concerne notre État... Ah, César, mon fils, te voilà enfin...

César, qui n'avait pas vu sans un grand plaisir intérieur la colère de son père, n'ignorant pas ce qui l'avait provoquée, vint s'agenouiller devant le pape qui le bénit avant de le relever.

— Votre Béatitude me paraît fort en colère, remarqua-t-il. Vous m'en voyez fort chagrin.

— Ma famille me donne plus encore de soucis que les affaires de l'État. Ne voilà-t-il pas que madonna Giulia, sans doute inspirée par notre cousine qui la conseille si mal, refuse de rentrer à Rome et ce sot d'Orso ose nous braver ! Il requiert à grands cris la présence de sa femme auprès de lui et il nous menace de provoquer un scandale à travers toute l'Italie si elle revient à Rome auprès de nous. Depuis déjà un mois je la presse de rentrer et elle ose me résister en prétextant la crainte du scandale !

— Il est vrai qu'une telle attitude envers Votre Sainteté me semble intolérable, admit César en prenant un air outré. On serait même en droit de s'étonner qu'Orso soit saisi d'une audace aussi soudaine, lui qui a si longtemps fermé les yeux. Mais je pense que la venue du roi de France avec à ses côtés le cardinal de San Pietro in Vincoli, qui a le front de réclamer la déposition de Votre Sainteté, explique une attitude aussi nouvelle de la part d'Orsino car le scandale qu'il brandit comme une épée ne pourrait que fortement nuire aux intérêts de Votre Sainteté.

— Nous ne le savons que trop bien. Cela ne m'empêchera pas d'envoyer d'autres lettres comminatoires à ces traîtres, à ces perfides... Navarrico, tu peux te retirer mais tiens-toi à portée de voix car je veux écrire à madonna Adriana et au jeune Alessandro Farnèse qui me doit la pourpre...

Et soudain il se mit à rire, oubliant sa colère :

— Il est vrai que nul ne l'ignore et c'est pourquoi j'ai ouï dire qu'on l'appelle partout dans Rome, le cardinal della Gonella...

Navarrico s'étant retiré, César prit un ton plus familier pour intervenir :

— Mon père, comment pouvez-vous tolérer que le peuple ose appeler le frère de madonna Giulia le cardinal du jupon... comment pouvez-vous en rire ?

— Le peuple s'amuse, laissons-lui ses jouets. Quand il peut rire et s'amuser, quand on le laisse à son aise dire ce qu'il pense et lire les libelles, il se croit libre et ne songe pas à se révolter.

Tout en parlant le pape s'était assis dans un profond fauteuil puis il reprit :

— Mon fils, la situation est grave, critique même. Je viens d'apprendre la mort du jeune duc de Milan, Gian Galeazzo. Nous savons bien que depuis toujours le pouvoir était entre les mains de son oncle Ludovico, mais le jeune duc était marié à une Aragon, précisément la sœur aînée de Sancia, ta nouvelle belle-sœur, et par là il pouvait représenter un élément modérateur auprès du roi de France dans sa guerre contre Naples. Le More qui s'est fait proclamer duc de Milan va plus encore s'engager dans l'alliance française. Une maladie d'un mois a retenu Charles VIII à Asti, mais le voici sur pied et il marche sur Pise. À Florence, Pietro dei Medici tremble pour son pouvoir et la ville tremble devant ce moine dominicain, ce Savonarole qui fanatise le peuple contre tout ce qui est établi au nom de Dieu, comme si le seul qui avait délégation pour parler au nom de Dieu n'était pas son vicaire incarné en ma personne.

— Mon père, je vous ai déjà représenté combien ce Savonarole était un agitateur dangereux et, qui plus est, hérétique. Jamais vous n'avez voulu sévir contre lui, même lorsqu'il ose prendre à partie Votre Sainteté, et ceci avec une impudence qui mériterait le pire châtiment.

— La patience et la longanimité doivent être deux des qualités du vicaire du Christ. Mais je reconnais avoir placé trop loin les limites de ma bénévolence. Dans tous les cas, l'aide de Florence ne serait que bien peu de chose. Nous nous retrouvons seuls, très seuls. Le roi don Ferdinando, qui s'était déclaré prêt à soutenir les droits du Saint-Siège et de ses cousins de Naples, a trahi sa parole et tandis que son orateur auprès de nous multipliait les assurances de son soutien, ce renégat signait à Barcelone un pacte d'alliance avec le roi de France et s'engageait à lui fournir des troupes... Au demeurant il n'a même pas rempli cet engagement, grâce à une intervention du ciel, sans doute. Et voici que les Napolitains débarqués en Ligurie sous le commandement de Federico de Tarento, le fils du roi Alfonso II, ont été complètement défaits par les Français dont la flotte venue de Gênes est maîtresse des côtes. Nous avons ordonné à tous nos vassaux, y compris à cet Orso et à Giovanni Sforza, de prendre les armes et de se porter contre l'envahisseur, mais que représentent ces forces ?

— D'autant moins de choses qu'elles ne sont même pas unies sous un même commandement, remarqua César. Mais n'est-ce pas la tâche du capitaine général de l'Église de réunir sous ses ordres les troupes dont nous disposons ?

— Hélas, mon fils, nul n'est ici capable d'imposer son autorité et de tenir tête aux Français.

— Que Votre Béatitude me donne les pouvoirs du Gonfalonier et je me fais fort de tenir tête à tous nos ennemis.

— Je le crois, mon fils, mais tu es cardinal, homme de robe et non d'épée.

— C'est ce qui me navre. Mais il ne tient qu'à vous...

— Il est déjà trop tard. Le roi de France a quitté Piacenza et ses troupes traversent en ce moment les Appenins pour descendre en Toscane.

— Mais alors, que comptez-vous faire ? Pourquoi m'avez-vous fait venir à vos genoux ?

— Parce que je me sens bien seul, mon cher enfant. Giovanni est en Espagne, Joffré à Naples, Lucrezia à Pesaro, l'ingrate Giulia à Capodimonte. Je n'ai que toi ici.

César se redressa et resta silencieux, tout en songeant que si son père se décidait à se tourner vers lui, c'était parce qu'il n'avait aucun autre de ses enfants auprès de lui.

— Je tiens à ce que tu demeures près de moi en ces jours d'épreuves.

— Peut-être Votre Sainteté devrait-elle faire appel à notre frère Giovanni. N'est-il point temps qu'il cesse cette vie de débauche et rentre auprès de son père et souverain pour mettre à son service sa vaillante épée ? Par ailleurs, n'est-il pas lieutenant général de Sicile, une île revendiquée par le roi de France puisqu'elle appartient à Naples et fut un temps gouvernée par la maison d'Anjou ? Et Joffré lui-même n'est-il pas maintenant chevalier et duc vassal du roi de Naples ? Pour ce qui me concerne, mon vénéré père, je vais aller prier pour le salut du Saint-Siège, car la prière est ma seule arme.

Il ploya un genou devant le pape et se retira sans

attendre d'autorisation. Roderigo le laissa aller sans rien dire, mais il se sentit plus que jamais coupable d'avoir orienté vers la robe ce fils qui lui parut être le seul capable de soutenir glorieusement par l'épée l'honneur de la famille Borgia.

Les lettres de menaces envoyées par Roderigo Borgia à Giulia et aux gens de son entourage n'eurent guère d'effet. Le premier à capituler fut Orso qu'avait promptement épuisé l'agitation provoquée par ses audaces verbales. Car ses menaces ne s'étaient concrétisées d'aucune manière, alors qu'il lui aurait été si facile d'aller à Capodimonte chercher sa femme à la tête d'une petite troupe et la ramener à Bassanello. Mais il ne voulait à aucun prix s'encombrer d'une femme. Aussi reçut-il avec soumission un envoyé du pape et cela n'aurait tenu qu'à lui, Giulia serait aussitôt rentrée à Rome. Mais la jeune femme restait inflexible. Il fallut que se précisât la menace des Français qui après s'être installés à Florence faisaient mouvement vers Rome, pour qu'elle se décidât à chercher refuge auprès du pape. Mais il était déjà trop tard lorsqu'elle se mit en route le 29 novembre en compagnie d'Adriana et de sa sœur Girolama : les trois femmes avec leur équipage furent capturées par l'avant-garde de l'armée française, placée sous le commandement d'Yves d'Allègre.

La nouvelle de la capture de sa maîtresse tant chérie affola Roderigo qui aussitôt dépêcha les trois mille écus réclamés pour la rançon et fit intervenir tous ses anciens amis passés du côté des Français. Au chagrin et à l'abattement succéda la joie lorsque le pape apprit que le Roi Très Chrétien avait renvoyé les prisonnières, jusqu'alors traitées avec la plus grande courtoisie, et leur avait adjoint une escorte armée afin d'assurer leur sécurité.

À mesure que progressaient vers Rome les troupes du roi de France, l'affolement gagnait la cour du pape tandis que ce dernier s'obstinait dans sa volonté de refuser au roi le passage par Rome et l'investiture du royaume de Naples, et il déclarait bien haut qu'il était prêt à perdre sa tiare, ses États et la vie même plutôt que de manquer à sa parole et trahir ses alliés. Il est vrai que l'armée napolitaine se trouvait aux portes de la ville, dans l'intention de barrer aux Français la route de Naples. César, qui avait jugé de l'incompétence des princes aragonais restait serein ; il avait la certitude que les Napolitains refuseraient le combat et prendraient la fuite dès l'approche des Français ; il s'en réjouissait en songeant que ce sot de Joffré perdrait aussi rapidement ses fiefs qu'il les avait promptement acquis. Il s'agissait donc de faire bonne figure aux Français, ce dont il chercha à persuader son père. Alexandre VI, au lieu de l'entendre, accumulait les erreurs. Il avait commencé par faire emprisonner Ascanio Sforza et le comte de San Severino envoyés auprès de lui par Ludovic le More pour le persuader de composer. Cet acte inutile ne servit qu'à provoquer la colère du nouveau duc de Milan et de Charles VIII. Il envisagea ensuite de faire embarquer ses biens sur un vaisseau partant d'Ostie, mais il abandonna cette idée d'autant plus volontiers que les Colonna qui s'étaient empressés d'abandonner le roi de Naples, aidés par une troupe française s'emparèrent bientôt d'Ostie au nom du cardinal della Rovere que le roi emmenait dans ses bagages.

Le pape songea alors à s'enfermer au château Saint-Ange. Il y avait déjà mis en sûreté Giulia qui, lors de son retour, avait passé ses premières nuits au Vatican, tant Alexandre VI était heureux de la retrouver, tant sans doute, craignait-il qu'elle ne fût pas en sécurité dans le palais de Santa Maria in Porticu. Toutes ces précautions firent que César ne trouva aucune occasion de revoir Giulia. Mais en ces jours, César songeait à tout autre chose : il cherchait comment il pourrait agir en de telles circonstances pour en tirer le plus grand profit. Il commença par persuader son père de rendre leur liberté au cardinal Sforza et à San Severino, ce qu'il obtint sans beaucoup insister, se faisant ainsi leur obligé. Puis il entreprit de convaincre le pape d'abandonner l'alliance de Naples dont le roi était incapable de l'aider, afin d'éviter à Rome un siège qui risquait d'être suivi d'une mise à sac. C'est ainsi que finalement Alexandre VI demanda au roi de France une trêve le 25 décembre ; en conséquence il fut décidé que les Napolitains se replieraient vers le sud et finalement les clés de Rome furent promises aux Français. Ces derniers avaient d'ailleurs déjà contourné la ville pour surprendre l'armée ennemie dans sa retraite. Le 31 décembre le roi de France fit son entrée dans Rome.

Cette date avait été fixée par l'astrologue de Charles VIII qui n'avait cependant pas prévu que la journée serait particulièrement pluvieuse. Malgré la pluie glacée qui semblait ne plus vouloir s'arrêter de tomber du ciel sombre et bas, nombreux étaient les Romains qui étaient descendus dans les rues pour voir défiler l'armée des barbares des Gaules. Le sentiment premier d'effroi avait fait place à une curiosité à l'égard de ces guerriers dont les Colonna s'étaient portés garants de la courtoisie. C'était la troisième heure après midi lorsque les premiers escadrons passèrent sous les voûtes de la porte « del Popolo » dont les clefs avaient été au préalable remises au roi. César avait revêtu un simple habit de cavalier, chaussé de hautes bottes et après s'être enveloppé dans un ample et chaud manteau, le visage masqué, s'était glissé parmi la foule vers la porte et la via Lata que l'armée royale devait suivre. Précédé de Michelotto qui lui frayait un chemin parmi la foule, il parvint ainsi aux premiers rangs d'où il put voir passer l'avant-garde composée des mercenaires suisses qui progressaient par rangs serrés et disciplinés, piques et hallebardes dressées, sans se soucier de la boue qui éclaboussait leurs chausses bariolées à chacun de leur pas pesant. Suivaient les différents autres corps : fantassins serrés dans leurs corselets de fer, arbalétriers gascons, chevaliers flanqués de leurs écuyers et valets tous à cheval, tenant par la bride le destrier réservé aux affrontements sur le champ de bataille. Le roi s'avançait au milieu de la fleur de la chevalerie française, les deux cents plus puissants seigneurs du royaume, et sa garde d'archers écossais.

César examina avec attention le roi reconnaissable à la flamme aux fleurs de lys que brandissait son porte-étendard, à sa couronne et à la richesse de son armure et de son manteau brodé. Car de sa personne il n'avait rien de la majesté qu'on avait coutume de prêter aux rois. Si son armure pouvait dissimuler ses jambes torses, elle ne parvenait à rehausser sa taille si petite qu'il paraissait perdu parmi ses barons. Son nez fortement busqué qui soulignait encore l'ingratitude des traits de son visage lui conférait un air de bête de proie qui, en définitive, ne représentait pas sa véritable personnalité plus bénigne que ne le laissait paraître une attitude intransigeante. Le roi chevauchait en se redressant avec toute la majesté possible, entre Giuliano della Rovere triomphant et le cardinal Colonna plein de sa gloriole. Car toute cette partie de Rome était entre les mains des Colonna de sorte que sur le passage du cortège royal s'élevaient les cris de :

— Colonna ! Colonna ! Francia ! Vincoli !

Si ces acclamations remplissaient César d'une colère contenue, il se réjouissait de découvrir qu'Ascanio Sforza qui suivait loin en arrière, et que nulle ovation n'accueillait, montrait un visage sombre qui marquait sa déconvenue car visiblement il n'avait guère réussi à obtenir la faveur du roi. La nuit était tombée que se poursuivait l'interminable défilé des trente mille hommes avec chevaux et bagages qui accompagnaient Charles VIII. La pluie s'étant quelque peu apaisée, on avait allumé des torches : les façades des palais et des demeures en étaient illuminées et les flammes faisaient briller les draps aux fleurs de lys pendus aux fenêtres et tout ruisselants des ondées. Les hommes d'armes et nombre de spectateurs s'étaient aussi munis de torches et dans les carrefours avaient été allumés de grands feux autour desquels se pressait la foule frileuse, de manière que les rues en paraissaient tout illuminées.

Ce déploiement de force jamais vu dans les annales de la cité, depuis les temps tragiques où les barbares goths l'avaient mise à sac un millénaire auparavant, trouva son apogée dans les trente-six canons que l'armée traînait après elle. Les Romains se félicitèrent alors de n'avoir point cherché à résister à de si puissants ennemis en qui on préférait voir des amis ; César admirait l'ordre et la discipline des troupes, la manière dont elles en imposaient, le sentiment d'invincibilité qu'elles suscitaient sur leur passage. Il songeait à la leçon qu'il y avait à tirer de tout cela et il se trouvait plus que jamais persuadé de la nécessité de ruser avec un si puissant ennemi.

Le défilé dura plus de huit heures. Tandis que le roi et sa suite allaient s'installer dans le palais San Marco (l'actuel palais de Venise) devant lequel il faisait déployer ses canons, le reste de la troupe se dispersa dans la ville afin de prendre ses quartiers chez l'habitant qui manifestait une amitié de circonstance tant chacun redoutait les humeurs de cette soldatesque qu'on savait si irritable.

César rentra à son palais, transi de froid, percé de pluie, néanmoins rassuré et l'esprit enrichi d'une expérience nouvelle. Il avait la certitude de la victoire des Français sur les Aragon de Naples et il savait que désormais il faudrait soit les imiter, soit plutôt composer avec eux, voire les utiliser pour réaliser ses ambitions.

Il s'était couché tranquillement dans son palais, sans cependant négliger d'y renforcer sa garde de Catalans, Aragonais et Italiens sous le commandement de Juan Cervillon, mais dans la nuit il fut réveillé à plusieurs reprises par des hurlements et des appels dans la rue. Il restait alors étendu sur son lit, les yeux ouverts, la main près de son épée posée à nu à sa portée, regardant les ombres projetées vers le plafond par les flammes des bûches qui terminaient de se consumer dans la cheminée. Il songeait alors à Giulia qui devait en cet instant même dormir entre les bras de son père, dans le château Saint-Ange, car s'il résidait le jour au Vatican, Alexandre allait la retrouver la nuit dans le château, à Lucrezia dont l'absence commençait à lui peser de plus en plus, à sa mère, madonna Vannozza restée dans sa demeure de la piazza Branca.

Dès la venue du jour, César envoya des émissaires aux nouvelles. Il apprit que nombre de soldats, Suisses, Allemands, Français, s'étaient battus entre eux, qu'ils avaient aussi mis à sac quelques demeures, mais on pouvait considérer que de la part d'une armée étrangère, ce n'étaient là que petits maux. La plus grave plainte avait été portée par messer Johannès Burchard, le grand cérémoniaire qui, en rentrant chez lui, avait trouvé ses mules chassées de leur écurie et remplacées par des chevaux qui dévoraient joyeusement son foin. Il en fut outré et alla se plaindre au roi qui le connaissait d'autant mieux que c'était lui qui était venu l'accueillir la veille aux portes de la ville au nom du Saint-Père. Charles lui rendit ses mules et sur ses conseils envoya chevaux et chevaliers s'établir chez le voisin du roide maître des cérémonies qui ne manqua pas de noter cet événement dans son journal secret. Il en alla de même le jour suivant, si bien que lorsque le 2 janvier de la nouvelle année, un héraut du roi vint faire savoir au cardinal de Valence que le roi désirait s'entretenir avec lui, César s'y rendit dans sa riche pourpre cardinalice sans marquer de mauvaise humeur, désireux qu'il était de préparer une honorable entrevue entre le pape et Charles VIII.

Le roi se tenait sur un siège haut, entouré de quelques barons mais aussi de huit des cardinaux qui s'étaient promptement ralliés à lui, avec à leur tête della Rovere, Colonna, Orsini et Sforza. Afin de montrer sa bonne volonté, lorsque César fut devant lui, le roi se leva et, tête nue, il l'embrassa, insigne honneur qu'il n'avait fait qu'à quelques cardinaux.

— Nous saurons toujours gré à Votre Seigneurie, lui dit Charles VIII après s'être assis, d'avoir toujours soutenu la candidature à la pourpre de messire Guillaume Briconnet, notre cher évêque de Saint-Malo.

— Et j'ai la conviction que Votre Majesté peut dans ce sens plus encore se réjouir, assura César, car j'ai le sentiment que le Saint-Père serait tout disposé à la conférer à Sa Seigneurie.

— Nous avons aussi le sentiment que Sa Sainteté partagera totalement nos points de vue, bien que nous ayons quelques raisons de nous plaindre d'Elle.

— Sire, vous êtes trop fin politique pour ne pas comprendre que le premier devoir du Saint-Père est de défendre l'honneur de Dieu et les intérêts de l'Église.

— C'est parce que nous ne pensons pas autrement que nous nous inquiétons de certaine lettre que Sa Sainteté a fait parvenir au sultan des Turcs à Constantinople, lettre par laquelle nous savons que le pape a fait appel à ces infidèles pour combattre le Roi Très Chrétien et lui demander par la même occasion de lui faire parvenir la somme de 40 000 ducats d'or qui a été saisie sur son envoyé en Italie Kasim Beg.

— Il convient, Sire, que vous rappeliez cette affaire qui n'est qu'une entreprise de brigandage de la part de ce Giovanni della Rovere, frère de l'illustre cardinal de San Pietro in Vincoli. A-t-on jamais vu un préfet de Rome s'emparer par la violence d'un ambassadeur étranger et le dépouiller d'une somme destinée au Vatican ? Car ces ducats ne faisaient que représenter la pension due par le sultan pour son frère Djem, ceci en suite d'accords dont Sa Sainteté Alexandre n'est que l'héritier.

— Mon frère n'a agi ainsi que pour se faire rembourser une dette du pape, intervint Giuliano.

— Dette contestable, et il s'est payé sur une somme destinée au Vatican. C'est là un acte de piraterie.

— Parlons plutôt des lettres et instructions données par le pape à son messager auprès du Grand Turc, Giorgio Bocciardo, reprit le roi. Sa Sainteté ne met-elle pas le sultan en garde contre nous qui aurions l'intention de marcher sur Constantinople après avoir pris Naples ?

— Il est souhaitable que Votre Majesté comprenne les desseins de Sa Sainteté. Depuis plus d'un demi-siècle, tous les papes ont supplié les rois et l'empereur de s'unir pour partir en croisade contre l'infidèle devenu maître de Constantinople. Mais plus intéressés par leurs querelles personnelles, les princes n'ont jamais répondu aux vœux pieux des papes. Aussi, voyant que Votre Majesté, au lieu de tourner ses armes glorieuses vers l'ennemi du Christ, allait marcher contre un roi chrétien, Sa Sainteté a osé vouloir forcer le destin. Elle a songé que si le sultan venait braver votre puissance, Votre Majesté abandonnerait ses ambitions napolitaines pour se porter contre le Turc qui brave la croix et a osé placer le croissant sur la coupole de Sainte-Sophie. Voilà la raison d'une démarche qui, si elle avait réussi, aurait pu forcer Votre Majesté à s'acquérir une gloire éternelle en reconquérant sur l'infidèle l'empire grec dont il aurait fait son fief, restituant ainsi le glorieux empire de Justinien à la foi catholique sous son sceptre bénéfique.

Par cet habile discours César apaisa la colère du roi qui finalement lui annonça que sa chancellerie établissait les articles d'un traité qui serait prochainement présenté au Saint-Père afin qu'il en prît connaissance et y donnât son approbation.

César se retira satisfait mais son contentement fut de courte durée. Il apprit bientôt que la demeure de sa mère avait été mise au pillage par les soldats qui couraient les rues. Des servantes avaient été violentées et Vannozza avait réussi de justesse à échapper à leurs entreprises. Il enferma sa colère au fond de son cœur tandis que le pape, prétextant un mal d'estomac, non content de ne pas recevoir le roi au Vatican allait s'enfermer dans le château Saint-Ange. Il voulait de cette manière se trouver à l'abri pour prendre un temps de réflexion, voire par ces temporisations, donner à ses alliés napolitains le temps de se ressaisir. S'il était pressé par les Français qui s'impatientaient, il avait reçu de l'empereur Maximilien une lettre menaçante car ce dernier redoutait que le roi de France ne lui fût un rival au trône impérial et que le pape ne le soutînt dans ses prétentions. Par ailleurs, il craignait le ressentiment du roi de Naples dans le cas où il abandonnerait sa cause, car il avait auprès de lui Joffré qui pouvait lui être un précieux otage.

Comme le pape restait muet dans sa forteresse, les Français braquèrent vers ses murs leurs canons afin de l'influencer dans ses décisions. Alexandre répondit en assurant que dans le cas où le roi oserait faire tirer du canon, il viendrait en personne sur les remparts avec ses habits sacerdotaux et les plus saintes reliques. Le projet de canonner Saint-Ange fut abandonné, mais entre-temps la soldatesque s'énervait dans l'inaction : les rixes succédaient aux meurtres et aux pillages au point que le roi dut se décider à sévir et on commença à ériger des gibets qui calmèrent les plus impétueux dans la mesure où ils s'y trouvèrent pendus.

Enfin, on s'accorda sur un compromis et une rencontre fut ménagée entre le pape et le roi au cours de laquelle ce dernier affecta une soumission qui flatta Alexandre et l'amena à accepter les diverses conditions dont les moindres n'étaient pas l'amnistie pour les barons et cardinaux félons et surtout pour ce Giovanni della Rovere dont le pape réclamait qu'il restituât les 40 000 ducats. Djem fut donné en otage au roi ainsi que César qui devait rester pendant quatre ans auprès de Charles VIII en tant que légat. César avait accepté avec la meilleure grâce du monde de devenir l'otage des Français et le roi commença par se réjouir de tant de bonne volonté et de marques de civilités envers lui.

Par une grise journée de fin janvier, l'armée française quitta Rome. Lentement, dans le roulement des sabots des chevaux, le martèlement des bottes sur les pavés de la via Appia, le fracas des roues des chariots et des canons, elle progressa vers Velletri, évêché appartenant au cardinal della Rovere. Ce dernier chevauchait en retrait, derrière le roi, et il montrait par sa mine sombre, son irritation. Alors qu'il espérait persuader Charles VIII de convoquer un synode pour proclamer la déchéance du pape, dans l'espoir de se faire élire ensuite à sa place, Alexandre sortait de cette aventure triomphant, grandi aux yeux des Romains, car ses seules concessions étaient le rétablissement des cardinaux ennemis dans leurs droits et l'abandon de Djem entre les mains du roi ; pour ce qui concernait l'investiture de Naples, il s'était montré intransigeant et n'avait finalement accordé que le droit de passage dans ses États.

César, qui allait dignement sur sa mule à la gauche du roi, conversait aimablement avec lui tout en se félicitant du dénouement d'une affaire dans laquelle le pape et lui-même avaient risqué leur prestige sinon leur avenir. Il ne pouvait s'empêcher d'admirer l'intelligence politique et la grandeur de son père lorsqu'il évoquait la manière dont le pape avait finalement dominé un adversaire si redoutable par sa force qu'il pouvait déchaîner sur la Ville éternelle. Déjà la première entrevue entre le Saint-Père et le Roi Très Chrétien avait été un chef-d'œuvre de diplomatie. Après avoir déjeuné, le roi s'était rendu dans les jardins du Vatican où devait peu après parvenir le pape amené depuis Saint-Ange sur la *sedia gestatoria*. Lorsqu'il avait vu Alexandre descendre de la chaise et s'avancer dans le jardin, le roi, entraîné par un mouvement naturel de piété, était venu auprès du pape et avait fait deux génuflexions avant que Sa Sainteté n'ait fait mine de le voir. Afin de tempérer une attitude qui, poursuivie, aurait été jugée offensante, Alexandre, alors que Charles en était à sa troisième génuflexion, l'avait pris par les joues et l'avait baisé avec une sorte de furia tout en versant des larmes. Puis, le relevant, il s'était écrié d'un ton paterne : « Nous sommes heureux de voir en cette maison le Roi Très Chrétien, très puissant au front couronné des lauriers de la victoire... et entouré de si hauts seigneurs », avait-il ajouté en regardant autour de lui la suite royale. À quoi Charles avait répondu avec à-propos qu'il ne tenait qu'à Sa Sainteté qu'il fût plus puissant encore et l'avait assuré être un fils bon et fidèle.

Le pape avait ensuite été frappé de l'un de ses étourdissements dont il était familier et qui lui faisaient perdre le sens durant un moment. César n'avait pu savoir si cette syncope avait été réelle ou simulée. Toujours est-il que le pape avait été transporté dans une salle du Vatican et placé sur un siège bas tandis que le roi n'avait eu droit qu'à un escabeau ; il avait alors exigé un siège similaire que messer Burchard avait dû lui faire apporter tout en déclarant que cela allait contre l'étiquette, ce dont le roi paraissait se moquer. Mais à peine Alexandre était-il revenu à lui qu'il était allé s'installer sur son trône pontifical : il savait que le roi devrait se résoudre à occuper un siège plus bas. Ainsi en avait-il été mais, aussitôt après, Alexandre avait demandé à César de lui prêter son manteau de pourpre et au cardinal de Santa Anastasia son chapeau, puis il en avait revêtu Briçonnet à la grande joie de Charles VIII, tout en lui déclarant : « Vous en devez remercier le roi car c'est lui qui vous a fait cardinal et non moi. » Nul n'avait su s'il fallait prendre ces paroles comme un compliment pour le roi ou plutôt comme l'assurance qu'il n'agissait que contraint et forcé.

Ainsi avec autant d'habileté que d'autorité, le pape avait réussi à embobeliner le roi qui s'en était finalement allé satisfait au grand dam des cardinaux de son entourage à commencer par della Rovere et Sforza, lequel était reparti vers Milan, furieux de s'être vu tenu sans cesse à l'écart.

César était ainsi parfaitement satisfait de la tournure que prenaient les événements. À Marino, on avait appris que le roi de Naples, Alfonso, pris soudain de panique, avait fui vers la Sicile, abdiquant le pouvoir entre les mains de son jeune fils Ferrandino. Le roi apparaissait de plus en plus sûr de lui et il faisait venir à ses côtés le prince Djem afin qu'il l'entretînt de la puissance de son frère Bajazet. Il s'adressait aussi avec familiarité à César qui, dans la plénitude de sa jeunesse, brillait par son savoir et l'élégance de ses propos. En arrière venait le charroi du cardinal de Valence qui avait aussi ébloui le roi par son luxe : dix-neuf chariots drapés de housses aux armes des Borgia. À la halte, on avait retiré de deux d'entre eux draps brodés, vaisselle d'or, verres gravés des plus délicats. On était reparti et personne ne s'était aperçu que ces deux chariots une fois chargés les valets avaient oublié de rattraper le convoi et lorsque s'étaient éloignés les derniers hommes de la troupe, ils avaient fait demi-tour vers Rome.

Vers la fin de l'après-midi, alors que le vent du nord avait chassé les nuages, laissant un ciel pâle et pur, deux cavaliers vinrent au-devant du roi, deux cavaliers qu'attendait César car il connaissait le message dont ils étaient porteurs. Il s'agissait d'Antonio de Fonseca et Juan d'Albion, les ambassadeurs du roi d'Espagne, Ferdinand d'Aragon.

— Sire, dit Fonseca, après avoir salué le roi, d'abord que vous n'alliez plus avant il convient que vous entendiez ce que mon maître le roi don Ferdinando fait dire à Votre Majesté.

— Je ne puis vous entendre sur ce chemin en plein vent, répliqua Charles. Accompagnez-moi jusqu'à Velletri et je vous accorderai audience.

Ainsi fut-il fait et ce soir-là César attendit avec impatience l'entrevue du lendemain. Elle se passa aussi mal qu'il l'espérait. Les ambassadeurs exigèrent au nom du roi d'Espagne que Charles VIII fît reconnaître ses droits devant le pape avant d'attaquer contre toute justice le roi de Naples. À quoi le roi répliqua que ses droits ayant été reconnus par le Parlement de Paris, il n'allait certainement pas se soumettre au jugement d'un pape espagnol qui ne pourrait qu'être partial. Ensuite il exposa ses griefs contre le roi d'Aragon qui, en dépit du traité de Barcelone, avait envoyé à Naples quatorze galées chargées d'hommes et d'armes pour aider le jeune Ferrandino. Fonseca se sentait d'autant plus sûr de lui que par ailleurs un projet de mariage entre les deux enfants des rois d'Espagne et les deux de l'empereur d'Autriche avait vu son aboutissement quelques jours auparavant, assortis d'une alliance au terme de laquelle les deux puissances étaient disposées à intervenir en Italie le cas échéant. Aussi, avec hauteur, l'ambassadeur avait-il brandi le traité de Barcelone et l'avait-il déchiré. Les seigneurs français présents auraient fait un mauvais parti aux Espagnols si le roi n'était intervenu et leur avait donné un sauf-conduit pour pouvoir s'éloigner.

Le soir-même, César avait accompagné le roi dans son palais avant de se retirer dans sa propre résidence. Charles lui avait fait part de sa colère et de sa détermination à poursuivre sa marche triomphante sur Naples. César l'y avait vivement encouragé en lui faisant remarquer que la rapidité de sa campagne avait dérouté ses adversaires, semé chez eux la panique au point qu'Alfonso II lui-même avait piteusement pris la fuite. Le roi se montra fort satisfait de l'approbation du jeune cardinal.

À peine César était-il entré dans le palais qui lui était réservé et où avaient été entreposés mules et chariots, qu'il revêtit un habit d'écuyer, s'arma d'une solide épée et d'une longue dague puis, enfourchant un cheval frais, il quitta Velletri par une porte de lui connue dépourvue de gardes.

Lorsque le lendemain, au moment du départ, le roi apprit la disparition du cardinal de Valence pendant la nuit, il entra dans une grande colère et s'écria :

— Ah, la méchante race de Lombards ! et le Saint-Père le tout premier !

Les soldats envoyés à la recherche de César, n'en trouvant aucune trace, avisèrent de s'en dédommager en pillant son bagage. On se précipita vers les dix-sept chariots restés en place, on les renversa, on arracha les bâches, pour ne découvrir que des pierres et des vieilles nippes au fond de rustiques coffres.

En une seule traite, César avait regagné Rome. Il

n'avait rien dit de son projet de fuite à son père dans la crainte que ce dernier ne s'y opposât afin de ne pas indisposer le roi. Aussi était-il allé dormir chez Antonio Florès, Espagnol au service du Vatican qui lui était particulièrement attaché, et dès le lendemain il repartit pour Spolète où il s'enferma dans la forteresse dont les défenseurs lui étaient fidèles. César savait que son comportement susciterait au premier abord la colère de son père, mais il se faisait fort de lui montrer ensuite le bien-fondé de son attitude. Et de fait, Alexandre commença à envoyer au roi de France trois ambassadeurs afin de se disculper et l'assurer qu'il désapprouvait cette fuite. Charles exigea du pape qu'il lui renvoyât César ou un autre cardinal de ses proches, puis il se remit en route pour Naples. À l'approche de l'armée française, Ferrandino s'enfuit à son tour avec ses barons fidèles et sa famille, y compris Joffré. Aussi les Français entrèrent-ils dans Naples le 22 février, acclamés par la foule, laquelle sait qu'il est préférable de venir applaudir le vainqueur du moment, quitte à le déchirer dans le cas d'un renversement de situation.

Cette facile conquête avait mis Charles dans la meilleure humeur du monde, au point qu'il en oublia la fuite de César et ne marqua que peu d'affliction en apprenant la mort de Djem qu'il tenait enfermé dans une forteresse. Nul ne sut s'il avait péri d'une fluxion de poitrine, car il toussait fortement en quittant Rome ou s'il fut égorgé par son barbier turc envoyé spécialement par son aimable frère. Alexandre VI fut aussi accusé par ses ennemis de l'avoir fait empoisonner, ce qui amusa plus que n'irrita le pape qui déclara qu'il faudrait être bien sot pour se débarrasser de cette manière d'un homme qui lui rapportait 40 000 ducats par an. Car il songeait bien à récupérer de manière ou d'autre un si précieux captif.

Tandis que les Français s'abandonnaient à ces nouvelles délices de Capoue et se rendaient odieux à la population de Naples, Alexandre préparait sa revanche tout autant que César. Ce dernier n'avait pas oublié l'affront fait à sa mère. Une ligue fut constituée à l'instigation du pape, entre l'empereur Maximilien, le roi et la reine des Espagnes, le duc de Milan et le doge de Venise, pour la défense de l'Italie contre tout envahisseur étranger. Aussi, quand César se décida à rentrer à Rome, Alexandre le reçut-il avec des larmes de joie. Lorsque quelque temps après on apprit que cent cinquante mercenaires suisses, congédiés par Charles VIII, s'en retournaient chez eux avec leur solde et divers produits de leurs rapines, César vint demander au pape de lui confier une partie de la garde vaticane. À la tête de cette troupe unie à ses propres hommes, il se jeta sur les Suisses dont plusieurs d'entre eux avaient participé au pillage de la maison de madonna Vannozza. Seize Suisses furent tués dans l'échauffourée, les autres réussirent à s'enfuir après avoir abandonné tout leur bagage et leur or.

Au mois de mai, on apprit que Charles VIII, après avoir fait une nouvelle entrée solennelle dans Naples, cette fois revêtu du manteau des empereurs byzantins, tête couronnée, le sceptre et le globe entre les mains, s'apprêtait à quitter la ville où il laissait une garnison. Le 1er juin il rentrait dans Rome tandis que le pape se retirait à Pérouse. Saisi d'une hâte soudaine de retourner en France, le roi quitta Rome deux jours après sans avoir cherché à exercer quelques représailles. Le 6 juillet, l'armée de la ligue de Milan et Venise, sous le commandement du marquis de Mantoue, affrontait l'armée royale à Fornoue. Les Français durent se battre avec acharnement pour parvenir à rompre le front ennemi afin de forcer le passage, mais non sans y laisser une partie de leurs bagages et de nombreux morts, moins cependant que les Italiens. Le lendemain,

Alfonso II étant entre-temps décédé, Ferrandino rentrait à Naples.

Ainsi se terminait la vaine chevauchée du roi de France à travers l'Italie.

CHAPITRE XI

Lucrezia se retourna dans le lit en soupirant et se blottit entre les bras de César. Par la fenêtre entrouverte pénétrait un air tiède chargé des parfums du jardin, tandis que les lourdes tentures à demi tirées, laissaient entrer le jour diffus du matin.

— Nous nous sommes imprudemment endormis, murmura César.

— Pourquoi dis-tu imprudemment ? s'étonna-t-elle, en se redressant sur un coude. Je croyais que l'illustre cardinal de Valence était plus craint que lui-même n'avait à craindre autrui.

César se mit à rire en lui caressant une longue mèche soyeuse qui lui tombait sur la joue.

— Celui que je redoute, c'est ton époux.

L'idée fit rire plus encore Lucrezia.

— Ah oui ! ses colères font trembler le ciel et le preux chevalier Roland en personne prendrait la fuite à sa vue ! dit-elle. Cependant, il tremble devant toi, mon César.

— Oui, mais je serais bien fâché qu'il puisse crier par les rues que sa femme le trompe avec son beau-frère. Toutes les femmes qui sont autour de toi nous sont acquises, mais nous ne saurions être trop prudents et je ne voudrais point que l'une d'entre elles nous surprît en ce lit et pût aller jaser éblouie par l'éclat de quelques florins d'or. C'est pourquoi je me lève avant qu'elles ne viennent te préparer pour cette grande journée.

— Oh, quel ennui lorsque j'y songe ! Grand frère, tu es désormais tout mon bien, mon trésor, et sans toi je m'ennuie, je me sens dépérir. Maintenant que notre père tient madonna Giulia loin de moi, loin de nous, pour son propre plaisir, si jalousement...

— C'est qu'il craint de la perdre, sans doute parce qu'il se sent vieillir et qu'elle lui paraît de plus en plus belle et ardente. Mais toi, comment peux-tu te dire seule alors que tu es entourée de toutes ces femmes, de cette cour...

— Cependant je m'ennuie. Il en va de même pour notre frère Giovanni. Le voilà las de son épouse, las de courir les tripots pour perdre son argent et les rues pour y pourchasser les chiens et les chats. Il ne cesse de m'écrire qu'il s'ennuie malgré les cent trente-cinq hidalgos placés à son service, et même la chasse ne parvient plus à le distraire tant il a le désir de rentrer à Rome baiser les pieds du Saint-Père.

— Il n'aura plus à patienter longtemps car je m'emploie auprès de Sa Sainteté pour qu'elle se hâte de le faire rentrer en Italie. Nous en ferons le Gonfalonier de l'Église et il prendra la tête de nos armées pour partir en campagne contre cette peste des Orsini que notre père a décidé d'exterminer. Et aujourd'hui c'est toi qui vas aller au-devant de notre cher frère Joffré et de son épouse Sancia qu'on dit si belle.

Lucrezia fit une moue et se serra contre César :

— C'est précisément ce qui me déplaît. Déjà je me sens jalouse d'elle et je crains qu'elle ne m'écrase de sa supériorité. Je me sens encore si fragile, si petite.

— C'est que, à seize ans, tu n'es pas encore sûre de toi, de ton charme, de ton ascendant sur les autres alors qu'on la dit vive, passionnée, dominatrice. Mais que cela ne te trouble pas...

— C'est pourtant bien ceci qui me trouble. Elle va sans doute me mépriser. Il paraît qu'elle n'a aucun égard pour le pauvre Joffré, qu'elle joue avec lui comme s'il était une poupée, s'en amuse et le jette au bas du lit quand elle est lasse de lui. Et lui ne dit rien, il se laisse dominer, il y prend même plaisir.

— Notre frère est encore un enfant alors qu'avec si peu d'années en plus, Sancia est une femme qui connaît son monde, le monde.

César lui donna un baiser et se leva.

— Montre-toi naturelle, cette aménité qui t'est propre ne pourra que séduire Sancia qui remplacera Giulia auprès de toi.

Il s'enveloppa dans un large manteau et quitta la chambre par une porte dérobée. Peu après, entraient les servantes pour habiller la jeune femme.

Vers le milieu de cette même matinée du 20 mai 1496, Lucrezia dans une magnifique robe de brocart chevauchait une mule harnachée de soie noire en direction de la porte San Giovanni, accompagnée de douze demoiselles d'honneur et précédée de deux pages montés sur des chevaux caparaçonnés l'un de brocart d'or et l'autre de velours cramoisi. Elles étaient précédées de gardes pontificaux chargés de frayer le chemin parmi la foule dense venue saluer les princes de Squillace et elles étaient escortées par de nombreux nobles et dignitaires de l'Église. Joffré, son épouse et leur suite arrivaient devant la porte San Giovanni lorsqu'en sortit le cortège de Lucrezia. Les premiers regards de la jeune femme furent pour sa belle-sœur, Sancia. Elle était vêtue selon la mode napolitaine d'une robe noire pourvue d'amples manches en satin brodées d'un point d'Espagne. Droite sur un beau genet gris, elle avait non seulement fière allure mais elle éblouissait par l'éclat chaud de sa beauté avec sa chevelure noire scintillante comme une nuit étoilée, son teint ensoleillé et son visage aux traits finement ciselés dans lequel brillaient ses yeux d'un bleu lumineux. À ses côtés, Joffré, malgré la santé qui émanait de son visage hâlé encadré par ses cheveux aux reflets roux qu'il portait longs et l'élégance de son habit sombre, apparaissait comme un adolescent insignifiant. Le jeune couple était escorté de six bouffons et d'une belle troupe de gentilshommes et de gardes qui protégeaient un grand train de mules et de chariots.

Sancia adressa à Lucrezia un sourire enchanteur et lorsqu'elles eurent placé leurs montures côte à côte elles s'embrassèrent cérémonieusement. Sancia lui fit les plus charmants compliments sur sa mise, ses bijoux, sa grâce et sa beauté, si bien que Lucrezia se sentit conquise. Elle embrassa pareillement son frère, puis après les échanges de politesses avec les dignitaires des deux compagnies, on se mit en route vers l'église San Giovanni in Laterano où l'on fit une halte avant de se rendre au Vatican.

Alexandre VI ne parvenait pas à cacher son impatience. Depuis le début de la matinée il allait et venait, s'asseyait et se levait, parlait avec nervosité ou enthousiasme. César se tenait parmi les autres cardinaux, tous réunis dans la salle d'audience du palais apostolique. Lorsqu'on annonça l'approche du cortège, le pape courut à une fenêtre pour observer la place sur laquelle il vit s'avancer ses enfants avec une satisfaction évidente. Lorsqu'ils eurent passé la porte d'entrée du Vatican, il se hâta d'aller s'installer sur son trône, au milieu de sa cour étonnée de tant de juvénile ardeur. Johannes Burchard prenait un air pincé et sévère devant une si indécente agitation qu'il savait ne pouvoir calmer car le pape ne faisait que rire de ses remontrances et s'amusait de son indignation.

Chacun prit cependant l'air grave qui convenait à la circonstance lorsque par la grande porte de marbre qui donnait sur la salle voisine, on entendit les bruissements des vêtements et le tintement des éperons métalliques sur le sol de pierre, puis quelques rires étouffés qui firent se dresser maître Burchard comme un coq lorsqu'il sent l'approche d'un renard. Le prince de Squillace fit alors son entrée aux côtés de Sancia que le cérémonial de la cour pontificale ne semblait nullement intimider, et de Lucrezia. Le premier, Joffré vint baiser la mule puis les doigts du pape qui lui prit la tête entre ses mains et se pencha au-dessus d'elle sans cependant la toucher des lèvres. Chacune à son tour, Sancia puis Lucrezia vinrent pareillement s'agenouiller devant le Saint-Père, puis, comme le faisait Joffré, elles allèrent baiser la main des cardinaux. César n'avait pu détacher son regard de Sancia, car dès qu'elle était entrée dans la salle il avait vu qu'il se trouvait en présence d'une femme exceptionnelle. Lorsqu'elle ploya son genou devant lui, il lui offrit sa main à baiser ; elle l'effleura de ses lèvres et lorsqu'elle releva la tête, leurs regards se croisèrent un instant bref, mais suffisant pour que passe entre eux ce courant pareil à un éclair de désir.

Les dames de la suite de Sancia et les plus hauts seigneurs furent invités à venir alors baiser la mule du pape et les doigts des cardinaux. Puis Joffré resta debout auprès de son frère tandis qu'on avait apporté au pied des marches du trône pontifical des coussins de velours pourpre sur lesquels Lucrezia et Sancia s'assirent pour s'entretenir un long moment avec le Saint-Père. Très vite l'atmosphère pompeuse qu'aurait voulu maintenir Burchard fut troublée par les rires des deux jeunes femmes et la voix chaude de Sancia qui rapportait à Sa Sainteté les histoires les plus pittoresques de la cour de son royal frère. À plusieurs reprises le maître des cérémonies toussota et tenta de rappeler le pape aux convenances mais ce dernier feignait de ne pas l'entendre et riait de plus belle aux sorties de sa belle-fille qui, en ces quelques instants, le séduisit comme elle avait déjà charmé Lucrezia et César.

Alexandre se décida enfin à inviter ses enfants à se retirer pour aller prendre quelque repos dans la demeure qui leur était destinée. C'était le palais voisin du cardinal Ardicino della Porta, lequel les y conduisit galamment. Là les attendaient Giulia et Adriana de Mila avec une suite de dames romaines. Ce soir-là, César fut satisfait d'apprendre de la bouche de Lucrezia qu'elle se réjouissait d'avoir trouvé en Sancia une amie nouvelle dont la turbulence effrontée lui plaisait infiniment.

Cette complicité entre les deux jeunes femmes se manifesta dès le lendemain. La messe devait être célébrée dans la basilique Saint-Pierre en grande pompe pour ce dimanche de Pentecôte. L'église était déjà pleine de monde lorsque entrèrent Sancia et Lucrezia, accompagnées de leurs femmes. Elles vinrent prendre place dans les stalles de marbre réservées aux chanoines d'où ils lisaient l'Épître et l'Évangile. Les dames de leur compagnie qui ne trouvèrent place auprès d'elles s'assirent sur des coussins au-dessous, ceci s'étant accompli contre la volonté de Burchard. Il aurait voulu les en chasser mais César, qui se trouvait là parmi les cardinaux, intervint pour lui faire comprendre avec un regard sévère qu'il devait s'accommoder d'une chose voulue par le pape, c'est-à-dire par lui-même.

Le soin de dire la messe en une circonstance aussi solennelle avait été confié au cardinal Cibo, car le maître des cérémonies redoutait que le pape, dans le cas où il aurait voulu la célébrer, ne l'expédiât selon son habitude car pour aussi grande et sincère que fût sa piété, il avait le plus grand mal à assujettir son impatience naturelle et sa vivacité aux minuties du rite et aux longueurs des intermèdes, à commencer par les sermons. Ce jour-là, on avait déféré à un prédicateur espagnol, chapelain de l'évêque de Ségovie, la charge du prêche. Plein de l'honneur de parler devant une si noble et prestigieuse assemblée, l'orateur s'égara dans les sentiers sans fin de la rhétorique au point que tout le monde commença de s'ennuyer. Alexandre qui ne l'entendait plus, bougonnait entre ses dents et il fut enchanté de voir que Sancia commençait à rire et à bavarder avec Lucrezia. Leur ton s'éleva et bientôt les murmures des jeunes femmes purent être perçus de toute l'assemblée, excepté apparemment du prédicateur qui poursuivit bravement ses discours sans faire grâce d'une ligne, voire d'un mot, à ses auditeurs épuisés. Le pape fut autant amusé par l'intervention irrespectueuse de sa fille et de sa bru que Burchard et nombre de cardinaux en furent scandalisés.

Dans un premier temps, César évita de se trouver seul avec Sancia. Il avait vu que dès qu'elle était en sa présence, elle lui lançait des œillades et l'agaçait avec des paroles provocantes, attitude qui lui permettait de se flatter d'avoir séduit sa belle-sœur sans cependant avoir fait le moindre effort pour aller vers elle. Il préférait la tenir à distance, d'abord parce qu'il lui déplaisait d'être provoqué de cette manière par une femme, en particulier lorsqu'elle était de sa famille ; il ne voulait pas qu'on puisse se gausser de lui et dire qu'un simple regard de sa belle-sœur avait ensorcelé le cardinal de Valence ; ensuite parce qu'il craignait en s'engageant dans une telle aventure amoureuse de blesser la sensibilité de Lucrezia qui manifestait à son endroit une affection quelque peu exclusive ; et enfin, il se sentait peu disposé à s'embarrasser l'esprit avec des bagatelles alors qu'il devait sans cesse s'ingénier à s'imposer à son père afin de se rendre définitivement maître de sa volonté. Et pour l'instant, une seule idée dominatrice l'occupait, la ruine des Orsini, un dessein qui avait germé dans son esprit et qu'il avait réussi à imposer au pape, lequel avait promulgué le 1er juin une bulle par laquelle il bannissait les Orsini et Bartolomeo d'Alviano, époux de Bartolomea Orsini, sœur de Virginio, le chef du clan. Maintenant qu'il était parvenu à persuader son père de rappeler Giovanni et de lui confier le commandement de l'armée destinée à mettre à genoux les Orsini, il se félicitait d'avoir échafaudé un plan d'action qui, quelle que soit sa tournure, lui serait toujours favorable. L'incapacité de Giovanni, dont il était assuré, et sa mise en avant sur les lignes de bataille, pouvaient lui laisser espérer d'être débarrassé d'un parent gênant à peu de frais. Il est vrai que le pape, qui doutait aussi des capacités guerrières de son fils, avait fait appel à un bon condottiere, Guidobaldo d'Urbino. Aussi, dans le cas d'une victoire, les lauriers reviendraient à Guidobaldo et par la même occasion la plus puissante famille romaine serait décapitée ; ce qui le séduisait le plus dans cette pensée, c'est que Giulia était liée aux Orsini par son époux et par sa tante, de manière qu'elle aurait toute raison d'en vouloir au pape de les avoir ainsi humiliés.

Le 10 août, le duc de Gandia faisait son entrée dans Rome après trois ans d'absence. Il avait laissé en Espagne son épouse enceinte et le fils qu'il avait eu d'elle, don Juan. Il revenait plus magnifique qu'il n'était parti, mais aussi plus amolli encore. Il s'avançait à la tête de son escorte de gentilshommes et de soldats, dans un habit de velours brun aux manches brodées de perles et de pierres précieuses, la tête couverte d'une toque de velours rouge ornée de perles, les mains gantées afin de ne pas les abîmer dans l'air marin, chevauchant un cheval bai au caparaçon orné d'or fin et de clochettes d'argent. Dans les chariots qui suivaient étaient amassés des coffres remplis de fontaines dorées, joyaux, vaisselles précieuses, coupes serties de métaux précieux, vêtements en abondance d'une richesse incomparable...

César vint attendre Giovanni à la porte Portese. Après qu'ils se furent embrassés, Giovanni s'écria en riant :

— Mon cher et illustre frère, je vois que la pourpre vous va à merveille. Il aurait été bien dommage que vous eussiez dédaigné la robe, vous êtes fait pour être pape.

— Et vous pour être capitaine général de l'Église, repartit César sans se piquer. Une glorieuse tâche vous attend et tous nous espérons de vous que vous illustriez le nom des Borgia par de brillants faits d'arme.

— Que mon excellentissime frère ne se fasse aucun souci à ce propos, j'aurai tôt fait de rabattre l'orgueil de ces Orsini.

La réplique fit sourire César qui se plaça à ses côtés pour l'accompagner devant le pape.

Dès lors il ne se passa pas un jour sans que Giovanni, installé au Vatican, ne manifestât sa sotte vanité et ne lançât quelque raillerie à son frère aîné. César savait alors se montrer modeste et aimable de manière qu'il accusait le contraste entre lui et le duc de Gandia, et rendait de cette façon ce dernier plus haïssable encore. Tandis qu'Alexandre VI et le cardinal de Valence préparaient soigneusement la campagne contre les Orsini et que le duc d'Urbino se mettait en route avec ses mercenaires pour venir soutenir la fortune du Saint-Siège, le duc de Gandia passait ses jours et ses nuits à minauder auprès des belles de la ville et à courir les rues de Rome. Il ne chassa point pendant les premières semaines, à cause de la chaleur, et on ne le voyait paraître en public qu'après midi. À cette heure, César était rentré depuis longtemps de la chasse où il partait de grand matin, de manière que son frère ignorât qu'il eût une telle activité.

Cependant, bien vite Giovanni commença à jeter des regards concupiscents vers la belle Sancia qui, de son côté, lui adressait des sourires équivoques, sans prendre le moindre souci de Joffré qui d'ailleurs s'était rapidement acoquiné avec son frère pour l'accompagner dans ses courses nocturnes. Alors que César restait indifférent aux reparties provocantes mais puériles de Giovanni, il se sentit piqué au vif par son comportement vis-à-vis de Sancia. L'attitude réservée qu'il continuait de garder à son égard était toujours dictée par les mêmes sentiments, bien qu'il lui arrivât souvent de penser que si son père ne l'avait pas ainsi maintenu dans son état ecclésiastique, c'est lui qu'elle aurait dû épouser et non cet incapable Joffré qui devenait aussi vain de ses titres usurpés que son frère Giovanni ; lorsqu'il s'abîmait dans de telles pensées, il se sentait disposé à rejeter toute autre considération pour satisfaire le désir qui ne cessait de croître en lui. Un désir qu'il apaisait entre les bras de Lucrezia. Or, un soir qu'il l'avait retrouvée dans sa chambre, elle lui dit :

— As-tu remarqué, mon César, que notre illustre frère Gianni ne cesse de lorgner Sancia comme si elle était une de ces courtisanes chez qui il fréquente dès le saut du lit ?

— Il me semble que Sancia ne fait rien pour le décourager.

— Ni non plus Joffré. Pas plus tard que cet après-midi, ils étaient ici car notre demeure est leur lieu de rendez-vous. Gianni croit qu'il n'y est pas espionné comme au Vatican et Joffré assure qu'il peut dire librement toutes les sottises qui lui passent par la tête sans que sa femme soit là pour se moquer de lui. Et justement c'est d'elle qu'ils ont parlé, et Joffré confiait à Gianni que s'il la désirait, il ne verrait aucun inconvénient à la partager avec lui car il assurait qu'elle était bien trop ardente pour lui.

— Et qu'a répondu Giovanni ?

— Qu'il l'aiderait volontiers. Et sais-tu encore ce qu'ils ont dit ?

— Point tant que tu ne me le révèles pas.

— Joffré a avoué qu'il avait espéré que tu le soulagerais de la présence de Sancia et il riait en assurant que tu étais resté indifférent aux provocations de Sancia. Gianni a alors répondu qu'il n'en était pas surpris car tu étais impuissant comme un frère prêcheur, même pas comme un curé car il paraît qu'il n'est pas dans Rome un ecclésiastique qui ne fréquente chez ces femmes de mauvaise vie, les abbés, évêques et cardinaux allant chez les Isabella de Luna, les plus pauvres parmi les curés ayant leur fille *di candela* vers le Champ de Mars. Il a ajouté que tu n'étais qu'un sot qui prenait au sérieux son rôle de cardinal au point qu'on ne te voyait plus jamais chez les courtisanes. Dis-moi, César, j'espère que tu n'es pas blessé par ces propos ? Gianni est tellement superficiel et fat ! Je ne sais si c'est à cause de l'admiration que j'ai pour toi, ou alors si c'est dû à sa trop longue absence, toujours est-il que je ne puis l'aimer ni l'estimer.

— C'est bien naturel, il ne mérite aucune estime et il faut tout l'aveuglement de notre père pour lui porter un amour aussi injustifié.

— Tu ne m'en veux pas de t'avoir rapporté cela ?

— Tout au contraire, je t'en sais gré et je compte sur toi pour me tenir au courant de tout ce qui se dit autour de toi, car on n'ose pas parler en ma présence alors que ces sots te tiennent encore pour une enfant et s'expriment librement, comme si tu n'avais ni yeux, ni oreilles, ni finesse, ni raison.

— Il est vrai qu'ils me regardent toujours comme si j'étais une petite fille. C'est sans doute parce que mon illustre époux passe le plus clair de son temps à Pesaro d'où j'espère qu'il ne reviendra jamais.

— Il reviendra pourtant. Notre père lui envoie lettre sur lettre pour le prier de rentrer à Rome, et il se fait d'autant plus pressant que nous sommes à nouveau en bonne amitié avec les Sforza. Mais je parviendrai bien à le persuader qu'il a fait une erreur en te mariant à cet incapable, et je me fais fort de le convaincre d'annuler votre mariage.

— Je prierai pour que tu y réussisses car jamais je ne parviendrai à avoir le moindre sentiment pour cet homme qui me demeure un étranger.

— Il en sera ainsi. Mais dis-moi encore de quoi nos frères bien-aimés ont-ils encore parlé ?

— Toujours des mêmes choses : de leurs aventures dans les bouges de la ville, de leurs conquêtes féminines, de ce qui est arrivé à leurs belles amies courtisanes. Je sais aussi qu'ils ont décidé d'aller chasser demain, mais certainement tard dans la matinée, et Sancia viendra avec eux.

— Ont-ils dit vers quel endroit ?

— Vers Ostie car ils ont l'intention de chasser les taureaux qui y pâturent. Il paraît que Gianni veut séduire Sancia par ses exploits.

— On m'a rapporté qu'en Espagne il ne chassait que le lièvre et le chevreuil. Il me semble que notre valeureux frère sous-estime le danger de cette chasse.

— Est-ce vraiment dangereux ?

— Moi qui ai souvent chassé ces taureaux à demi sauvages, je puis te l'assurer et j'ai vu bien des chevaux éventrés et des piqueurs encornés.

— Oh ! s'il arrivait malheur à Gianni... !

César se coucha sur le dos, attira Lucrezia contre lui et dit enfin :

— Je ne le pleurerai pas.

Comme à l'accoutumée lorsqu'il allait à la chasse,

César quitta tôt le matin par une porte qui s'ouvrait sur l'arrière son palais qu'il avait regagné dans la nuit, d'où il avait accès directement à la campagne. Il ne se faisait généralement pas accompagner, car il aimait chevaucher seul, selon son bon plaisir et, si d'aventure il tuait quelque gibier, il l'abandonnait aux paysans du voisinage, ne voulant pas s'embarrasser de carcasses animales. Par cette journée d'arrière-été la température était chaude, aussi n'avait-il revêtu qu'une légère chemise de fil et un pourpoint de fin velours. Il avait ceint une lourde épée au manche finement ciselé et à lame damassée et attaché à sa ceinture un fort coutelas fixé dans sa gaine. Il avait fière allure, droit sur son cheval qu'il dirigeait avec maîtrise, un solide épieu dans la main droite, deux lévriers blancs gambadant autour de sa monture. Ce jour-là, César ne mettait aucune hâte à traquer le gibier. Il voulait ménager sa monture afin qu'elle restât fraîche, d'autant qu'il se hasardait dans des lieux où il risquait de faire de mauvaises rencontres, brigands ou hommes de main des Orsini. Aussi allait-il au pas, s'arrêtant pour regarder le paysage, humant le vent plein de senteurs salines.

Le soleil était haut dans le ciel lorsqu'il perçut dans le lointain des appels de cors. Il éperonna alors son cheval pour le pousser au trot dans cette direction et s'arrêta lorsqu'il aperçut des cavaliers entourés de chiens qui se profilaient dans la plaine piquée de pins et de cyprès. Bientôt les cavaliers se dispersèrent pour courre des taureaux éparpillés dans les pâturages jaunissants. Lorsqu'il fut certain d'avoir repéré ses deux frères grâce à la silhouette vêtue d'une robe qui se trouvait auprès d'eux et qui ne pouvait être que Sancia, il se dirigea à l'amble vers eux.

Afin d'impressionner Sancia, Giovanni avait poussé son cheval au galop au point que Joffré avait si grand mal à le suivre qu'il se laissa rapidement distancer tandis que Sancia, excellente écuyère, le serrait de près. Ralentissant son train, Giovanni se tourna vers la jeune femme et lui cria :

— Voyez-vous là-bas cet énorme taureau noir ? C'est l'animal symbolique de notre maison. Je vais le terrasser d'un seul trait et je vous fais l'hommage de ce magnifique coup.

Sancia rit en l'encourageant car elle aimait l'audace et les grandes actions. Cependant la bête étonnée avait redressé la tête pour observer ces étranges animaux. La cape de soie du jeune duc volait dans le vent ; noire à l'extérieur, elle était doublée de rouge et c'est ce côté enflammé par le soleil qui se déployait comme une provocation. Le taureau secoua la tête et commença à gratter d'un sabot impatient le sol poussiéreux. Giovanni se sentit soudain inquiet devant cette attitude qui lui parut hostile ; sans doute attendait-il que le taureau se laissât frapper sans broncher. Il ralentit sa course, sans cependant oser s'arrêter car il voyait Sancia tout près de lui ; dans l'instant, l'orgueil l'emporta sur la prudence.

La charge soudaine de l'animal surprit Giovanni dont le cheval, conscient du danger, s'arrêta net et se cabra en hennissant. Dans le même temps qu'il lançait au hasard son épieu qui effleura l'échine du taureau, Giovanni était désarçonné, ce qui lui sauva momentanément la vie car il était loin du cheval lorsque la malheureuse bête fut saisie sous le ventre par les cornes formidables, éventrée et rejetée au loin. Fou de terreur, Giovanni se releva et s'éloigna en boitillant, appelant au secours son frère Joffré qui fit en hâte virevolter sa monture et s'enfuit au triple galop. Sancia piqua des deux vers Giovanni pour le prendre en croupe, mais avant qu'elle ne l'ait rejoint, le taureau, rendu furieux par tant d'agitation et les tourbillons de poussière soulevés par ces courses, chargea Giovanni qui parvint de justesse à l'éviter en se jetant à terre. Voyant arriver vers lui Sancia sur son cheval, le taureau tourna contre elle sa fureur et la chargea à son tour. La hacquenée qui avait trop bien vu la fin de son malheureux compagnon, se cabra à son tour mais cavalière aussi habile qu'avisée, Sancia sut contenir sa monture et lui faire exécuter un écart salvateur.

Lorsque le taureau revint à la charge après avoir viré lourdement un peu plus loin, César qui avait vivement éperonné son cheval, arrivait à la hauteur de Sancia, suivi par les lévriers qui aboyaient furieusement. Sans ralentir sa course, il brandit son épieu tout en tenant fortement son cheval qui, contrairement à celui de Giovanni, avait appris à affronter les taureaux avec son maître, si bien qu'il ne marqua aucun mouvement de crainte. L'épieu jaillit de la main de César et vint profondément se ficher dans l'épaule du taureau qui fut arrêté dans son élan et ploya sur les pattes antérieures. Mais déjà César avait sauté au bas de son cheval et il courut vers le taureau qui s'avisait de la présence de Giovanni, lequel se relevait chancelant, à proximité de la bête qu'il pensait fuir. En voyant le taureau blessé, sanglant, bavant et beuglant venir vers lui à petits pas, il resta figé, paralysé par l'angoisse, constituant la plus parfaite proie à encorner. César avait dégainé son épée et au moment où le taureau était sur Giovanni, il abattit l'arme avec une force inouïe : dans un flot de sang le monstre s'affaissa, le col tranché. Alors César, sans même regarder la bête morte, vint jusqu'à son frère, lui arracha sa cape et y essuya le sang qui dégoulinait de la lame.

— Quel dommage de m'avoir obligé à tuer une si belle bête, dit-il. J'aurais aimé la conserver pour quelques jeux publics que je compte offrir un jour aux Romains sur la Piazza Navona. Décidément, mon magnifique frère, vous me semblez plus habile à courir le jupon que le taureau.

Sur cette remarque qu'entendit à peine Giovanni pâle et toujours figé, César rengaina son épée et d'un bond enfourcha son cheval. Puis il siffla ses chiens, retira sa toque pour saluer son frère et Sancia, et éperonna sa monture tandis que Joffré revenait au trot vers eux.

— Mon bon Joffré, lui dit César lorsqu'il le croisa, hâtez-vous de porter aide à notre frère que la vue d'un taureau a failli faire mourir.

Alors qu'il s'éloignait, ayant poussé son cheval en un petit galop, il fut rattrapé par Sancia qui ne paraissait nullement émue par l'aventure de Giovanni.

— Il est bien dommage, mon illustre frère, lui dit-elle, que je ne vous aie eu pour époux alors que je vous étais tout d'abord destinée.

— Croyez, Sancia, que je partage vos regrets. Mais voilà, je suis cardinal et Sa Sainteté a préféré mettre sa confiance en Giovanni.

— Pourquoi êtes-vous intervenu ? Sans vous, à cette heure, il serait certainement mort.

César tourna la tête vers elle, mais elle ne baissa pas le regard ; au contraire, elle le toisait, provocante.

— Je préfère user d'autres moyens pour me débarrasser de gens qui me sont proches. Le ridicule peut tuer plus sûrement que le fer.

— Pas le duc de Gandia. Lui disparu...

— Il reste encore votre époux.

— Sa Sainteté n'a aucune estime pour lui et j'ai la conviction qu'elle ne l'aime que fort peu.

— Les Borgia ont un sens profond de la famille, même s'il arrive qu'ils ne s'aiment guère.

— Si j'en juge par mon illustre époux, ils ne sont pas tous disposés à s'entraider, en tout cas lorsqu'il s'agit d'affronter un danger.

— Mes frères sont des lièvres. Il faudra bien que notre père le reconnaisse un jour.

— Et s'il ne le reconnaissait pas ? Pour ma part, je doute que vous fassiez un bon pape. Et puis, cet habit de cavalier vous sied tellement mieux que la robe.

César ne répondit pas et il poussa son cheval au galop. Il ne voulait lui révéler ce qu'il ferait dans le cas où son père persévérerait dans son attitude, car il était décidé à aller jusqu'à la dernière extrémité. Il ne ralentit sa course qu'une fois parvenu à proximité des murs de la ville ; il s'aperçut alors que Sancia l'avait suivi.

— En avez-vous terminé avec cette chasse ? l'interrogea-t-il.

— Oui, la présence de vos couards de frères m'indispose. Le duc de Gandia m'avait promis un magnifique exploit digne des chevaliers des romans, il ne m'a donné que le spectacle d'un sot pris au piège de sa propre fatuité.

Il se contenta de sourire et poursuivit sa route vers son palais. Comme Sancia empruntait le même chemin, il finit par s'en étonner.

— Vous vous trompez de chemin, il me semble. Votre palais est par là-bas.

Ignorant sa remarque, elle lui dit à brûle-pourpoint :

— César, ne trouvez-vous pas que le destin, ou plutôt nos parents, ont bien sottement arrangé les choses ? Vous qui avez des ambitions royales et la fibre d'un guerrier on vous coiffe d'un chapeau de cardinal et moi qui rêve de partager le trône d'un prince magnifique, on me donne à un enfant insignifiant.

— Je partage votre point de vue, mais nous ne pouvons réformer ces erreurs en quelques jours.

— Savez-vous que mon bien-aimé frère, Ferrandino est très malade ?

— Je n'ignore rien de ce qui se passe dans les cours étrangères, et ailleurs.

— Ma sœur aînée Isabella, veuve du jeune duc de Milan est mise en tutelle par ce cher Ludovico qui a usurpé le trône de son neveu. Si par malheur Ferrandino venait à disparaître, ne serais-je pas l'héritière du royaume de Naples, le plus vaste et l'un des plus puissants de l'Italie ?

— Vous oubliez votre frère Alfonso.

— C'est encore un enfant, il n'a pas quinze ans. Et le pape n'a-t-il pas le pouvoir d'investiture sur le royaume de Naples ? Son consentement peut seul sanctionner cette royauté, sans quoi le roi de France ne l'aurait pas tant pressé de lui accorder une investiture qu'il a refusée si courageusement, même au mépris de sa propre vie. Que pensez-vous de ceci ? César Borgia roi de Naples de par son mariage avec Sancia d'Aragon, la reine ?

Ils étaient entrés dans la cour du palais de César où des écuyers vinrent saisir les guides de leurs chevaux.

— Et que fait-on de votre époux, le prince de Squillace ? demanda César en sautant à bas de sa monture.

— Sa Sainteté n'a-t-elle pas tout pouvoir pour délier ce qui est lié sur la terre et dans le ciel ? demanda Sancia en se laissant glisser entre les bras de César venu l'aider à descendre de sa hacquenée.

— Sans doute, mais encore faut-il qu'elle le veuille, répliqua César.

Elle restait droite, provocante contre lui ; il la tenait toujours enlacée, goûtant l'insinuante volupté de sentir contre lui son corps chaud, légèrement haletant, il ne savait si c'était de la course ou de l'émotion du moment. Il prit conscience de la présence des valets qui les observaient, fit un pas en arrière et, retirant sa toque pour la saluer, il lui dit :

— Allons donc poursuivre ce captivant entretien dans mon studiolo, à l'abri des oreilles indiscrètes.

Elle répondit par un sourire et le suivit, non pas dans son cabinet de travail, mais dans sa chambre. Elle ne s'étonna ni ne chercha à se défendre lorsque, après avoir verrouillé la porte, il vint devant elle, puis sans plus de manière dilacéra sa robe et l'entraîna sur le lit. Ils ne sortirent de la chambre qu'après la tombée du jour. César avait fait chercher une robe dans le palais de Sancia afin de remplacer celle qu'il lui avait gâtée. Au moment de la quitter, il lui dit simplement :

— Si tu n'avais été une princesse de sang royal, tu aurais fait une sublime pute.

— L'un exclut-il l'autre ? demanda-t-elle froidement.

— Aucunement, et c'est pourquoi je te désire, et je t'adore.

— Quand alors nous revoyons-nous ?

— À tout moment... Mais sache que je suis jaloux. Il me déplairait de te voir lancer des œillades à mon frère Giovanni.

Il la raccompagna à la porte du palais où il commanda à Juan Cervillon de l'escorter jusque chez elle.

— À demain, nous boirons à la gloire du roi et de la reine de Naples.

Quelques jours après, le 7 octobre, on apprenait à Rome la mort soudaine du jeune roi de Naples Ferrante II. Aussitôt après son oncle, Federico de Tarento, prenait le pouvoir et envoyait demander son investiture au pape.

CHAPITRE XII

— Il faut que le seigneur de Pesaro rentre à Rome et reprenne sa place auprès de son épouse.

César regarda son père qui venait de parler ainsi. Le pape était à demi-couché sur son lit, posture qu'il trouvait fort commode pour recevoir ses intimes, en l'occurrence César et Pietro de Solis qu'il considérait comme son confident et conseiller et qui, étrangement, se trouvait toujours d'accord avec les vues de César quand encore il ne les devançait pas.

— Il est vrai, reconnut César, que l'on pourrait s'étonner de ne jamais voir ce magnifique seigneur à la cour de Votre Sainteté, au point qu'on pourrait supposer que le mariage n'a pas été consommé.

— Il en est bien ainsi, si j'en crois ce que m'a avoué ma Lucrezia. Or, j'ai besoin de l'alliance des Sforza. Naples reste fidèle à notre alliance, il faut que Milan soit à nous. Mon Seigneur Ascanio est tout disposé à intervenir auprès de son frère, l'illustre duc, mais il nous a bien laissé entendre que rien ne pourrait être fait tant que son cousin de Pesaro serait tenu éloigné de notre cour.

— N'est-ce pas de son propre chef qu'il demeure loin de Votre Sainteté ? s'étonna César.

— Il est venu à mes oreilles que c'est par crainte de toi, mon fils, que Giovanni refuse de revenir à Rome.

— Par crainte de moi ? Eh ! qu'aurait-il à redouter de ma part ? En quoi me porterait-il ombrage ?

— Mon fils, ne joue pas à l'innocent avec moi. Voyons plutôt les circonstances présentes. Les Orsini triomphent, bientôt on va les voir à nos portes. Tu en sais quelque chose, toi César, puisque tu as failli être capturé par l'une de leurs bandes de bravi alors que tu allais chasser dans les alentours des *Tre Fontane*.

Cette évocation fit sourire César car elle rappelait à son père les échecs de son cher Giovanni.

Le 26 octobre le duc de Gandia avait été consacré Gonfalonier de l'Église par le pape en la basilique Saint-Pierre et, peu après avoir reçu le bâton de commandement, il était parti avec les troupes pontificales, les mercenaires suisses et les hommes amenés par Guidobaldo d'Urbino, à l'assaut des forteresses des Orsini. Le duc de Gandia, qui chevauchait parmi ses gardes porteurs des trois étendards de l'Église, des Borgia avec leur taureau, animal qu'au fond de lui-même Giovanni s'était pris à détester et à craindre, et du duché de Gandia brodé d'un foudre qui frappe un mont laissait au duc d'Urbino le soin de conduire les opérations, ce qui lui permettait de demeurer en retrait. En un mois, Guidobaldo avait enlevé aux Orsini dix forteresses et places-fortes et ses troupes incendiaient Trevignano. En voyant ces victoires dont il craignait de ne pas recueillir les lauriers, d'autant qu'il recevait de son père des lettres de félicitations, Giovanni décida de prendre la tête des opérations pour le siège de Bracciano, l'une des plus puissantes forteresses près du lac du même nom, au nord de Rome.

Bracciano était le fief de Bartolomeo d'Alviano mais c'est son épouse, Bartolomea, qui avait pris en main la défense de la cité sur laquelle elle avait fait hisser les flammes du roi de France pour rappeler aux assiégeants qui était son redoutable allié. Guidobaldo ayant été blessé dès le début des opérations, il se retira d'autant plus volontiers que le duc de Gandia lui avait fait part avec hauteur de son intention de diriger personnellement ce siège. Or, contrairement à son attente, la ville résista opiniâtrement. On fit venir de Rome à grands frais des bateaux pour tenter d'assaillir la cité du côté du lac mais le convoi fut attaqué par les bandes des Orsini qui s'en emparèrent.

Gandia chercha alors de puériles ruses : il fit crier par des hérauts qu'il offrait aux déserteurs le double de la solde que leur donnaient les Orsini. Peu après sortait de la forteresse un âne portant au col une pancarte où était libellé en grosses lettres : « Laissez-moi le passage, je suis le digne ambassadeur envoyé au duc de Gandia. » On amena le gris ambassadeur à Giovanni dont l'un des capitaines trouva sous la queue de la bête, en un endroit symbolique, un mot rempli de traits piquants et de railleries bouffonnes à l'adresse du duc. Il fut saisi d'une telle rage qu'on dut l'emporter écumant dans sa tente et en apprenant l'aventure, le pape fut aussi saisi d'une colère qui réjouit fort César, lequel avait commencé à s'inquiéter des victoires si facilement remportées par l'armée papale.

On apprit entre-temps que l'un des meilleurs condottieri de l'Italie, Vitellozzo Vitelli venait avec une troupe en partie fournie par les Français, au secours des Orsini. Giovanni, affolé, fit appel à Guidobaldo, lui reprochant son inertie. Ce dernier lui répondit qu'il n'avait plus qu'à lever le siège et battre en retraite. Le duc de Gandia, qui craignait l'humiliation d'une retraite et qui comptait à nouveau sur les qualités militaires du duc d'Urbino, décida qu'on se porterait au-devant de l'armée de secours. Il songeait que si Vitellozzo Vitelli était vaincu par les troupes dont il était le chef, il en recueillerait une gloire qu'il qualifiait d'éternelle. Guidobaldo lui déconseilla de procéder ainsi car il lui fit remarquer qu'une défaite pourrait être catastrophique pour le Saint-Siège. Giovanni passa outre et fut bien près de le traiter de lâche. L'armée pontificale rencontra celle de Vitelli à Sutri. Le duc d'Urbino qui se trouvait au premier rang fut bientôt capturé, ce que voyant, le duc de Gandia tourna casaque tandis que se débandait sa troupe. Il trouva pourtant le moyen d'être blessé au visage lors de sa fuite, de manière qu'il parvint à Rome balafré, épuisé, mort de peur.

C'est à la suite de cette débandade que le pape avait convoqué son fils César qui cacha sa joie sous un masque sévère et triste.

— Il est vrai, reconnut volontiers César, que la situation est grave mais nullement désespérée. Cependant, que Votre Sainteté me permette de douter que notre magnifique cousin Sforza soit capable de s'opposer à Vitelli qui a mis à mal les troupes de Votre Béatitude pourtant supérieures en nombre. C'est là une affaire de chefs...

— Ne t'avise surtout pas d'incriminer ton frère. Il a remporté beaucoup de victoires et s'il n'avait eu cette malheureuse blessure...

— Que Dieu me protège, Votre Sainteté ! Jamais je n'oserais adresser la moindre critique à un si valeureux guerrier. Mais puisque cet excellentissime capitaine est temporairement hors de service, puis-je suggérer à Votre Béatitude de faire appel à l'illustrissime Gonzalo Fernandez de Córdoba. Ce grand capitaine qui a reconquis Grenade sur les Maures au nom du roi et de la reine d'Espagne n'a-t-il pas capturé Virginio Orsini pour le roi de Naples, lequel l'a d'ailleurs fait bientôt périr dans sa prison ?

— Un bon débarras.

— Certains jugent même que c'est un si bon débarras pour Votre Sainteté qu'on vous en accuse de l'avoir fait empoisonner.

— Eh ! crois-tu que je l'ignore ? Pourquoi aurais-je fait ce travail alors qu'un autre était si bien disposé à le faire pour nous ? Mais ton idée de faire appel à don Gonzalo me semble digne d'intérêt. Il n'en demeure pas moins que je veux revoir ici le seigneur de Pesaro avant que ce mois de janvier ne se soit écoulé.

Ainsi fut-il fait. Les lettres péremptoires du pape firent leur effet sur Sforza qui rentra à Rome au grand déplaisir de Lucrezia. César n'avait pas caché à sa sœur ses relations avec Sancia, mais les deux jeunes femmes s'étaient liées d'une telle amitié que Lucrezia n'en fit aucun reproche à son frère qui lui manifestait toujours la même affection.

Giovanni Sforza rentra à Rome et don Gonzalo reprit Ostie tenue par Menaldo de Guerra, un corsaire navarrais, au nom du roi de France.

Le 5 février, Alexandre VI signait un traité de paix avec les Orsini qu'il considérait avoir vaincus. Il leur rendait leurs forteresses contre la somme de 50 000 ducats. Les Orsini acceptèrent mais ils en demandèrent 40 000 pour la rançon du duc d'Urbino. Le pape déclara que celui-ci n'avait qu'à s'arranger pour trouver la somme. Et comme le duc de Gandia lui représenta que Guidobaldo n'avait été capable au cours de cette guerre que de se faire capturer, Alexandre songea que le duché d'Urbino dont le pape était le suzerain théorique, pourrait bien être attribué à son cher enfant. En attendant il lui donna sur la somme payée par les Orsini 40 000 ducats en récompense de ses actions d'éclat.

En voyant son frère se pavaner devant la cour pontificale et se montrer à son égard plus insolent que jamais, César étouffait d'une rage qu'il avait la sagesse de dissimuler soigneusement.

Sur ces entrefaites don Gonzalo, que les Français appelaient Gonzalve de Cordoue, fit son entrée solennelle à Rome. Le pape envoya au-devant du vainqueur des Maures et de la garnison d'Ostie, le duc de Gandia et Giovanni Sforza. L'Espagnol avait déjà eu l'occasion de connaître Giovanni Borgia à la cour de Castille et d'Aragon et l'avait fort sévèrement jugé, cet homme austère ayant été scandalisé par le comportement du jeune duc vis-à-vis de son épouse. Mais depuis la campagne contre les Orsini, c'est le guerrier et le chevalier qui avaient condamné le Gonfalonier de l'Église. Or, ce fat de Gandia vanta ses exploits qu'il égala à ceux de celui que les Espagnols appelaient *el Gran Capitan*, comparant la prise des châteaux des Orsini, dont Gonzalo n'ignorait pas que le mérite en revenait au duc d'Urbino, à celle de Grenade. Aussi fut-il indigné une première fois lorsque s'avançant par les rues de Rome entre Gandia et Sforza, le premier saluait avec de grands sourires et des signes de sa main gantée et chargée de bagues, la foule qui applaudissait le vainqueur d'Ostie. Il se montra si aimable envers les Romains tandis que Gonzalo demeurait roide, que bientôt on cria : «Borgia, Borgia ! Gandia !» et que Giovanni usurpait en quelque manière la gloire de Gonzalve de Cordoue.

Au cours des cérémonies qui marquèrent la réception du capitaine castillan, Alexandre dans son aveuglement eut ensuite le tort de donner au duc de Gandia la préséance sur le Cordouan. Ce dernier fit éclater le scandale le dimanche des Rameaux, le 22 mars. Le pape invita don Gonzalo à prendre place sur une marche du trône pontifical, mais au-dessus de lui il avait placé Giovanni Sforza et encore au-dessus le duc de Gandia. L'Espagnol refusa alors hautement et ne voulut prendre le rameau que lui offrait Sa Sainteté. Alexandre s'en étonna sans cependant s'en formaliser sur le moment, attribuant ce dédain à l'humeur rogue et orgueilleuse du conquérant.

César qui avait tout de suite compris les raisons de

l'attitude de Gonzalve de Cordoue se hâta de l'inviter en son propre palais, lui fit savoir son irritation de la manière dont il avait été offensé par le pape qui était aveuglé par son amour pour un homme fat et sans mérite et dont il regrettait qu'il fût son frère.

— Je suis heureux d'entendre Votre Éminence parler ainsi et je ne m'en étonne guère car j'ai eu vent des lettres d'admonestation que vous n'avez cessé d'envoyer au duc de Gandia lorsqu'il était en Espagne. J'ai appris avec regret que vos exhortations sont demeurées vaines et maintenant je me sens sincèrement offensé de voir qu'on lui fait crédit de victoires remportées par le malheureux duc d'Urbino qui a été trahi.

— Trahi est bien le mot, et moi-même j'ai bien de la vergogne pour un si indigne frère. Mais je ne voudrais pas que Votre Grâce puisse méjuger Sa Sainteté ou votre serviteur à la suite du comportement du duc de Gandia.

— Que Votre Éminence soit assurée que je ne la confonds pas dans le même mépris dans lequel je tiens Giovanni Borgia qui fait honte à notre nation. Je suis même le premier à regretter qu'un homme tel que vous, dont je sais la valeur, soit tenu à l'écart du métier des armes où vous ne pourriez que vous illustrer autrement mieux que ne l'a fait le duc de Gandia... qui n'aurait d'ailleurs pas fait un meilleur prêtre... Bien qu'à Rome, je crois qu'il n'aurait pas été l'un des pires.

De son côté, Alexandre était devenu furieux de l'attitude méprisante de Gonzalve de Cordoue, lorsqu'il avait appris que son cher Giovanni en était la cause. César intervint pour lui faire comprendre que le Grand Capitaine était un hôte de marque dont l'alliance et l'amitié étaient de la plus grande importance, d'autant plus que les Orsini, à nouveau maîtres de leurs châteaux, avaient rangé de leur côté Guidobaldo d'Urbino.

Ainsi avaient-ils avec eux les deux meilleurs condottieri de l'Italie, ce qui représentait pour le pape une menace que l'amitié d'un guerrier comme don Gonzalo pouvait partiellement conjurer. Se rendant aux raisons de son fils, Alexandre accorda à l'Espagnol ce qu'il exigeait : le pardon pour Menaldo de Guerra et l'exemption pour les habitants d'Ostie de l'impôt sur le sel pendant dix ans.

Gonzalve de Cordoue une fois reparti pour Naples, César songea à se débarrasser de Giovanni Sforza. Il convenait de l'éloigner non seulement pour que César eût toute liberté de visiter sa sœur, mais aussi parce qu'il se faisait pressant auprès d'elle, désireux de consommer enfin leur mariage. Il imagina alors de l'effrayer avec la complicité de Lucrezia. Un matin, elle fit tenir un billet à Giacomino, un familier du seigneur de Pesaro qui avait souvent marqué à la jeune femme son admiration courtoise. Le jeune homme courut aussitôt dans les appartements de Lucrezia et vint se jeter à ses genoux.

— Giacomino, lui dit-elle alors en le relevant, vous êtes parmi tous les gentilshommes qui nous entourent, le plus proche et le plus fidèle de mon illustre époux. Vous savez donc que par un mouvement naturel de pudeur je ne veux pas le recevoir dans ma couche et ne le vois que rarement. Mais cela ne m'empêche pas d'avoir pour lui l'estime et l'affection qu'une bonne épouse doit à son mari.

— De ceci, Madame, nul ne doute ! s'écria Giacomino d'un ton ému et passionné.

— Sachez donc que j'ai surpris un terrible secret que je ne peux lui dévoiler sans courir moi-même quelque risque pour mes jours.

— Que m'apprenez-vous là, Madame ?

— Je ne veux rien vous dire sur le moment. Seulement, hâtez-vous de vous dissimuler ici-même, derrière cette tenture. Vous ouïrez la conversation que je vais avoir avec mon illustre frère le cardinal de Valence, et je vous laisse ensuite juge de ce que je crois être votre devoir.

— Mais, Madame, veuillez m'en dire plus...

— De grâce, hâtez-vous de vous cacher. Si mon frère vous surprenait ici, ce serait pour nous un grand malheur...

Tout en parlant ainsi, elle le poussa vers une tenture derrière laquelle il resta droit, tremblant, osant à peine respirer. Lucrezia s'était installée sur un fauteuil et avait pris une broderie dans le travail de laquelle elle s'absorba. Point longtemps car bientôt on frappa à la porte et entra César dans un habit de cavalier. Lucrezia fit semblant de sursauter et, se levant, elle dit :

— Vous voici donc, mon illustre frère.

— Me voici, et je suppose que vous m'attendiez puisque je vous ai adressé mon bon Michelotto pour vous aviser de ma venue prochaine.

— Je vous attendais en effet. On m'a fait savoir que vous vouliez m'entretenir de mon malheureux époux.

— Malheureux, dites-vous ? En quoi ce misérable lièvre, impuissant et stupide est-il malheureux ? Ce n'est qu'un fat qui déshonore la famille. Je vous l'ai dit et je suis bien décidé à corriger l'erreur qu'a faite Sa Sainteté en vous donnant à lui.

— Ah ! mais de quelle manière ? Car lorsque je vois votre Michelotto, cet homme qui manie aussi facilement le lacet que le poignard, je ne puis m'empêcher de trembler. Or c'est de lui qu'il a été question...

— Précisément. Ce Sforza m'importune, comme d'ailleurs tous les Sforza. Cet impudent a osé reparaître à la cour vaticane et on le voit qui se rengorge et se pavane en compagnie du duc de Gandia qu'il voudrait égaler en faste, mais aussi en sottise.

— Votre Éminence sait fort bien qu'en venant à

Rome mon époux n'a fait que déférer à la volonté du Saint-Père.

— Il aurait dû comprendre qu'il s'attarde par trop ici. Je parierais même qu'il songerait à vous déshonorer.

— C'est là un bien grand mot. Ne suis-je pas sa femme ?

— Contre votre volonté et surtout la mienne. Il est heureux pour lui que ce mariage n'ait pas été consommé car il aurait signé son arrêt de mort. Mais puisqu'il ne veut pas comprendre que sa place n'est point ici, qu'il paie le prix de son entêtement.

— César, mon frère ! je vous en prie ! faites-lui grâce !

Giacomino qui s'était enhardi jusqu'à glisser un regard dans la salle, vit Lucrezia à genoux devant César, levant vers lui des mains suppliantes qu'elle tordait dans une douleur feinte.

— Ma magnifique sœur me paraît perdre l'esprit. Quoi, Madame, relevez-vous. Qu'avez-vous à me supplier pour la grâce de cet homme qui ne mérite même pas un regard de commisération ? Mais je me garderai de le toucher. Voyez, je suis venu vers vous pour vous laisser le choix des moyens. Voici une fiole de poison, de la belladonna. À vous d'en verser dans sa coupe, juste avant qu'il ne boive, après le passage des goûteurs. Il ne se méfiera pas de vous.

— Jamais ! Demandez-moi...

— Je ne vous demande pas autre chose. Mais puisque vous vous sentez soudain en délicatesse et ne voulez point...

— Comment pouvez-vous imaginer que j'accepte d'empoisonner mon époux de sang-froid ?

— Que redoutez-vous ? La justice ? Mais ne suis-je pas le maître en cette ville ? Le pape n'est-il pas en définitive l'exécutant de mes volontés ?

— Il ne s'agit point de cela et je ne sais que trop qu'à Rome vous pourriez, si vous le vouliez, tuer impunément. Mais c'est le jugement de Dieu que je redoute et aussi c'est mon cœur qui parle. Je n'ai aucune haine pour Giovanni...

— Il suffit. Je n'ai point besoin de plus de justifications. Le poison l'aurait tué lentement, sans souffrance. Puisque vous ne voulez l'aider à mourir doucement, il périra violemment. Michelotto en fera donc son affaire et je puis vous assurer qu'avant que ne sonnent les cloches annonçant la résurrection de Notre Seigneur, le vôtre aura quitté ce monde. Adieu, madame.

— César... non César...

Giacomino entendit claquer une porte et il ne vit plus que Lucrezia, seule, debout dans la pièce, effondrée en soupirs. Dès qu'il se montra, elle lui dit, à voix basse :

— Vous avez pu voir que je ne vous en ai pas conté et que la vie de mon époux ne tient plus qu'à peu de chose.

— À la fuite, uniquement.

— Oui, à la fuite. Allez et que Dieu vous garde.

Le lendemain qui était le Vendredi Saint, Giovanni vint frapper à la porte des appartements de Lucrezia.

— Madame, lui dit-il après l'avoir saluée, ne me cherchez pas ce jour. Mon intention est de faire la visite pénitentielle des sept églises et j'irai me confesser à San Crisostomo in Trastevere, ou peut-être à Sant'Onofrio. Je ne sais quand j'en aurai terminé avec ce pieux pèlerinage.

— Allez donc, mon seigneur. Pendant ce temps je prierai pour vous.

Il se retira après lui avoir baisé la main.

César apprit bientôt par ses espions qu'en quittant Lucrezia Giovanni avait sauté sur son cheval et s'était enfui à bride abattue, poussé par le souffle de la panique. Il était allé si vite qu'il était arrivé à Pesaro à bout de force, tremblant d'angoisse.

Lorsqu'il apprit le départ précipité et inexplicable de

Giovanni, le pape entra dans une grande colère et lui écrivit un mot pour lui enjoindre de rentrer à Rome sans différer, «si tu es soucieux de ton honneur», précisait-il. À quoi Sforza qui en cette circonstance n'avait cure de son honneur, répliqua en réclamant la venue immédiate de sa femme auprès de lui.

— Visiblement, mon père, dit César à Alexandre qui l'appela pour le consulter en tête-à-tête au reçu de cette lettre, ce Sforza ose braver Votre Sainteté. Voici que non content de vous désobéir, il a le front de réclamer Lucrezia ! Et il aurait la naïveté de croire que Votre Sainteté aime si peu notre sœur qu'elle obtempérerait à un aussi impudent commandement et accepterait de l'éloigner d'elle ?

— Je t'approuve sans réserve. Cet homme est devenu insensé. Comment ose-t-il pareillement se rebeller ?

— Il se sent soutenu par le duc de Milan, son audace devient ainsi de la provocation.

— Oui, et que répondre à la provocation ?

— Une réponse qu'il n'attend certainement pas et qui coupera à leur racine toutes ses prétentions.

— Je t'écoute.

— Entamer un procès en annulation de mariage.

— Une annulation ? Mais c'est très grave, mon enfant...

— Je ne l'ignore point, mais il y a de nombreux précédents.

— Certes, certes, mais il faut bien trouver une raison défendable.

— Je puis vous en fournir deux. La première c'est que le mariage n'a pas été consommé après tant d'années.

— Eh ! qui le croira ?

— C'est pourtant vrai et je sais que Lucrezia peut le jurer sur les Saints Évangiles.

— Est-ce possible ?

— Comme je vous le dis. Et le contrat est d'autant plus caduc que les accords matrimoniaux conclus avec don Gaspare de Procida n'ont pas été officiellement dénoncés.

— Il est vrai...

— Et cette fuite nous arrange d'autant mieux que, reconnaissez-le, mon magnifique père, ce Giovanni Sforza était un bien misérable époux pour la fille du chef de la Chrétienté.

— Je te l'accorde volontiers. Mais qui allons-nous envoyer auprès du seigneur de Pesaro pour lui faire entendre raison et accepter de son plein gré cette annulation ? Car il y a bien des possibilités qu'il s'y oppose.

— C'est à craindre. Mais je vois un seul ambassadeur, l'homme qui dans l'entourage de Votre Béatitude est l'orateur le plus persuasif, le prédicateur le plus illustre, et aussi un homme qui est tout acquis à Votre Sainteté, l'homme qui a su avec tant de véhémence et de savoir s'opposer à ce maître d'erreurs, ce prêcheur fou de Savonarole... Que Votre Sainteté avec son inépuisable indulgence laisse toujours baver sur l'Église et sur votre cour.

— Tu veux parler de notre général des Augustins, l'excellentissime frère Mariano da Genazzano ?

— Votre Sainteté a prononcé le nom que j'attendais.

— Oui, tu avais peu de mal à l'attendre puisque c'est son portrait que tu viens de me brosser... Il est vrai que le choix me semble heureux... particulièrement judicieux. Je vais le convoquer afin de débattre avec lui de cette affaire. Pour le principal, ma décision est prise : ce mariage sera annulé.

César baisa la main de son père et se retira, joyeux.

Frère Mariano fit merveille car le 26 mai Alexandre signait le bref ordonnant l'annulation du mariage. Il fallait encore que l'époux acceptât officiellement que le divorce fût prononcé.

César qui partageait ses loisirs amoureux entre Lucrezia et Sancia, se rendait chez sa sœur le soir du 6 juin lorsqu'il trouva le palais vide. On lui apprit que madonna Lucrezia était partie le matin faire une retraite dans le couvent de San Sisto, près des thermes de Caracalla. Comme César s'étonnait de cette décision prise par sa sœur sans qu'elle l'ait consulté, on lui fit savoir qu'elle avait agi ainsi sur l'ordre de son père qui voulait qu'elle y demeurât jusqu'à ce que son mariage avec Sforza fût annulé. Sans doute pour imposer la croyance que le mariage n'avait pas été consommé, Alexandre jugeait-il heureux que l'épousée présumée vierge fît un séjour dans un couvent. César se retira et se rendit chez Sancia. Il avait déclaré à la princesse de Squillace qu'il passerait la soirée et sans doute la nuit dans le palais de Santa Maria in Porticu, de manière qu'il n'était visiblement pas attendu lorsqu'il se présenta inopinément chez Sancia. Joffré était absent, comme chaque fois que tombait la nuit car il allait rejoindre Fiammetta qui, à la prière de César qui couvrait la courtisane de bienfaits, le retenait auprès d'elle par la seule force de sa séduction. Il n'y avait donc pas Joffré, mais César trouva Sancia qui dînait dans sa chambre en tête à tête avec le duc de Gandia. Le vêtement négligé de Sancia qui lui laissait la gorge nue, la chemise ouverte de Giovanni, autorisèrent César à n'avoir guère de doute sur les relations entre son frère et sa maîtresse. En le voyant entrer sans s'être fait annoncer, Giovanni leva son verre rempli de vin et s'écria :

— César mon bon frère ! Quelle surprise ! Que la pudeur de Votre Éminence ne s'effarouche point, Joffré m'a laissé la place lui qui se vautre dans le stupre avec la belle Fiammetta.

— La surprise est pour moi, répliqua César sans manifester sa contrariété.

Comme il faisait mine de se retirer, Giovanni reprit :

— Mais non, reste, il y a assez de vins et de plats fins pour trois et je suis certain que notre belle Sancia a aussi de la passion pour deux.

— Mon cœur déborde de passion, admit Sancia, sans que l'irruption de César parût la troubler, mais je ne la distribue pas dans le même moment à plusieurs amoureux.

— Garde-la précieusement pour le duc de Gandia, répliqua César.

Avec une parfaite maîtrise de lui il referma la porte et s'éloigna d'un pas alerte. Ce soir-là, il se rendit chez Isabella de Luna où il passa la nuit. Mais déjà en son cœur, le destin du duc de Gandia était scellé.

Le lendemain il se rendit au Vatican où le pape avait convoqué un consistoire secret. César qui avait été avisé de cette réunion alors qu'il rentrait à son palais fut étonné et piqué de ne pas avoir été averti auparavant par son père.

César vint prendre sa place parmi les autres cardinaux présents. Le pape ne se fit guère attendre et il commença à tenir un discours sur le roi de Naples don Federico qui, à la mort de son neveu, s'était saisi de la couronne de Naples. Depuis plusieurs mois il sollicitait de Sa Sainteté l'investiture de son royaume, le temps était venu de la lui accorder afin que l'ambitieux roi de France n'ait pas encore là un prétexte pour revenir en Italie avec ses bandes de guerriers barbares. Il convenait donc de désigner un légat *a latere* qui irait a Naples couronner le roi au nom du Saint-Siège. Après maintes hésitations, il avait pris la décision de confier ce soin au cardinal de Valence.

César, pour qui cette désignation était inattendue, inclina modestement la tête tout en bouillant de colère car il s'était toujours opposé à la volonté du pape d'investir ce nouveau roi. Il n'avait pas oublié la conversation qu'il avait eue avec Sancia. Mais il faillit perdre le contrôle de ses sentiments lorsque le pape ajouta qu'en remerciements pour cette investiture, le roi cédait au Saint-Siège Bénévent érigé en duché héréditaire. Et le pape avait décidé que ce duché serait gracieusement donné au Gonfalonier de l'Église, le duc de Gandia. Alexandre ajouta avec une stupéfiante désinvolture qu'il comptait bien faire ajouter au territoire de Bénévent les seigneuries de Pontecorvo et de Terracine.

Tout d'abord, un silence lourd de stupeur accueillit cette annonce. Puis l'ambassadeur d'Espagne vint se jeter aux pieds du pape en le suppliant de ne pas amputer un bien de l'Église, car Bénévent quoique administré par Naples appartenait au Saint-Siège, au profit d'un prince qui le transmettrait à ses enfants. À ses prières se joignirent celles du vieux cardinal Piccolomini. Ces interventions exaspérèrent Alexandre qui déclara à Piccolomini qu'il était bien mal placé pour intervenir, lui qui avait acquis son chapeau grâce à son oncle Pie II, puis il leva la séance en déclarant qu'elle serait reprise lorsque cet insolent ambassadeur d'Espagne aurait quitté Rome.

César était furieux mais aussi inquiet de cette initiative de son père prise par lui sans qu'il ait été auparavant consulté. Il y vit une intervention de Giovanni qui prenait de plus en plus d'emprise sur le pape au détriment de l'influence qu'il avait lui-même jusqu'alors exercée.

Trois jours plus tard, le 10 juin, César s'apprêtait à partir pour la chasse, non pas pour traquer le gibier mais pour retrouver une saine solitude au cours de laquelle il pouvait penser en toute quiétude, lorsqu'on lui annonça la visite de madonna Vannozza Catanei. Il s'empressa de se porter au-devant de sa mère devant qui il ploya un genou avant qu'elle ne le prenne entre ses bras pour l'embrasser.

— Mon cher fils, soupira-t-elle, il y a déjà un long moment que je n'ai eu le bonheur de te parler.

César l'emmena dans un salon où ils s'assirent côte à côte sur un divan.

— J'ai appris par ton Illustrissime père que tu dois prochainement partir pour Naples avec ton frère Giovanni.

— C'est exact et sachez, ma mère, que je n'aurais pas quitté Rome sans auparavant passer vous embrasser.

— J'ai appris que Sa Sainteté a encore comblé ton frère de nouveaux titres.

— Oui, un duché pour qu'il ait plus encore de revenus à gaspiller en débauches.

Vannozza soupira.

— Je ne comprends pas ton père. Il envoie Lucrezia dans un couvent, te laisse dans un état qui ne convient pas à tes ambitions légitimes, et il reporte toute son affection sur Giovanni... Mais lui aussi est mon fils, et moi, je vous porte à tous les quatre le même amour. Je voudrais faire entendre raison à ton frère.

— Raison, ma mère ? Quelle raison ? Il ne vous entendra pas plus qu'il n'a accepté les remontrances de notre père ou de moi-même.

— Je désire que tu viennes avec lui dîner à ma vigne, le soir du 14. Je lui parlerai...

— Épargnez-vous ce soin. Peut-être vous écoutera-t-il poliment mais il oubliera tout ce que vous aurez pu lui dire dès qu'il sera sorti de chez vous.

Un serviteur interrompit leur entretien. Il faisait savoir à César que le seigneur Corella désirait lui parler :

— Ne lui as-tu pas dit que j'étais avec madonna Vannozza ? Il sait bien que dans ces cas je ne veux être dérangé.

— Il a déclaré qu'il s'agit de l'illustre frère de Votre Éminence, le duc de Gandia, et il a pensé que ce qu'il avait à en dire intéresserait madame votre mère.

— Qu'est-il arrivé à Gianni ? interrogea Vannozza, une pointe d'anxiété dans la voix.

— Fais-le entrer, ordonna César.

Après avoir salué César et sa mère, Michelotto entra dans le vif du sujet.

— L'Excellentissime frère de Votre Éminence s'est particulièrement distingué la nuit dernière, assura-t-il. Mon Seigneur Ascanio Sforza l'avait invité à l'un de ces magnifiques banquets en compagnie de nombreux prélats et nobles romains. Le duc de Gandia a commencé par vanter ses richesses, ses maîtresses, et comme certains convives lui faisaient remarquer qu'il n'avait jamais conquis ces biens et que la gloire consistait plutôt dans des exploits cynégétiques et guerriers, le duc s'est fâché, a mis en avant ses victoires sur les Orsini et a finalement traité les hôtes du cardinal Sforza d'incapables, de vaniteux et de paresseux qui ne savaient que vivre à table. À quoi l'un des convives, piqué au vif, a fait allusion à sa bâtardise et à la puissance paternelle sans laquelle il ne serait rien. Un homme de cœur aurait aussitôt jeté son gant au persifleur...

— Un homme de cœur, interrompit brutalement César, ne se serait jamais vanté d'une manière aussi éhontée...

— Calmez-vous, mon cher fils, intervint Vannozza. Il est vrai que votre frère a été discourtois, mais l'insulte était grave et on ne peut lui reprocher d'avoir tiré l'épée. Mon bon Michelotto, surtout ne nous annoncez pas un malheur.

— Point pour vous, madame. Car votre fils s'est bien gardé de dégainer, contrairement à ce que certains convives redoutaient. Non, il a quitté la salle et il est allé de ce pas se plaindre à Sa Sainteté, laquelle a aussitôt expédié chez le cardinal Sforza une troupe de gardes qui ont forcé la porte du palais au détriment du droit d'immunité dont jouissent les demeures des cardinaux.

— Voilà qui est parfait, dit César joyeusement. Il y a là de quoi se brouiller définitivement avec les Sforza. Mais dis-moi, mon bon Michelotto, qu'ont donc fait nos sbires ?

— Ils se sont emparés de l'homme qui avait répondu au duc de Gandia et sans se soucier des supplications, des menaces ou des cris scandalisés des cardinaux et dignitaires présents, ils sont allés le pendre sans autre forme de procès.

— Voilà qui va encore accroître l'affection que la cour romaine porte à notre magnifique frère, remarqua César.

— Mon Dieu ! s'exclama Vannozza, comment Sa Sainteté qui s'est acquise une réputation de clémence et de tolérance, elle qui fait fi des commérages et des libelles, a-t-elle pu réagir d'une manière aussi brutale et injuste ?

— Toute passion rend injuste, et plus particulièrement lorsqu'elle est aussi aveugle que celle que porte le Saint-Père au duc de Gandia.

— Je m'en vais de ce pas rendre visite à Giovanni.

— Allez-y ma mère, vous le surprendrez au lit.

César raccompagna Vannozza jusque dans la cour du palais puis il alla retrouver Michelotto avec qui il eut un long entretien.

César ne chercha pas à revoir Sancia au cours des jours qui suivirent. Mais il s'impatientait de savoir sa sœur toujours enfermée dans le couvent de San Sisto au point qu'il prit la décision de la ramener de force chez elle, au mépris de l'ordre du pape. Dans ce dessein il envoya quérir le bargello, chargé d'assurer la police de la ville. Cet homme lui était entièrement dévoué car il lui devait son poste, de manière qu'il ne chercha même pas à soulever d'obstacles contre la volonté de César. Dans la soirée du 12 juin, il se rendit au couvent à la tête de ses archers pour réclamer Lucrezia. Il fut reçu par la prieure, sœur Girolama Pichi. Le bargello ignorait qu'elle avait reçu des instructions précises du pape et lorsqu'il vint réclamer Lucrezia au nom de Sa Sainteté, la prieure lui réclama le sceau papal qu'il ne put présenter. Il parlementa, pria, tempêta, mais la religieuse se montra inflexible et il dut se retirer sans avoir réussi dans sa mission. Lorsqu'il vint en rendre compte à César, celui-ci le remercia et oublia l'affaire car il trouvait inutile durant ces jours de venir provoquer son père.

Par cette fin d'après-midi du 14 juin, un vent tiède ridait les eaux grises du Tibre ; un vent bienvenu car il allait rafraîchir cette chaude nuit de printemps. César avait revêtu sa robe de cardinal et enfourché sa mule richement harnachée pour se rendre à la vigne de sa mère, sur l'Esquilin, près de l'église San Pietro in Vincoli. Il allait sans escorte, mais il portait sous sa robe une solide cotte et un long poignard. Ainsi parvint-il sans se hâter dans la demeure de sa mère qui vint l'accueillir sur le seuil. Il s'installa sous les treilles, devant une table de marbre où madonna Vannozza fit apporter des vins doux et du malvoisie accompagnés d'œufs assaisonnés de piments d'Espagne broyés et d'olives.

Les invités arrivèrent les uns après les autres : Giovanni Borgia, Lançol, cardinal de Monreale, Joffré en compagnie de Sancia, Giovanni qui arriva le dernier en prétextant mille occupations qui l'avaient retenu fort tard. César n'avait pas revu Sancia depuis le jour où il l'avait surprise en compagnie de son frère. Il ne fit ni remarque ni allusion et elle-même se montra souriante, désinvolte, charmante, le félicita sur sa mine, attendit que Giovanni fût arrivé pour assurer que dans son magnifique habit de pourpre qui lui seyait si bien, on imaginait mal qu'il fut le même chasseur intrépide qui avait d'un coup d'épée tranché le col d'un taureau furieux qui avait failli faire s'évanouir de peur Joffré et son vaillant frère, le duc de Gandia. Cette allusion intéressa Vannozza qui demanda à Sancia, de raconter l'exploit de César. Ce dernier, qui restait modestement muet, fut reconnaissant à sa belle-sœur d'avoir rappelé cette affaire, et il lui parut qu'elle l'avait fait afin qu'il y vît un gage de paix et un témoignage de l'estime qu'elle continuait de lui porter, malgré la fantaisie qui l'avait entraînée vers Giovanni. Ce dernier, en revanche, s'évertua à faire oublier une histoire si blessante pour son amour-propre en contant sa guerre contre les Orsini et s'attribuant les mérites du duc d'Urbino, assuré qu'il n'y avait présent aucun témoin qui put le démentir.

On parla ensuite du prochain voyage à Naples, ce qui fut une bonne occasion pour Giovanni de se renseigner auprès de Sancia sur l'étendue et la puissance de son duché de Benevento. Et comme Sancia montrait quelque nostalgie de sa ville natale et du ciel napolitain sous lequel elle avait grandi, Giovanni se proposa de l'emmener avec lui, ce dont elle le remercia en riant. La nuit était tombée depuis un moment que se poursuivait le repas à la lueur des lampions. On en était aux derniers entremets lorsqu'un serviteur vint faire savoir qu'un inconnu désirait parler au duc de Gandia ; il précisa que cet homme était masqué.

— Qui cela peut-il être ? s'étonna Vannozza.

— Moi, je le sais fort bien, intervint Gandia. Fais-le venir car il est le messager de mon cœur.

L'homme était de grande taille, mais nul ne fut capable de l'identifier dans le cas où on l'aurait vu au Vatican, car un masque noir dissimulait entièrement son visage, seuls ses yeux perçants brillant par les trous ménagés dans le velours ; il était entièrement enveloppé dans une ample cape dont le bas était relevé par le fourreau de son épée. Giovanni se leva et le prenant par le bras ils s'enfoncèrent dans la pénombre pour parler à voix basse.

— C'est sans doute le mercure de notre illustre frère, remarqua Sancia. Mais connaît-on l'heureuse élue ?

— Elles sont nombreuses, assura Joffré, mais je ne serais pas surpris qu'il vînt de la part de la contessina de la Mirandola, car Gianni ne m'entretient plus que d'elle, ces derniers temps. Il en est fou amoureux.

— Qui est cette femme ? s'enquit Vannozza.

— Une fort belle fille, ma foi. Son père Antonio Maria de la Mirandola vient de Ferrare, mais il paraît qu'il garde bien sa précieuse fille car jusqu'à ce jour notre frère n'a jamais pu que l'entrevoir à l'église ou à sa fenêtre.

Le retour de Giovanni fit taire les langues et comme sa mère levait vers lui un regard interrogateur, il se contenta de poser un doigt sur ses lèvres.

On était près de la minuit lorsque les convives prirent congé de madonna Vannozza qui fit mille recommandations à ses deux fils aînés avant leur départ pour Naples. Les hommes qui avaient escorté les convives et avaient pris leur repas dans les cuisines se mirent à la suite des maîtres montés sur des chevaux ou des mules pour ce qui concernait les deux cardinaux. Tout en poursuivant leurs conversations, ils parcoururent les rues désertes à la lueur des torches que tenaient des estafiers qui ouvraient la marche. Ainsi parvinrent-ils dans le quartier du Parione, mais à la hauteur du palais Cesarini où demeurait Ascanio Sforza, on revit surgir l'homme masqué et Giovanni déclara qu'il saluait bien bas la compagnie car il allait à un rendez-vous galant.

— Giovanni, mon cher cousin, lui dit le cardinal de Monreale, n'est-il pas imprudent d'aller courir seul par les rues à une heure si tardive ?

— Que Votre Éminence ne s'inquiète pas. J'emmène d'ailleurs avec moi ce robuste compagnon et aussi mon estafier. Et j'ai là une bonne épée pour recevoir les manants qui oseraient s'attaquer au duc de Gandia.

— Bah ! ajouta Joffré, notre frère n'en est pas à sa première frasque nocturne.

Tandis que le duc de Gandia, riant aux éclats, s'enfonçait dans les ruelles obscures conduisant vers la Piazza degli Ebrei, ses parents traversaient le Tibre pour rentrer dans leurs demeures du Borgo.

Ce soir-là, le ciel piqué d'étoiles, était lumineux car c'était la pleine lune.

CHAPITRE XIII

Dans cet après-midi du 15 juin, Rome semblait assoupie sous un brûlant soleil. Les boutiques étaient closes, les petits marchands des rues somnolaient près de leurs étals, seule continuait l'activité des bateliers sur le Tibre et ses rives boueuses. Cette quiétude si propre aux heures de sieste dans les pays méditerranéens, fut soudainement troublée par des cris gutturaux et des cliquetis d'épées et de hallebardes. À travers les rues se répandaient par petites bandes les sbires, Catalans et Espagnols, du pape Alexandre. Sa Sainteté avait convoqué ses fils au Vatican afin de leur donner ses instructions avant leur départ pour Naples. Seul César était venu. Comme le pape commençait à s'impatienter, César suggéra que le duc de Gandia s'était sans doute endormi très tard, dans le lit d'une belle, car la veille son frère l'avait laissé pour faire quelque visite galante. Mais le temps s'écoulait sans nouvelle et le pape commença à s'inquiéter sérieusement. Il interrogea César sur le lieu de ce rendez-vous, mais le cardinal de Valence lui avoua son ignorance.

— Je n'ai l'honneur d'être ni le confident, ni le chaperon de l'Illustrissime duc, se contenta-t-il de répondre, non sans une certaine insolence à laquelle son père ne prêta aucune attention tant le gagnait l'inquiétude.

À l'appel du Saint-Père vinrent le cardinal de Monreale et Joffré qui ne purent que confirmer les dires de César. On envoya des cavaliers chez les courtisanes susceptibles d'avoir reçu Giovanni et jusque chez le comte de la Mirandola. Mais personne ne l'avait vu. Lorsqu'on lui apprit l'intervention de l'homme masqué dont on ne retrouvait nulle trace, le pape déborda d'angoisse et il donna des ordres pour que tous ses fidèles bravi parcourussent les rues à la recherche du fils bien-aimé. C'est ainsi qu'ils troublèrent la quiétude de la ville assoupie. Les Orsini et les Colonna, ignorants des raisons de ce tapage et se croyant menacés, descendirent à leur tour dans les rues, en armes, et leurs hommes s'apprêtaient à s'affronter avec ceux du pape. Enfin, au fond d'une venelle, on ramassa l'estafier de Gandia mortellement blessé ; à peine pouvait-il articuler quelques paroles incompréhensibles car il s'était entre-temps presque entièrement vidé de son sang. La nuit tombait lorsqu'on retrouva le cheval du duc, abandonné.

Des hérauts parcoururent la ville pour quérir des témoins et promettre des récompenses à ceux qui apporteraient des renseignements sur le duc, mais déjà Roderigo, qui redoutait le pire, était partagé entre la colère et le désespoir. Tous ses proches vinrent le soutenir dans cette épreuve, tous excepté Lucrezia, demeurée dans son couvent, ignorante de ce qui se passait au-dehors. À cette occasion César revit Giulia qui depuis l'invasion française n'était pas reparue à la cour vaticane, demeurant enfermée dans le palais Orsini avec sa belle-mère Adriana. Quant à Orso, resté à Bassanello, on avait presque oublié son existence.

Dans la matinée du 16 juin, un homme, pauvrement vêtu, vint se présenter au Bargello.

— Voilà, Mon Seigneur, déclara-t-il, j'ai bien vu quelque chose qui pourrait intéresser Votre Seigneurie.

— Parle, de quoi s'agit-il ?

— Ben, voilà. C'était dans la nuit d'hier, vers la deuxième heure.

— Où loges-tu ? Es-tu romain ?

— Non, Mon Seigneur, je suis un Esclavon originaire de la côte dalmate et sujet de Venise. Mon nom est Giogio et ici on m'appelle Schiavino.

— Bien. Dis-moi alors ce que tu as vu.

— C'est que pendant la belle saison, je dors dans ma barque, au bord du fleuve, près de l'hôpital de ma nation.

— Tu veux parler de l'hôpital degli Schiavoni ?

— Votre Seigneurie l'a bien dit. Il y a tout près un entrepôt de bois que je suis chargé de surveiller. Je me couche sous des bâches : là on ne me voit pas et je peux observer ce qui se passe. Alors, écoutez-moi ça : de la rue qui longe l'hôpital, j'ai vu venir deux hommes. Ils allaient comme qui dirait des voleurs, et j'ai cru qu'ils voulaient s'en prendre à mon bois et j'ai ouvert l'œil. Ils ont regardé tout autour d'eux, puis ils ont disparu un moment dans la rue. Moi, j'ai soupiré car j'avais plutôt les foies.

— Comment étaient-ils ?

Il se gratta la tête :

— Comment qu'ils étaient ? Bah, dans la pénombre, je les ai bien mal vus, mais ils étaient masqués, ça, je peux le jurer.

— Ensuite ?

— Ensuite les voilà qui reviennent, mais cette fois avec un autre homme sur un cheval.

— Un cheval ?

— C'est ça, un grand cheval blanc et que derrière, en travers de la croupe, il portait un homme couché et qu'il était bien mort. Et près de lui, y avait deux hommes, de chaque côté qui empêchaient le cadavre de glisser. Moi, que je me suis dit, au moins, ceux-là, y vont pas me voler mon bois. Et le cavalier, il a fait tourner le cheval, près de la berge et les deux hommes ils ont pris le cadavre et plouf ! ils l'ont balancé dans le fleuve. Et alors que le cavalier il a demandé aux autres s'ils l'avaient bien jeté au milieu et ils ont dit que oui. Et moi j'ai vu le cadavre flotter et il avait un grand manteau qui flottait à la surface. Alors ils t'ont lancé dessus des pierres pour l'aider à s'enfoncer, et le cavalier disait comme ça qu'il fallait pas laisser de traces.

Comme l'Esclavon s'était tu, le Bargello lui demanda :

— Et ensuite ?

— Ben, ensuite, plus rien. Ils sont partis et moi je me suis endormi.

— Pourquoi n'es-tu pas venu dès le lendemain nous dire tout cela ?

— C'est que, au cours de ma misérable vie, c'est plus de cent cadavres que j'ai vu jeter en cet endroit. C'est près de la fontaine, à l'endroit où les charretiers viennent verser leur fumier dans le fleuve. Là y a tout le courant qu'il faut pour emporter les cadavres. Et jamais on a fait tant d'histoires. Si je suis venu, c'est parce qu'on a promis une récompense...

Le témoin une fois congédié, le Bargello fit son rapport et aussitôt furent convoqués plus de trois cents bateliers et pêcheurs afin qu'ils jettent leurs filets dans le fleuve pour retrouver le cadavre. Jamais on n'avait vu une pareille activité sur le Tibre, si bien que vers l'heure de vêpre, on retira d'un filet un cadavre dans la région de Santa Maria del Popolo, près d'un jardin qui, par extraordinaire, appartenait à Ascanio Sforza. C'était bien le corps du duc de Gandia, percé de neuf coups dont l'un lui avait presque complètement tranché la gorge. Ses mains étaient unies par des liens, mais on ne lui avait rien dérobé, ni son pourpoint et sa cape de velours, ni son poignard au manche damasquiné et ses éperons d'argent, ni sa bourse lourde de 30 ducats !

La dépouille fut emmenée au château Saint-Ange où s'était installé le pape afin de cacher son chagrin aux dignitaires de la cour vaticane. Lorsque de la fenêtre où il attendait anxieusement, il vit avancer le cortège funèbre, le corps de son fils porté par plusieurs hommes, sa tête inerte pendant en arrière et se balançant au rythme des pas, il poussa un hurlement et appela son fils avec ce même accent de douleur éternelle que David lorsqu'il pleura la mort de son fils, Absalon.

César qui se trouvait près de son père restait en retrait, sombre, muet, sans larmes.

Le cadavre fut lavé des immondices du fleuve, revêtu de son costume de Gonfalonnier de l'Église, couché sur une civière et, tandis que tombait la nuit, conduit en une immense procession éclairée de cent vingt torches, au milieu des pleurs, des gémissements et des cris de vengeance des bravi catalans du pape, jusqu'à l'église de Santa Maria del Popolo, où attendait madonna Vannozza, la mère éplorée. Le corps fut inhumé dans la chapelle dédiée à Santa Lucia, tandis que les anciens compagnons du duc juraient sur leur épée de venger sa mort.

Trois jours durant, le pape s'enferma dans son oratoire, refusant de boire et de manger. Pendant ce temps, la police pontificale entreprenait une enquête. On alla fouiller les demeures et vignes du cardinal Sforza, premier soupçonné en suite de la pendaison de son hôte à cause de Gandia. Mais il fut bientôt mis hors de cause et peu après le pape lui adressa des excuses.

César s'était de son côté retiré dans son palais sans marquer la moindre émotion. C'est dans cette retraite que, le surlendemain des funérailles, Sancia vint le visiter. Lorsqu'elle entra, souriante et mystérieuse, César vint vers elle et l'invita à prendre place sur un fauteuil, face à lui, car on avait dressé devant lui une table chargée de mets.

— Je me réjouis, mon cher César, de voir que la mort de ton frère ne t'a nullement coupé l'appétit, remarqua Sancia en se saisissant d'une cuisse de chapon.

— Elle ne te l'a pas plus coupé, remarqua-t-il.

— Les Espagnols de Sa Sainteté ont l'air enragés. Ils ne cessent de jurer qu'ils feront mourir à petit feu l'assassin de leur duc.

— Des bravades. Demain ils l'auront oublié.

— Surtout s'ils savaient qui est réellement l'assassin.

— À qui penses-tu ? demanda César en reposant délicatement l'os qu'il avait à demi entamé.

— Sais-tu qu'Ascanio Sforza est disculpé ?

— Il n'avait rien à craindre, d'abord parce qu'il serait bien incapable de faire assassiner un ennemi, et ensuite parce qu'il a un frère trop puissant.

— On a beaucoup pleuré sur ton frère et bien peu sur l'homme qu'il a fait pendre pour une bagatelle.

— Il est vrai, mais l'honneur des Borgia est sauf. Doublement au reste, car Giovanni ne cessait de déshonorer notre nom.

— L'as-tu fait remarquer à ton illustre père ?

— Je n'ai pas le sens de la provocation gratuite. Mais, ma chère Sancia, tu ne m'as toujours pas dit le nom du présumé coupable.

— On parle en ce moment de ton excellent beau-frère de Pesaro.

— Impossible, c'est un couard qui n'oserait jamais prendre une telle responsabilité.

— Et aussi le duc d'Urbino.

— Il aurait de meilleures raisons, mais il avait trop de mépris pour ce pauvre Giovanni.

— Et les Orsini ? On songe aussi à les accuser.

— Eux aussi le méprisaient. Souviens-toi de l'âne. On ne tue pas un homme qu'on a pareillement ridiculisé.

Sancia essuya ses doigts à une serviette brodée et désigna une coupe que César remplit de vin. Elle la prit, planta ses yeux dans les siens et, en souriant, leva la coupe :

— À la santé du cardinal de Valence, et aussi au futur Gonfalonier de l'Église.

César souleva son propre verre :

— À la santé de la future reine de Naples.

— Vraiment, mon César ? Il y a ce pauvre Joffré. Il est vrai qu'on rapporte qu'il te bouclerait tes chaussures.

— Nous ferons annuler votre mariage, comme va l'être celui de ce Sforza.

— Tu donneras ensuite Lucrezia à mon frère don Alfonso. Il est gentil, joli garçon, rêveur et faible. Ainsi auras-tu un autre pied dans le royaume de Naples.

— On pourrait y songer. Mais pour l'instant me voilà chargé d'aller au nom du Saint-Père confirmer ton oncle dans la possession de ce trône usurpé puisque c'est à toi, ou à la rigueur à ton frère Alfonso qu'il devrait revenir.

— Quel dommage que tu n'aies pu convaincre Sa Sainteté...

— Elle est fidèle dans ses alliances et jamais ne songerait à entreprendre une guerre contre le roi de Naples. Laissons faire le temps et la volonté de...

Comme il hésitait, elle leva les sourcils et demanda, en souriant :

— De Dieu ?

— Ne mêlons pas Dieu à toutes nos affaires. Disons, notre volonté.

Elle vida lentement sa coupe et, après l'avoir reposée, elle reprit :

— Sais-tu que ton père est au courant de nos relations et de mon aventure avec Giovanni ?

— Non. Est-ce toi qui le lui as dit ?

— M'as-tu entendue me vanter de mes amants ?

— Non mais ce sont parfois eux qui se vantent de t'avoir eue. Tel le cardinal d'Este, ce jeune imbécile, qui va avoir un jour prochain la visite de Michelotto...

— Masqué et enveloppé d'une grande cape ?

— L'homme qui est venu chercher mon frère le soir de sa mort n'était pas Michelotto.

— Je crois avoir reconnu l'un de ses fidèles conseillers, qui fut un temps à ton service.

— Tu ne manques pas de pénétration. Il venait l'assurer que la fille du comte de la Mirandola l'attendait, éperdue, folle de désir... Il fallait toute la fatuité de Giovanni pour le croire.

— La vanité est la perte de l'âme, dit-on, mais elle peut aussi faire perdre la vie.

— Elle le peut. Mais tu ne m'as pas dit qui avait glissé quelques mots de nos amours à Sa Sainteté ?

— Un autre sot vaniteux, en fait, mon cher époux. Non pas qu'il soit jaloux, mais ça l'amusait de pouvoir dire à son père que sa belle-fille avait couché avec tous ses fils.

— Et c'est lui qui t'a rapporté cette extravagance ?

— C'est lui, en suite de quoi je lui ai appliqué une paire de gifles et l'ai assuré qu'il en était en tout cas un avec qui je ne risquais plus de jamais coucher. Il n'est toujours pas revenu de sa surprise. Sans doute croyait-il que j'allais en rire et le féliciter. Vraiment on m'a donné le mari le plus sot que la terre ait jamais engendré !

— Si je comprends bien, déclara César en éclatant de rire, tu n'as plus maintenant qu'un seul amant, puisque certainement ce petit d'Este va très bientôt quitter Rome.

— Mon César, il me plaît que tu sois jaloux, mais point trop. Car au fond, je n'ai vraiment eu qu'un seul véritable amant. Les autres n'ont jamais été que des passades, jeux du corps et curiosité de l'esprit, sans nulle conséquence. Que veux-tu, nous filles du sud, nous sommes particulièrement ardentes et nous avons l'âme aventureuse. Mais, vois donc, t'ai-je jamais fait un grief de coucher avec ta propre sœur ? Tout au contraire, cela m'amuse follement tant je hais tout ce qui suit les sentiers battus et les chemins de ce qu'on est convenu d'appeler la vertu.

— Vraiment, ma chère Sancia, tu ferais la meilleure épouse du monde. Je crois que jamais je ne me lasserai de toi, même aurais-je encore mille maîtresses... D'autant que la plupart des femmes m'ennuient.

Il s'était levé et marchait dans la pièce, la coupe pleine à la main.

— J'avais rêvé d'un grand amour, et j'y avais même cru. Je ne suis pas bien vieux et déjà je me sens las de ces choses de si peu d'importance... en tout cas pour moi, désormais. Je ne veux plus l'amour... seulement le désir, le plaisir, la volupté... d'autres choses encore, mais l'amour... Quelle sottise. Viens, j'ai envie de toi.

Le 19 juin, le pape quitta la chambre où il était resté enfermé tous ces derniers jours et réunit le consistoire. Les ambassadeurs étrangers y assistèrent pour lui présenter leurs condoléances, ainsi que les cardinaux présents à Rome, excepté César. On disait que Son Éminence était si occupée à préparer son voyage à Naples qu'elle avait été dispensée d'y assister. Le pape apparut, le visage grave mais, malgré une certaine sérénité, il restait marqué par les ravages causés par un si grand chagrin. Un lourd silence s'établit lorsqu'il prit la parole :

— Le duc de Gandia est mort. Nous ne pouvions être jetés dans une plus grande affliction, nul coup plus rude ne pouvait nous atteindre. Car immense était notre affection pour lui, rien au monde ne nous était plus cher. Et maintenant nous n'attachons plus de prix aux richesses de ce monde, volontiers nous donnerions sept papautés pour qu'il soit rendu à la vie. Misère de l'homme devant la grandeur de Dieu et le mystère de la mort ! En punition de nos péchés, Dieu nous a envoyé cette terrible épreuve, car le duc ne méritait pas une pareille mort, si atroce, si étrange. Le bruit a couru que l'assassin était Giovanni Sforza. Nous avons l'intime conviction qu'il est innocent, tout autant que le cardinal Ascanio Sforza que j'ai toujours considéré comme un frère, ni non plus le duc d'Urbino. Nous ne savons pas qui s'est rendu coupable de ce crime, mais que Dieu pardonne au meurtrier. Pour nous, nous sommes résolus à ne plus songer qu'à amender l'Église et nous-mêmes. Désormais les bénéfices ne seront accordés qu'au seul mérite et nous sommes décidés à renoncer aux anciennes pratiques qui favorisaient la famille et les amis.

Ce discours, par lequel le pape montrait une sorte de repentir et de volonté de réformer l'Église, étonna les uns, laissa sceptiques les autres. Toujours est-il que le pape constitua une commission de cardinaux destinée à réaliser le train de réformes qu'il voulait mettre sur pied et dans lequel entrait la répression de la simonie, l'interdiction de vendre les indulgences, la punition des fonctionnaires pontificaux s'étant rendus coupables d'exactions ou de toute autre injustice, l'obligation pour les évêques et curés de résider dans leurs diocèses, l'interdiction pour les prêtres d'avoir des concubines, la défense de l'intégrité des territoires du Saint-Siège...

Joffré, tout affolé, se hâta de venir rapporter à son frère le contenu de ce projet si inattendu et il ajouta :

— Pour ce qui nous concerne, Sancia et moi-même,

notre père veut que nous allions nous exiler à Squillace... Tu réalises ? Vivre dans ce coin perdu de... des Pouilles.

— Non, de la Calabre, mon frère.

— Comment le saurais-je, je n'y ai jamais mis les pieds.

— Ce sera donc une occasion de faire connaissance avec ton puissant duché.

— Ris-toi de moi ! Mais sache qu'il est aussi question d'expédier notre gentille sœur à Valence. Et pour ce qui est de Sancia, fini pour vos amours.

— Ainsi pourront commencer les tiennes.

— Ces nouvelles ont l'air de te laisser indifférent. Crois-tu que je plaisante ?

— Tu n'as pas assez d'esprit pour cela. Je puis t'assurer qu'avant deux mois notre père aura oublié Giovanni et reviendra à ses anciennes ambitions. Et moi je jetterai décidément mon froc aux orties.

Le 27 juillet, César quittait Rome pour aller couronner le roi Federico au nom du pape. Il emmenait avec lui une suite de 300 chevaux et tout un train de chariots et de mulets.

Durant les jours qui avaient précédé son départ, on l'avait vu en compagnie d'Ascanio Sforza envers qui il s'était montré amical ; on assurait qu'il l'avait persuadé du bon droit du pape, lequel, malgré sa volonté de réforme, avait confié à une commission le soin d'examiner la validité du mariage de Lucrezia. En revanche, le pape n'avait guère eu d'entrevues en privé avec son fils, mais on mettait cet éloignement au crédit de la volonté de réforme du pape.

Le 10 août, il couronnait le roi à Capoue car la cour avait fui Naples où sévissait une épidémie de peste. César lui-même, arrivé le 1er août à Capoue, sortait d'une maladie au cours de laquelle il avait été soigné par son médecin personnel Gaspare Torrella, mais aussi par Sancia, venue avec son époux assister au sacre avant de prendre la route de Squillace. Au cours des semaines qui suivirent, on vit le cardinal de fort bonne humeur. Comme il avait été convenu qu'il recevrait les fiefs de son défunt frère, il se rendit à Naples pour recevoir Benevento, et ensuite il partagea entre Naples et Capoue une vie de plaisirs au cours de laquelle il devint de notoriété publique qu'il avait fait sa maîtresse de donna Maria Diaz Garlon, la fille du comte d'Alife. En septembre, ayant appris que son père avait abandonné son humeur réformatrice pour revenir à des sentiments plus humains, César décida de rentrer à Rome.

Sur le chemin du retour, César se demanda quelle figure lui ferait le pape. D'après ce que lui avaient rapporté ses serviteurs affidés auprès d'Alexandre, il lui était apparu que ce dernier le soupçonnait d'être l'instigateur du meurtre du duc de Gandia, ce qui l'avait amené finalement à cesser toutes les recherches visant à éclaircir cette affaire. Cependant, Sa Sainteté n'avait jamais explicitement parlé de ses conviction réelles, si bien qu'il était délicat de se prononcer. César fut satisfait de voir que tous les cardinaux présents à Rome étaient venus sur leurs mules le chercher à Santa Maria Novella où il avait fait une halte. Il est vrai qu'ils venaient accueillir le légat du pape de retour d'une importante mission, et non le fils de Sa Sainteté. Ils se rendirent au Vatican après lui avoir chacun souhaité la bienvenue, amabilités dont César ne fut cependant pas dupe. Une fois parvenu au Vatican, le cardinal de Valence se retira dans une chapelle en compagnie du cardinal Sforza, chef de la délégation en tant que Vice-Chancelier, et du cardinal Grimani. César s'était agenouillé, mais il ne priait pas, il attendait avec impatience l'entrevue avec son père. Ascanio lui fit savoir que finalement Sa Sainteté paraissait s'être fort bien remise de son si grand chagrin et qu'elle avait même montré ces derniers temps une humeur joyeuse.

Les cardinaux de Sienne et d'Alexandrie vinrent enfin quérir César et ses deux collègues. L'huissier introduisit Sforza et Grimani dans la salle du consistoire, au moment où devant le pape plaidait un avocat. Le maître des cérémonies voulut faire taire un instant le plaideur par respect pour les deux arrivants, mais Alexandre l'invita à poursuivre tout en précisant :

— Nous considérons que l'honneur du silence doit être réservé ce jour à notre légat auprès du roi de Naples. L'assemblée fut alors assurée que le cardinal de Valence avait conservé toute la faveur du pape. César fut enfin introduit avec le cardinal de Sienne qui l'accompagna jusque sur les marches du trône pontifical. Après que César eut baisé la main d'Alexandre, celui-ci se leva, embrassa son fils, sans cependant lui adresser un seul mot, puis descendit avec lui dans la salle. On ne savait alors s'il fallait interpréter ce silence comme une réprobation du pape pour on ne savait quelle action de son fils. Quelques jours plus tard, on apprit que Sa Sainteté avait donné au cardinal de Valence tous les biens, meubles et bijoux qu'avait possédés à Rome le duc de Gandia.

Aux yeux de tous, le pape et le cardinal de Valence avaient fait la paix, si tant est qu'ils aient jamais été en guerre. On les avait même vus, au mois d'octobre, parcourir la campagne romaine, dans les environs d'Ostie, à la tête d'une véritable petite armée de 400 cavaliers et 600 fantassins, tous les deux en habits de chasse, épée au côté. Un magnifique déploiement de force qui avait montré aux Orsini et aux autres barons romains que le Saint-Père n'était pas disposé à se laisser dominer par qui que ce soit, et en particulier ses vassaux toujours prêts à la rébellion. Il est vrai que ceux qui y auraient regardé de plus près auraient remarqué que ces soldats, tous soigneusement choisis pour la plupart parmi des mercenaires castillans et catalans qui avaient combattu les Maures encore récemment, obéissaient aveuglément aux ordres de César qui les payait de ses propres ducats.

Néanmoins, les observateurs les moins attentifs pouvaient s'étonner qu'on ne rencontrât que rarement le cardinal de Valence au Vatican ; c'est à peine s'il faisait une brève apparition lors des consistoires et on ne le voyait plus guère se retirer avec le pape dans les nouveaux appartements que venait de terminer de peindre le Pinturicchio afin de s'y entretenir des affaires de l'État, ou de la famille Borgia. Le bruit courait à la cour vaticane que César voulait faire don de son encombrant chapeau à son frère Joffré et épouser Sancia, sans d'ailleurs que les princes de Squillace, toujours exilés dans leur lointain château aient été avertis, combinaison à laquelle le pape se montrait résolument hostile ; il était facile d'imaginer que c'était là la raison du refroidissement des relations entre le père et le fils.

Par ce matin de décembre, on put voir le pape, sur sa mule et seulement escorté de quelques gardes, trottiner vers le palais du cardinal de Valence. Lorsque Sa Sainteté se présenta à la porte du palais, Juan Cervillon se hâta de venir au-devant d'elle et la conduisit dans une vaste salle du rez-de-chaussée où se tenait César. Bien que la température fût fraîche et qu'il n'y eût pas de feu, César était en chemise et en culotte de velours vert bronze ; et comme chaque matin, une lourde épée à la main il s'exerçait à l'escrime en compagnie de son maître d'armes qui lui était devenu plus un plastron qu'un professeur, tant il avait acquis de maîtrise dans le maniement de l'épée. Comme Cervillon s'apprêtait à interrompre César absorbé dans ses passes, Roderigo le retint par le bras et resta un moment immobile à admirer la force et la souplesse de son fils dont il était secrètement si fier. Lorsque, s'arrêtant pour souffler, César vit son père, il vint au-devant de lui et ploya un genou en inclinant la tête. Roderigo le serra dans ses bras puis César l'emmena dans un salon où brillait un grand feu dans une haute cheminée de pierre.

— Ainsi, dit le pape, en s'asseyant dans un fauteuil qu'avait avancé César, il est donc vrai que tu t'exerces chaque jour au maniement des armes.

— Mon père, lorsqu'on veut conquérir des trônes, il faut d'abord aguerrir son bras car un chef doit se trouver en tête de ses hommes et les entraîner vers la victoire par sa force et son courage.

— Mon cher enfant ! Tu es bien digne de tes ancêtres et tu me consoles de bien des maux, même si tu es responsable de certains d'entre eux.

— Croyez, mon père, que si j'en suis responsable, c'est bien contre mon gré car il me déplaît de vous causer le moindre chagrin.

— Je veux bien te croire bien que j'aie plus d'un reproche à te faire.

— Est-ce pour me les adresser que Votre Sainteté est venue vers son serviteur ?

— Aucunement. Je voulais te faire part d'une bonne nouvelle bien que tu paraisses te désintéresser de nos affaires.

— Votre Sainteté connaît mes sentiments. Je veux être relevé de mes vœux, je veux abandonner cette robe de pourpre qui m'est comme une peau de Nessus qui me brûle le corps et l'âme. Je veux aussi épouser Sancia.

— Elle est déjà ta maîtresse, que veux-tu en plus l'épouser !

— Par elle je puis espérer devenir roi de Naples.

— C'est une bâtarde, et puis il y a un roi à Naples que tu viens toi-même de couronner.

— Les rois sont mortels.

— Pour le moment il est bien vivant et il faut le conserver en ce bel état. Tu n'épouseras pas Sancia, d'abord parce que je ne puis annuler tous les mariages qui se font dans ma famille. J'ai déjà suffisamment de mal pour ce qui concerne celui de ta sœur. Je te l'ai promis, je te rendrai à la vie profane et tu seras Gonfalonier de l'Église. Mais montre un peu de patience et laisse oublier certains pénibles événements tout récents. Non, celle que tu dois épouser, elle est toute désignée, c'est Carlotta, la fille du roi de Naples. Et nous exigerons le duché de Tarente. C'est tout aussi illusoire que le titre de duc de Squillace, mais au moins c'était celui de Federico ; s'il te l'accorde, cela laissera entendre qu'il te considère comme son héritier. Ensuite, il pourra mourir, peu importe de quoi. Mais avant, il faut que tu épouses sa fille.

— Elle est aussi laide que Sancia est belle.

— Eh ! de quoi vas-tu t'embarrasser, puisque tu as déjà Sancia. Tu feras dans le noir ce que tu dois lui faire le soir de tes noces et tu penseras à Sancia pendant ce temps. Tant que tu es cardinal, tu peux choisir celle avec qui tu veux prendre ton plaisir, mais ce n'est plus le cas si tu deviens un simple laïc car le mariage n'est pas une affaire d'amour ni de plaisir, ce n'est jamais qu'une affaire de politique. Mais ce n'est pas de cela que je venais t'entretenir. Il faut que tu saches qu'enfin nous triomphons : Sforza a reconnu publiquement qu'il est impuissant et que son épouse est donc toujours vierge. Il est vrai qu'il est ensuite allé pleurer auprès de son cousin de Milan et jurer que tout ce qu'il avait déclaré était faux, qu'il a couché un nombre incroyable de fois avec sa femme, mais ce qui compte, c'est qu'il ait signé, et le 22 de ce mois, notre Lucrezia s'entendra lire la minute de procès d'annulation dans laquelle elle apprendra à sa grande surprise qu'elle est intacte... et aussi à la surprise des juges car elle est grosse jusqu'à la gorge.

Ces mots, lâchés si soudainement sur un ton d'ennui, laissèrent César un instant muet de stupeur. Il voulut même se faire confirmer la chose :

— Ai-je bien compris ce qu'entend par là Votre Sainteté ?

— Tu as parfaitement compris que ta sœur est enceinte. Oui, elle attend un enfant, ceci depuis le début du mois de juin dernier, ou peut-être la fin mai.

— Est-ce Dieu possible ?

— Il me semble que tu es le mieux placé du monde pour croire la chose possible.

— Vous savez donc ?

— Depuis longtemps. Lucrezia m'a tout avoué. C'est la raison pour laquelle elle demeure toujours dans son couvent. Là, au moins, personne ne peut voir la rondeur de son ventre... excepté les religieuses, bien sûr, mais elles ne parlent jamais à personne ! et elles savent qu'il est d'ailleurs certains secrets qu'il vaut mieux garder pour soi.

— Que comptez-vous faire de l'enfant ?

— C'est pour te le faire savoir que je suis ici. Tu connais Pedro Caldes ?

— Ce Catalan que vous appelez familièrement Perotto et que vous avez voulu mettre dans tous vos secrets ?

— C'est un excellent serviteur car il a les deux plus importantes qualités qu'on peut exiger d'un serviteur, la fidélité et la discrétion. C'est lui que j'avais chargé de porter mes lettres et recommandations à Lucrezia dans son couvent. Les nonnes l'ont ainsi souvent vu et il est même arrivé qu'il y soit resté plus que de raison car il paraît que la demoiselle de compagnie de Lucrezia, qui a pour nom Pantasilea, est sa maîtresse ; aussi profitait-il de ses visites pour prendre un peu de bon temps en sa compagnie. Tu me suis ?

— Fort bien mais je me demande ce que tout cela a affaire avec Lucrezia.

— Simplement ceci : on dira que madonna Lucrezia s'est éprise de Perotto et on les mariera de manière qu'il endossera la paternité de l'enfant.

— Jamais ! s'exclama César en bondissant de son siège.

— Calme-toi, mon cher fils. Ce n'est pas à toi de décider. Ne suis-je pas le père, autant d'elle que de toi ? Quoi, allons-nous crier sur les toits : voici l'enfant de la comtesse de Pesaro et du cardinal de Valence, son frère ?

— Il peut naître en secret et être élevé pareillement.

— Impossible ! D'ailleurs, Lucrezia a déclaré qu'elle voulait l'élever elle-même. Donc il faut la marier, et point avec toi, que je sache.

— Et vous prétendez la donner à ce faquin, à cet homme de rien...

— Bah, nous ne sommes rien tant que quelqu'un ou quelque chose ne nous a pas fait grand, tu devrais en être persuadé mon fils. Je donnerai un comté ou un duché à ce garçon, et le tour sera joué. Regarde par exemple ce Girolamo Riario, ce n'était jamais qu'un garçon épicier lorsque son oncle Sixte IV en a fait un comte d'Imola et Forli de manière que le duc de Milan ne s'est pas cru déshonoré en lui donnant sa fille.

— Ce fut pourtant un mariage honteux.

— Brisons là, ce n'est pas notre affaire. Mais sache qu'il en sera comme j'en ai décidé. Et n'oublie pas que je suis le seul à pouvoir t'ôter cette robe de pourpre dont tu prétends qu'elle te consume la chair.

César inclina la tête, geste en lequel Roderigo voulut voir un signe de soumission et il se retira satisfait d'avoir réussi à imposer sa volonté à son fils avec autant d'élégance et de facilité. À peine le pape fut-il parti que César appela son secrétaire, un jeune homme de son âge qui lui était dévoué corps et âme :

— Agapito, lui dit-il dès qu'il fut devant lui, convoque

ici même le capitaine de notre garde, don Juan Cervillon, et aussi notre chambellan don Ramiro de Lorqua, et naturellement notre cher Michelotto.

— J'y cours, Mon Seigneur.

Lorsque les quatre fidèles de César furent devant lui, il leur fit longuement ses recommandations : pour l'instant, il s'agissait de placer auprès dudit Pedro Caldes, des espions sûrs afin que César fût tenu au courant de tous ses faits et gestes, et surtout de ses conversations, en particulier celles qu'il pouvait avoir avec le pape et madonna Lucrezia.

— Pour ce qui concerne les conversations entre le Saint-Père et cet homme, assura don Ramiro, nous avons suffisamment de gens autour de Sa Sainteté pour être tenus au courant de tout ce qui pourra se dire. La chose me semble plus difficile pour ce qui est de madonna Lucrezia car les filles de ce couvent sont inaccessibles.

— J'ai appris par la bouche de Sa Sainteté elle-même, répondit César, que madonna Lucrezia a auprès d'elle une suivante du nom de Pantasilea. C'est elle qu'il faut suborner. Elle est la maîtresse de ce Perotto. C'est par son intermédiaire que je compte agir.

Quelques jours plus tard, César était convoqué par Alexandre qui lui fit savoir que le cardinal de Palma venant de mourir, il lui attribuait tous ses biens et bénéfices. Le Pape ne précisa pas qu'il lui faisait ces dons pour l'encourager dans son attitude déférente à son égard et lui exprimer sa satisfaction pour la manière dont il avait accepté sa décision relativement à Lucrezia. César remercia son père tout en songeant que cette nouvelle pluie de ducats lui serait fort utile pour payer son armée de mercenaires et d'espions.

Par ses agents, César apprit que Pedro Caldes se montrait de plus en plus sûr de lui, bien que le projet de son mariage avec Lucrezia n'ait nulle part transpiré.

Mais il apparaissait que le pape était plus que jamais décidé à agir rapidement. La dissolution du mariage de Lucrezia avec Giovanni Sforza avait été prononcée et ce dernier, furieux d'avoir été ainsi contraint à se rendre, ne cessait de répéter qu'il avait connu sa femme une infinité de fois mais que le pape avait voulu ce divorce afin de se réserver l'usage de sa propre fille. Par ces paroles ambiguës, on ne savait précisément quelle accusation le seigneur de Pesaro voulait formuler contre Alexandre VI, mais elles furent ausssitôt interprétées comme une allusion à un inceste. C'était là une raison supplémentaire pour hâter le mariage avec Perotto.

Un moment, César songea à faire venir devant lui Perotto afin de lui faire renoncer à ce mariage, soit en le dédommageant largement, soit en le menaçant. Il abandonna bientôt ce projet car il pouvait craindre que Caldes n'allât rapporter au pape leur entretien. Or César voulait pour l'instant, éviter d'indisposer son père à son égard. Michelotto lui suggéra de l'aborder dans la rue et le menacer :

— Ce n'est pas un brave et je me charge de lui ficher une frousse suffisante pour qu'il quitte Rome.

— Non, mon cher Michelotto, répondit César. Cet homme te connaît et il risque d'aller de ce pas se plaindre au pape qui verra tout de suite ma main derrière tout cela. Il faut trouver une autre solution.

— Je crains, mon seigneur, qu'il ne reste que la solution finale, assura Michelotto en frappant le manche de son poignard, car le terme de la grossesse de madonna Lucrezia approche et si nous avons bien compris la pensée de Sa Sainteté, elle attend que madonna soit redevenue svelte pour aussitôt la marier.

— Nous ne nous y résolverons qu'en dernier recours.

Quelques jours plus tard, Agapito, qui était parvenu à contacter Pantasilea lors d'une de ses rares sorties du couvent, ramena la jeune femme au palais du cardinal de Valence. César l'avait déjà entrevue auprès de sa sœur et il la reçut avec la plus grande affabilité. Lorsqu'elle se fut agenouillée et lui eut baisé la main, il l'invita à s'asseoir et, après avoir pris place face à elle sur un fauteuil, il l'entreprit ainsi :

— Ma chère enfant, je sais que vous servez madonna Lucrezia avec une fidélité digne d'éloges. Vous savez combien j'ai d'affection pour mon illustre sœur, ce qui vous permet de penser que je ne veux que son bien.

— De ceci, Votre Éminence peut être assurée que je ne doute pas.

— Vous savez aussi que je suis capable de la plus grande reconnaissance, ce pour quoi il vaut mieux avoir mon amitié que mon inimitié.

La jeune femme hocha la tête en serrant les lèvres.

— Je me suis laissé dire, poursuivit César, que Perotto est votre amant.

Elle soupira sans toujours répondre.

— Je suppose ainsi que vous voulez le garder pour vous.

— Mon Seigneur, sachez que la vie sans lui me serait si insupportable que je préférerais mourir.

— Voilà une belle et noble passion. Sans doute savez-vous que le Saint-Père a l'intention de marier son illustre fille à votre Perotto.

— Hélas !

— Il m'apparaît que nous avons tout pour nous entendre. Allez trouver Perotto et persuadez-le de quitter Rome avec vous.

— Quitter Rome avec lui ? Mais Votre Éminence ignorerait-elle que Sa Sainteté veut faire de Perotto un duc ou un comte avec des revenus considérables ?

— Soyez assurée qu'il n'en jouira pas longtemps car mon père aura tôt fait d'annuler le mariage une fois que l'enfant aura eu un père. Alors que moi je vous offre une pension sur l'un de mes bénéfices et une sinécure dans mon archevêché de Valence. Ce seront là des biens qui vous seront acquis et dont vous pourrez jouir paisiblement avec votre Perotto après l'avoir épousé.

— Ah, Mon Seigneur ! c'est là un trop beau rêve.

— Faites-moi confiance et sachez convaincre votre amant, le rêve sera réalisé. Et pour commencer voici une bourse remplie de ducats qui vous permettra de faire le voyage avec un train princier.

Pantasilea se retira en se confondant en remerciements et en jurant qu'elle ferait tout ce qui était en son pouvoir pour persuader son amant.

— Voilà qui est cher payé le retrait de ce prétendant, remarqua Agapito qui, suivant les ordres de César, avait écouté la conversation dissimulé derrière une tapisserie.

— Nullement, mon cher Agapito. Je serais bien plus fâché encore si je me brouillais avec mon père en utilisant la violence ou si ce belître épousait ma sœur.

César fut conforté dans sa certitude lorsqu'il apprit par ses espions que Pedro Caldes qui s'était aperçu qu'on le suivait dans les rues, n'osait plus quitter le Vatican où il possédait un logement. Ainsi fut-il en droit de penser que Perotto préférerait jouir paisiblement de ses amours avec Pantasilea sous le soleil d'Espagne plutôt que de trembler aux côtés de la fille du pape. Il ignorait cependant un fait que la jeune femme vint bientôt lui apprendre, ce qui bouleversait tout autant ses plans que ses sentiments. Elle parut devant lui très agitée, les yeux gonflés de larmes, au point que César comprit qu'elle avait échoué dans sa mission.

— J'ai voulu entretenir Perotto des bienfaits dont Votre Éminence veut nous combler, mais alors que j'attendais de sa part la manifestation d'une immense joie, voilà que ce traître m'a répondu qu'il épouserait madonna Lucrezia, non pas par intérêt, pas plus parce que Sa Sainteté le lui avait ordonné, mais parce qu'il aimait madame.

Pantasilea se tut un moment pour ravaler quelques sanglots tandis que s'assombrissait le visage de César, puis elle poursuivit.

— J'ai rappelé à cet ingrat ses serments d'amour, ses promesses de mariage, tout ce que nous avions fait ensemble, mais que Votre Éminence m'entende, car la chose est inouïe. Il m'a rapporté que lorsqu'il venait en visite à San Sisto sur l'ordre de Sa Sainteté et avec son seing, après une brève apparition dans ma cellule, il allait retrouver madonna Lucrezia dans sa chambre et il passait la nuit avec elle et, aux matines, il disait à la sœur prieure que c'est avec moi qu'il était resté et il répétait le même conte à Sa Sainteté.

— Que dis-tu là ? rugit César.

— Mon Seigneur, je ne fais que rapporter ce que m'a dit Perotto et il m'a juré que madame l'aimait pareillement.

Sans plus l'entendre, César s'était levé. Il appela Agapito, ordonna qu'on lui préparât son cheval et aussitôt prit au galop le chemin du couvent. Il frappa si fort à la porte qu'il ébranla, que les sœurs, affolées, crurent un instant à une attaque de brigands ; elles se rassurèrent en reconnaissant le cardinal de Valence, bien qu'il portât un habit de cavalier, une longue dague pendue à sa ceinture de velours bordée de perles.

La prieure le reçut avec les plus grands égards et allait s'agenouiller lorsqu'il la releva brutalement :

— Ma sœur, conduisez-moi auprès de madonna Lucrezia.

— Mais... Mon Seigneur, vous ne pouvez voir madame.

— Que dites-vous là ?

— Sa Sainteté a ordonné de n'introduire auprès de madame que les personnes munies de son sceau.

— Ma sœur, je vous ordonne de me conduire auprès de Lucrezia à l'instant même, reprit César en lui serrant le poignet avec tant de force qu'elle en poussa un cri.

— Mais... Sa Sainteté...

— Hâtez-vous d'obéir, sans quoi je me passerai de votre autorisation.

Lucrezia n'occupait pas une simple cellule blanchie à la chaux. On lui avait réservé un appartement composé d'une chambre spacieuse et d'un salon dans lequel elle se tenait lorsque entra César. D'un geste, ce dernier congédia la prieure.

— César ! s'exclama Lucrezia en venant vers lui. Oh, mon César aimé...

Elle voulut se jeter dans ses bras, mais il resta immobile, froid :

— Que signifient ces paroles ? lui demanda-t-il. Il m'est apparu au contraire que c'est un autre que tu aimes, un aventurier dont tu veux faire ton mari, en faire le père de notre enfant.

— César pardonne-moi. J'ai tant de honte ! Et que puis-je faire sinon me plier à la volonté de notre père.

Il la saisit fortement par les épaules en la perçant de son regard :

— Ce Perotto, tu l'as accueilli dans ton lit, dis ? Avoue-le donc ?

— Je ne m'en défends pas. César, comprends-moi... Lâche-moi, tu me fais mal.

Il desserra son étreinte et recula d'un pas tandis qu'elle tombait à genoux :

— Lorsque j'ai découvert que j'étais enceinte de toi, j'ai eu peur, très peur, dit-elle d'un ton fiévreux. Je ne savais plus rien de toi, mais on murmurait que tu avais assassiné ton frère, notre frère Gianni.

— L'as-tu cru ?

Elle baissa les yeux sans répondre et reprit :

— Perotto est alors venu. Notre père l'envoyait auprès de moi pour prendre des nouvelles et m'en donner du Vatican et de notre famille. Il a été aimable, courtois. J'ai songé à notre enfant, je me suis dit que nous avions commis un grand péché, que je pourrais lui faire endosser une paternité inavouable... et nous nous sommes aimés.

— Aimés, dis-tu ! éclata César.

— Oui, je l'ai aimé un moment. Il était ma seule consolation, mon seul plaisir aussi. J'ai finalement dû avouer ma grossesse à notre père et je l'ai assuré que Perotto devait être le père. Mais il ne m'a pas crue, il a voulu que je jure sur les Évangiles qu'il en était ainsi, alors je me suis résolue à lui révéler la vérité. Il a dit qu'il nous pardonnait, mais que nul ne devait connaître notre faute et, quelques jours plus tard, il est venu m'annoncer qu'il me marierait à Perotto. Il s'est mis à regretter le procès en annulation de mon mariage avec Giovanni Sforza, mais on ne pouvait plus revenir en arrière, déclarer que j'étais enceinte des œuvres d'un homme qu'on venait de convaincre d'impuissance. Ainsi a-t-il trouvé une solution dans mon mariage avec Perotto.

Elle s'était exprimée avec tant d'humilité et de désespoir que César rentra en lui-même et parla calmement :

— Tu as dit que tu l'avais aimé un moment ; et maintenant ?

— Il m'est apparu sous son vrai jour lorsqu'il a eu la certitude qu'il allait m'épouser et obtenir un titre. Il s'est alors montré sûr de lui, vaniteux. J'avais presque l'impression qu'en acceptant de m'épouser, il m'élevait, comme si c'était lui qui m'apportait titre et fortune. Depuis quelque temps il m'est devenu odieux... Oh, César, j'ai tant pensé à toi ! Toi seul peux empêcher ce mariage et c'est le ciel qui t'a envoyé auprès de moi afin que je puisse te dire tout ce que j'ai sur le cœur et que tu m'accordes ton pardon.

Il releva Lucrezia et, se penchant sur son visage baigné de larmes, il l'embrassa, tendrement.

— Ce mariage ne se fera pas et tu sortiras de ce couvent dès que l'enfant sera né. Il sera élevé par une nourrice dans une demeure m'appartenant où tu pourras le voir autant que tu le désireras.

En quittant le couvent, César se rendit directement au Vatican où il n'était visiblement pas attendu. Le hasard voulut qu'il tombât sur Pedro Caldes au bas de l'escalier qui conduisait aux appartements du pape. En l'apercevant, César, qui n'avait jusqu'alors pas pris de décision et qui songeait à aller voir son père, sentit son sang ne faire qu'un tour et il vint vers lui avec un visage si terrible que le quidam recula en portant la main à son épée. Il dégaina, mais déjà César l'avait saisi d'une poigne de fer et lui arrachait l'arme qu'il jeta au loin. Perotto cria en s'agitant et parvint à se libérer. Aussitôt il s'enfuit, gravit les marches en courant, poursuivi par César. Ils couraient tous deux si vite que les gardes n'avaient même pas le temps d'intervenir, si bien que Perotto se précipita dans le cabinet du pape sans que nul ne s'y opposât. Alexandre, revêtu de sa robe blanche, les épaules couvertes d'une aumusse doublée d'hermine, se leva en voyant entrer son serviteur avec une telle précipitation. Ce dernier vint se jeter à ses genoux en criant :

— Saint-Père, protégez-moi.

César entra aussitôt après, hagard. Il avait tiré son poignard. Le pape voulut envelopper Perotto dans sa robe en signe de protection, mais sans en prendre souci, César l'attira à lui et d'un seul coup lui ouvrit la gorge, si bien que le flot de sang jaillit en partie sur les vêtements du pape qui recula, horrifié. Tandis que Perotto s'écroulait dans une flaque de sang, César rengaina son arme en disant :

— Qu'ainsi périssent ceux qui m'offensent.

Aux gardes qui se pressèrent devant la porte et qui lui étaient dévoués, César ordonna :

— Je veux que son corps soit jeté dans le fleuve lorsque sera tombée la nuit.

Le lendemain, on recueillait dans les flots glacés du Tibre le corps de Perotto et aussi celui de Pantasilea qui, en apprenant la mort de son aimé, s'était jetée dans les eaux qui lui servaient de linceul.

CHAPITRE XIV

La manière expéditive avec laquelle, dans sa colère, César avait exécuté Perotto, impressionna non seulement la cour vaticane mais aussi les princes étrangers qui comprirent qu'ils devaient désormais compter avec le cardinal de Valence. On rapportait même que le pape commençait à craindre son fils mais, qu'au lieu de l'éloigner de lui, cette mort n'avait fait que le tourner plus que jamais vers un homme qui lui apparaissait soudain comme le meilleur support de son trône. Et, en effet, on vit à nouveau le cardinal se rendre couramment au Vatican pour s'y entretenir longuement avec le Saint-Père qui rappela à Rome son fils Joffré et Sancia. Lucrezia quitta aussi son couvent et revint prendre possession du palais de Santa Maria in Porticu. Bien qu'elle fût revenue seule dans son palais, la nouvelle de la naissance de son enfant avait cependant transpiré et certains orateurs la signalèrent à leurs princes, sans qu'aucun d'entre eux puisse dire ce qu'il était advenu du nouveau-né. En réalité, Lucrezia avait mis au monde un garçon qui, suivant le vœu du pape, avait reçu le nom de Giovanni. Il avait aussitôt après été mis en nourrice, nul ne savait où.

César ne songeait plus maintenant qu'à se débarrasser de sa robe. Mais avant d'abandonner les bénéfices ecclésiastiques qui lui étaient attachés, il convenait de leur substituer des revenus d'une aussi grande importance. Il lui fallait donc acquérir un ou plusieurs titres et par la même occasion une épouse. Sa passion politique dominant sa passion amoureuse, il s'était rapidement rangé à l'idée de son père d'épouser Carlotta d'Aragon. Un émissaire fut envoyé au roi de Naples qui rappela que sa fille se trouvait à la cour de France et que le roi Charles VIII était intéressé par l'avenir d'un royaume qu'il revendiquait. César se heurtait aux prétentions du roi de France sur Naples : il avait affaire là à forte partie. Il songea que Dieu était de son côté lorsqu'il apprit au mois d'avril que Charles VIII venait de mourir frappé d'apoplexie. Son successeur désigné était Louis d'Orléans qui monta sur le trône sous le nom de Louis XII. Il est vrai qu'il se fit couronner roi de France et de Naples, mais il parut bientôt prêt à faire des concessions sur ce mirifique royaume.

Sancia, qui rendait quotidiennement visite à Lucrezia, avait souvent entretenu cette dernière de son jeune frère Alfonso, alors âgé de dix-sept ans. Il avait le même genre de beauté que sa sœur, piquante et voluptueuse, si bien que Lucrezia pensa qu'il pourrait lui être un mari agréable, sinon prestigieux. Alexandre avait, en un premier temps, songé à proposer à Catarina Sforza une union matrimoniale entre Lucrezia et son fils Ottaviano, lequel était le filleul de Roderigo Borgia. Maintenant âgé de dix-huit ans, Ottaviano Riario était théoriquement comte d'Imola et de Forli depuis la mort de son père. Catarina avait entre-temps vu son favori et mari secret, Giacomo Feo, assassiner et elle était maintenant dans les meilleurs termes avec Giovanni dei Medici, cousin du cardinal du même nom. Ottaviano, garçon faible et lymphatique, aurait été pour César un beau-frère idéal parce que facilement malléable ; il est vrai que sa rude mère n'était pas disposée à se laisser gouverner par le premier venu, à moins qu'elle ne tombât amoureuse de lui comme on l'avait vu avec Feo. Or, soit qu'elle redoutât les ambitions de César, soit qu'elle eût réellement une répulsion pour un tel mariage à la suite de la mésaventure de son cousin de Pesaro, la dame de Forli ne donna pas suite aux propositions du pape qui d'ailleurs n'insista pas. Car, d'autre part, le prince de Salerno avait demandé la main de Lucrezia pour son fils Antonello Sanseverino. En apprenant cette démarche, le roi de Naples qui redoutait une alliance entre le Saint-Siège et cette puissante famille de son royaume favorable à la maison d'Anjou et d'Orléans, fit intervenir le duc de Milan pour engager le pape à chercher un meilleur parti. Ainsi en vint-on à avancer le nom d'Alfonso d'Aragon, neveu du roi Federico. César accueillit favorablement ce mariage qui unissait encore plus étroitement leurs deux familles et que Lucrezia voyait sans déplaisir.

Il restait la question de son propre mariage. Or, il apprit par ses agents que Carlotta avait déclaré plaisamment qu'elle ne pourrait s'accoutumer à l'idée d'être appelée *madama la cardinalessa* tandis que le roi de Naples avait répondu à l'un de ses intimes :

— Le fils du pape n'est pas d'une si haute condition que j'aie le désir de lui donner ma fille, tout fils du pape qu'il soit.

Ces mots blessèrent César qui cependant enferma en lui sa rancœur. Il prit bientôt la mesure de la popularité de sa famille à la cour de Naples où il avait pourtant séjourné et reçu les plus chaleureuses assurances d'amitié lorsqu'on lui apporta des libelles que faisaient courir les poètes les plus distingués de la cour, protégés du roi :

> « Alexandre vend les clés, les autels, le Christ
> il peut bien les vendre, il les a achetés »

écrivait l'un qui était aussi l'auteur de ce cruel distique rédigé au lendemain de la mort du duc de Gandia :

> « Nous ne pouvons plus douter, Alexandre
> que tu sois un pêcheur d'hommes,
> puisque voilà que tu as pris ton propre fils
> dans tes filets. »

Au fond de son cœur, César voulut dominer Naples, ou alors la détruire. Il crut voir un appel de son destin lorsqu'un ambassadeur extraordinaire du nouveau roi de France vint à Rome. Il avait pour mission d'obtenir de Sa Sainteté l'annulation de son mariage avec Jeanne d'Artois, fille de Louis XI, que ce dernier l'avait obligé d'épouser. Elle était disgracieuse et bossue et ne pouvait soutenir aucune comparaison avec la veuve de Charles VIII, la belle et jeune Anne de Bretagne. C'est elle qu'il désirait épouser, ce pourquoi il lui fallait aussi une dispense. Ce sont ces raisons royales où l'amour s'unissait à la politique qui déterminèrent le choix final du pape et de César. Alexandre VI se dit disposé à satisfaire le roi dans tous ses désirs, lequel, en revanche, s'engagea à obtenir pour César la main de la fille du roi de Naples dans la mesure où elle serait consentante, lui donnait le duché de Valence et le comté de Diois, tous deux revendiqués d'ailleurs par le Saint-Siège, lui garantissait une rente viagère et 100 lances en temps de paix, portées à 300 ou 400 en cas de guerre, lesdits mercenaires étant payés sur la cassette royale, et le pape recevrait une garde supplémentaire de 1000 hommes eux aussi entretenus par la France. À chaque lance étant rattachés six hommes d'armes, l'ensemble constituait déjà pour un prince italien une véritable armée. À cela s'ajoutait l'ordre de Saint-Marc, une place à la cour et divers menus avantages.

Comme bientôt on dut convenir que le roi de Naples,

qui avait fait appel à la protection de son cousin d'Espagne, n'était pas disposé à donner sa fille et qu'il redoutait une alliance entre le Vatican et la France, il fut décidé que César épouserait une princesse française, on ajouta à ses terres la seigneurie d'Issoudun et on lui offrit la somme de 30 000 ducats. Cela était assorti d'un accord secret : le roi de France revendiquant le duché de Milan dont il se disait l'héritier légitime par sa grand-mère Valentine Visconti ainsi que le royaume de Naples, il fut décidé que le pape apporterait son appui moral et spirituel dans la campagne qu'il projetait pour annexer les deux États et en retour le roi de France aiderait César à conquérir les Romagnes sur les princes théoriquement vassaux du pape.

Parallèlement, César commençait à prendre de la distance avec son état religieux. Dès le mois de mai, il avait commencé à s'abstenir d'assister aux cérémonies religieuses et il ne paraissait plus en public que dans un habit laïc. Dans le même temps qu'aboutissaient les accords avec le roi de France, était signé avec le roi de Naples le contrat du mariage entre Alfonso et Lucrezia. Et comme si Dieu était jaloux de favoriser au mieux son vicaire et le fils de celui-ci, on vit à Florence tomber l'ennemi du pape le plus vindicatif, le dominicain Girolamo Savonarola qui pendant tant d'années avait imposé à la république débarrassée des Médicis, la sombre dictature de sa vertu. Savonarole avait été abattu par ses ennemis franciscains et le peuple de Florence las de ses folies piétistes qui avaient conduit les artistes et les écrivains à brûler leurs chefs-d'œuvre sur la place de la seigneurie, les enfants à dénoncer leurs parents, chaque citoyen à vivre dans la crainte de se voir dépouillé de ses biens. Le 23 mai, Savonarole et deux de ses compagnons étaient pendus et leurs corps consumés sur un bûcher.

Lorsqu'au mois de juillet arriva à Rome don Alfonso d'Aragon pour son mariage avec Lucrezia, l'avenir semblait particulièrement lumineux pour la famille Borgia. On avait bien eu quelque inquiétude au printemps, lorsque les grandes familles romaines, effrayées par les accords du pape et du roi de France, avaient songé à s'unir pour lui faire une guerre sans merci. Un matin, Alexandre avait même trouvé, inscrits sur la porte de la bibliothèque vaticane fondée par Sixte IV et que lui-même avait contribué à agrandir, ces vers inquiétants : «Les armées adverses sont unies en une fidèle alliance. Abattez le taureau qui ravage les frontières de l'Italie, arrachez les terribles cornes de cet animal monstrueux. Tibre vengeur, engloutis les veaux dans tes ondes tumultueuses. Que soit sacrifié le bœuf, victime expiatoire sur les autels de Jupiter.» Le pape avait aussitôt trouvé la parade la plus habile : il avait donné à un Orsini l'une de ses nièces, Jéronima Borgia, ensuite de quoi le clan des Orsini s'était divisé et la discorde avait rapidement gagné le camp des coalisés bientôt réduits à l'impuissance.

De la fenêtre de son palais, Lucrezia avait vu passer son promis lors de son arrivée à Rome, accompagné de quelques gentilshommes ; elle avait dès ce premier abord été séduite par son élégance et sa beauté juvénile. Le jeune prince avait reçu en apanage les seigneuries de Bisceglie et de Quadrata érigées en duchés tandis que Lucrezia apportait une dot de 40 000 ducats. César vint accueillir le fiancé qu'il avait connu lors de son séjour à Naples et ils allèrent dîner chez le cardinal Sforza où fut logé Alfonso tandis que César courait rejoindre Sancia en son palais. La princesse de Squillace lui fit part de la satisfaction de Lucrezia au simple vu de son futur époux, ce qui réjouit fort César.

Le mariage eut lieu le 21 juillet dans le palais du cardinal Zeno, évêque de Tusculum, où était installée Lucrezia. Les noces se firent dans une relative intimité ; furent priés quelques cardinaux dont Ascanio Sforza et parents, mais on n'y vit pas madonna Giulia

Orsini dont on murmurait qu'elle était en disgrâce auprès de Sa Sainteté, ni non plus Adriana de Mila et madonna Vannozza. Suivant la volonté de César l'honneur de tenir l'épée nue au-dessus de la tête des mariés lors de la prononciation du «oui», fut dévolu à don Juan Cervillon. Si cette coutume prétendait rappeler aux épousées les dangers qui les guettaient dans le cas où elles failliraient à leurs devoirs conjugaux, on se crut en droit d'interpréter différemment le geste ce jour-là ; certains voulurent y voir une menace non pour Lucrezia si bien protégée par son frère, mais pour le mari ; d'autres assurèrent que l'épée symbolisait le pouvoir temporel de Sa Sainteté, ou encore celui du Valentinois dont on savait qu'il n'allait plus tarder à quitter la pourpre. Le Cardinal avait d'ailleurs revêtu un magnifique habit de brocart de velours noir brodé d'argent tandis que Lucrezia portait une robe damassée sortie des ateliers de Cambrai, pourvue d'amples manches bouffantes de satin cramoisi, sur laquelle elle avait passé un bliaud de soie blanche, brodé de velours noir et de joyaux, fermé par une ceinture de perles ; elle avait laissé flottante dans son dos sa magnifique chevelure blonde et l'avait ceinte d'un diadème en or ciselé incrusté d'émaux. Tout le monde s'accorda pour reconnaître qu'elle était éclatante de beauté ; Alfonso en fut le premier ébloui et il jura que tout ce qu'on lui avait rapporté sur le charme de sa future épouse demeurait largement au-dessous de la réalité.

Le lendemain eut lieu un grand banquet au Vatican, dans les appartements aménagés par Alexandre VI, et si merveilleusement enluminés d'ors et de peintures par Pinturicchio et ses élèves. Il est vrai que la fête commença par une véritable échauffourée, entre les familiers de César et ceux de Sancia, pour la plupart des espagnols, pour une question de préséance. On se battit si fort que deux évêques reçurent des horions, plusieurs combattants restèrent sur le carreau et le pape lui-même se trouva pris dans la mêlée. Il fallut l'arrivée sur ces entrefaites de César, en compagnie de Sancia, pour qu'un simple commandement du Valentinois ramenât aussitôt l'ordre. Il est vrai que connaissant la force prodigieuse du cardinal de Valence, son habileté à l'épée et la facilité avec laquelle il transperçait un adversaire, nul ne se souciait d'affronter sa colère. Au demeurant, César s'était contenté de froncer les sourcils et on le vit bientôt fort joyeux dans l'assemblée.

Dans la vaste salle du banquet où l'on avait dressé les tables, le pape avait pris place sur un trône d'où il dominait les convives ; il était servi par deux cardinaux tandis que Sancia avait tenu à être son échanson. La bonne, voire l'excellente humeur de César éclata pendant tout le temps que durèrent les festivités. Il se fit le maître des jeux, réclama des chansons pendant le banquet, ordonna le début du bal au cours duquel Lucrezia qui dansait à ravir rivalisa avec Sancia, puis furent données pantomimes et comédies amoureuses que d'aucuns déclarèrent licencieuses. La nuit était tombée et l'on avait allumé mille lampes lorsque César se retira avec plusieurs compagnons ; ils revinrent bientôt déguisés en animaux, renard et cerf et autres gibiers qu'on chassait en Italie, mais aussi bêtes étranges de pays exotiques, «oie marine», girafe, lion. Quant à César il s'était travesti en licorne, créature fabuleuse dont on avait fait le symbole de la pureté et de la loyauté. Sous ce déguisement il se montra pétulant, et fit rire longtemps toute l'assemblée car il le conserva après qu'on eut terminé les jeux de chasse pour lesquels cette mascarade avait été donnée.

Danses et badineries reprirent pour ne se terminer qu'au petit matin, moment où l'on conduisit les mariés dans leurs appartements, César rentrant chez lui avec Sancia. Dans l'après-midi tout le monde se retrouva dans le palais du Belvédère où recommencèrent les banquets, bals et jeux dont celui des truands où l'on vit prélats et gentilshommes se déguiser en coureurs de rues, coupeurs de bourses et pilleurs de voyageurs.

Aussitôt terminées ces festivités, César et Roderigo reprirent avec fièvre leurs activités. Le pape nomma une commission chargée d'examiner la requête du roi de France pour l'annulation de son mariage. Le 17 août, à la suite de minutieuses préparations, César revêtit la pourpre cardinalice et se présenta devant une assemblée de ses collègues présents au Vatican. Il leur exposa toutes les raisons nombreuses pour lesquelles il les priait de le rendre à la vie laïque ensuite de quoi Alexandre plaida avec autant de pathétique que de talent oratoire, sans d'ailleurs qu'il fût besoin de tant de manières pour obtenir du Sacré Collège ce qu'il était tout disposé à accorder. César fut autorisé à abandonner la pourpre et à retourner à la vie mondaine, vie d'ailleurs à laquelle il n'avait jamais renoncé, comme la majorité des cardinaux présents.

Bien qu'il ait jeté la robe sans regret, César continua pendant quelque temps à signer en utilisant son titre de cardinal, ceci en attendant d'en avoir un autre de remplacement, car il n'était pas encore entré en possession de son duché de la vallée du Rhône qui lui permettait de demeurer il Valentino, le Valentinois, disaient les Français. Tous les artisans de Rome, de l'Italie même, travaillèrent alors pour César. Des ateliers d'orfèvres lui vinrent les bijoux les plus précieux, et l'un des plus illustres maîtres en la matière, Ercole dei Fedeli lui cisela une épée à la poignée de vermeil, avivée par l'éclat d'émaux polychromes, pourvue en son sommet d'une étoile en un cercle, symbole du destin éclatant de César. La lame était aussi entièrement ouvragée, dorée en son centre, et l'on pouvait y voir l'écusson des Borgia et y lire plusieurs inscriptions en lettres d'argent :

Ces.Borg.Car.Valent., sur un autel votif passait le taureau des Borgia avec la formule *D.O.M. Hostia,* les devises de César, *Cum nomine Caesaris Omen* et *Iacta Est Alea* qui rappelait le passage du Rubicon par le grand Jules César. D'autres ornements avaient été gravés à partir de peintures du Pinturicchio et de Michelangelo, lequel venait de terminer pour le pape une *Pietà* destinée à devenir célèbre : un Cupidon, les yeux bandés et armé d'un petit arc, des jeunes filles portant des paniers sur la tête et des prêtresses dans leur splendide nudité. Sur l'autre face était représenté César triomphant au milieu d'étendards, deux génies ailés portant un caducée, des personnages qui rendaient hommage à la Foi assise sur un trône avec l'inscription *Fides Praevalet Armis*, un aigle aux ailes déployées surmontant un globe soutenu par une colonne brisée, un cerf au milieu de danseurs et de musiciens.

Toutes ces figures, voulues par César, étaient censées représenter l'avenir auquel il aspirait et qu'il promettait, la paix et ses plaisirs dans la foi et la fidélité à un chef, lui César Borgia.

Les tissus les plus fins, soies, satins, velours et toutes sortes de brocarts, parmi les plus somptueux furent acquis dans les meilleures fabriques de Rome, de Venise, de Gênes. À la demande de César le marquis de Mantoue lui envoya quelques-uns des chevaux de ses célèbres haras et des chiens de chasse, le duc de Ferrare des musiciens et des joueurs de viole.

Six galères affrétées par le roi de France, avaient quitté Marseille pour venir chercher à Civita-Vecchia le fils du pape.

Le matin du 1er octobre, César, abandonnant les bras de Sancia, quitta son palais après avoir revêtu un habit de damas blanc brodé d'or, un manteau noir à la mode française et une toque de velours noir ornée de perles fines et de plumes. Il se rendit au Vatican afin d'embrasser le pape et recevoir ses dernières recommandations et une lettre destinée au roi de France. Il se mit enfin en route avec le cortège le plus fastueux qu'on eut jamais vu : trente gentilshommes, plus d'une centaine de pages et écuyers, ses musiciens et bouffons, tous vêtus à l'avenant, douze chariots et soixante-dix mules chargées de bagages, outre les chevaux magnifiquement caparaçonnés. Il emmenait aussi avec lui son fidèle secrétaire Agapito Geraldini, son médecin Gasparo Torella, son majordome don Ramiro de Lorqua.

Le 3 de ce même mois, les galères royales sur lesquelles s'étaient embarqués César et sa suite, levaient l'ancre pour l'emmener en France, vers son nouveau destin.

Les réceptions réservées à César par les villes de France égalèrent en somptuosité la richesse de son train, tandis que sur la route la population stupéfaite se pressait pour voir ce petit duc qui se montrait plus magnifique qu'un roi. À Avignon, Giuliano della Rovere qui en était l'évêque, avec en plus le titre de légat du pape, lui réserva une réception au cours de laquelle furent dilapidés 7 000 ducats en quinze jours ; les consuls de la cité, moins fortunés, ne purent dépenser à son profit que deux mille couronnes d'or, mais César s'y vit entouré de dames et belles filles qu'on avait amenées pour lui faire compliments et autres civilités, ce à quoi il prit grand plaisir. Il eut droit à défilés, spectacles de pantomimes, offrandes de cadeaux, bals, promenades, en particulier à la fontaine de Vaucluze où il chanta des sonnets de son cher Pétrarque en hommage dit-il à la Laure du poète florentin et à toutes les belles filles de Provence.

Valence s'obligea à offrir une réception magnifique dans la mesure de ses moyens à son nouveau seigneur. En un seul banquet furent dévorés 24 lapins, une demi-douzaine de lièvres, 28 chapons, 6 canards, 28 tourterelles, 14 douzaines de perdrix blanches et 32 de perdrix rouges, 36 bécasses, une douzaine de paons, 10 faisans, sans compter cailles et alouettes rôties et en pâtés, une côte de veau, une côte de bœuf, 10 plats de langues de moutons en gelée, un quintal et demi de lard pour accommoder tout cela, 10 plats de pâte de Cotignac, enfin en quantité aussi extraordinaire, tartes, crèmes « à l'anglaise », confiseries, oranges, raisins, prunes, grenades, dattes, amandes, le tout arrosé des meilleurs vins du Rhône. Lyon ne se montra pas moins magnifique que les autres villes si bien que le cortège ne parvint dans les environs de Chinon où se trouvait la cour que le 18 décembre.

César étant désormais considéré par le roi de France comme un vassal, ce dernier ne pouvait aller au-devant de lui, mais il ne pouvait non plus attendre dans son château que vînt se présenter à lui l'envoyé du Saint-Père. Aussi fut-il décidé que le roi irait chasser ce jour-là, et par un heureux hasard, il rencontra le cortège du fils du pape. En suite de quoi, le roi put aller attendre dans son palais la venue du duc de Valentinois. Celui-ci avait tenu à stupéfier les courtisans du roi par son faste ; il les étonna, au point que l'ambassadeur de Venise assura que : « jamais on n'avait vu un empereur entrer dans Rome au milieu d'autant de pompe et de faste », mais aussi il irrita nombre d'entre eux jaloux de sa magnificence et qui se retranchèrent derrière la raillerie, tel ce courtisan qui dit au roi « que c'était trop de faste pour un petit duc de Valentinois. Vaine gloire et sotte bombance ! » Cette fois-ci, les mulets, chargés de bagages, et couverts de draps précieux se comptaient par douzaines, les pages et valets étaient plus richement vêtus que les princes, quant à César, il montait un cheval harnaché de feuilles d'or et de perles, ferré d'argent comme tous les chevaux fringants de sa suite, sa toque était ornée de six rubis gros comme des fèves, ses bottes brodées de perles étaient bardées de cordons d'or et il portait un collier estimé à 30 000 ducats et sur la poitrine une broche de diamants.

César devait rester près d'une année en France. Mis dans l'impossibilité d'épouser Carlotta de Naples qui, à nouveau sollicitée, se refusait à ce mariage, le roi lui trouva un bon parti parmi les demoiselles d'honneur d'Anne de Bretagne qu'il avait lui-même épousée vingt jours après l'arrivée à Chinon de César, porteur de la dispense du pape en même temps que le chapeau de cardinal pour Georges d'Amboise. Il s'agissait de Charlotte, fille d'Alain d'Albret, duc de Guyenne, parent du roi et père du roi de Navarre dont l'État, convoité par Ferdinand d'Aragon, se trouvait sur le versant espagnol des Pyrénées. La jeune fille était charmante, elle avait même la réputation d'être la plus belle fille de France et César s'en éprit. Elle-même s'étant dite satisfaite de son fiancé, le mariage eut lieu le 10 mai 1499 dans le château de Blois. Neuf jours plus tard, César était fait, en présence du roi, chevalier de l'ordre de Saint-Michel dont il revêtit le manteau de damas blanc et passa le collier d'argent aux coquilles d'or ; cet ordre, récemment fondé par Louis XI, était considéré comme le plus haut et noble de France. Peu après, par acte d'adoption, il devenait « cousin » du roi de France et recevait pour lui et ses descendants le droit d'inclure dans ses armes la fleur de lys qui fut ajoutée au taureau rouge des Borgia et celui de porter le nom de César de France.

Pendant plusieurs mois César vécut dans l'amour de sa femme, mais il ne perdait pourtant pas de vue les affaires de sa maison et il se tenait au courant de tout ce qui se passait à Rome et ailleurs. Avec une duplicité qui n'était pas sans danger, il entretenait même des relations secrètes avec le duc de Milan, afin de le rassurer et préserver un avenir encore incertain. Le pape, de son côté, se trouvait en butte à la mauvaise humeur des Aragonais de Naples et d'Espagne. Le roi Ferdinand, à qui peu de temps auparavant le pape avait accordé le privilège de prendre le titre, avec son épouse Isabelle, de Rois Catholiques, furieux de l'alliance du Saint-Siège avec Louis XII, avait envoyé auprès du Vatican un ambassadeur, don Felipe Ponce, muni d'une lettre qu'il lut à haute voix. Le roi y déclarait en substance que l'avènement d'Alexandre VI était un scandale, qu'une réforme des mœurs de l'Église s'imposait. Le pape, les yeux étincelants de colère, se leva pour arracher des mains de l'ambassadeur la lettre et la déchirer en criant :

— Nous avons été élu en toute légalité et nous avons meilleur droit et titres que ces gens qui sont des intrus, des usurpateurs qui se sont emparés de leur trône contre toute justice. Il est inouï que le Roi Catholique ait le front de prétendre intervenir dans nos affaires alors que nous ne nous occupons pas des siennes. Quant à vous, messer, vous mériteriez d'être châtié comme un insensé pour avoir eu le front de calomnier ainsi le chef de la Chrétienté.

Sans se troubler, don Felipe, de plus en plus insolent, osa déclarer que Dieu était opposé au Pape et la preuve en était qu'il lui avait envoyé un châtiment dans la mort du duc de Gandia.

Alexandre qui s'était assis à nouveau, retrouva aussitôt son calme et alors qu'on aurait pu attendre un nouvel éclat à la suite d'un si douloureux rappel, il répondit :

— S'il faut voir là un châtiment de Dieu, il en a alors infligé un plus grand encore à vos maîtres en leur refusant une descendance.

Au mois de juillet, les avant-gardes de l'armée française se mettant en marche, la rupture entre le Saint-

Siège et le duc de Milan fut officielle, en suite de quoi Ascanio Sforza qui avait été emprisonné lors de l'invasion de Charles VIII jugea prudent, dans la nuit du 13, de quitter Rome en secret en emportant ce qu'il pouvait de ses biens. Une quinzaine de jours plus tard, le torchon entre Naples et Rome brûlant, le duc de Bisceglie qui avait jusqu'alors filé le parfait amour avec Lucrezia, jugea utile de quitter à son tour la Ville Éternelle pour se réfugier à Gennazzaro dans une forteresse des Colonna, abandonnant son épouse éplorée, enceinte de six mois. En vain le pape lui intima l'ordre de rentrer, à quoi Alfonso répondit en expédiant à sa femme lettres sur lettres pour lui enjoindre de le venir retrouver dans sa retraite. Mais le pape faisait intercepter toutes les missives et le 8 août il décida, chose inouïe, de faire de Lucrezia la régente de Spoleto, ville papale, où elle y fut comme le légat.

Tandis que Rome vivait ces événements, César quittait son épouse avec qui il avait fait un séjour idyllique dans leur château de Romorantin, en la seigneurie d'Issoudun où il la laissa, enceinte. Il confiait l'administration de ses possessions françaises à Charles Seytre lequel devait obéissance à la duchesse Charlotte.

Parti pour combattre aux côtés de son roi, César n'eut même pas l'occasion de tirer l'épée : effrayé par l'arrivée des Français, Ludovic le More s'enfuyait en Allemagne au début de septembre, alors que César était à peine arrivé à Grenoble. Ascanio Sforza ayant rejoint son frère dans sa fuite, Alexandre VI lui enleva le chateau de Nepi, qu'il confia aussi à sa fille Lucrezia. Elle alla s'y installer le 25 septembre, en compagnie de son époux qui, finalement rassuré par les promesses d'Alexandre, était venu la rejoindre à Spoleto.

Le 6 octobre Louis XII faisait son entrée à Milan en compagnie de César, toujours magnifique et envers qui le roi manifestait une familiarité et une courtoisie qu'il ne réservait qu'à lui, de Giuliano della Rovere, du cardinal Giovanni Borgia-Lançol, légat du pape, du cardinal Georges d'Amboise. Une foule houleuse vint acclamer le cortège royal à la Porta Sant'Eufemia, et parmi les princes italiens qui vinrent lui apporter leur gage d'amitié on vit Francesco Gonzaga, marquis de Mantoue, le héros de la journée de Fornoue, avec son épouse Isabella, belle-sœur du More et son ancienne amie, ainsi que le duc de Ferrare Ercole d'Este, père d'Isabella et beau-père du duc de Milan en fuite.

Le 14 octobre, le pape qui était allé rejoindre sa fille à Nepi, rentra à Rome avec elle, Alfonso et les princes de Squillace qui les y avaient accompagnés ; aussitôt après, Alexandre VI lança une série de brefs par lesquels il déclarait déchus de leurs fiefs les seigneurs des cités des Romagnes.

Il préparait à César la voie de ses prochaines conquêtes.

CHAPITRE XV

Le temps, le temps ! Voilà ce dont nous devons être le plus avares !

Tout en parlant ainsi, César marchait de long en large dans la vaste salle du palais de Francesco Molza, mis à sa disposition à Modena. Il avait quitté Milan une dizaine de jours auparavant, peu après le départ de Louis XII pour la France. Le roi lui avait fourni 300 lances aux ordres d'Yves d'Allègre et une troupe forte de 4 000 hommes aguerris, Suisses et Gascons placés sous le commandement du bailli de Dijon ; ce renfort joint à ses propres troupes faisait qu'il disposait d'une puissante armée d'une quinzaine de milliers d'hommes. Il pouvait d'autant plus être assuré de la victoire qu'il avait pris à sa solde l'un des meilleurs condottieri de l'époque, Vitellozzo Vitelli. Ce dernier, qui avait jadis lutté contre Alexandre VI dans sa guerre contre les Orsini, était ensuite passé au service de Florence ; accusé de trahison par la République il avait fui la Toscane et, acceptant les propositions du duc de Valentinois, il avait mis son épée à sa disposition.

Derrière une lourde table aux pieds en bois sculpté était assis son secrétaire Agapito qu'il avait convoqué afin de lui dicter quelques lettres et qui l'écoutait sans impatience.

— Déjà en septembre, poursuivait César, Urbino a tenté de constituer avec les princes des Romagnes une ligue dirigée contre le Saint-Père. Le projet a échoué, mais maintenant que ces renards se sentent directement menacés, ils vont songer sérieusement à s'unir. De son côté la comtesse de Forli ne cesse de s'armer et de se fortifier dans ses États. Leur conquête est notre premier objectif, il ne faut pas laisser à cette virago le temps de mieux encore se préparer. Je viens d'apprendre que les seigneurs Ercole Bentivoglio et Achille Tiberti ont réuni à Cesena les troupes pontificales et ils n'attendent plus que notre approche pour venir faire leur jonction avec nous.

— Votre Seigneurie n'a plus à s'inquiéter : ne marchons-nous pas sur Imola ? S'il est vrai qu'un précieux temps a été perdu à Milan...

— À Milan ! non, pas à Milan, Agapito. Que fut ce mois, comparé aux années que j'ai perdues sous la défroque pourpre ?

— Je ne pensais pas que Votre Seigneurie faisait allusion à ces années.

— Le séjour à Milan m'a paru au contraire bref, sans doute à cause de toutes ces cérémonies et ces fêtes qui n'ont cessé de se succéder...

Il resta un moment silencieux et rêveur, laissant sa phrase en suspens.

— J'ai même dû m'arracher à certaines délices, reprit-il, talonné par cette nécessité d'agir, et d'agir vite.

— Si Votre Seigneurie songe à madonna Bianca, je serai le premier à admirer votre détermination ; tout autre que vous aurait cherché mille prétextes pour demeurer aussi longtemps que possible auprès d'une si belle dame, alors que vous avez rompu le charme avec une force d'âme digne de ce César dont vous avez fait votre modèle.

Cette évocation rappela au Valentinois cette Bianca Lucia Stanga qu'il avait rencontrée lors d'une réception du roi dans le palais ducal de Milan où il s'était établi. C'était une jeune femme de la noblesse, réputée dans la ville pour sa beauté et sa vertu. À peine l'avait-il entrevue qu'il avait été séduit ; Bianca, de son côté, n'était pas restée insensible à la prestance de l'illustre duc et bientôt elle était devenue sa maîtresse. En d'autres circonstances, il l'aurait emmenée avec lui, à Rome, sans néanmoins se faire quelque illusion sur l'avenir d'une passion aussi soudaine. Mais il songeait à la guerre, ou plutôt à cette guerre qu'il allait entreprendre contre la femme qu'il n'avait jamais oubliée, la première qu'il avait admirée, la seule pour qui il avait conservé de l'admiration, Catarina Sforza. Il la sentait maintenant si proche de lui, il avait une si grande certitude de vaincre et de la placer sous son joug, vieux rêve d'adolescence, qu'il avait rapidement mis un terme à une liaison qui ne pouvait que l'entraver autant dans ses ambitions que dans ses visées amoureuses.

— Oui, Agapito, je vais bientôt avoir vingt-six ans, et je n'ai encore réalisé que bien peu de choses alors qu'Alexandre à cet âge conduisait vers l'Inde ses armées victorieuses.

— Je ferai remarquer à Votre Seigneurie que le Macédonien avait la chance d'être né fils de roi.

— Eh ! ils sont nombreux les fils de rois qui n'ont jamais rien fait de leur vie ! Maintenant, il faut plus encore se hâter dans notre avance vers Forli. Toute notre énergie doit être tournée vers ce but. Ensuite, je rentre à Rome en triomphateur, comme les empereurs de jadis. Je suis aussi impatient d'embrasser ma sœur bien-aimée... Nous verrons alors ce petit Roderigo, ce fils qui vient de lui naître de ce mariage avec Aragon. Un mariage qui déjà me paraît avoir été trop hâtivement conclu.

Le chambellan de César, Ramiro de Lorqua, frappa à la porte pour annoncer l'arrivée d'un envoyé du pape.

Juan Ferrera, le camerier secret d'Alexandre VI vint s'incliner devant le duc de Valentinois et, une fois invité à parler, il déclara :

— Sa Sainteté demande à Votre Seigneurie de se rendre auprès d'elle sans différer, annonça-t-il.

— Que me dites-vous là ? Je ne puis laisser ici mon armée ! Que veut Sa Sainteté ?

— On vient de découvrir un complot contre la vie du Saint-Père. Il s'agit d'un homme qui aurait été envoyé au pape porteur de poisons destinés à le faire promptement mourir.

— Mais, il n'est rien arrivé à mon illustre père ?

— Que Votre Seigneurie se rassure. Sa Sainteté est en parfaite santé. Le conspirateur a été arrêté et Sa Sainteté est désireuse de vous entretenir de cette affaire car le complot a été conçu par la comtesse de Forli.

César se tourna vers Lorqua :

— Qu'on me prépare un léger bagage et une escorte. Je vais de ce pas me changer et je pars aussitôt pour Rome. Je ne m'absenterai que peu de temps. D'ici quelques jours j'aurai rejoint notre armée. Je te charge d'en aviser nos capitaines.

Le surlendemain César entrait au Vatican après avoir crevé plusieurs chevaux. Alexandre travaillait dans son cabinet des nouveaux appartements Borgia lorsqu'on lui annonça l'arrivée de César. Dès qu'entra ce dernier, le pape se leva et vint vers lui pour le serrer dans ses bras :

— Mon fils ! mon illustre duc ! Comme ta venue réjouit mon cœur !

— Mon père vénéré, j'arrive directement de Modena où j'ai appris qu'on avait déjoué un complot visant votre précieuse vie. Je veux sans attendre interroger les accusés.

Le pape regagna son siège tout en rassurant son fils :

— Ils sont à Saint-Ange où je veux les tenir jusqu'à ce que tu m'amènes ici cette fille de Satan.

— Ont-ils subi la question ?

— Ce fut inutile car ils sont venus d'eux-mêmes dénoncer l'affaire. Le coupable est un homme bien en vue à Forli du nom de Battista da Meldola. Celui qui a révélé l'affaire est un certain Cristoforo Balatrone. Dieu a voulu qu'il ait un frère garde au Vatican et c'est par ce dernier que nous avons été alertés. Ce Balatrone qui vit à Rome depuis quelques années a, paraît-il, été exilé par la comtesse pour l'avoir critiquée dans ses relations avec ce Feo pour qui elle a fait tant d'extravagances et couler tant de sang. Il connaissait ce Meldola à qui il aurait demandé d'intervenir auprès de madonna Catarina pour qu'il soit rappelé. Meldola lui aurait répondu que c'était possible, à condition qu'il l'introduisît auprès de nous afin de nous remettre une lettre signée par les membres de la seigneurie de Forli et la comtesse, dans laquelle ils nous supplieraient de consentir à un accord avec eux afin d'éviter la guerre que tu as entreprise contre eux.

— C'est là une histoire bien invraisemblable puisque encore récemment la comtesse a refusé de nous céder ses fiefs contre une forte pension et un autre fief dans vos États. Votre Béatitude a-t-elle lu la lettre ?

— Certainement pas, car Balatrone a déclaré que la lettre aurait été empoisonnée. La comtesse l'aurait mise en contact avec un pestiféré puis l'aurait glissée dans le creux d'un roseau et enfermé le tout dans un linge rouge

— Et c'est ce roseau qui vous aurait été remis ?

— Précisément. Et le porteur aurait demandé que nous ouvrions nous-mêmes une missive placée dans une aussi étrange enveloppe.

— Croyez-vous, mon père, que la comtesse de Forli

serait assez naïve pour imaginer que vous puissiez décortiquer le roseau de vos propres mains ?

— Non, Catarina est trop sensée pour avoir pu raisonner ainsi ; et elle est moins sotte que ce Balatrone. Car sais-tu ce qu'il a répondu à ce fou de Meldola ? «Tu ne réussiras pas car Sa Sainteté est un dieu sur terre. »

Alexandre accompagna cette remarque d'un long rire avant de reprendre :

— Il est vrai qu'il n'était pas très sûr de mon immortalité car il a bientôt persuadé notre conspirateur de venir nous rapporter ce complot. Comme je ne suis pas personnellement assuré de ma nature divine, j'ai pris soin de faire brûler le roseau avec tout ce qu'il contenait sans chercher à lire une aussi dangereuse lettre.

— C'est regrettable car nous aurions pu savoir qui l'avait signée.

— Peu importe puisque nous n'en aurions tenu aucun compte.

— Je ne puis croire qu'elle ait été rédigée par ordre de madonna Catarina.

— Moi non plus. Elle est trop avisée pour recourir à de si grossiers subterfuges. Mais peu importe ce que nous pensons. L'essentiel c'est de faire semblant de croire qu'il en est ainsi et qu'elle s'est rendue coupable d'une telle félonie à notre égard. C'est pourquoi nous avons décidé de faire dire des actions de grâces à Santa Maria della Pace et d'informer de cette tentative de meurtre la Seigneurie de Florence ainsi que les orateurs des villes alliées.

— Je ne crois pas heureux d'ébruiter une histoire si burlesque qu'il est à craindre qu'on n'accuse Votre Sainteté de l'avoir montée de toutes pièces pour discréditer notre ennemie.

— Il nous semble, au contraire, que l'invraisemblance de la chose lui confère plus de crédibilité. Nos amis, tout autant que nos ennemis, connaissent trop bien l'ancien Vice-Chancelier de l'Église pour savoir que s'il avait imaginé une pareille conspiration, il l'aurait plus habilement présentée. Mais si je t'ai mandé auprès de moi, c'est aussi pour te donner quelques recommandations. Quoi qu'il advienne, évite que soit mise à mort madonna Catarina. Nous avons besoin auparavant qu'elle accepte de signer une renonciation à ses fiefs d'Imola et de Forli afin que ni elle ni ses enfants ne puissent par la suite te contester ces possessions.

— Soyez certain, mon père, qu'il n'a jamais été dans mes desseins de faire mourir la comtesse, assura César.

— Il ne faut surtout pas, non plus, que ces Français qui t'accompagnent la revendiquent pour leur roi. Il faut que tu la ramènes à Rome.

— Telle est aussi mon intention. Ces Français sont de francs rustres qu'il me sera facile de duper le cas échéant, comme je l'ai déjà fait lorsqu'ils ont eu la prétention de faire de moi leur otage.

Une visite aux prisons du château de Saint-Ange où il interrogea les deux hommes n'éclaira guère plus César sur les tenants et aboutissants de cette affaire mais il en retira une plus grande certitude de l'innocence de Catarina Sforza.

Le lendemain, avant de repartir pour Bologna, il se rendit au palais du cardinal Zeno où il trouva Lucrezia, en compagnie de son époux. Il ne resta qu'un bref instant malgré les démonstrations de joie de sa sœur qui le supplia de dîner avec eux. Depuis plus d'un an qu'il ne l'avait vue elle lui parut plus épanouie, presque trop à son gré, car la raison de son bonheur se trouvait manifestement dans l'amour qu'elle portait à son époux. Il prenait congé du couple après être allé jeter un coup d'œil au nouveau-né, lorsqu'il se heurta à Sancia qui venait visiter son frère et sa belle-sœur.

— Est-ce possible ! s'exclama-t-elle, suis-je bien en

présence de l'illustrissime duc de Valentinois dans toute sa splendeur ?

Tout en parlant ainsi elle vint l'embrasser avec un sourire moqueur. Elle montrait une si candide impudence que César ne pouvait qu'en rire, et c'est ce qu'il fit en précisant :

— C'est bien lui, ma chère Sancia, et bientôt vous le retrouverez triomphant et maître des Romagnes.

— Quoi, vous apprêteriez-vous à repartir, à peine venez-vous de rentrer de votre glorieuse chevauchée de par le royaume de France ?

— Ma chevauchée à travers l'Italie sera plus glorieuse encore car sachez que je repars sans plus tarder pour aller m'emparer d'Imola et de Forli.

— Eh bien, revenez-nous donc triomphant, mon excellentissime capitaine.

Le surlendemain, César arrivait à Bologna où Giovanni Bentivoglio, seigneur de la ville, lui offrit une réception royale à laquelle il répondit par des présents tout aussi royaux.

— La comtesse Catarina ne semble pas disposée à céder de plein gré ses États à Votre Seigneurie, lui déclara Bentivoglio. Elle a fait jurer fidélité à ses sujets et on l'a vue en armure diriger les travaux de défense tandis que son fils le jeune comte Ottaviano n'a pas hésité à transporter lui-même les pierres et le sable destinés au renforcement des murailles, aux côtés des gens de la ville.

— J'ai cependant appris que la comtesse a envoyé ses enfants à Florence afin de les mettre en sécurité. Cette chère Sforza me connaît bien mal, soupira César. Il n'entre pas dans mes vues de massacrer la famille Riario alors que le Saint-Père qui est le parrain d'Ottaviano, a récemment attribué à l'un de ses fils l'évêché de Pise. Au demeurant, si je redoutais ces oursons au point de vouloir m'en débarrasser, il n'est pas un lieu où ils se trouveraient en sécurité. Non, je désire seulement me rendre maître de ces deux seigneuries qui sont fiefs du Saint-Siège et ont été données par un pape à des gens de sa famille au détriment des anciens seigneurs, les Ordelaffi.

— La comtesse s'est trop ouvertement aliéné les sympathies de son peuple pour que Votre Seigneurie rencontre du côté des bourgeois et des artisans quelque résistance.

— Je le souhaite, ce qui évitera à Imola et Forli d'être mises à sac et me permettra de montrer à toute l'Italie la magnanimité du duc de Valentinois car il est dans mes intentions de supprimer nombre de taxes et abaisser le taux d'impôts excessifs.

Le 24 novembre, César, à la tête de son armée, arrivait en vue d'Imola, après que l'eurent rejoint Ercole Bentivoglio et Achille Tiberti avec leurs compagnies. À peine le camp était-il monté qu'on annonça à César l'arrivée d'une délégation des habitants de la cité. Aussitôt il sortit de sa tente pour les recevoir, entouré de ses officiers et des capitaines français. Le chef de la délégation, un homme encore jeune, vêtu avec simplicité, le salua avec empressement :

— Mon Seigneur, lui dit-il ensuite, mon nom est Flaminio et je suis professeur en cette noble cité. Votre serviteur a eu l'insigne honneur d'être choisi pour devenir le porte-parole des gens de ce comté, bourgeois, artisans et paysans.

— Sachez, messer Flaminio, répondit César, que le duc de Valentinois est tout disposé à entendre votre requête.

— Votre Seigneurie doit savoir que nous ne sommes guère disposés à risquer nos biens et nos vies pour le seigneur Ottaviano et sa noble mère, madonna Catarina. Si Votre Seigneurie nous donne l'assurance que ni nos vies ni nos biens ne souffriront, nous sommes disposés à ouvrir les portes de notre cité et recevoir en nos murs Votre Seigneurie ainsi que ses officiers et ses soldats.

— Vous avez la parole de César Borgia de France que nul mal ne vous sera fait et que vos biens seront épargnés si vous vous rendez, mais si parmi vous quelqu'un avait des velléités de résistance, il encourrait ma colère. Vous pourrez bientôt vous réjouir de la magnanimité de votre nouveau maître, le duc de Valentinois.

Les envoyés se retirèrent satisfaits et suivant les accords passés avec eux, César délégua Achille Tiberti escorté de quelques cavaliers pour sommer le gouverneur de la ville de se rendre. Achille Tiberti qui avait été au service de Catarina et passait même pour avoir été un temps son amant, n'était pas un inconnu pour les gens d'Imola ni pour son gouverneur qui lui répondit qu'il allait consulter les habitants et que s'ils lui donnaient leur accord, il rendrait volontiers les clefs de la ville. Les portes furent bientôt ouvertes et César entra dans Imola où il fut reçu comme un libérateur aux cris de *Popolo ! Popolo ! Borgia !*

À peine installé dans le palais qu'on lui avait réservé, César s'isola pour écrire à son père une lettre où il lui faisait part de la prise de possession d'Imola. Agapito vint alors l'aviser qu'Achille Tiberti désirait avoir avec lui une entrevue.

— Mon Seigneur, lui dit Tiberti, il est bien d'avoir ainsi occupé Imola, mais il reste encore la forteresse. Elle est tenue par Dionigi di Naldo qui a juré à la comtesse de tenir une année s'il le fallait afin de lui laisser le loisir d'ameuter contre Votre Seigneurie les autres princes des Romagnes mais aussi Venise et son beau-frère l'empereur d'Allemagne.

— Il est bien vrai, seigneur Tiberti, que cette forteresse me cause bien du souci car nous ne pouvons laisser cette épine dans notre flanc. Il faut l'en arracher avant que de marcher sur Forli.

— Je connais bien ce Naldo. Je le sais entêté et suffisamment fou pour tenir parole. Voilà pourquoi je supplie Votre Seigneurie de braquer sans plus tarder ses canons sur la citadelle et de la bombarder avant que Naldo n'ait le temps de se ressaisir.

— Telle était bien mon intention et nous allons donner des ordres dans ce sens.

Tiberti s'apprêtait à se retirer, satisfait, lorsque César le retint :

— Dites-moi, messer Tiberti, j'ai ouï-dire que vous avez très bien connu madonna Catarina.

— De fort près, il est vrai, reconnut-il.

— On la dit irascible, passionnée...

— Épithètes qui ne sont pas trop fortes. Sa passion pour ce misérable Giacomo Feo était telle qu'à la suite de son assassinat elle a fait supplicier et exécuter une soixantaine de personnes, autant ceux qui pouvaient être impliqués de loin ou de près dans le complot, que leurs femmes et même des enfants en bas âge. Elle était comme une tigresse assoiffée de sang. Il me souvient qu'on a dit que toute la Romagne criait vers le ciel et Sa Sainteté est intervenue pour la blâmer de n'avoir pas su maîtriser sa rage et enfermer dans son cœur une passion aussi folle que coupable. Cette folie, mais aussi les exactions dont se sont rendus coupables aussi bien son époux le comte que ce Feo dont seule la fatuité surpassait la médiocrité d'âme, expliquent la manière dont la population d'Imola a reçu Votre Seigneurie. Il en ira de même pour les gens de Forli qui attendent votre arrivée comme celle d'un libérateur. Ceux-ci ont bien fait entendre leurs sentiments à la comtesse qui les a traités de lièvres et déclaré qu'il valait mieux un État ruiné qu'un État perdu. Comme il ne serait perdu que pour elle mais ruiné pour tous, ses invectives les ont laissés indifférents.

— C'est une âme forte et fière, n'est-ce pas ?

— On ne peut le nier, mais c'est aussi une louve et d'aucuns disent une chienne car elle ne peut vivre sans amant. En ce moment, et ceci depuis la mort de Giovanni dei Medici l'an dernier, l'heureux élu n'est autre que Giovanni da Casale, à qui elle a confié le commandement de Ravaldino où elle s'est réfugiée avec des hommes décidés.

Bien que, suivant les conseils de Tiberti, il eût fait pointer ses batteries sur la forteresse, César envoya parlementer avec Dionigi di Naldo. Comme ce dernier s'opiniâtrait dans sa décision de résister, on le menaça de passer la garnison au fil de l'épée, à quoi il répondit qu'il était prêt à mourir en soldat et en chrétien, ce pourquoi il s'était fait administrer les derniers sacrements. En un ultime recours, César lui dépêcha Vitellozzo Vitelli qui était l'un de ses vieux compagnons d'armes et à qui il vouait une véritable amitié. Ses prières ne parvinrent à fléchir sa détermination et César dut se résoudre à canonner la forteresse et à en faire le siège.

Les jours s'écoulèrent sans que les bombardes réussissent à ouvrir une brèche.

César vivait dans une attente fébrile. Il partageait son temps entre les lignes des assiégeants et sa salle de travail où il dictait à Agapito des lettres destinées à son père et à ses alliés.

— Nous allons écrire à mon seigneur le duc de Ferrare, Ercole d'Este, annonça-t-il à son secrétaire. Tu la dates de ce jour, le cinq du mois de décembre. Dis-lui que nous avons mis le siège devant la forteresse d'Imola et que nous attendons d'heure en heure sa reddition. Précise que j'espère lui donner bientôt avis de sa chute et que si le siège traîne en longueur c'est parce que j'ai en honneur d'épargner la vie de nos hommes... Agapito, tourne cette lettre afin qu'elle ait un ton aimable et confiant car j'ai des vues sur Ferrare.

— Eh ! Votre Seigneurie envisagerait-elle d'en faire la conquête ? C'est là s'attaquer à un gros morceau car il est à craindre que le roi de France ne vous suive plus...

— Non, j'ai l'intention de me lier étroitement à Ferrare par un mariage. Cet Alfonso d'Este, le fils du duc et son héritier est un bel homme, un peu rustre, il est vrai, mais il me plaît.

Il se tut tandis qu'Agapito portait vers lui un regard interrogatif.

— J'aimerais, reprit César, qu'il devînt mon beau-frère.

— Que je sache, Votre Seigneurie n'a qu'une sœur et elle est mariée.

— Oui, à ce petit Aragon. Ce n'est pas un obstacle insurmontable et comme la maison de Naples est devenue notre ennemie et notre prochain objectif...

— Votre Seigneurie ne peut espérer que Sa Sainteté parvienne à nouveau à faire annuler le mariage, d'autant que Leurs Excellences ont eu un enfant légitime.

— Il faudra, en effet, trouver une autre solution.

César fut interrompu dans sa conversation par son chambellan qui vint l'aviser qu'un charpentier de la ville voulait avoir une audience.

— Je l'ai fait fouiller, conclut don Ramiro, il ne portait pas d'arme sur lui.

— Mon bon Lorqua, lui répondit César en riant, j'apprécie le soin avec lequel tu tiens à préserver ma vie, mais je crois que tu méjuges nos nouveaux sujets. Ils nous sont visiblement acquis.

— On rapporte cependant que des soldats, et en particulier les gens du bailli de Dijon ont molesté des particuliers, ce qui a déplu à une population qui a accueilli avec tant de ferveur Votre Seigneurie.

— Tu fais bien de m'en aviser. Je tiens à ce qu'une

enquête soit ouverte afin que nul dans nos nouveaux États n'ait à se plaindre de nous. J'irai jusqu'à faire pendre les semeurs de troubles. Maintenant, fais entrer ce charpentier.

L'homme introduit auprès de César lui fit savoir qu'il avait participé aux travaux de fortification de la citadelle et qu'il était tout disposé à montrer aux artificiers du duc quels étaient les points faibles des défenses. César récompensa le charpentier et fit pointer ses canons selon ses directives de manière qu'après avoir bombardé le rempart durant toute la nuit, une brèche y fut ouverte par laquelle César en personne conduisit un premier assaut. Une cour fut occupée puis reprise par la garnison du fort à la suite de furieux combats au cours desquels César se trouva face à Naldo qui fut blessé à la tête. Lorsque tomba la nuit, les assaillants restaient les maîtres de plusieurs bastions de manière que Dionigi di Naldo comprit qu'il ne pourrait résister encore longtemps. Il fit alors sortir une ambassade munie du drapeau blanc en demandant de parlementer.

— Nous voyons trop bien, dit à César leur chef qui n'était autre que Giovanni Landriano, le frère utérin de Catarina Sforza, que Votre Seigneurie parviendra bientôt à enlever la citadelle car nous ne sommes que deux cents pour la défendre. Cependant notre capitaine et nous-mêmes avons engagé notre parole vis-à-vis de notre comtesse et en revanche elle nous a promis d'envoyer des renforts à notre secours.

— Elle n'a visiblement pas tenu parole, rétorqua César.

— C'est pourquoi nous venons vers Votre Excellence pour lui proposer ceci : laissez-nous aller jusqu'à Forli, auprès de madonna Catarina afin de lui demander des renforts. Si elle nous en fournit, permettez-nous de rentrer dans la citadelle et de poursuivre le combat.

Dans le cas contraire, si d'ici trois jours nous n'avons rien obtenu, nous vous rendrons la forteresse avec la promesse de Votre Seigneurie que nous pourrons nous retirer en toute sécurité.

César demeura un instant silencieux tandis que Tiberti s'écriait :

— Mon Seigneur, vous ne pouvez accepter de telles conditions. La forteresse est déjà à vous ! Il suffit de pousser l'assaut et nous nous en rendons maîtres.

— Sans doute, mon cher Tiberti, mais cela coûtera bien des vies et je serai alors mis dans l'obligation de tenir ma première parole, à savoir que je devrai faire passer au fil de l'épée toute la garnison. Vous n'ignorez pas combien je suis économe de la vie des combattants aussi bien que des populations... C'est pourquoi j'accepte les propositions de ces seigneurs et ordonne que leur soit fourni un laissez-passer afin qu'ils se rendent à Forli. Nous vous accordons trois jours, en suite de quoi il faudra que vous teniez parole et nous rendiez la citadelle.

— Ainsi en sera-t-il fait, assura le héraut.

César avait visé juste car il était à peu près assuré que Catarina Sforza ne pourrait envoyer ces renforts. Ainsi, le temps imparti s'étant écoulé, Naldo délégua vers César un héraut pour lui poser les conditions de leur capitulation : il requérait que non seulement la garnison dans son ensemble pût se retirer en toute sécurité en emportant armes et bagages, mais il réclamait en outre qu'elle reçût les honneurs militaires. À l'ouïe de telles exigences, s'élevèrent des murmures parmi les officiers du duc de Valentinois, mais contre toute attente, César accéda à chacune de ces demandes en déclarant :

— Vous avez combattu vaillamment, sachez que César Borgia sait rendre hommage à la valeur. Allez en paix et ceux d'entre vous qui voudrez venir à moi, volontiers je les engagerai sous ma bannière car on a toujours besoin de braves lorsqu'on a de grands desseins.

Le 11 décembre, César prenait possession de la forteresse après que la garnison s'en fut allée selon ce qui avait été convenu.

La courtoisie, voire la déférence avec laquelle le duc de Valentinois avait traité les Imolais et la garnison, avaient fait une si bonne impression sur les populations des bourgades et villes voisines que celles-là se rallièrent à un conquérant qui se montrait si magnanime. Par ailleurs, il lui avait été aisé, à coups de promesses et de ducats, de se rallier quelques-uns des plus marquants parmi les habitants de Forli, le plus en vue étant Luffo Numai, chef de l'une des grandes familles de la région. Ce dernier, qui était longtemps resté fidèle aux Riario, avait pris quelque distance avec la comtesse à la suite des excès auxquels elle s'était abandonnée lors du meurtre de Giacomo Feo. Aussi commença-t-il à travailler les membres du conseil de la ville qui hésitaient encore sur l'attitude à adopter : rester fidèle à la comtesse et à son fils bien que ce dernier les eût déliés de leur serment et que le pape eût déchu par une bulle les Riario, ou se rallier à César Borgia. D'un côté il leur montra la menace que faisait peser sur leur ville la puissante armée pontificale, leur destin qui, en cas de résistance, serait d'être massacrés avec leurs familles pour la seule gloire de maîtres que le véritable seigneur de la cité, le pape, avait déclarés déchus ; d'un autre côté il leur rappela tout ce dont les citoyens avaient souffert, précisément sous la domination de ces sanguinaires seigneurs. Quel citoyen n'avait eu à souffrir, soit personnellement, soit parmi les membres de sa famille, d'exil, de spoliation, de confiscation de biens, de supplices ? Il rappela combien le gouvernement du pape, avant que la ville ne tombât au pouvoir des petits princes auxquels le Saint-Siège les avait abandonnés, avait été heureux et bénéfique.

Par de tels discours il emporta finalement la partie et le conseil décida d'abandonner leur ancienne souveraine pour se donner à leur seigneur naturel, le pape. César s'apprêtait à quitter Imola lorsque vint devant lui le héraut envoyé par le conseil pour lui faire savoir que la ville avait décidé de lui ouvrir ses portes. Le traité de capitulation, déclara l'émissaire, allait être préparé par le conseil qui le lui présenterait. César convoqua aussitôt Achille Tiberti et le délégua avec une forte escorte auprès du conseil afin de le représenter.

— Messer Tiberti est mon porte-parole, déclara-t-il au héraut de Forli. Il vous accompagnera dans la cité tandis que moi-même avec quelques escadrons, j'irai m'installer à Casalparra, dans les faubourgs de Forli, chez un homme que je tiens en haute estime et qui m'a invité à séjourner en sa demeure, messer Lodovico Ercolani. J'attendrai là que me soient apportés les termes de la capitulation de manière que le peuple ne soit pas inquiété de me voir arriver trop soudainement à la tête de mes troupes. Je veillerai, au demeurant, à ce que la plupart de mes hommes restent dans un camp au-dehors des remparts afin que les gens de votre cité n'aient à souffrir de leur présence.

Ce n'est donc que dans l'après-midi du 19 décembre que César fit son entrée dans la ville de Forli, par la porte San Pietro. En avant venaient plusieurs escadrons portant la bannière de l'Église. En cette occasion, César avait jeté sur son armure brillante un ample manteau de soie blanche et s'était coiffé d'une toque ornée de perles et d'une grande plume blanche. Il chevauchait un fougueux cheval blanc magnifiquement harnaché et ainsi allait-il, digne mais souriant. À ses côtés, se tenait Yves d'Allègre grand et puissant, tête nue, son épaisse barbe rousse tombant sur le corselet ;

derrière venaient le bailli de Dijon, le duc de Vendôme, des évêques, puis le reste de l'armée et l'artillerie qui faisait vibrer les pavés des rues. Malgré une pluie fine et froide qui tombait mollement du ciel gris, une nombreuse population s'était assemblée tout au long des rues pour accueillir le fils du pape aux cris de : Popolo ! Popolo ! Borgia ! Tandis que les officiers et dignitaires de la suite ducale étaient conduits par des pages dans les demeures nobles où leur avait été préparé un logement, César et ses intimes se rendaient chez Luffo Numai qui avait tenu en honneur de les recevoir.

C'est là que César passa la Noël en compagnie de son hôte, ses compagnons d'armes et son cousin le cardinal Giovanni Borgia qu'Alexandre VI avait nommé son légat à Bologna.

César était attablé dans la grande salle du palais Numai avec ses commensaux, lorsqu'on vint l'aviser que la comtesse avait fait hisser sur la forteresse de Ravaldino, le drapeau de Venise.

— Serait-il possible qu'elle ait livré la citadelle aux Vénitiens ? s'étonna Numai.

— N'en prenez aucun souci, messer, lui dit César. J'ai su par mes espions qu'elle a bien envoyé un messager à la Sérénissime pour lui céder Forli, mais le Conseil s'est bien gardé de donner suite à sa proposition car c'est nous qui tenons la ville et non elle. Je suppose qu'à la suite de la réponse négative des Vénitiens, elle tente de nous intimider en laissant croire que Ravaldino appartient à Venise.

— Si je puis me permettre, dit alors Numai, je ferai part à Votre Seigneurie de ma surprise : voici maintenant cinq jours que vous êtes entrés dans Forli et vous n'avez encore rien entrepris contre la comtesse toujours retranchée dans Ravaldino.

— J'attendais précisément la réaction de Venise et me voilà satisfait de voir que la République n'a nulle envie de contrer nos desseins. Nous commencerons demain le siège de la citadelle. Pour ce soir, réjouissons nos âmes en cette nuit sainte et nous irons prier afin que le Seigneur nous donne la victoire. Car je suis convaincu, mes seigneurs, que Dieu est avec nous, et avec son vicaire, Sa Sainteté Alexandre VI. Buvons à la santé du Saint-Père.

La neige tomba toute la nuit durant de manière qu'au matin la ville et les campagnes se trouvèrent ensevelies sous un épais suaire blanc. César avait jeté sur son armure légère un chaud manteau doublé de fourrure et, selon son habitude, il coiffa une toque de préférence au pesant heaume. Ainsi équipé, il entreprit, dès le matin, de faire le tour de la forteresse en compagnie de ses officiers. Cette inspection une fois terminée, il se tourna vers le commandant de son artillerie :

— Vous allez faire donner les batteries pendant tout le reste du jour. Il faut que l'attaque paraisse vigoureuse afin que la comtesse puisse juger de notre détermination. Visez de préférence cette partie là-bas qui est, m'a-t-on assuré, ce qu'on appelle le *Paradizio* et où loge madonna Catarina.

— Devons-nous tenir nos hommes prêts pour un éventuel assaut ? demanda Gonzalve de Mirafuente à qui César avait confié le commandement militaire de Forli.

— Il est toujours utile de tenir les soldats en éveil, mais nous ne donnerons pas d'assaut ce jour, ce serait une folie, la place est trop forte. Je ne veux qu'intimider la comtesse afin de la conduire à accepter de parlementer.

— Mon Seigneur, intervint alors Taddeo della Volpe, un autre capitaine au service de César, n'est-il pas vain de bombarder le *Paradizio* alors que nous savons que la comtesse s'est établie dans le donjon qu'on appelle ici *Maschio* ?

— C'est précisément la raison pour laquelle nous ne tirerons pas sur le donjon car je ne veux surtout pas que madonna Catarina soit tuée ou même blessée. Mais de cette manière nous lui laisserons croire que nous en voulons même à sa vie puisque nous ne sommes pas censés savoir qu'elle n'y loge point.

Ainsi fut-il fait et aux roulements des batteries des assiégeants, répondirent les bruits de tonnerre des couleuvrines des assiegés.

Le lendemain, jour de la Saint-Étienne, un héraut accompagné de trompettes, vint se présenter devant la porte de la forteresse. Le son aigre des trompettes couvrit les lointaines rumeurs du camp et les coassements des corbeaux qui volaient en nombre tout alentour. Giovanni da Casale vint se montrer sur le rempart et aussitôt, le héraut l'interpella à haute et intelligible voix :

— Je vous prie, messire, de dire à madame la comtesse que son excellence le duc de Valentinois désire lui parler.

Derrière les trompettes se tenait César, suffisamment en retrait cependant pour ne pas risquer de recevoir par traîtrise un carreau d'arbalète. Lorsque Catarina, aussitôt avertie, vint se présenter aux créneaux, il poussa vers elle son destrier. Il ne l'avait pas revue depuis le jour de son adolescence où il était venu la saluer alors qu'elle s'était emparée du fort Saint-Ange, il y avait de cela une quinzaine d'années. Si elle avait perdu cette fraîcheur de la première jeunesse, elle avait gagné une maturité qui rehaussait sa beauté et lui conférait une majesté imposante. Elle paraissait plus forte de corps, mais il était visible que l'armure qu'elle portait sous sa robe de velours fauve modifiait son apparence. César ôta sa toque pour la saluer et, la conservant à la main pour lui témoigner l'estime dans laquelle il la tenait, il prit la parole après qu'elle-même lui eut rendu son salut :

— Madame, vous savez combien est changeante la fortune des États. Il me souvient qu'à Rome, parmi bien des choses, on louait en vous l'amour de la lecture et la connaissance de l'histoire. Le moment est maintenant venu de mettre à profit votre esprit et votre savoir. Il n'est nul besoin de vous exposer l'état des choses et la raison de ma présence ici. Mais il me tient fortement à cœur de vous montrer la haute estime dans laquelle je vous tiens et de vous persuader que je ne voudrais jamais non seulement maltraiter mais même contrister plus qu'il n'est nécessaire votre personne. C'est pourquoi je vous propose, je vous conjure même, de me céder de bon gré cette forteresse. Je vous garantis les conditions les plus avantageuses. Je vous ferai assigner par Sa Sainteté des États et des revenus dignes de vous et de vos enfants. Je m'en porte personnellement garant. Vous pourrez vous établir où vous voudrez, même à Rome si cela vous convient. Ainsi, pour vous-même et pour tous les vôtres vous épargnerez des travaux et des périls plus grands encore que vous pouvez l'imaginer. Capitulez quand il en est temps : vous éviterez une horrible effusion de sang et vous apparaîtrez comme une femme juste et valeureuse. Cédez, cédez donc, madame ! cédez à mes prières.

À ces exhortations, Catarina répondit par un discours plein des éclats de sa fierté native dans lequel elle rappelait la grandeur et l'impavidité de son père le duc de Milan et surtout de son grand-père le grand Francesco Sforza pour assurer qu'elle ne faillirait pas à l'honneur familial ; elle se plaignit ensuite de l'iniquité du pape qui voulait la dépouiller de ses fiefs et elle déclara qu'elle ne pouvait se fier à la parole de ce dernier.

— Si, conclut-elle, après avoir repoussé toutes les conditions ignominieuses, toute faiblesse indigne du nom des Sforza, j'étais écrasée par vous, sachez qu'unie par le cœur à ceux qui sont enfermés ici avec moi je trouverai une consolation dans la pensée que le nom de celui qui meurt sur le champ de bataille ne tombe jamais dans l'oubli et que sa cause souvent survit et triomphe.

Malgré l'admiration que ce discours suscita en lui, César en éprouva quelque dépit et il la supplia encore de réfléchir. Elle parut hésiter avant de répartir :

— Seigneur duc, il convient que j'aie un entretien avec mes officiers. Revenez donc d'ici la fin de l'après-midi.

Entrevoyant dans ces mots un espoir de conciliation, César la salua et se retira pour aller dîner en compagnie de ses officiers. Lorsqu'il se présenta à nouveau devant la porte de la forteresse, Catarina lui dit :

— Seigneur duc, il m'est pénible de devoir crier depuis ce rempart pour m'entretenir avec vous. Si vous acceptez d'éloigner vos hommes, je ferai abaisser le pont et viendrai auprès de vous.

Cette entrée en matière surprit agréablement César, tout en l'inquiétant. Néanmoins, après s'être découvert, il répliqua :

— Madame, si vous sortez de cette forteresse, vous avez ma parole qu'on ne cherchera pas à abuser de votre confiance et que vous pourrez retourner dans vos murs avec toutes les garanties qui entourent un héraut. Mais afin de plus encore vous montrer ma bonne volonté, je fais éloigner les gens qui m'entourent.

Il se tourna vers Michelotto qui l'avait accompagné et lui fit un signe pour que fût exécutée sa volonté.

— Votre Seigneurie doit redouter quelque perfidie, murmura le fidèle serviteur à l'oreille du duc.

— Va, Michelotto, transmets mes ordres et n'aie aucune crainte pour moi. Cependant, tiens prêts à intervenir quelques chevau-légers dans le cas où je serais assailli par traîtrise.

Lorsque le pont-levis commença à s'abaisser lentement en un perçant crissement de chaînes, César descendit de cheval et, la main sur la garde de son épée, il vint se placer devant la douve. Catarina s'avança seule sur le pont et César lui offrit galamment son bras. Elle hésita un bref instant avant d'y poser sa main gantée de métal.

— Madame, lui dit-il, vous pouvez voir que je me remets avec confiance entre vos mains car vos hommes peuvent promptement sortir de cette porte pour tenter de me saisir.

Elle le regarda et sourit :

— Mon Seigneur, la renommée de votre force et de votre maîtrise des armes est venue jusqu'à moi. Aussi je crois que vous ne redouteriez pas l'irruption de mes hommes, d'autant plus que je suis auprès de vous comme un otage.

— Il est vrai, mais il n'est pas dans les manières du duc de Valentinois de se faire un otage d'une femme, ni d'ailleurs de personne. Je place ma confiance dans mon épée, et aussi dans votre magnanimité. Combien j'aimerais pouvoir vous persuader que les domaines que nous vous donnerions en échange de cette forteresse vous seraient bien plus avantageux.

— Dans ce cas, pourquoi vouloir m'ôter ceux que je possède déjà ?

— Parce que ces villes, quoiqu'en soi de peu d'importance, sont les clés des Romagnes, les positions avancées vers Ferrare, Venise et Milan. Aussi, peu importe à celui qui est le maître des Romagnes que les revenus qui leurs sont attachés ne soient pas élevés, leur position stratégique compense largement ce point.

— Seigneur duc, il est vrai que j'ai eu bien des soucis avec les gens de ce pays qui ont déjà assassiné mon premier époux pour une question d'impôts. Mais voilà : j'avais seize ans lorsque avec Girolamo Riario j'ai reçu

Imola en apanage. Cela fait maintenant vingt ans que je règne sur ces cités qui sont entrées dans mon cœur. Comprenez que malgré leur faiblesse et la malignité de leurs habitants, je tienne à les conserver.

— Vous ne les avez plus. Seule vous reste cette forteresse. N'est-ce pas folie que de vouloir y conduire une vaine résistance ?

— Une folie qui s'ajoutera à ma gloire.

— La postérité n'en jugera peut-être pas comme vous le souhaitez et l'Italie pourrait bien rire d'un sacrifice vain. Car en vous acharnant à défendre ce dernier bastion de votre puissance, vous condamnez à mourir pour vous la plupart de ces hommes qui vous ont fait confiance.

Tout en parlant ainsi ils marchaient lentement le long des douves. César le premier s'arrêta et :

— Revenons vers le pont, lui dit-il. Je ne voudrais pas que vos hommes qui nous observent depuis les remparts puissent penser que je veuille vous entraîner au loin pour vous prendre par félonie.

Elle le regarda, soupira, et ils refirent le chemin parcouru en sens inverse, sans qu'elle lâchât son bras.

— Puisque vous assurez, je ne sais sur quel fait, n'avoir pas confiance en la parole du pape pour ce qui concerne le sort heureux qui vous serait réservé dans le cas où vous rendriez la forteresse, je vous propose de recevoir les cautions des seigneurs français dont la renommée de courtoisie n'est plus à bâtir. Monseigneur d'Allègre, messire Antoine de Bissey, bailli de Dijon, enfin Monseigneur le duc de Vendôme qui est de la maison royale de France, sont disposés à garantir nos accords.

Elle s'arrêta et se tournant vers lui, elle déclara d'une voix ferme :

— Seigneur duc, en vérité, quoi que j'en aie dit, je ne mets pas en doute votre parole et la caution de ces seigneurs ne changerait rien à ma décision. Je dois à mes ancêtres, à moi-même surtout, de ne pas céder à la force et moins encore à une composition qui serait signe de faiblesse. Vous ne trouverez en moi aucune faiblesse et je veux montrer à toute l'Italie qu'en pareilles circonstances une Sforza vaut plus qu'un homme, serait-il un valeureux capitaine. Nous nous battrons ne serait-ce que pour la gloire que j'aurai de m'être dressée contre le redoutable César Borgia. Si je triomphe, mon renom n'en sera que plus grand.

— Vous risquez aussi d'y perdre la vie.

— C'est là une belle chose, digne de ma lignée.

— Votre oncle le More ne semble pas avoir tenu le même raisonnement et j'ai trouvé bien peu d'audace chez mon ancien beau-frère Giovanni Sforza.

— Il me revient d'autant plus de relever l'honneur des Sforza.

Ils étaient à nouveau arrêtés devant le pont, après avoir repris leur marche, et elle commença à s'y engager.

— Allons-nous donc nous séparer ainsi ? lui demanda César. Votre décision est-elle irrémédiable ?

— Il le faut, assura-t-elle en s'engageant plus encore sur le pont où elle entraîna César.

— Est-ce pour me dire toutes ces belles choses que vous avez voulu ce nouvel entretien ?

— Peut-être. Mais encore, je n'ai pas oublié le jeune garçon qui est venu me saluer alors que je me trouvais sur les murs du château Saint-Ange. Il me plaisait de le voir de plus près, de lui parler plus longuement.

— J'admire que vous ayez conservé un si insignifiant souvenir...

Il s'interrompit dans son discours en entendant un grincement de chaînes et en sentant le sol se mouvoir sous ses pieds : lentement le pont remontait ! Il eut juste le temps de bondir en arrière et il se retrouva sur le bord de la douve.

— Madame ! s'exclama-t-il, dites-moi désormais où se trouve la perfidie. Je comprends maintenant quel était votre véritable dessein en prétendant vouloir vous entretenir avec moi de cette manière. Vous venez au regard de tous de manquer à votre foi et je regrette que vous ayez ainsi terni votre gloire. Le duc de Valentinois vous salue.

CHAPITRE XVI

— Morbieu quelle femme ! Voilà qu'elle serait bien capable de nous damer le pion !

— C'est bien vrai. Alors que nous allions combattre des hommes nous n'avons rencontré que des femmes, mais voici que maintenant que nous pensions abattre facilement une femme, nous nous heurtons à un homme. Les Italiennes valent mieux que ces lièvres d'Italiens.

— M'est avis qu'elles valent beaucoup mieux et surtout au lit. Que c'est un plaisir d'avoir autour de soi de si belles filles.

— Moi, je commence à oublier la douceur de leur peau depuis bientôt trois semaines que nous gelons devant cette satanée forteresse.

— Messire de Bissey commence à s'impatienter et je l'ai entendu hier qui disait à monseigneur d'Allègre que si le siège durait, il faudrait bien se résoudre à rentrer chez nous.

— Oui, on n'a jamais rien vu de pareil dans ce pays. On les canonne le jour, on fait de belles brèches, mais ils réparent tout ça la nuit et on n'a plus qu'à recommencer le lendemain. Bientôt il n'y aura plus ni poudre ni boulets. Et puis, elle nous les rend bien ses coups.

— Il se passe quand même du nouveau. Voyez un

peu les gens de la ville : le duc a ordonné ce matin que chacun d'eux apporte des fascines et vienne les jeter dans les fossés, et voilà-t-il pas qu'ils accourent tous avec leurs fagots ! Je viens de là-bas et je peux vous assurer que déjà les douves sont comblées en maints endroits.

Les hommes qui parlaient ainsi, trois Français, se tenaient sur l'une des hauteurs où César avait fait placer ses fauconneaux. Ils étaient chargés de manipuler l'un de ces canons mais comme on était un dimanche, César avait ordonné pour ce matin une pause dans le roulement des tirs, afin que chacun pût aller ouïr la messe et prendre quelque repos. Néanmoins les batteries ne pouvaient être laissées à l'abandon et elles continuaient d'être surveillées par une partie de leurs desservants. Ceux-là croquaient des galettes tout en commentant les événements.

Les capitaines de César, réunis autour de lui dans la demeure de Numai, tenaient des discours fort voisins de ceux des soldats.

— Nos chevaliers commencent à s'impatienter, disait Yves d'Allègre. Ils se sentent bien inutiles dans cette guerre de siège et je ne sais encore combien de temps je pourrai ainsi les tenir dans ce repos forcé.

— Qu'ont-ils à se plaindre ? repartit César. Ils touchent leur solde et n'ont rien d'autre à faire qu'à jouer aux cartes ou aux dés et à courtiser les dames de la ville.

— J'ai plus de craintes pour mes Suisses et mes Gascons, dit à son tour le bailli de Dijon. Ils sont las de piétiner et furieux que vous ayez ordonné de pendre ceux qui se rendraient coupables de quelque violence vis-à-vis des gens de la ville.

— Rassurez-moi, messire, lui répondit César. Notre illustrissime cousin et seigneur, le roi Louis, n'aurait-il pas agi comme moi ? En voulant protéger la population d'une ville devenue nôtre contre les excès de la soldatesque, ne sommes-nous pas dans la tradition de la chevalerie de France d'où nous viennent les fameux exemples de sire Roland et sire Olivier ?

— Je ne vous le conteste pas, seigneur duc, mais alors, offrez à ces hommes des combats et cessez d'en faire les spectateurs de ces assauts de boulets de canon et de grenaille.

— Quoi, préféreriez-vous que je les envoie à l'assaut au risque de se faire ébouillanter et assommer en grimpant aux échelles ? Moi, messire, je suis économe de la vie de nos hommes et je réponds de celle des Français devant notre roi. Mais je veux ce jour vous rassurer. Nous sommes dimanche : vous verrez que mardi madonna Catarina sera entre nos mains.

— Voilà qui est bien tôt dit ! s'exclama le duc de Vendôme. Nous sommes le 12 de janvier, le siège dure depuis la Saint-Étienne sans que nous ayons avancé d'un pouce, et vous prétendez que la forteresse sera enlevée dans les deux jours qui viennent ?

— En douteriez-vous, Mon Seigneur ?

— N'est-il pas vrai que j'ai peu de raisons de le croire ?

— Je suis plus encore sceptique que Mon Seigneur de Vendôme, intervint le bailli de Dijon.

— Qu'est-ce qui vous donne pareille certitude ? interrogea à son tour Yves d'Allègre. Il est vrai que notre artillerie a réussi à faire une brèche difficile à colmater car trop souvent les murs se sont abattus vers l'intérieur de manière que cela gêne le travail des sapeurs. Mais est-ce suffisant pour vous apporter un tel espoir ?

— Mes Seigneurs, dit César en regardant à la ronde ses officiers, si vous doutez de moi, je vous donne une bonne occasion de ramasser quelques ducats : j'en parie trois cents qu'avant trois jours la forteresse sera en notre pouvoir avec ce qui restera de sa garnison.

— D'ici trois jours ? se fit confirmer Antoine de Bissey.

— D'ici trois jours, seigneur bailli, et même peut-être plus tôt encore. Tenez-vous le pari ?

— Je le tiens car je suis trop certain de gagner, quoique j'aie juste cette somme.

— C'est bien regrettable car vous l'avez déjà perdue.

— Votre assurance, messire, ne me trouble pas et je crois plutôt que j'ai déjà doublé mon avoir.

Dès le repas terminé, César revêtit son armure et alla en personne diriger les tirs de l'artillerie. Parallèlement il envoya une troupe de sapeurs afin de recouvrir de terre les fascines de manière à préparer un chemin d'accès aux brèches les plus largement ouvertes. De son poste, César ne distinguait plus que difficilement les remparts tant était épais l'écran de fumées engendrées par la poudre et la poussière soulevée lors de l'écroulement des pans de murailles. Il se tourna vers un page qui, debout derrière lui, tenait son heaume. Il l'aida à le lacer puis César s'avança à pied vers la forteresse. Il rencontra bientôt Achille Tiberti qui venait en hâte vers lui :

— Peut-on donner le signal de l'assaut ? lui demanda César.

— On le peut, Mon Seigneur. La batterie ennemie installée dans la tour qui défend le rempart par où nous allons porter l'assaut restera muette et nous avons l'accord de Giovanni da Casale de ne pas intervenir.

— Excellent. Allons-y, il faut en terminer ce jour-même. J'ai un gros pari à tenir.

— Au pire, Mon Seigneur, nous resterons maîtres de la première cour avant ce soir.

— Je ne veux pas le pire mais le meilleur. Une fois la première cour enlevée, nous devons nous rendre maîtres des ponts donnant accès aux trois autres parties de la forteresse. Allons, que Dieu soit avec nous.

À l'appel de Tiberti les trompettes sonnèrent l'assaut. On vit alors descendre dans la plaine les hommes d'armes qui au milieu des appels et des hurlements couvrirent l'étroit espace séparant les remparts de la ville de ceux de la forteresse. Michelotto accourut rejoindre César qui, l'épée à la main, encourageait l'assaut, donnait aux capitaines ses instructions afin que les assaillants déferlassent par vagues comme une mer orageuse qui sape les rocs d'une rive escarpée.

Lorsqu'à son tour César monta dans la brèche, ses hommes s'étaient rendus maîtres de la première cour et les canons qui auraient dû en défendre l'accès n'avaient pas tonné, grâce à quoi, les poussières étaient retombées et il put voir par-delà la première barrière de remparts, le donjon qui dressait sa masse menaçante. Gonzalve de Mirafuente vint en hâte vers lui et, soulevant la visière de son heaume, il s'écria :

— Mon Seigneur, nos hommes ont pénétré dans la seconde cour, les ennemis sont en déroute...

À peine terminait-il de parler ainsi qu'une formidable explosion ébranla la citadelle jusque dans ses fondements et il sembla qu'une partie du rempart volait en éclats. Bien qu'ils en fussent éloignés, César et ceux qui l'accompagnaient reçurent une pluie de pierraille qui blessa légèrement plusieurs d'entre eux malgré leurs armures. Aussitôt après s'élevèrent de la même partie écroulée d'immenses flammes qui fusèrent vers le ciel que gagnaient lentement les ombres du crépuscule.

— Que s'est-il donc passé ? demanda Yves d'Allègre qui venait juste de rejoindre César.

— Il semble que ce soit la poudrière, remarqua César.

Un soldat courait vers eux en criant :

— Mes Seigneurs ! la réserve de poudre a explosé. C'est madame la comtesse qui a ordonné qu'on la fasse sauter, et on rapporte qu'elle espérait être ensevelie sous les décombres.

— Est-elle sauve ? demanda spontanément César d'une voix anxieuse.

— Elle s'est réfugiée dans le donjon, mais cela a fait bien des morts, aussi bien parmi les nôtres que parmi les défenseurs.

— C'est pourtant pour nous une bonne chose, assura un autre soldat venu rejoindre son compagnon, car la brèche ainsi ménagée nous ouvre l'accès de la cour du donjon. Mon Seigneur, faut-il donner le signal de l'ultime assaut ?

— Qu'on fasse donner les trompettes pour l'assaut, s'écria César. Mes Seigneurs, poursuivit-il en se tournant vers ses capitaines, avant la fin de cette journée nous serons maîtres de Ravaldino. J'aurai largement gagné mon pari.

— Mon bon Corella, poursuivit César, ordonne qu'on m'amène ici mon cheval car je veux me présenter sur mon beau destrier blanc devant la comtesse pour recevoir sa reddition.

En attendant qu'on lui amène sa monture, César était monté sur un rempart afin de s'approcher des combattants. Les lueurs des feux du couchant unies aux flammes des incendies qui grondaient de toutes parts, les assaillants rivalisant avec les assiégés pour détruire les bâtiments et bastions de la forteresse, illuminaient les scènes de combat et de carnage partout renouvelées, mais la fumée qui s'échappait de toutes parts était par endroits si dense qu'elle dissimulait les combattants.

Un messager vint bientôt au-devant du duc de Valentinois qui scrutait le donjon, puissant, invincible où on lui avait assuré que s'était réfugiée Catarina.

— Mon Seigneur, lui disait le bailli de Dijon, s'il est vrai que la comtesse s'est retirée dans cette citadelle, il lui suffit d'avoir auprès d'elle quelques hommes tout aussi décidés qu'elle pour que vous n'ayez pas gagné votre pari.

C'était là, en effet, le plus grand souci de César mais le messager vint l'en délivrer :

— Mon Seigneur, lui annonça-t-il, madonna Catarina a quitté le donjon avec une poignée de fidèles et il semble qu'elle veuille tenter une sortie afin de fuir.

— Il faut à tout prix l'en empêcher.

— C'est ce à quoi nous nous acharnons. Mon capitaine le seigneur della Volpe m'envoie vous demander du secours car cette femme est une véritable tigresse. De son épée elle renverse tous ceux qui osent l'affronter et ses compagnons sont aussi enragés qu'elle si bien que nos hommes tombent sans parvenir à lui barrer le chemin.

— Seigneur Mirafuente, intervenez avec vos hommes. Qu'on ordonne aussi à la cavalerie de boucler complètement la forteresse afin d'intercepter tout fuyard.

Une fois donné cet ordre, César dégaina son épée et se fraya un chemin dans la direction du donjon.

— Mon Seigneur, lui demanda Yves d'Allègre qui se tenait auprès de lui, que comptez-vous faire ?

— Me mesurer avec ce diable de femme, Monseigneur.

— Il serait honteux qu'un chevalier croise le fer avec une femme.

— Elle est digne d'un chevalier.

— Sans doute, mais il n'en demeure pas moins qu'elle est une femme. Vous ne pouvez, sans vous déshonorer, vous mesurer à elle. Si vous la défaites vous n'en pourrez tirer nulle gloire et si d'aventure elle vous blessait ou vous humiliait d'une quelconque manière vous en seriez pour toujours avili. Mais de toutes les façons vous n'en tirerez que déshonneur.

Tirez l'épée contre les chevaliers qui l'entourent si cela vous chante, mais point contre elle.

— Je vous donne raison, Messire, et je vais me contenter de quelques hommes d'armes.

César reprit sa marche jusqu'à ce qu'il se trouve en face d'un groupe de soldats ennemis qui, l'ayant reconnu, se précipitèrent vers lui dans l'espoir de le capturer. Mais sa lourde épée brandie à deux mains se mit à tourbillonner dans une suite d'éclats métalliques tranchant les membres, perçant les boucliers, fracassant les crânes, si bien que les hommes prirent la fuite. Bientôt il parvint vers la tour qui servait de prison et appelée pour cette raison l'*Inferno*, au pied de laquelle se tenait Catarina Sforza au milieu de ses compagnons qui repoussaient inlassablement les assauts toujours renouvelés des assaillants. Dans leur progression ils avaient laissé derrière eux des monceaux de corps sanglants et déchirés, si bien que César dut enjamber des cadavres, glissant dans les flaques gluantes de sang. Il put alors apercevoir Catarina qui, les cheveux défaits dans le vent, le manteau qui couvrait son armure rompu de toutes parts, frappait de son épée sanglante les ennemis, poussant l'audace jusqu'à aller vers eux lorsqu'ils reculaient. Un long moment il resta immobile à regarder les silhouettes qui se découpaient dans les lueurs des incendies pareilles à des marionnettes napolitaines.

— Quel gâchis ! murmura-t-il. Tant de morts pour si peu de chose !

Mais tout en parlant ainsi il se sentait éperdu d'admiration devant la fierté et la force guerrière de Catarina. Et lui revint le souvenir de son entrée dans Rome et de son apparition sur les remparts de Saint-Ange, et il regretta que la différence d'âge et les circonstances les aient ainsi tenus éloignés l'un de l'autre, car il songeait qu'elle était l'épouse qui lui aurait convenu, la seule qui aurait été vraiment digne de ceindre la couronne d'une Italie unifiée sous sa royauté conquérante.

Des hurlements qui dominèrent les rumeurs des combats le rappelèrent au présent et il vit que, décidément débordés par le trop grand nombre d'assaillants, Catarina et ses compagnons avaient incendié des fascines accumulées près de la tour et les lançaient contre leurs adversaires afin de dresser entre eux un rempart de feu. Cette diversion permit à la comtesse de se réfugier dans la tour de l'*Inferno*, tandis qu'était déployé sur le *Paradizio* où s'était replié Casale, le drapeau blanc.

En retrait s'éleva soudain le tonnerre des bombardes qu'on avait traînées dans la forteresse afin d'ébranler les murs du donjon où continuaient de se défendre quelques combattants.

César entendit derrière lui des hennissements et il vit son écuyer s'approcher avec son cheval. Il se mit en selle et vint vers la tour où se tenait la comtesse qui apparut à une fenêtre.

Yves d'Allègre vint aussitôt le rejoindre et sur son ordre s'éleva le son clair d'une trompette afin que chacun fît silence tout alentour. César inclina la tête pour saluer la comtesse :

— Madame, lui dit-il alors, vous avez montré à tous que vous êtes digne du nom que vous portez et nul ne pourra dire que Catarina Sforza n'a pas dans sa poitrine un cœur de chevalier. Mais voyez ! Voyez ces cadavres ensanglantés, ces blessés qui gémissent, les lambris de ces palais, de ces tours qui disparaissent dans les flammes, ces beaux remparts qui s'écroulent sous les coups des bombardes. Prenez pitié de tout cela, de vos serviteurs qui n'ont pas encore péri pour votre gloire, du peuple de Forli lui-même qui a ici des parents ! Enfin madame, vous voici réduite à la dernière extrémité : consentez à vous rendre, faites cesser ce carnage, il y a déjà eu bien trop de morts inutiles puisque finalement ils n'ont pu vous conserver cette citadelle.

Catarina poussa un long soupir puis, lâchant enfin son épée qui rebondit sur la pierre sonore, elle s'écria :

— Seigneur duc, tu as vaincu, je suis à toi.

Aussitôt César ôta son heaume afin de se découvrir et il s'apprêtait à lui rendre merci, lorsque brusquement surgit un homme, un Bourguignon qui avec quelques comparses s'était subrepticement glissé dans la tour ; il se dressa derrière la comtesse et, posant sa main couverte du lourd gantelet sur son épaule il s'écria :

— Madame, vous êtes prisonnière de Monseigneur le bailli de Dijon.

Sans paraître plus s'en émouvoir, Catarina tourna vers lui la tête puis, regardant à nouveau César, elle le salua et s'éloigna.

— Monseigneur ! s'exclama César avec colère à l'adresse d'Yves d'Allègre, voilà qui est bien discourtois. La comtesse s'est rendue à moi et c'est par une ruse bien indigne que cet homme de messire de Bissey s'est introduit dans la tour pour la faire sa captive.

— Seigneur duc, ne vous mettez pas dans l'embarras pour si peu. L'essentiel est que nous nous soyons emparés de la comtesse vivante et que vous vous soyez finalement si promptement rendu maître de Ravaldino.

— Il n'en demeure pas moins que je la considère comme ma prisonnière et non celle du bailli.

— Nous en reparlerons. Entrons plutôt dans cette tour pour y rencontrer madonna Catarina.

Ils descendirent de cheval et se présentèrent devant la porte de la tour qui fut ouverte de l'intérieur par l'un des Bourguignons qui s'y étaient introduits. Il les conduisit dans une salle du rez-de-chaussée où César vit Catarina, assise sur une chaise, entourée de plusieurs femmes de sa suite et des Bourguignons. En apercevant les nouveaux venus, Catarina se leva et s'en vint vers eux, l'air grave, mais sans marquer ni colère ni rancœur. Elle avait jeté sur sa robe transformée en haillons une cape noire, mais son visage était encore tout souillé de fumée et marqué par la fureur des combats. Elle s'inclina devant César et Yves d'Allègre qui tenaient leur heaume sous le bras.

— Mon Seigneur, dit alors l'homme qui avait capturé la comtesse, je suis le capitaine Bernard et j'ai l'honneur de vous rappeler que vous avez promis une récompense de 20 000 ducats pour celui qui capturerait la comtesse.

— Il m'apparaît que tu l'as saisie par traîtrise, après qu'elle se fut d'elle-même rendue à nous.

À la stupeur des personnes présentes, ledit Bernard tira alors son épée et la brandit au-dessus de la tête de Catarina en criant :

— Si tu ne tiens pas ta parole, je lui tranche le cou.

Cette menace tira des cris de frayeur aux femmes de la suite de la comtesse, parmi lesquelles se trouvaient sa mère, sa sœur et l'épouse de Naldo, le défenseur de la forteresse d'Imola qui, entre-temps s'était retiré dans ses terres.

— Capitaine, intervint d'Allègre, rengainez cette épée et sachez tenir votre langue...

— Point tant que je n'aurai reçu satisfaction, repartit-il.

— Je tiendrai parole, dit alors César, même envers un homme de peu d'honneur.

Il se tourna vers son page venu à sa suite et lui demanda d'aller chercher la bourse qui était dans les fontes de la selle de son cheval. Le jeune homme en revint bientôt avec une bourse remplie de 200 ducats d'or qu'il jeta à terre, aux pieds du capitaine ; ce dernier la ramassa puis se retira après avoir rengainé son épée.

— Madame, dit alors Yves d'Allègre, vous devez être lasse d'avoir si vaillamment combattu tout ce jour. Veuillez vous asseoir et je vais ordonner qu'on fasse chauffer du vin afin de vous ragaillardir.

— Je vous en sais gré, Monseigneur. Mais en ce moment, plus que de mon sort, je m'inquiète de celui de mes parentes, des demoiselles de ma suite, et aussi de mes fidèles capitaines, encore que je ne sache plus très bien jusqu'où a pu aller leur fidélité.

— Je laisse à Sa Seigneurie le duc de Valentinois le soin d'en décider car c'est à lui que le roi a donné tout pouvoir, à l'exception de vos frères et aussi de messire da Casale qui seront les prisonniers du bailli de Dijon. Soyez cependant assurée qu'il ne leur sera fait aucun mal.

— Je veux bien vous faire confiance, surtout pour ce qui concerne da Casale qui, à ce que j'ai cru comprendre, s'est si facilement rendu.

— Messer da Casale a sans doute compris l'inanité de toute défense, remarqua César. Je pense cependant que messire de Bissey n'exigera point une forte rançon pour les remettre en liberté. Quant à vos parentes et vos femmes, sachez madonna, qu'elles sont libres d'aller où il leur plaît.

— Et moi-même ?

— Je vous invite à nous accompagner dans la demeure du seigneur Numai afin de vous y changer de vêtements et prendre un peu de nourriture.

— Dois-je comprendre que je suis votre prisonnière ?

— Vous êtes, madonna, l'hôte du duc de Valentinois, précisa César.

Après qu'un page fut venu apporter du vin chaud, César offrit son bras à Catarina et l'invita à sortir. Les cours de la forteresse étaient toujours illuminées par les lueurs des incendies et remplies des cris des vainqueurs qui pourchassaient les vaincus, réduisaient les derniers bastions de résistance. Ils durent avancer parmi les décombres et les cadavres, des écuyers porteurs de torches leur ouvrant la route.

— Hélas ! soupira Catarina, tant de morts pour rien.

— C'est ce que j'ai voulu éviter en venant parlementer avec vous, madonna, car il n'en pouvait être autrement. C'est là toute la sottise de la guerre et je ne peux que me féliciter de la sagesse des gens d'Imola et de Forli qui ont évité à leur cité le triste sort de Ravaldino.

Ils ressortirent par la brèche qui avait permis l'assaut, mais comme les eaux des douves avaient lentement envahi les accumulations de fascines et de terre, ils durent patauger dans une boue glacée jusqu'aux chevilles. César sentit la main de Catarina se crisper sur son bras et elle se roidit afin de ne pas montrer qu'elle tremblait de froid. Lorsqu'il la vit dans la chaude lumière de la demeure des Numai, elle était pâle et des cernes creusaient ses orbites. Luffo Numai vint s'incliner devant elle, mais elle détourna le regard. Son épouse vint annoncer que des bains chauds attendaient la comtesse et les femmes de sa suite, et aussi une collation. De son côté, César alla se baigner et se vêtir de linge frais.

— Que devons nous faire de madonna Catarina ? demanda Numai à César, lorsqu'il se fut restauré en compagnie de ses intimes. Il est à craindre qu'elle ne cherche à fuir, mais on ne peut l'enfermer dans une quelconque prison.

— Ce serait manquer à la plus élémentaire des courtoisies, admit César. Mais d'un autre côté, Sa Sainteté serait bien fâchée si elle parvenait à fuir ou, pis encore, s'il lui arrivait quelque malheur. Elle partagera donc ma chambre.

Numai et les autres personnes présentes regardèrent César avec une stupeur qu'ils étaient bien incapables de dissimuler.

— Votre Seigneurie, avança enfin Numai, ne craint-elle pas que durant son sommeil la comtesse n'en profitât...

— N'ayez nul souci de cela, j'en fais mon affaire. Qu'on la conduise dans ma chambre et qu'on l'y laisse seule. Quant à nous, mes seigneurs, buvons à notre victoire. J'ai la conviction que d'ici peu de temps, toutes les villes des Romagnes seront retombées en possession de leur légitime possesseur, Sa Sainteté le pape.

La nuit était fort avancée lorsque César regagna sa chambre. La pièce était seulement éclairée par un grand feu de bois qui brillait dans la vaste cheminée et répandait tout alentour sa chaleur. Les riches vêtements jetés sur des coffres, l'armure de César dressée dans un angle, une large table aux pieds finement sculptés sur laquelle étaient éparpillés des coffrets de bijoux, des cartes de géographie, des incunables, des jeux de carte enluminés, un plateau en or et en argent ciselé où l'on avait disposé des fruits et des confiseries, deux coupes en verre gravé de Murano et une bouteille en cristal remplie de vin, des épées et un écu aux armes des Borgia pendus aux murs à côté de tapisseries, une toque ornée de perles négligemment jetée sur le dossier d'un fauteuil, un luth à cinq cordes à la caisse incrustée de nacre et d'ivoire, une table étroite couverte d'un tapis à franges sur laquelle étaient posés un écritoire, une plume, des encriers, un sablier en or, des livres à fermoirs d'argent, tout contribuait à montrer la magnificence de l'hôte de la chambre. Catarina Sforza était assise dans un fauteuil, tout près de la cheminée. Les flammes faisaient briller ses cheveux d'un blond profond, déployés sur une robe simple de fin lin blanc, serrée sous la poitrine, que lui avait prêtée l'épouse de Numai. Son visage avait retrouvé ses couleurs et le cerne de ses yeux s'était estompé, si bien que César songea qu'elle était toujours d'une troublante beauté.

— J'espère, dit-il en s'inclinant, illustrissime madonna, que vous n'avez pas trop à vous plaindre de vos geôliers.

— Il est sans doute des sorts pires que le mien, mais je pleure mes États perdus.

— Ils vous procuraient pourtant plus de soucis que de plaisirs.

— Mon plaisir était de gouverner.

— Il ne pouvait alors longtemps se prolonger car votre fils vous l'aurait bientôt ôté.

— Ottaviano était entre mes mains.

— J'ai pourtant ouï dire qu'il était fort mécontent du seigneur Feo et qu'il n'a pas été fâché de ce qui lui est advenu.

— Je préfère que ne soit pas évoqué un souvenir qui m'est pénible.

César remplit de vin les deux verres et vint près d'elle. Elle prit celui qu'il lui offrait. César leva son propre verre et :

— Permettez-moi de boire à votre courage, à votre force d'âme et aussi, à votre beauté, lui dit-il.

Elle porta son verre à ses lèvres sans lui rendre son hommage.

Il but de son côté sans la quitter des yeux. Elle avait baissé la tête et tournait doucement son verre entre ses doigts. Enfin elle porta vers lui son regard et dit d'un ton neutre :

— Il me souvient d'un jeune garçon qui un jour vint me saluer au pied des murs du château Saint-Ange. Il était charmant, et j'ai lu l'admiration dans son regard.

— Il vous admire toujours.

— Je n'imaginais pourtant pas qu'il pourrait un jour me dépouiller de mes États.

— Les États de votre fils Ottaviano, en réalité. Un garçon incapable, fils d'un homme tout aussi indigne de vous. Croyez que je regrette d'avoir dû m'attaquer d'abord à vous, mais ma victoire sur vous m'ouvre le reste des Romagnes.

Il posa son verre sur la cheminée et, y prenant appui, il poursuivit.

— Voyez-vous, je vous suis reconnaissant de votre résistance car les princes italiens auront pu voir que la plus courageuse, la plus virile des princesses de la Péninsule a tout de même été vaincue par César Borgia. Voilà qui les incitera à m'abandonner leurs ridicules États sans trop se faire prier.

— Jusqu'où ira donc votre ambition ?

— Très loin, madame. Le royaume de Naples tombera aussi vite que le Milanais l'a fait devant les armes du roi de France. Il ne restera alors plus que Florence et Venise à abattre pour que la majeure partie de l'Italie soit en mon pouvoir. Ce n'est qu'alors que j'envisagerai d'entreprendre de grandes choses.

— Vous voyez grand, je vous l'accorde.

— Chacun voit les choses à sa mesure. Pour moi, je ne suis pas de ceux qui se contenteraient d'une ou deux villes. Je veux être César ou rien... *Aut Caesar, aut nihil*, telle sera désormais ma devise.

Il se mit à marcher tout au long de la pièce, découvrant à travers un discours exalté ses plus vastes projets dont le but final était la reconquête de Constantinople sur les Turcs.

— Voilà qui est admirable, dit-elle, mais je doute que mon beau-frère, l'empereur germanique, tolère un empire rival en Europe.

César haussa les épaules :

— Maximilien est un incapable ! Est-il venu au secours du More ? Et quelle aide vous a-t-il apportée ? Le seul prince de quelque envergure est le roi de France, mon Seigneur et allié. Je lui laisserai le soin de s'occuper des Rois Très Catholiques et je fais mon affaire du Habsbourg.

Il vint se placer devant elle et posa ses mains sur ses épaules :

— Tu peux voir, Catarina, lui dit-il en la dévisageant, que la conquête de ton comté n'est qu'un incident dans un immense dessein.

— Peut-être, admit-elle, mais il y a loin de Forli à Constantinople.

— Le temps et mon audace sauront combler ce vide... Mais ce qui me plaît, en cette nuit, c'est qu'il n'y a plus rien qui nous sépare.

— Rien dans l'espace, mais un abîme dans les sentiments.

— Cet abîme aussi, je saurai le combler.

Tout en parlant ainsi, avec une force irrésistible il la contraignit à se redresser et posa ses lèvres sur les siennes. Mais elle détourna brusquement la tête pour fuir son baiser.

— Pourquoi chercher à te dérober ? Ta résistance dans Ravaldino n'a-t-elle pas été inutile ? Aussi inutile sera ta défense en cette circonstance.

Il l'avait enlacée et la serrait entre ses bras avec une telle force qu'elle se vit impuissante à se dégager. Lui-même, en sentant contre lui palpiter son corps chaud était envahi d'un si grand trouble que nulle prière, nulle puissance n'aurait pu, dès lors, réfréner son désir de possession. Elle chercha cependant à résister lorsqu'il emplit son cou de baisers, mue par un certain sentiment de sa dignité plus que par conviction car elle n'avait même pas cherché à se dissimuler l'étrange attirance qu'elle éprouvait pour cet homme, son vainqueur qui par cela même le rendait plus que nul autre digne d'elle. Il l'entraîna vers le lit sur lequel ils tombèrent et elle resta sous lui, immobile et haletante, comme soudainement domptée. En un premier temps, elle voulut lui signifier qu'elle ne s'abandonnait qu'à la contrainte ; aussi demeura-t-elle impassible, mais il se montra si ardent, si voluptueux, qu'il l'entraîna bientôt dans le tourbillon d'une si fougueuse passion et elle se révéla aussi violente dans la guerre amoureuse qu'elle l'avait été dans les combats à l'épée.

Le lendemain, tout le monde s'étonna de voir que la comtesse avait retrouvé toute son énergie tandis que César s'adressait à elle avec les plus grands égards, ce qui fit dire par Cristoforo Poggio qui les vit dans la demeure de Numai : « il semble que ce soit lui le prisonnier », tandis que Sanuto, l'ambassadeur de Venise, écrivait que la comtesse « avait mieux défendu sa forteresse que sa vertu ». La garde-robe de Catarina ayant été détruite lors de l'incendie de Ravaldino, la première chose que fit César fut de convoquer un tailleur pour lui commander une robe de satin noir et plusieurs jupes.

César n'était cependant pas homme à s'abandonner au plaisir au détriment de ses ambitions. Comme il restait encore dans la citadelle des compagnons de la comtesse qui se cachaient parmi les ruines pour fuir la hargne des vainqueurs, César ordonna que cessât le massacre et qu'on entreprît d'éteindre les incendies et de recueillir ce qui pouvait l'être dans les décombres. Il voulut que les prisonniers fussent rendus à la liberté, accédant en cela aux prières de Catarina. Tout en préparant sa nouvelle campagne contre Pesaro, il donna ses instructions pour que la forteresse de Ravaldino fût restaurée et il voulut que sur les portes fussent sculptées ses armes surmontées de sa couronne ducale, le taureau des Borgia uni au lys de France, et les clefs de Saint-Pierre. Il nomma son fidèle Ramiro de Lorqua gouverneur de Forli, réunit le conseil de la ville pour demander une réforme de la justice dans un sens équitable et annonça une baisse des impôts, initiative qui lui valut bientôt la faveur du peuple.

Ces diverses affaires ayant été réglées, César décida

de quitter Forli le matin du 22 janvier pour marcher contre Pesaro. Yves d'Allègre était parti en avant avec ses lances pour enlever la forteresse de Forlimpopoli, à peu de distance.

— Madonna, dit César à Catarina l'avant-veille du jour fixé pour le départ, nous allons marcher sur Pesaro, veuillez vous tenir prête à partir.

— Comment Votre Excellence compte-t-elle traiter mon cousin Giovanni Sforza ? On rapporte qu'il a été dans vos intentions de l'assassiner.

— Chère Catarina ! s'exclama-t-il en riant. Sache que je ne me résous à cette ultime solution que lorsque je ne puis faire autrement. Maintenant qu'il est séparé de madonna Lucrezia, je n'ai que faire de sa mort. Si je le capture, il figurera à mon triomphe lorsque, renouvelant les fastes de l'ancienne Rome, je rentrerai dans la ville en triomphateur. Comme Aurélius vainqueur de Zénobie, la belle reine de Palmyre, j'avais un moment songé à te faire charger de chaînes d'or pour te montrer ainsi au peuple de Rome lors de mon triomphal retour. Mais j'ai renoncé à t'humilier ainsi, par respect pour la guerrière et par amour pour la femme. Mais je n'ai ni respect ni amour pour ce pauvre seigneur de Pesaro. Et tu ne peux t'apitoyer sur son sort car il est bien indigne du nom qu'il porte.

— Je n'ai que peu d'estime pour lui, mais il est mon parent.

— Ce n'est qu'un accident et tu as bien vu qu'il n'a fait aucun effort pour te soutenir dans cette guerre. Il est bon qu'il paie maintenant les conséquences de sa lâcheté. Cependant, j'ai ensuite l'intention de le laisser vivre librement à Rome, avec une pension, mais malheur à lui s'il cherche à profiter de ma mansuétude pour me nuire.

César s'entretenait ainsi avec Catarina Sforza dans le palais de Numai, lorsque Achille Tiberti vint lui faire savoir que les mercenaires Suisses et Gascons du bailli de Dijon s'étaient révoltés, qu'ils réclamaient une forte augmentation de leur solde et que nombre d'entre eux avaient recommencé à s'en prendre aux habitants de Forli.

— Et que fait pour les apaiser le seigneur de Bissey ? s'enquit César en fronçant les sourcils.

— Rien que je sache, Mon Seigneur. Il me semble même qu'il a quelque malice à les encourager dans leur action. Tout voilà qui est bien fâcheux alors que Votre Excellence avait ordonné pour après-demain la suite de la campagne contre Pesaro.

— D'autant que nos forces sont dispersées et que nous ne pouvons pour l'instant agir contre eux.

— Cela est d'autant plus hasardeux que de cette manière nous perdons près d'un tiers de nos effectifs.

— Seigneur Tiberti, veuillez vous rendre auprès du bailli de Dijon pour lui faire savoir que je suis disposé à discuter les revendications de ses hommes, mais au préalable j'exige qu'il les rappelle sans différer dans leurs quartiers car il me déplairait que les gens de cette ville aient à se plaindre de moi.

César ne se sentait pas disposé à capituler devant des manœuvres d'intimidation mais il lui était nécessaire de faire patienter le bailli de Dijon et ses mercenaires, raison pour laquelle il accepta de s'entretenir avec leurs chefs mais il laissa traîner la discussion. Il avait ordonné à ses officiers de rassembler leurs hommes dont une grande partie était déjà en route pour Cesena et il avait, toujours en secret, dépêché un messager auprès d'Yves d'Allègre dont il savait qu'il nourrissait des sentiments hostiles à l'encontre du bailli. L'après-midi du 21 janvier avait été perdue en vaines discussions entre César et le sire de Bissey, lequel s'était retiré de fort méchante humeur car il sentait que le duc de Valentinois ne cherchait qu'à temporiser et n'était guère disposé à satisfaire les exigences de ses Suisses.

César se retira dès le début de la soirée dans sa chambre où il retrouva Catarina qu'il y tenait enfermée, ce dont elle paraissait s'être accommodée. Il partageait avec elle son souper qu'ils prenaient en tête à tête auprès du feu.

— Seigneur duc, lui dit-elle enfin, car il mangeait en silence sans dissimuler son mécontentement, il m'apparaît que tes nouveaux sujets te causent quelques soucis.

Il leva la tête vers elle et son visage sembla se rasséréner :

— Chère madonna, ce ne sont pas mes sujets qui me préoccupent, mais plutôt ces mercenaires du bailli de Dijon.

— Sans doute se trouvent-ils mal payés.

— Ils le sont pourtant mieux que ne l'ont jamais été mercenaires en Italie. Ils me connaissent bien mal s'ils pensent que je vais me plier à leurs exigences par crainte de leurs menaces. Cela ne fait que me confirmer dans mon opinion qu'il est indispensable à quiconque veut dominer l'Italie et en chasser les étrangers, de constituer des armées composées uniquement d'Italiens : des mercenaires, mais aussi des milices formées avec des volontaires prélevés sur chaque cité et payés pour défendre leurs territoires.

La nuit était déjà avancée lorsqu'ils se mirent au lit et César n'était pas encore endormi lorsqu'il entendit dans la rue de lourds pas de bottes, des cris, des bruits métalliques de pertuisanes qui heurtaient la pierre ou un bouclier. Peu après la porte du palais était ébranlée par de violents coups. Aussitôt César se leva, enfila ses chausses, jeta une casaque sur ses épaules, ceignit son épée tandis que Catarina se dressait dans le lit :

— Que se passe-t-il donc ? s'étonna-t-elle. Viendrait-on arrêter le duc de Valentinois ?

— Qui donc pourrait avoir une telle audace ? répondit-il en s'inclinant. Il sortit dans la galerie d'accès à son appartement où il vit venir vers lui Michelotto :

— Mon Seigneur, lui annonça celui-ci, le bailli de Dijon est devant la porte avec trois cents Suisses. Il a investi le palais. Messer Numai discute avec lui tandis que je suis venu vous prévenir.

— Quelles sont donc ses prétentions ?

— Il exige que lui soit remise madonna Catarina car il considère qu'elle est sa prisonnière et non celle de votre excellence.

— Voilà un nouveau chantage pour me faire débourser ce qu'il exige.

— Il se montre bien décidé. Messer Numai tente de le calmer, déclare que Votre Seigneurie et la comtesse êtes ses hôtes, mais visiblement le seigneur de Bissey n'en a cure car il déclare que si la comtesse ne lui est pas remise de plein gré, il la prendra par la force.

César vint dans la salle d'entrée où il vit en effet le bailli de Dijon escorté de quelques officiers en discussion avec Luffo Numai.

— Mon Seigneur, lui dit le bailli, je veux emmener la comtesse avec moi en la demeure des Paolucci.

— Messire, il me paraît que vous avez pour formuler cette étrange exigence, attendu bien longtemps et choisi une bien mauvaise heure.

— Il m'appartient d'exécuter mes décisions quand j'en ai le désir. Madame est ma prisonnière car elle a été prise par l'un des mes capitaines. D'autre part, il est honteux qu'une femme soit retenue prisonnière, et ceci en dépit des lois qui ont cours dans le royaume de France, selon lesquelles une dame ne peut être gardée en captivité.

— Voilà une loi honorable mais qui n'a pas été toujours appliquée en France, que je sache. Et vous-même me déclarez que vous la revendiquez comme votre captive.

— Ainsi en est-il et j'ai au-dehors trois cents Suisses pour persuader Votre Seigneurie de mon bon droit.

— Nous nous inclinons devant de si excellents arguments, messire, dit César qui, se tournant vers un domestique, le requit d'aller réveiller les servantes de Catarina afin qu'elles l'aidassent à se vêtir.

— Vous me permettrez de remarquer, reprit-il ensuite à l'adresse du bailli, qu'il est singulièrement discourtois de réveiller une dame en pleine nuit pour l'emmener en une demeure étrangère par des rues glacées. Je doute que ce soit là une expression de la courtoisie française que tant vous prônez.

Sur ces mots, il se dirigea vers une crédence sur laquelle se trouvait un flacon plein de vin dont il se servit un verre qu'il vida à petits traits. Numai, Michelotto, ses intimes accourus tantôt, le considéraient avec stupeur tant leur semblait inquiétant le calme qu'il conservait. Bientôt apparut Catarina emmitouflée dans un épais manteau doublé de fourrure et bordé d'hermine, autre cadeau de César.

— Madonna, lui dit-il, voici messire de Bissey qui est venu avec un beau zèle exiger que vous lui soyez remise car il vous considère comme sa prisonnière.

— Eh quoi, Mon Seigneur ! s'étonna-t-elle, il suffit qu'on vienne frapper chez vous pour requérir n'importe quoi à toute heure de la nuit pour que vous vous rendiez aussi facilement ?

— Il m'était apparu que vous préféreriez vous trouver entre les mains du bailli de Dijon, vaillant seigneur français, qu'entre celles de César Borgia.

— Ce seigneur me semble fort peu courtois, mais puisque vous m'abandonnez à lui, je dois bien me résoudre à cet échange. Bonsoir, seigneur duc.

À peine le bailli se fut-il éloigné avec ses hommes,

que de souriant le visage de César se fit sombre tandis que ses yeux brillaient de colère.

— Michelotto, dit-il, que demain tous nos hommes soient sur le pied de guerre, à mes ordres. Je veux aussi que le seigneur d'Allègre quitte cette nuit même Forlimpopoli pour être auprès de moi dès le point du jour.

César ne revint dans sa chambre que pour s'habiller plus chaudement et revêtir son armure. Il réapparut bientôt pour donner des ordres et lorsque pointa une aube blanche et glacée, il sauta sur son destrier et se mit en route vers la demeure des Paolucci où Bissey avait emmené Catarina et où lui-même logeait. Il s'arrêta sur une place du voisinage où vinrent le rejoindre les uns après les autres ses capitaines pour l'assurer que ses ordres avaient été exécutés. Yves d'Allègre, de retour de Forlimpopoli avec ses trois cents lances, arriva le dernier. Il se déclarait outré par l'attitude des mercenaires qui avaient molesté la population, voire massacré certaines personnes qui avaient tenté de défendre leurs biens, et plus encore par la manière dont le bailli avait enlevé la comtesse au milieu de la nuit.

César alla ensuite ouïr la messe, afin de montrer aux gens de la ville une piété empruntée, mais aussi pour garder patience en attendant que fussent prises toutes les dispositions qu'il avait conçues. Lorsqu'il en sortit, il se dirigea vers le palais des Paolucci. Le bailli, qui avait remarqué les mouvements des troupes de César, avait réuni ses mercenaires sur la place où donnait le palais. C'était la plus grande place de la cité et en face se dressait le palais comtal qui avait servi de résidence aux Riario et qui la dominait de ses tours orgueilleuses. Le bailli sortit du palais des Paolucci lorsque César s'avança, entouré de Vitellozzo Vitelli, Achille Tiberti et ses officiers espagnols. Le duc de Vendôme et le seigneur d'Allègre étaient restés en retrait. Les rues adjacentes étaient toutes bloquées par les hommes d'armes de César qui occupaient aussi une grande partie de la place tandis que sur les tours du palais comtal avaient été hissées les batteries toutes pointées sur la troupe du bailli, les serveurs tenant à la main les étoupilles enflammées, prêts à faire feu.

Se dressant sur son cheval, César s'écria alors à l'adresse des mercenaires de Bissey :

— Par surprise, à la faveur de la nuit et en s'appuyant sur la force de vos bras, le seigneur bailli est venu se saisir contre tout droit de la personne de madonna Catarina. Et vous-mêmes vous avez l'audace de réclamer une augmentation de votre solde. Et pour obtenir satisfaction, quels moyens employez-vous ? Vous osez maltraiter les habitants de cette ville et vous utilisez le chantage auprès de moi. Que ceux qui croient pouvoir m'effrayer par leurs menaces craignent plutôt ma colère. Pour avoir infligé des sévices à des gens pacifiques et bienveillants, pour avoir tenté de me braver, non seulement vous n'aurez pas d'augmentation de solde, mais vous ne recevrez plus rien de moi tant que vous ne vous montrerez pas plus disciplinés.

Des cris s'élevèrent des rangs des mercenaires tandis que s'avançait le bailli. César poussa aussitôt son cheval vers lui et s'écria :

— Quant à toi, homme sans foi ni courage, j'exige que tu me rendes sur-le-champ madonna Catarina qui est ma prisonnière. Cette nuit tu as abusé de la force que te conféraient tes hommes qui ont cerné notre demeure, vois maintenant ces canons pointés vers toi, ces hommes qui vous entourent, dans les rues ce peuple qui crie vengeance...

— Plutôt périr que de rendre la prisonnière à un brigand de ton espèce, répliqua le bailli avec hauteur.

Sous l'injure, César dégaina son épée et il aurait chargé le bailli si Yves d'Allègre, venu se ranger auprès de lui, n'avait arrêté son bras, en le priant de calmer sa colère.

— Que veulent ces soldats et ces officiers insolents ? s'écria César. Que je les abandonne à la fureur des gens de cette ville dont ils ont pillé les demeures, volé les biens, violé les femmes ? À moins que je ne les fasse à l'instant tailler en pièces ? Quant à ce bailli félon, il me rendra raison de ses injures.

— Quand vous le voudrez !

— Et je veux que me soit rendue la comtesse. Car, qui est le chef suprême dans cette guerre ? Au nom de qui avez-vous combattu ? Qui vous paye votre solde ? Cette guerre n'est-elle pas faite en mon nom et non en celui du roi de France ? Les gens qu'il a mis à ma disposition à la suite d'un traité ne sont que des auxiliaires et ainsi m'appartient le fruit de la victoire. À moi reviennent les cités, à moi encore les prisonniers de guerre.

— Et moi je revendique la possession de cette prisonnière car c'est l'un de mes capitaines qui l'a prise, répliqua Bissey.

— Ne s'est-elle pas d'abord rendue à moi ? Ton pendard l'a saisie ensuite par surprise, et moi, malgré tout, je lui en ai donné le prix. Elle n'est donc plus à toi et je jure que je la reprendrai, devrais-je massacrer tous tes hommes et toi-même !

— Mes seigneurs, de grâce, intervint d'Allègre. Ce serait folie que de se déchirer et je doute que Notre Seigneur le Roi tolère pareille chose. Veuillez m'écouter, entendre ce dont nous sommes convenus monseigneur le duc de Vendôme et moi-même : Madame doit être considérée comme sujette du roi de France qui aura ainsi autorité pour décider de son sort. En attendant, elle sera confiée à la garde du duc de Valentinois qui devra répondre d'elle devant le roi et le pape. En revanche, le seigneur duc acceptera d'augmenter de moitié la solde des mercenaires, lesquels jureront de demeurer disciplinés et obéissants.

Ainsi en fut-il tranché et Catarina fut rendue à César qui se déclara prêt à augmenter la solde dans les conditions prescrites par le seigneur d'Allègre.

CHAPITRE XVII

Par cette journée fraîche encore mais ensoleillée du 26 février 1500, toute la population de Rome était descendue dans les rues, avait envahi les places, s'était précipitée vers le ponte Molle, car rentrait victorieux en un magnifique équipage, le duc de Valentinois. Alfonso de Bisceglie, Joffré Borgia, en compagnie du cardinal Lopèz et d'une partie de la cour pontificale s'étaient portés au-devant du cortège triomphal tandis que les cardinaux s'étaient réunis sur le parvis de Santa Maria del Popolo afin d'accueillir là le vainqueur d'Imola et de Forli.

César avait revêtu un pourpoint de velours noir sur lequel se détachait le collier de l'ordre de Saint-Michel, et il montait son cheval blanc toujours richement harnaché. Il s'avançait avec le cortège d'un empereur : cent cinquante mules et cent chars tous couverts de draperies noires pour porter les bagages, des milliers de soldats, Suisses, Gascons, mais surtout les troupes italiennes et espagnoles qui progressaient par bataillons en rangs de cinq, sous le commandement de leurs capitaines, Vitelli, Tiberti, Taddeo della Volpe, Baldassare Scipione, Gonzalve de Mirafuente. Il ne manquait que Juan Cervillon. Ce dernier, qui n'avait pas accompagné César en France, avait demandé au pape son congé, car il déclarait vouloir rentrer chez lui, à Naples, où il avait sa femme et ses enfants. Alexandre lui avait d'abord rétorqué qu'il était au service de César, lequel venait d'entreprendre sa campagne contre Imola et Forli. Mais Cervillon avait insisté, rappelé qu'il avait été enrôlé par Sa Sainteté, si bien que le pape se décida à lui régler tout ce qui lui était dû. On savait que César n'avait pas voulu lui donner de commandement dans son armée lors de sa campagne parce qu'il avait à se plaindre de son ancien capitaine de la garde. Juan Cervillon, qui avait été placé à son service par Alexandre VI alors que César sortait à peine de l'adolescence, se permettait avec lui non seulement des familiarités qui, en privé, ne déplaisaient pas au duc de Valentinois, mais aussi des remontrances qui étaient moins de son goût. Il lui avait en particulier reproché ses relations avec Sancia, mettant l'accent sur le fait qu'une telle chose ne pouvait que déplaire au roi de Naples, lequel était le suzerain de Cervillon. Aussi, lorsque le soir du 22 décembre 1499, en rentrant chez lui après avoir dîné chez son neveu, il fut tué à coups d'épée, d'aucuns accusèrent César de l'avoir fait assassiner, bien que ce dernier se trouvât alors à Forli, entièrement occupé par sa campagne victorieuse.

Il manquait aussi au cortège Catarina Sforza. En effet, afin qu'elle n'eût pas à souffrir de la curiosité populaire ni ne connût l'humiliation de rentrer dans Rome comme une captive, il avait eu la délicatesse de l'y faire entrer la veille avec seulement quelques gardes sous le commandement du capitaine pontifical. Là, elle avait été conduite dans la résidence que lui avait assignée le pape, en l'occurrence le palais du Belvédère qui jouxtait le Vatican et s'ouvrait sur un magnifique jardin rempli de pins et de fleurs.

Ainsi César allait, triomphant, glorieux, mais point satisfait. Car, alors qu'il marchait sur Pesaro, était venue de Milan la nouvelle que Ludovico le More était redescendu des Alpes à la tête d'une armée que lui avait fournie l'empereur. Trivulce, Italien passé au service de la France et instauré gouverneur de Milan par Louis XII, avait requis l'aide du bailli de Dijon et d'Yves d'Allègre qui aussitôt s'étaient portés à son secours. Son armée ainsi diminuée de la moitié de ses effectifs, incertain par ailleurs du succès des armes françaises, César trouva plus prudent de rentrer à Rome et de remettre à plus tard la suite de la conquête des Romagnes ; ainsi avait-il dû se résoudre à reprendre la route de Rome sans avoir réussi à atteindre tous ses objectifs.

César avait voulu que son entrée revêtît un aspect funèbre, car il portait le deuil de son cousin, le cardinal Giovanni Borgia ; il était mort à Fossombrone par suite d'une fièvre maligne, alors qu'il rejoignait César pour participer à son triomphe. C'est pourquoi l'armée s'avançait en silence, les lourds pas des fantassins bardés de fer et ceux des chevaux, les roulements des canons, n'étant scandés que par les lents et sourds battements des tambours.

Lorsqu'il vit s'approcher ses parents, avant de franchir le ponte Molle, César mit pied à terre, imité par les gens de sa suite. Il embrassa son frère, salua courtoisement Alfonso, les cardinaux présents, de Monreale, Farnèse, Orsini et Colonna, qui avaient accompagné le cardinal Lopèz.

— Mon Seigneur et cher frère, lui apprit Joffré, Sa Sainteté vous attend sans pouvoir cacher son impatience. Depuis ce matin elle n'arrête pas de marcher, de trépigner, mêle les rires et les pleurs, tant est grande sa joie.

— Hâtons-nous donc d'aller lui rendre hommage, déclara César en se remettant en selle.

Il demanda aux cardinaux de Monreale et Farnèse de

se placer avec leurs mules sur ses côtés, et ils reprirent leur route vers la porte del Popolo.

— Je suis heureux de voir Votre Éminence à mes côtés, dit alors César à Alessandro Farnèse.

— Moi-même je suis honoré d'occuper cette place auprès de vous seigneur duc, alors que tout le peuple de Rome vous attend pour saluer le vainqueur d'Imola et de Forli.

— Voilà bien longtemps que je n'ai entrevu votre illustrissime sœur, madonna Giulia. Est-elle toujours d'une aussi resplendissante beauté ?

— En cela, elle n'a plutôt fait que gagner bien qu'elle n'ait plus la fraîcheur et la sveltesse du temps où vous l'avez connue de si près.

— Je m'en réjouis pour elle. Je me suis laissé dire que durant ma longue absence elle avait eu quelque différend avec Sa Sainteté, mais qu'elle avait retrouvé toutes ses faveurs l'été dernier.

— Madonna Giulia s'est maintenant décidément retirée de la cour vaticane, voici peu de temps il est vrai. Elle y a été remplacée par une adolescente, fort belle.

— Ah ! voilà qui est fâcheux pour madonna Giulia.

— Point à mon sens. Elle s'occupe dignement de ses enfants et en particulier de la petite Laura.

— Quel âge a-t-elle maintenant ?

— Six ans, Mon Seigneur.

César hocha la tête et demeura silencieux car il fut soudain assailli de cruels souvenirs. Il fut tiré de sa méditation par les acclamations de la foule qui saluait son entrée dans Rome.

Le cortège suivit la via Lata, traversa le Campo dei Fiori, passa devant le château Saint-Ange, parvint enfin au Vatican où il fut salué par un magnifique feu d'artifice. Le pape se tenait dans la salle dite du Perroquet. Lorsque apparut son fils, Sa Sainteté se leva, vint à lui et lui ouvrit les bras pour l'embrasser et, dans l'émotion, il se mit à lui parler en espagnol, mêlant à ses paroles des sanglots de joie.

Pendant tout le mois qui suivit, les réjouissances se succédèrent, d'abord en l'honneur de César, ensuite ce furent celles qui accompagnaient le carnaval romain. L'année 1500 avait été déclarée année de jubilé, année sainte, en suite de quoi des centaines de milliers de pèlerins affluaient vers Rome. Les fêtes de carnaval étaient, par tradition, exclues lors des années jubilaires, mais Alexandre qui aimait voir sa ville en liesse, avait voulu non seulement que l'on dérogeât à cette règle, mais il en avait avancé la date. Ainsi eurent lieu, comme à l'accoutumée, des défilés de chars, des courses de vieillards, de juifs, de jeunes gens, d'ânes, de buffles, de chevaux montés à cru, des concours de pouliches de trois ans et le soir, à la lueur de lampions, de flambeaux ou de feux d'artifice, la foule se répandait dans les rues, chantant, dansant, échangeant des *lazzi*, profitait de l'occasion pour aller avec des masques. Car en toute autre circonstance le pape avait interdit sous peine de pendaison le port du masque, sous le couvert duquel trop de meurtres anonymes avaient été perpétrés. Toutes ces festivités avaient été ouvertes par un défilé de onze chars entre la place Navona et le Vatican sur lesquels étaient montés des personnages vêtus à la romaine qui figuraient diverses scènes de la vie du grand Jules César après le passage du Rubicon. On ne put manquer d'y trouver une allusion aux ambitions de César Borgia qui figurait dans ce défilé.

Le 5 mars, au milieu de toutes ces fêtes, César rendit visite à chacun des cardinaux pour leur faire part de sa gratitude et quatre jours plus tard dix-sept d'entre eux contresignaient une bulle du pape dans laquelle Catarina Sforza et les héritiers de Girolamo Riario étaient déchus de leurs droits sur Imola et Forli et qui conférait à César Borgia le vicariat et gouvernement de ces terres.

Le 29 mars vit le couronnement de l'action de César. Il vint au Vatican où, en présence du Sacré Collège, il s'agenouilla devant le pape pour être consacré capitaine général et Gonfalonier de l'Église. Le Saint-Père commença par lui remettre la rose d'or en prononçant ces paroles :

— Reçois de nos mains cette rose. Sa signification est la joie des deux Jérusalem qui est l'Église triomphante et militante. Prends-la afin de croître toujours plus en vertu dans le Christ.

Il le proclama ensuite vicaire des Romagnes et Gonfalonier de l'Église. Tandis que César restait agenouillé, il lui ôta sa cape qu'il tendit au maître des cérémonies pour lui remettre celle du Gonfalonier et coiffa sa tête de la toque ornée d'énormes perles et d'un ensemble de plus petites perles qui représentaient une colombe d'où fusaient des rayons obliques. Après que le pape eut encensé le gonfanon, étendard aux armes de l'Église, César se leva et vint poser sa main sur un évangéliaire afin de prononcer le serment rituel. Dans le silence lourd de fumées d'encens, sa voix s'éleva, forte, sonore, assurée :

— Moi, César Borgia de France, duc de Valentinois, Gonfalonier de la Sainte Église et capitaine général des milices pontificales, je jure obéissance à Saint-Pierre, à l'Église et à Vous mon Très Saint-Père, Alexandre VI, ainsi qu'à vos successeurs intronisés canoniquement. Que Dieu et ses Saints Évangiles m'assistent.

Depuis son retour à Rome, César avait évité de rendre visite à Catarina Sforza. Pendant tout le temps passé en sa compagnie, il s'était attaché à la persuader de signer un acte par lequel elle renonçait au nom d'elle-même et de ses enfants, aux comtés d'Imola et de Forli, en sa faveur à lui. Il lui promettait en compensation les domaines qu'elle se choisirait ainsi qu'une forte pension. Mais, sur ce chapitre, elle ne voulut jamais céder de manière qu'il se satisfît de posséder en fait ces comtés. Il avait laissé à son père le soin de traiter avec la comtesse car il craignait, soit sa propre faiblesse vis-à-vis de cette femme qu'il ne cessait de désirer, soit un accès de colère qui aurait gâté les relations qu'il avait su entretenir avec elle. En vain Alexandre VI se montra courtois avec Catarina qui continuait d'opposer à ses demandes réitérées un refus catégorique. La fin de l'aventure de Ludovic le More qui, après avoir repris Milan, fut finalement capturé par les Français et envoyé auprès de Louis XII qui le tint prisonnier dans le château de Loche, aurait dû abattre les espérances de Catarina car désormais elle ne pouvait compter sur aucun appui pour que lui fussent restitués ses États perdus ; elle n'en demeura pas moins ferme dans ses positions. Ottaviano et ses autres enfants qui, de Florence, lui envoyaient lettre sur lettre, la suppliaient en vain d'accepter un marché qui les avantageait et leur permettait de vivre à l'aise. Catarina restait inébranlable et au mois de juin, avec l'aide d'un moine, le frère Lauro, elle conçut de fuir sa résidence du Belvédère gardée par une vingtaine d'hommes. Le moine égara une lettre où était dévoilé tout le plan d'évasion ; Alexandre prit alors la décision de la garder dans le château Saint-Ange mais il laissa auprès d'elle le frère Lauro qui lui servait de confesseur.

César, de son côté, avait retrouvé sans déplaisir la chaleur de la couche de Sancia, mais il avait l'esprit occupé par de plus graves affaires.

À plusieurs reprises il s'était rendu au palais Zeno où logeaient Lucrezia et son époux. Celle-ci l'avait reçu avec de grandes marques de joie et elle s'était empressée de lui faire admirer son fils, le petit Roderigo. Alfonso avait manifesté une certaine réserve et il s'était toujours arrangé pour être présent lors des visites de

César si bien que pas une seule fois il n'avait pu prendre auprès d'elle des nouvelles de leur propre fils, Giovanni. Cette omniprésence du duc de Bisceglie l'avait profondément indisposé et il avait plus mal encore reçu le fait que Lucrezia semblait porter à cet insignifiant époux une vive affection, voire de l'amour.

— Mon cher et illustre frère, lui dit un jour Lucrezia, nous nous réjouissons tous de ta grande fortune, autant celle qui t'échoit grâce aux charges dont t'a investi Sa Sainteté, que celle que tu as forcée en conquérant des villes des Romagnes. Tu as déjà déclaré que bientôt tu repartirais à la tête de tes armées pour terminer d'accomplir la tâche que tu avais entreprise dans les Romagnes...

— Cela ne saurait tarder, maintenant que le Milanais est retourné au roi de France, mon Seigneur, et que les renforts qu'il m'avait accordés vont pouvoir revenir à mon service.

— On prétend qu'ensuite tu es décidé à porter tes armes contre Naples, c'est-à-dire contre l'oncle de mon époux et de Sancia, notre sœur.

— Il en sera bien ainsi car je prétends qu'il a usurpé ce trône.

— Mais César, Alfonso, en tant que duc de Bisceglie, Joffré, en tant que prince de Squillace, sont les vassaux du roi actuel et ils devront venir se ranger à ses côtés pour défendre son trône. Sancia et moi-même nous devrons te regarder comme un ennemi...

— Calme tes alarmes, chère et excellentissime sœur. Joffré et Alfonso sont ici, à Rome, et don Federico ne pourra les contraindre à se ranger à ses côtés, d'autant que leur aide ne lui serait pas d'un bien grand secours.

— Mon Seigneur, intervint Alfonso, me pensez-vous capable de forfaiture ? Croyez-vous que je ne répondrai pas à l'appel de mon oncle, même si je n'ai pas qu'à me louer de lui ? Car, n'est-il pas monté sur son trône avec l'accord de ses barons ? Et vous-même ne l'avez-vous pas couronné au nom de Sa Sainteté ?

— Si fait, mais la fortune a changé et le roi de France revendique ce trône qui fut celui de la famille d'Anjou. Or, que peuvent nos faibles forces devant celles du plus puissant souverain de la Chrétienté ? Votre oncle s'est saisi de ce trône par la force, comme d'ailleurs vos ancêtres, la force l'en délogera, ainsi va le monde.

Sur ces considérations, César se retira, plus que jamais disposé à se débarrasser d'un beau-frère qu'il trouvait aussi insignifiant que gênant.

En attendant que s'apaisent les vagues provoquées par le retour du More et les révoltes qui l'avaient suivi, ce qui faisait que toutes les troupes françaises disponibles en Italie restaient dans le Milanais, César agissait pour renforcer sa position dans Rome.

— La force ! la force et la crainte engendrée par la violence, tel est le seul langage que comprennent les hommes, disait-il à ses intimes, Michelotto, Agapito, Baldassare Scipione. Ce n'est ni par mes manières naturellement courtoises, ni par la générosité, ni par cette mansuétude grâce à quoi l'empereur Marc-Aurèle s'est fait aimer du Sénat romain, que nous nous imposerons à ces cardinaux rapaces comme des corbeaux et rusés comme des renards. La générosité est oubliée dès que sa source se tarit et on se rit de la bonté qui est considérée comme une preuve de faiblesse. Alors qu'on respecte l'homme qu'on redoute, celui dont on sait qu'il pourra facilement vous supprimer par le fer ou le poison. Le peuple lui-même n'admire que la force, voilà pourquoi je lui ai donné une preuve formelle de ma force.

C'était le soir de la Saint-Jean et ce jour-même il avait voulu offrir aux Romains un spectacle exceptionnel pour montrer à tous sa force et son courage : sur la place qui s'étendait devant la basilique Saint-Pierre, il avait fait dresser une palissade et des gradins, et, dans l'arène ainsi formée, il avait organisé une course de taureaux. Cette mode, venue d'Espagne, commençait à se répandre à Rome depuis que s'y étaient établis de nombreux Espagnols venus à la suite des deux papes Borgia, Calixte III et Alexandre VI. Mais il avait voulu cette fois donner un spectacle encore jamais vu. Après que se furent exhibés quelques *toreros* venus d'Espagne qui montrèrent leur habileté, César en personne était descendu dans l'arène et, monté sur un cheval fougueux, seulement armé d'une lance il avait affronté successivement cinq taureaux qu'il avait mis à mort, au milieu des cris d'enthousiasme des spectateurs, faisant la preuve autant de ses talents de cavalier, que de la sûreté de sa main dans le maniement des armes. Et comme les assistants frappaient dans leurs mains et tapaient des pieds en réclamant encore un exploit, il avait fait venir un sixième animal, énorme et belliqueux, qu'il avait affronté à pied, armé d'une lourde épée à double tranchant ; après une suite de passes et un jeu serré avec l'animal furieux, il l'avait finalement abattu d'un fantastique coup qui lui avait à demi tranché le cou.

— Mon Seigneur, intervint Michelotto, il est sûr que vos exploits de ce jour ont paru merveilleux aux Romains et ont fortement impressionné le peuple. Mais Sa Sainteté qui vous regardait depuis le Vatican ainsi que vos parents et vos amis n'ont pas caché leur inquiétude car on a pu à plusieurs reprises craindre pour votre vie au point que votre excellentissime père m'a prié de vous retenir dans le cas où Votre Seigneurie désirerait réitérer de si dangereux amusements.

— Mon bon Michelotto, tu le sais, j'aime le danger, j'aime vivre dangereusement. Sans quoi je serais resté sous mon chapeau de cardinal qui est pour ceux qui le coiffent une protection contre les intempéries de l'existence. Oui, je disais que les hommes ne respectent que la force. Voyez encore, depuis que sur mon initiative Sa Sainteté a pris des mesures sévères et définitives contre les brigands et sicaires de tout poil, Rome et les routes de nos États ont retrouvé leur sécurité.

— Encore que, Mon Seigneur, fit remarquer Taddeo, on ait à déplorer bien des meurtres et des vols, bien que le pont Saint Ange soit si bien orné de pendus.

Il est vrai que la justice du pape était plutôt expéditive, témoin le châtiment infligé à une bande de brigands corses qui, au mois de mai, avaient détroussé l'ambassadeur de France sur la route de Montefiascone à Viterbo et lui avaient blessé deux serviteurs : treize brigands saisis avaient été pendus et Alexandre VI avait ordonné que tous les Corses, hommes et femmes, établis dans les États de l'Église, fussent expulsés. Pareillement on venait de pendre un médecin qui, dans l'hôpital du Latran, donnait du poison en guise de remède à de riches patients pour participer à leur héritage.

— Ce jubilé qui a attiré tant de pèlerins à Rome et nous a heureusement rempli les coffres vidés par la rapacité de tous ces mercenaires Suisses et autres, a dans le même temps réuni chez nous tous les gueux de l'Italie. Ils vont s'en aller maintenant que le flot des pèlerins s'est tari. Quant à ceux qui s'obstineront à pratiquer leur profession de coupe-bourse dans nos États, nous nous chargerons de mettre rapidement un terme à leur carrière.

Quelques jours après cet entretien, César connut une vive émotion qui le conduisit à réfléchir sur son avenir.

Il se trouvait dans son palais en compagnie de ses familiers. Comme il arrive dans cette saison chaude, un orage éclata accompagné d'un grand vent et d'une chute aussi soudaine que brève d'énormes grêlons. Agapito était allé fermer les fenêtres tandis que César poursuivait son colloque avec ses fidèles. L'orage, une fois passé, il pria son secrétaire de rouvrir les fenêtres car la chaleur était lourde. À peine son ordre venait-il d'être exécuté que de la rue s'élevèrent des cris qui lui parvinrent clairement :

— Le pape est mort ! Le pape est mort ! criait-on.

Aussitôt César courut à la fenêtre, mais celui qui avait ainsi crié s'était éloigné.

— Qu'on attrape ce fou qui fait courir de pareils bruits ! ordonna César.

À peine Michelotto s'apprêtait-il à donner des ordres dans ce sens qu'un serviteur du pape vint heurter à la porte. Il fut aussitôt conduit devant le duc qu'il prit à peine le temps de saluer :

— Mon Seigneur, un grand malheur est arrivé. Sa Sainteté, encore tout à l'heure, se réjouissait devant nous de la visite prochaine de son illustrissime fille et du seigneur Joffré avec son épouse. Elle avait pris place sur son trône dans la salle des Pontifes, dans les appartements qu'elle s'est fait aménager. Elle avait auprès d'elle mon Seigneur l'évêque de Capoue et messer Gaspare, son cubiculaire. Au moment où s'est élevée la bourrasque, mon Seigneur l'évêque et don Gaspare ont couru vers les fenêtres pour les fermer. Et au même moment ils ont entendu un horrible craquement et ils ont vu avec horreur le plafond s'effondrer sur la chaire de Sa Sainteté, l'ensevelir entièrement. La foudre avait frappé une cheminée et traversé l'appartement que Votre Seigneurie occupe lorsque vous couchez au Vatican, et qui est juste au-dessus de la salle où se trouvait le Saint-Père.

César se signa tandis que Michelotto s'écria :

— Mon Seigneur, le ciel est avec vous, car vous auriez été là-bas, nous vous aurions perdu.

— Quelle importance que je sois épargné si mon vénéré père a été tué. Courons, mes amis...

Sans prendre le temps de coiffer une toque ou

ceindre son épée, César se précipita dans la rue et se hâta vers le Vatican, le cœur serré d'angoisse. En le voyant passer suivi de ses familiers, les gens s'enfermaient dans leurs maisons. Les rues étaient étrangement vides. Dès qu'il fut entré dans le Vatican, César ordonna que les portes fussent fermées et qu'on disposât partout des gardes, puis il dépêcha Michelotto prendre possession de Saint-Ange.

En arrivant dans les appartements pontificaux remplis d'une foule anxieuse, il trouva Lucrezia qui vint se jeter dans ses bras :

— Est-ce un grand malheur ? interrogea-t-il en la serrant contre lui.

— Le Seigneur Dieu nous est propice, dit-elle en pleurant. On a pu dégager notre père des décombres. Le dais lui a sauvé la vie car il a amorti la chute du plafond. Viens, on a transporté le Saint-Père dans sa chambre. Il a reçu quelques chocs qui lui ont fait perdre connaissance, mais il est maintenant revenu à lui. Les médecins assurent qu'il n'y a rien à craindre pour ses jours. Oh ! j'ai eu si peur !

Alexandre VI, couché dans son large lit, pâle, les traits tirés, sourit à son fils en le voyant s'approcher. Il tenta de se soulever mais César se jeta à son chevet et prit sa main qu'il baisa.

— Le Seigneur Dieu n'a pas voulu de son pécheur de vicaire, dit le pape. Il a manifesté par là sa volonté que nous poursuivions notre œuvre, ne crois-tu pas, mon fils ?

— Saint-Père, j 'en suis persuadé.

— C'est bien, alors. Je serai bientôt sur pied.

On fit sonner les cloches pour annoncer que la vie du pape avait été épargnée et les cardinaux et ambassadeurs vinrent porter tous leurs vœux à Sa Sainteté. César ne quittait pas le chevet d'Alexandre qui bientôt put se lever. Le duc profita de la visite de Paolo

Capello, l'ambassadeur de Venise, pour songer à lui faire sa cour. Après qu'il eut reçu la bénédiction du pape, César le prit par le bras et marcha avec lui.

— Seigneur orateur, lui dit-il, je découvre l'étendue du péril que j'ai couru. Il n'est pour moi plus possible de dépendre d'un caprice du destin ou de la volonté du pape. J'envisagerai de me donner à la seigneurie de Venise.

De cela, César ne pensait pas un mot, mais il voulait de cette manière éprouver l'ambassadeur et tâter les sentiments de la Sérénissime République à son égard.

— Cette idée de placer les intérêts de Votre Seigneurie sous la protection de la République me paraît ma foi, fort bonne. Il est bien vrai qu'il est pour vous, seigneur duc, de la plus haute importance de ménager vos arrières en bon stratège car sans le pape, vos positions ne tiendraient pas quatre jours.

— Soyez assuré, seigneur orateur, que c'est une chose qui me préoccupe fort, mais ne croyez pas que ma fortune soit aussi fragile. Tout en construisant le présent, je prépare l'avenir.

Ce bref entretien avec le Vénitien renforça César dans sa volonté d'établir sa fortune en s'appuyant sur la France où il avait un duché, une épouse, et depuis quelques mois une fille Louise, dont Charlotte lui avait annoncé la naissance dans l'une des lettres qu'elle lui envoyait régulièrement. Cette conviction ne fit que le renforcer dans sa décision de déblayer la route qui conduisait au trône de Naples, le premier obstacle étant Alfonso d'Aragon, son beau-frère.

Lucrezia et Sancia s'installèrent au Vatican pour y soigner le pape qui se plaisait en leur compagnie. Joffré, à qui Roderigo portait une vive affection, vint aussi loger au Vatican avec son épouse Sancia, tandis qu'Alfonso restait dans le palais de Santa Maria in Porticu. Le pape ne voulait pas son beau-fils auprès de lui à la suite de critiques que ce dernier avait osé formuler à son encontre. Au mois d'avril dernier, le pape avait annulé le mariage de Béatrice d'Aragon, veuve du roi de Hongrie Matthias Corvin, avec Ladislas de Hongrie, à la requête de ce dernier. Béatrice était la sœur du roi de Naples, Federigo, et la fille de Ferrante Ier ; aussi la cour de Naples et celle d'Espagne avaient tenté par tous les moyens de faire pression sur Alexandre VI pour qu'il ne prononçât pas la dissolution du mariage bien qu'il fût entaché d'irrégularité canonique. Comme le pape, encouragé par César, était passé outre, Alfonso, solidaire de la famille d'Aragon, s'était emporté contre le pape et le duc de Valentinois dans un cercle d'intimes. Il y avait cependant eu parmi eux une âme bien intentionnée qui s'était empressée de rapporter la chose à Sa Sainteté, laquelle avait convoqué son beau-fils pour lui signifier qu'il devait s'occuper de ses affaires et s'abstenir de juger les actes d'un pape. Alfonso avait encore cherché à défendre sa tante et sa famille et Alexandre avait promptement mis un terme à l'audience. Et comme s'il avait cherché à plus encore irriter le pape et surtout César, le duc de Bisceglie se plaisait à recevoir quelques-uns des plus éminents parmi les Colonna, les mêmes dont on connaissait les sentiments pro-aragonnais et anti-français, au point que l'ambassadeur de France vint s'en plaindre en secret à César.

Presque chaque soir, César allait dîner au Vatican, en compagnie de son père, sa sœur, son frère et Sancia. Alors que dans la journée César s'entretenait avec son père des affaires de l'État et se montrait grave et réfléchi, le soir, il s'abandonnait à sa verve, buvait et riait volontiers. Il se retirait aux alentours de minuit et, selon son humeur, il rentrait à son palais ou, en compagnie de Michelotto, il se rendait chez Fiammetta qui avait reçu du pape un magnifique palais, afin d'y terminer joyeusement la nuit. Il lui arrivait parfois d'aller boire dans quelque taverne, les choisissant dans différents quartiers : dans le *rione di Ponte* le long de la rive gauche du Tibre, où il savait rencontrer de riches banquiers romains ou étrangers, des officiers de la cour pontificale, des gens de la maison des Orsini qui dominaient ce quartier ; ou dans le quartier San Angelo, vers le théâtre de Marcellus, où résidait un petit peuple de pêcheurs, nautoniers, artisans, bohémiens ; dans le *rione Parione*, autour du Campo dei Fiori, où madonna Vannozza possédait l'auberge de la Cloche. Il y venait masqué, simplement vêtu, afin de n'être pas reconnu, de manière qu'il lui était possible de s'informer à la source même des bruits qui couraient sur les Borgia, sur la cour Vaticane, les cardinaux, connaître l'opinion des gens du peuple ou de la noblesse et de la bourgeoisie sur le pape et son illustre Gonfalonnier.

Or, le soir du 14 juillet, il avait décidé de se rendre chez Fiammetta, en sortant du Vatican, car elle lui avait promis de lui offrir une jeune et belle courtisane, pour une nuit. Mais lorsqu'il embrassa ses parents en les quittant, Lucrezia lui dit :

— César, mon doux frère, as-tu le projet de venir demain soir dîner avec nous ?

— Je n'ai encore rien décidé, répondit-il.

— Dans ce cas, peut-être serait-il mieux que tu t'en abstiennes car don Alfonso vient dîner avec nous et maintenant, chaque fois que vous vous rencontrez, vous vous disputez, ce qui me cause un grand chagrin car je vous aime tous deux grandement.

— Tu fais bien de m'en avertir. J'irai dîner chez notre illustre mère, madonna Vannozza que je n'ai pas vue depuis déjà quelque temps.

Avant de quitter le Vatican, il passa par la salle des gardes où Michelotto jouait aux dés en compagnie de quelques officiers. En voyant arriver César, ils se levèrent et, prenant son manteau léger, Michelotto sortit avec lui. Ils descendirent en silence les degrés du large escalier qui se déployait tout au long de la façade de la basilique. Sur les côtés, des pèlerins, des pauvres, étaient couchés enveloppés dans de misérables manteaux pour passer là la nuit.

— Vois, Michelotto, ces miséreux endormis, dit César lorsqu'ils furent arrivés au bas des marches.

— Je les ai vus, Mon Seigneur.

— Fort bien. Et vois là-bas cette rue qui conduit vers le Tibre.

— Je la connais aussi.

— Elle est large et sombre.

— Il est vrai, Mon Seigneur.

— Viens, nous rentrons en notre palais.

— Je m'étais laissé dire que Votre Seigneurie était attendue chez madonna Fiammetta.

— Nous lui enverrons un messager pour lui faire savoir que je ne viendrai que demain.

Sans plus poser de questions, Michele Corella suivit César jusque dans son cabinet de travail aux murs entièrement marquetés.

— Michelotto, demain soir, à l'heure à laquelle nous avons quitté le Vatican, don Alfonso, l'époux de madonna Lucrezia, en sortira par la même porte que nous-mêmes ce soir. Il y aura aussi là des miséreux endormis.

— Sans doute, Mon Seigneur. Et parmi eux se trouveront d'autres miséreux, mais armés de poignards.

— Michelotto, tu m'es le plus précieux des auxiliaires.

— Et je suppose que Votre Seigneurie aimerait que dans la rue qui descend vers le Tibre il y ait quelques cavaliers pour intervenir le cas échéant et aider nos sicaires dans leur fuite.

— Précisément. Toi, trouve-toi dissimulé dans les

environs afin de surveiller l'opération, mais il est impératif que personne ne puisse te reconnaître. Il faut choisir des ruffians que tu prendras dans les bas quartiers de la ville et paie-les suffisamment pour qu'ils puissent aller se faire pendre ailleurs.

— Mon Seigneur, on peut toujours ensuite les faire supprimer par les cavaliers qui eux...

— Surtout pas. Il suffirait qu'il s'en échappât un pour qu'il allât ensuite te dénoncer. Non, Michelotto, on ne doit jamais trahir ceux qui nous servent. Il ne faut supprimer que nos ennemis quand on ne peut faire autrement et ceux qui d'aventure auraient été félons envers nous. Va maintenant, car c'est cette nuit que tu trouveras les spadassins susceptibles d'envoyer dès demain don Alfonso *ad patres*.

Le lendemain, vers la fin de l'après-midi, César, après avoir eu soin de revêtir une cotte de mailles sous son habit, se rendit chez sa mère l'esprit serein, Michelotto l'ayant avisé que le dispositif souhaité serait mis en place à l'heure idoine. Il dîna de bon appétit et demeura auprès de madonna Vannozza jusque après minuit. Deux écuyers munis de torches lui ouvrirent ensuite la marche dans les rues obscures, jusque chez Fiammetta où il passa le reste de la nuit. Lorsqu'il rentra à son palais, vers la fin de la matinée suivante, il trouva Michelotto, avec un air qui lui déplut :

— C'est raté ? s'enquit-il d'un ton rude.

— Six hommes, de sinistres ruffians, Votre Seigneurie peut me croire, se sont couchés sur la place. Le duc de Bisceglie est sorti accompagné d'un écuyer et de son camérier, Tommaso Albanese. Les sicaires ont attendu qu'il fût tout près d'eux pour se jeter sur lui. Mais il a promptement tiré son épée et s'est défendu comme un beau diable tandis que ses compagnons se sont mis à pousser des hurlements. Néanmoins, le duc a été atteint de trois ou quatre blessures et nos bravi commençaient à l'entraîner vers les cavaliers qui attendaient qu'il fût plus proche pour oser le saisir et aller le jeter dans le Tibre. Mais Albanese les a chargés et profitant qu'ils aient abandonné le corps du duc de Bisceglie, son écuyer a commencé de le tirer vers le Vatican. Les sicaires sont revenus à la charge pour frapper à nouveau le duc, mais, alarmés par les cris, les gardes du Vatican ont ouvert les portes et sont venus à la rescousse. Nos bravi ont eu juste le temps de disparaître dans la nuit et nos cavaliers ont dû se résoudre à faire de même.

— Les imbéciles ! À six ils n'ont pas été capables de tuer un homme.

— Votre Seigneurie n'ignore pas que son beau-frère a eu pour maître d'armes l'un des grands maîtres napolitains.

— As-tu de ses nouvelles ?

— J'ai appris que votre illustre sœur et madonna Sancia l'ont fait porter dans l'une des chambres des appartements de Sa Sainteté et on a appelé à son chevet d'excellents médecins. Il paraît même que dès l'aube est partie une estafette pour Naples afin d'en ramener des médecins napolitains. Je sais aussi qu'Albanese qui a reçu plusieurs blessures, s'est réfugié chez son ami, messer Vincenzo Colli, dit le Calmeta. Il sera facile de supprimer ce témoin qui a entravé notre action.

— Ce serait signer l'attentat. Au demeurant, je ne veux la mort que du duc de Bisceglie. Et le Calmeta est un bon poète que pensionne Sa Sainteté... Il est aussi en relations épistolaires avec tous les humanistes d'Italie et de l'Europe. Tu voudrais débarrasser Rome de l'une de ses gloires ?

Après un silence, César reprit :

— J'irai cet après-midi au Vatican comme à l'accoutumée et j'y prendrai des nouvelles.

Ainsi fit-il, mais il ne put entrer dans la chambre dite des Sibylles où avait été dressé le lit d'Alfonso. Le pape le reçut avec un visage soucieux :

— Mon illustre fils, dit-il à César, après que ce dernier lui eut déclaré qu'il venait d'apprendre la nouvelle de l'attentat dont avait été victime son beau-frère, il s'est élevé des voix pour déclarer que les auteurs présumés de ce coup sont les Orsini, mais personne ne le croit. C'est toi qu'on accuse.

— Moi, Très Saint-Père ? Mais j'ai passé la première partie de la nuit auprès de notre excellentissime mère, madonna Vannozza qui m'a prié de baiser pour elle les pieds de Votre Sainteté, et ensuite je me suis rendu directement chez la belle Fiammetta qui m'avait réservé une bien jolie surprise.

— Si César Borgia se montre au public pour affronter des taureaux furieux afin que nul ne doute de sa force et de son courage, il charge ses fidèles des tâches plus obscures.

— Comment Votre Sainteté peut-elle parler ainsi ?

— Ta sœur Lucrezia et la princesse de Squillace sont convaincues que tu es l'instigateur de cet attentat et elles m'ont prié de te dire qu'elles ne voulaient pas que tu viennes les visiter au chevet du blessé où elles se trouvent présentement et où elles ont l'intention de demeurer tant qu'il ne sera pas complètement rétabli.

— Voilà un admirable dévouement. Mais mes chères et illustres sœurs craignent-elles que je fasse du mal à leur protégé, et ceci en leur présence, sans me soucier de blesser leur sensibilité ?

— Elles ne pensent pas que tu irais jusque-là, mais elles trouvent qu'il serait indélicat que tu apparaisses aux regards de don Alfonso. Et c'est moi, ton père et ton seigneur, qui t'interdis de les aller visiter.

— Puisque telle est la volonté de Votre Sainteté... dit César en s'inclinant.

Le surlendemain arrivaient de Naples deux des meilleurs médecins du royaume envoyés aussitôt par le roi Federigo : Galianno de Anna et Clemente Gactula, lesquels, avec l'aide des deux jeunes femmes, firent merveille car trois semaines plus tard, le duc de Bisceglie commençait à se lever et avait retrouvé ses couleurs. César, agissant en tant que Gonfalonier, avait interdit le port des armes entre le château Saint-Ange et le Vatican, afin, avait-il déclaré, que pareil attentat ne pût se reproduire en un si saint lieu. Cette décision n'avait pas empêché les Romains de s'établir dans leur certitude que l'instigateur de l'affaire était le duc de Valentinois. « L'inspirateur du crime, répétait-on, est certainement quelqu'un de plus puissant que don Alfonso bien qu'il soit duc et neveu du roi régnant à Naples, fils d'un roi et gendre du pape. » Or, qui, à Rome, pouvait être considéré comme plus puissant que le duc de Bisceglie, sinon le Gonfalonier de l'Église en personne ? C'est d'ailleurs ce que fit entendre l'orateur de Venise à Alexandre VI qui lui avait répondu :

— Le duc nie se trouver à l'origine de l'attentat, mais dans le cas contraire, don Alfonso l'aurait sans doute mérité.

Le pape autorisa ensuite César à aller visiter le duc de Bisceglie et son épouse. Lucrezia et Sancia montrèrent pour la première fois à César un visage sévère et elles se laissèrent embrasser sans manifester quelque plaisir de le voir.

— Je me réjouis, mon illustre cousin, dit César à don Alfonso, de vous voir si promptement rétabli. On rapporte que vous vous êtes vaillamment défendu, je vous en félicite.

— Je doute, seigneur duc, que vous vous réjouissiez autant que vous le prétendez, répliqua sèchement Alfonso.

— Il en est pourtant ainsi. Sans doute avons-nous eu des sujets de dissensions, mais...

— Allons, l'interrompit le jeune duc, ne vous mettez pas en peine pour me persuader de ce que je ne croirai jamais. Vous me haïssez comme vous haïssez tous les gens de la maison d'Aragon...

— Qu'allez-vous faire croire là ? Votre excellentissime sœur, donna Sancia, m'est témoin que j'ai la plus grande affection pour les gens de votre maison et même encore maintenant je ne cesse de regretter de n'avoir pu prendre pour épouse une femme de la maison de Naples.

— Seigneur duc, je vous prie de ne pas faire appel au témoignage de ma sœur Sancia. Seul le dévouement avec lequel elle m'a soigné me fait oublier le scandale de relations...

— Taisez-vous donc ! l'interrompit César avec colère. De quel scandale osez-vous parler ? J'ai autant d'estime que d'affection pour madonna Sancia et bien qu'elle vous soit fort proche parente, je ne permets pas que vous parliez à son propos de scandale.

— Un scandale dont vous êtes le premier responsable.

— Vraiment, Alfonso, intervint Sancia, tu perds le sens.

— Il vaut mieux perdre le sens que la vie ou l'honneur.

— Petit scélérat ! s'écria Sancia, qu'oses-tu insinuer par là ?

— Sancia, ma tendre amie, je t'en prie, ne provoque pas Alfonso, dit Lucrezia en lui prenant doucement le bras pour la retenir.

César haussa les épaules et, tandis que parlaient les jeunes femmes, il se pencha sur l'oreille du duc de Bisceglie et lui dit :

— Adieu. Ce qui n'a pas été réalisé le matin peut fort bien l'être le soir.

Sans ajouter un mot, il quitta la pièce, laissant Sancia se quereller avec son frère.

Ce n'est pas sans arrière-pensée que César avait mumuré à son beau-frère cette mise en garde. Comme il l'espérait, ce dernier en avait conçu une immense frayeur et il se porta à l'extrémité souhaitée. Vers la fin de la matinée du 18 août, César se promenait dans les jardins du Vatican que surplombaient les appartements Borgia. Il avait avec lui son secrétaire Agapito et quelques intimes. Lorsqu'il passa à proximité de la fenêtre de la chambre d'Alfonso, ce dernier, crut l'occasion favorable pour se débarrasser d'un ennemi aussi dangereux. Il se saisit d'une arbalète et décocha un carreau sur César. Mais le duc, qui se tenait sur ses gardes, plongea en avant et évita de justesse le trait. Aussitôt après, il s'éloigna avec ses familiers tandis qu'Alfonso se félicitait d'avoir finalement manqué son but, car sa situation ne l'aurait pas mis à l'abri de la colère du pape ; c'est ce dont l'assurèrent Lucrezia et Sancia, lorsqu'elles eurent identifié le gibier sur lequel il avait tiré, lui reprochant une action aussi criminelle que téméraire.

— César va certainement réagir à une pareille provocation, s'inquiéta Lucrezia.

— Je ne le crains pas, il ne peut rien contre moi, déclara le jeune homme avec une assurance trompeuse.

— Tu ne feras jamais que des sottises, dit Sancia. Tu n'as pas cessé de provoquer César alors que tu n'ignores pas combien il est vindicatif et violent, et voilà que maintenant tu lui décoches un carreau d'arbalète et qui plus est, tu le manques !

— Par la Madonna ! s'écria Lucrezia, tu ne voulais pas qu'il le tuât ?

— Moi, certainement pas. Mais il eût mieux valu pour Alfonso qu'il ne manquât pas son coup. Nous connaissons bien César. Heureusement qu'Alfonso est maintenant presque entièrement rétabli. Dès demain...

que dis-je, dès cette nuit il faut qu'il quitte le Vatican, Rome même et se réfugie à Naples.

— Certainement pas. Nous sommes protégés par les gardes de Sa Sainteté, s'insurgea Alfonso. César n'osera pas s'attaquer à moi en un tel lieu.

— Je suis persuadée du contraire.

— Et moi je suis convaincu que tu as tort.

— Dans ce cas tu n'auras qu'à t'en prendre à toi-même s'il t'arrive quelque malheur.

— Non, Sancia, ne parle pas ainsi, dit Lucrezia. Il ne peut rien lui arriver.

Vers la fin de l'après-midi, l'orateur de Naples vint en compagnie des deux médecins napolitains prendre des nouvelles du duc de Bisceglie. Leur présence réconforta les deux jeunes femmes et elles parlèrent du projet de renvoyer don Alfonso à Naples. L'ambassadeur les approuva et l'on mit sur pied les modalités du départ. Ils s'entretenaient ainsi lorsqu'on heurta à la porte et Michele Corella entra, suivi de plusieurs gardes :

— Que voulez-vous ? s'enquit Lucrezia d'un ton ferme.

— Pardonnez-moi, madonna, mais j'ai ordre d'arrêter les personnes ici présentes pour complot contre Sa Sainteté et l'illustrissime duc de Valentinois et tentative d'assassinat sur sa personne.

— Ce n'est pas possible !

— Il en est pourtant bien ainsi.

— Quoi, vous nous arrêteriez aussi, la duchesse de Squillace et moi-même...

— Il est bien évident, madonna, que Votre Seigneurie ainsi que l'illustrissime duchesse de Squillace n'êtes impliquées en aucune manière... Gardes emmenez monsieur l'ambassadeur ainsi que les deux sires.

— Je proteste, au nom de l'immunité des gens de mon état, commença l'orateur de Naples.

— Monsieur l'ambassadeur, nous ne vous conduisons pas en prison, mais dans votre palais où vous devez demeurer sous surveillance. Nous devons aussi nous emparer de la personne du duc de Bisceglie...

— Il n'en est pas question ! s'exclama Lucrezia.

— C'est un ordre, madonna.

— Je vais m'en plaindre à Sa Sainteté.

— Votre Seigneurie le peut fort bien, car seule Sa Sainteté est au-dessus de celui dont je tiens cet ordre.

— Allons-y de ce pas, dit Sancia. Et en attendant, messer Michelotto, nous vous interdisons d'emmener notre frère et mari, le duc de Bisceglie.

Michelotto s'inclina, sans ajouter un mot.

Les deux jeunes femmes coururent se jeter aux pieds d'Alexandre VI qui posa les mains sur leur tête et leur dit :

— Mes enfants, j'ai ouï dire que notre gendre a eu la folie de tirer sur le Gonfalonier de l'Église un carreau d'arbalète. Il est naturel qu'il doive répondre de ce crime devant le duc de Valentinois. Mais n'ayez de crainte, nous veillerons à ce que tout se passe pour le mieux. La seule chose que je puisse faire est d'empêcher don Michele d'emmener notre très cher gendre, mais il doit être placé sous surveillance dans sa chambre. Allez lui apporter mon message.

Elles se relevèrent en hâte et coururent vers la chambre. Elles eurent la stupeur de trouver la porte fermée et gardée par deux hallebardiers. Michelotto vint au-devant d'elles :

— Illustres dames, leur dit-il en s'inclinant, vous me voyez désolé mais le seigneur duc, en me voyant, a pris peur, il est tombé de son lit et s'est tué. Je me rends auprès de Sa Seigneurie le duc de Valentinois pour prendre ses ordres.

Les deux jeunes femmes éclatèrent en sanglots tandis qu'il s'éloignait rapidement. Elles voulurent entrer dans la chambre, mais les gardes leur en refusèrent l'accès. Elles s'en retournèrent auprès du pape, afin de s'en plaindre mais s'il se montra fort chagriné de la mort inopinée du jeune duc, il leur dit que César seul était habilité à commander les gardes. Elles purent alors voir combien grande était la puissance du duc de Valentinois, car le pape lui-même se soumettait à sa volonté. Elles ne purent revoir Alfonso de Bisceglie qui fut le soir même emporté par une vingtaine de moines et Francesco Borgia, l'archevêque de Cosenza, le même qui, l'année précédente avait baptisé le petit Roderigo, dans la modeste église de Santa Maria delle Febbri, près du Vatican, où il fut enseveli sans nulle cérémonie.

CHAPITRE XVIII

Il avait neigé toute la nuit. La mer Adriatique était sombre et déchaînée ; elle semblait lancer ses vagues à l'assaut de la côte et des digues du port de Pesaro où les galères et caravelles de Venise et d'Otrante semblaient s'être lancées dans une danse furieuse. Les cordages craquaient dans les gréements, les amarres se tendaient dangereusement, prêtes à se rompre sous la tension des coques soulevées par les flots tourbillonnants. De la fenêtre de son cabinet qui donnait sur le port, Pandolfo Collenuccio s'abîma pendant un long moment dans la contemplation du port et des mariniers qui s'agitaient sur les quais, prêts à intervenir à tout moment dans le cas où lâcherait un filin ou s'abattrait un mât.

Pandolfo Collenuccio était alors un homme de cinquante-six ans, de belle taille au visage grave, marqué par des rides précoces. Il était considéré comme l'un des plus grands humanistes de son temps, s'était distingué par une traduction d'une pièce de Plaute, la composition de dialogues, de traités sur l'éducation, d'ouvrages historiques, de libelles polémiques, de chansons. Ses titres de gloire n'avaient cependant pas empêché Giovanni Sforza de l'emprisonner, car il était citoyen de Pesaro, puis de le bannir ; l'illustre exilé s'était réfugié auprès de Lorenzo dei Medici, le Magnifique, qui l'avait nommé podestat de Florence et lui avait confié diverses ambassades. Il était ensuite entré au service du duc de Ferrare, Ercole d'Este. Ce dernier en avait fait son légat auprès de César Borgia, lequel, après être entré triomphalement à Pesaro qu'avait fui Giovanni Sforza, lors de sa deuxième campagne des Romagnes, à l'automne de 1500, lui avait fait rendre ses biens après l'avoir accueilli avec son habituelle courtoisie. Collenuccio avait profité des fêtes de carnaval de cette année 1501 pour séjourner au milieu des siens, dans sa demeure retrouvée.

Il poussa un long soupir, vint s'accroupir devant le haut brasero placé près d'une fenêtre où se consumaient des charbons de bois afin d'y réchauffer ses mains, enfin il retourna s'asseoir devant son écritoire où il avait commencé une lettre pour son seigneur du moment, le duc de Ferrare. Il relut ce qu'il avait déjà écrit puis, trempant sa plume d'oie dans l'encrier de bronze joliment ciselé, il écrivit d'une main ferme :

« Pour ce qui est du duc de Valentinois, je ne puis cacher à Votre Seigneurie combien je reste favorablement impressionné. Il est, certes, âpre dans la vengeance, mais il est doué d'une grande âme avide de gloire. J'ai écrit naguère à Votre Excellence qu'il me paraissait se soucier de conquérir les États plus que d'y faire régner l'ordre. Je dois maintenant faire ma palinodie. Il sait conquérir en utilisant les moyens les plus rapides et les plus économes en vies humaines. La manière dont les petits potentats des Romagnes ont pressuré leurs sujets, leur ont extorqué des biens au mépris de toute justice, voilà qui a été un atout majeur entre les mains habiles du duc de Valentinois. Il s'est assuré la neutralité, voire la complicité de ces populations lasses de tant de tyrannie, et il a su conserver leur estime en faisant régner une stricte justice dans les

États de Forli et d'Imola, de manière que les habitants de Rimini et ceux de Pesaro, ont eu tôt fait de se détourner de leurs despotiques maîtres, Pandolfo Malatesta et Giovanni Sforza. Et, depuis, tout le monde ici se félicite du gouvernement du Valentinois.

« Devant la résistance inattendue que Faënza oppose au duc depuis maintenant plus de deux mois, ceci malgré l'intervention de capitaines comme Vitellozzo Vitelli et Dionigi di Naldo qui s'est enrôlé sous sa bannière, on craignait qu'il ne s'y opiniâtrât pendant tout l'hiver et qu'il en eût le plus grand dépit. Et voici qu'au contraire, il manifeste son admiration devant le courage des gens de Faënza en déclarant qu'avec une armée de Faënziens, il conquerrait facilement l'Italie et, après avoir levé le siège — uniquement pendant l'hiver, mais il compte bien le reprendre avant le printemps —, il mène la plus joyeuse vie à Cesena dont il veut faire sa capitale, courtise les jolies femmes, va avec de joyeux compagnons par les rues de la ville pour brocarder les bourgeois et faire des polissonneries qu'on n'attendrait guère d'un duc et ancien cardinal. Les gens de Rimini n'ont jamais rien vu de semblable aux fêtes de Noël qu'il a passées chez eux. Le palais des Malatesta où il s'était installé, habitué depuis déjà longtemps aux pires drames domestiques, aux meurtres, aux conspirations, toujours sinistre, lugubre, s'est soudain changé en demeure de la joie. Les fêtes et les bals se sont succédé, au milieu des rires des jolies femmes et des plus beaux airs de musique. Pour la première fois, les gens de la ville ont pu entrer librement dans le palais, car le duc leur en a ouvert les portes et il les a reçus joyeusement, confortablement installé dans son lit, revêtu d'un manteau que je puis qualifier de royal ; et il les saluait aimablement, parlait librement avec eux, écoutait leurs requêtes ou leurs récriminations.

« J'ai ainsi le sentiment, Mon Seigneur, que le duc de

Valentinois serait un aimable beau-frère pour Son Excellence don Alfonso, votre illustrissime fils et héritier. Vous me voyez de plus en plus persuadé qu'un mariage entre l'excellentissime Alfonso et la bellissime madonna Lucrezia serait une heureuse chose pour Votre Seigneurie et pour Ferrare. Elle est une jeune femme charmante, sensible, témoin le chagrin qu'elle a eu à la mort de son époux le duc de Bisceglie, au point que son attitude en était arrivée à irriter le Saint-Père, pour aussi incroyable que la chose puisse paraître. Le pape l'a tenue éloignée et elle-même n'a plus voulu voir son frère, le duc, pendant longtemps. Mais les nuages sombres se sont dissipés et on rapporte que madonna Lucrezia, qui a eu l'honneur de rencontrer Sa Seigneurie don Alfonso lors d'un séjour qu'il fit à Rome, n'est nullement hostile à ce mariage auquel semblent tenir aussi bien le pape que le duc de Valentinois lui-même. Et comme Votre Seigneurie le sait fort bien, la volonté du Valentinois a plus de poids que celle du pape qui, de plus en plus, est entre ses mains. Puisque Votre Excellence a bien voulu me demander mon avis sur ce sujet, je puis vous assurer que madonna Lucrezia est actuellement le meilleur parti de l'Italie et elle se présente comme le ciment d'une alliance heureuse : à l'heure actuelle, il est du plus haut intérêt d'avoir l'amitié du Gonfalonier de l'Église. Or, Votre Seigneurie n'ignore pas combien sa haine peut être dangereuse. »

Pandolfo Collenuccio leva la tête, se gratta le nez et se demanda s'il était heureux de conserver cette dernière considération car la lettre pouvait fort bien tomber entre les mains de César ; or on ne savait jamais de quelle manière il risquait de réagir à certains actes ou paroles.

On heurta à la porte et un valet vint l'avertir qu'un homme était dans le vestibule, qui demandait à le voir.

— T'a-t-il dit son nom ? s'enquit Pandolfo.

— Il m'a déclaré s'appeler Leonardo, du bourg de Vinci.

— Leonardo da Vinci ? Est-ce Dieu possible ! Introduis-le vite.

Pandolfo se leva, sabla le parchemin qu'il roula et vint sur le seuil accueillir son visiteur.

Bien qu'âgé de moins de cinquante ans, Leonardo da Vinci était précocement vieilli par une vie aussi pleine qu'agitée ; sa longue chevelure ondulée était déjà blanche et son abondante barbe lui conférait un air de majesté. Ses yeux profondément enfoncés brillaient d'un feu dévorant, et plus qu'à nul autre on pouvait lui attribuer cette image qu'il avait utilisée dans son *Traité de la peinture*, les yeux sont la fenêtre de l'âme. Pandolfo avait connu Leonardo à Florence, avant le triomphe éphémère de la tyrannie sombre et ombrageuse du frère Savonarole, alors que l'illustre cité vivait sous le soleil éclatant du « Magnifique », dans l'empyrée platonicien de Marsile Ficin.

— Messer Leonardo, dit Collenuccio en prenant la main de son visiteur, c'est un bien grand honneur que vous me faites de venir en ma demeure.

— Messer Collenuccio, je vous rends grâce de me recevoir ainsi alors que je frappe à votre porte sans m'être fait annoncer.

— Êtes-vous ici depuis longtemps ?

— Je ne fais que d'arriver. Ma mule est devant votre porte avec mon maigre bagage.

— Permettez-moi, alors, de donner des ordres pour qu'on la mette à l'abri et qu'on vous fasse préparer une chambre car je ne voudrais pas que vous alliez dans une auberge.

Après qu'il eut donné ses ordres, Pandolfo fit asseoir son hôte sur un confortable fauteuil, auprès d'une table chargée de vin chaud et de confiseries.

— Ma surprise de vous voir ici n'a d'égale que ma

joie, car je vous croyais bien loin de chez nous, à Florence ou à Mantoue où j'ai entendu dire que la marquise sollicite votre venue.

— Il est vrai que madonna Isabella voudrait que je vienne séjourner à sa cour, mais je n'y ai que peu de goût.

— On prétend pourtant que Sa Seigneurie qui est si impérieuse et impose aux peintres qu'elle emploie non seulement les sujets, mais même la disposition des personnages et les couleurs à utiliser, n'exigerait rien de vous, elle vous laisserait libre d'agir à votre guise.

— J'admire, cher ami, combien vous êtes renseigné.

— Ignorez-vous que je suis maintenant le légat et un conseiller intime de son père, l'illustre duc de Ferrare ?

— J'aurais dû y songer. Mais, voyez-vous, je n'ai, en ces temps, guère de goût pour la peinture. À Florence, les Servites ont demandé à mon ami Filippino Lippi d'orner d'une peinture le maître-autel de l'église de l'Annunziata. Je rentrais alors de Milan où les guerres et le triomphe des Français ont rendu ma présence inutile. J'ai dit à Filippino que c'était là une bonne chose et que, pour ma part, j'aurais été heureux d'obtenir une pareille commande. J'avais parlé ainsi sans nulle malice mais Filippino, qui est le meilleur des hommes et qui savait que j'étais dans le besoin, vint dire aux moines que venait de rentrer à Florence le peintre de *la Cène* et qu'il se retirait devant lui. Ils m'ont ainsi passé la commande, mais j'avais alors envie d'approfondir les mathématiques et en particulier la géométrie. C'est pourquoi je me suis contenté de faire un carton qui a été assez admiré mais je n'ai pas réalisé l'œuvre car je n'en avais plus le goût.

— C'est ce que trop souvent on vous reproche, messer Leonardo. Vous recherchez une si grande perfection que seul un dieu pourrait y atteindre et finalement vous vous trouvez comme Dante au bout de sa montée vers le Paradis : lorsqu'il parvient devant le trône de Dieu, pour aussi haut qu'ait atteint son génie, sa langue devient incapable de décrire la lumineuse splendeur du Créateur. Pareillement vous n'avez pu achever le Christ au centre de votre *Cène*, car vous aviez en un effort suprême atteint la perfection humaine de l'expression dans la représentation des apôtres anxieux de savoir lequel d'entre eux livrera le Seigneur aux juifs. Devant la perfection divine du Christ, même votre pinceau incomparable est resté muet.

— Ce n'est que trop vrai, car telle est la condition de l'homme fini dans sa forme comme dans sa pensée. C'est parce que j'ai un sentiment si cruellement aigu de cette infirmité qu'est notre finitude que je veux exercer mon intelligence en d'autres domaines et réaliser ce que j'ai si minutieusement établi dans mon esprit et plus frustement sur le papier. Et c'est pourquoi, mon ami, je viens solliciter votre aide.

— Tout ce que j'ai est à vous, demandez et je suis prêt à faire pour vous tout ce qui sera en mon pouvoir.

— En ces mots je retrouve un vieil ami. Mais rassurez-vous, je ne veux vous demander qu'une chose raisonnable. J'ai appris avec une grande joie que le duc de Valentinois vous a réservé le meilleur accueil et vous a rétabli dans vos biens que vous avait si indignement confisqués l'ancien seigneur de cette ville.

— C'est exact et je ne cesse d'en rendre grâce au duc qui est un esprit juste, implacable dans ses haines, mais follement généreux pour ses amis.

— Le duc de Valentinois me fait l'impression d'avoir l'étoffe d'un grand homme et d'un esprit vaste, destiné à réaliser de vastes choses.

— Il a déjà commencé à faire en deux années dix fois plus que n'en ont fait les meilleurs condottieri dans toute une vie.

— Je crois ne pas me tromper en pensant qu'un si

magnifique seigneur a besoin de grandes intelligences autour de lui.

— Nul n'ignore que sa cour est riche d'artistes, de poètes, de savants et de ces philosophes venus de l'Académie romaine qui fréquentaient déjà chez sa parente madonna Adriana Orsini.

— Il lui manque un ingénieur, un homme capable d'organiser ses forteresses, creuser des canaux, aménager des ports, fabriquer des machines de sièges...

— Je suppose qu'un tel homme serait magnifiquement accueilli par le duc.

— Alors, parlez-lui de moi. Je me rends de ce pas à Venise où la Seigneurie a requis ma présence, mais il n'est pas dans mes intentions de longtemps m'y attarder. Je vous écrirai pour vous dire où me joindre, une fois parvenu là-bas. Faites-moi savoir ce que pense le duc de Valentinois, s'il verrait d'un œil favorable ma collaboration, et je reviens aussitôt. Et croyez que je vous serai reconnaissant de cela.

— Votre amitié sera pour moi la plus belle preuve de reconnaissance.

— Je ne sais précisément où se trouve le duc en ce moment, car je me suis laissé dire qu'il n'était pas à Cesena dont il veut faire la capitale des Romagnes.

— En ces jours de carnaval il est à Urbino où l'a invité le duc de Montefeltre, à son corps défendant, car il redoute autant qu'il déteste le Valentinois dont les ambitions sont une menace pour son État. En tout cas, il paraît que le duc de Valentinois se plaît infiniment à Urbino et y mène la plus joyeuse vie.

En fait, César se plaisait d'autant plus dans la brillante cour d'Urbino, qu'il y avait rencontré une jeune femme d'une grande beauté, spirituelle et suffisamment légère pour avoir bientôt cédé aux sollicitations d'un cavalier aussi illustre et bien fait. Cette jeune fille, nommée Dorotea, appartenait à une noble famille de Mantoue. Elle avait été élevée à la cour des Montefeltre où l'avait emmenée Elisabetta, sœur de Francesco Gonzaga, marquis de Mantoue, et épouse de Guidobaldo, le duc d'Urbino. La jeune fille avait été mariée par procuration à un capitaine des armées de Venise, d'origine napolitaine, Gian Battista Caracciolo, qu'elle n'avait jamais vu mais qu'on disait laid et de manières grossières, outre le fait qu'il était en âge d'être le père de son épouse. Il avait été convenu entre les partis que le marié viendrait chercher sa femme à Urbino pour l'emmener à Venise et la date du départ avait été fixée au 10 février. César avait, de son côté, annoncé à ses hôtes qu'il rentrait à Cesena au début du même mois, ce qui avait tiré un soupir de soulagement au duc et à son épouse car ils ne pouvaient ignorer les visées du duc de Valentinois sur leur État et, de ce fait, craignaient à tout moment une traîtrise.

— Ainsi, allons-nous devoir déjà nous séparer, mon doux seigneur ? demanda d'un air triste la jeune femme.

Elle était couchée dans le lit de César où, avec une audace peu commune, elle venait le rejoindre à la faveur de la nuit, le duc de Valentinois étant magnifiquement logé dans le palais ducal d'Urbino, l'un des plus vastes de l'Italie.

— Nous ne pourrions longtemps encore nous retrouver ainsi de nuit, comme des voleurs. À tout moment, tu risques de te faire surprendre lorsque tu viens me rejoindre ici.

— N'est-ce pas un peu ce qui constitue le charme de nos relations ? Et maintenant nous allons être séparés, et moi je vais devoir retrouver mon capitaine de mari dont on rapporte de si vilaines choses.

— Il n'est pas dit que tu parviennes jusqu'à Venise.

— Oh ! que veut dire mon cher seigneur par ces mots ?

— Simplement qu'on ne sait ce que nous réserve l'avenir et que je ris des astrologues car je les mets au défi de savoir ce qui va nous arriver d'ici la fin de ce mois.

— Hélas ! moi je sais trop bien que je serai recluse dans la maison de mon époux et que vous serez loin de mes yeux.

— C'est là qu'il devient hasardeux de se prononcer avec autant de certitude. Mon cher amour, parlons donc de plus agréables choses et profitons plutôt du moment qui passe.

— Oui, ce sera mieux ainsi. Mon cher seigneur, chantez-moi donc une chanson d'amour comme vous savez si bien le faire. Sans plus se faire prier, il se leva, prit son luth et chanta ainsi :

« Ma Dame, contre mon bon vouloir
il faut que je m'éloigne ;
et il ne faut pas croire que pour le fuir,
j'échappe à ton amour.
Le souvenir me restera de ta douce présence ;
mon âme demeurera auprès de toi
comme le plus beau témoignage ;
ce corps seul m'est laissé,
que déjà je sens se consumer de douleur.
Ma Dame, contre mon bon vouloir
il faut que je m'éloigne. »

Le lendemain, César quittait Urbino. Quelques jours plus tard, Gian Battista Caracciolo arrivait à Urbino avec quelques soldats pour emmener sa femme à Venise. En voyant son époux, Dorotea dont l'âme était remplie de son brillant amant, ressentit un véritable désespoir. Elle eut cependant le courage et l'esprit de lui faire bonne figure. Son sourire emprunté se transforma en une joie profonde lorsque le train des voyageurs, alors qu'il venait d'entrer en territoire vénitien et approchait de Cervia, fut soudainement attaqué par une vingtaine d'hommes qui mirent à mal les compagnons de Caracciolo, et enlevèrent Dorotea et sa suivante. La jeune femme avait été prise en croupe par le chef de la bande, un homme robuste, de la corpulence de César, dont une partie du visage était dérobée par un bandeau noir qui lui cachait un œil.

Dès qu'ils se furent mis à l'abri des poursuites, l'homme se découvrit et salua la jeune femme :

— Je suis le capitaine don Diego Ramirez, pour vous servir madonna.

— Messer, lui demanda-t-elle, où donc m'emmenez-vous ?

— N'ayez aucune crainte, je vous enlève à un bien méchant époux, trop indigne de votre beauté.

Elle ne savait précisément à qui elle avait affaire et elle craignit d'avoir été enlevée par l'un de ces nombreux bandits de grands chemins qui infestaient l'Italie. Bien qu'elle ait crié lorsqu'elle avait été enlevée, au fond d'elle-même elle n'était pas fâchée de l'aventure, ne serait-ce que parce qu'elle était ainsi séparée d'un époux pour qui elle ne se sentait aucune inclination. Et comme les assaillants parlaient espagnol, elle caressait l'espoir qu'ils fussent envoyés par César. Cependant elle avait déjà entrevu ce don Diego qui était au service du duc d'Urbino, ce dont elle s'étonna et s'inquiéta, car il arrivait souvent que lorsqu'un prince ne pouvait plus entretenir ses condottieri, ceux-ci se transformassent en brigands et se payassent sur le pays.

Elle se rassura lorsqu'elle vit que ses ravisseurs se dirigeaient vers Faënza. Le camp de César était dressé sous les murs de la ville dont le siège avait été repris.

Elle ne s'étonna pas d'être conduite par Ramirez sous une vaste et riche tente blanche ornée de festons d'or et gardée par des hommes portant l'uniforme rouge et jaune des soldats du duc de Valentinois. Ce dernier vint l'accueillir sur le seuil de la tente. Sans balancer, elle se jeta dans ses bras et le remercia pour lui avoir donné une si grande preuve d'amour.

Ce rapt fit scandale. César en fut tout de suite accusé et Yves d'Allègre vint, au nom du roi de France, protester contre la violence qui avait été faite à madonna Dorotea :

— Monseigneur, répondit César qui, entre-temps, avait envoyé secrètement la jeune femme dans son palais d'Imola, je ne vois pas au juste pourquoi vous venez m'entretenir de cette affaire.

— Le capitaine Caracciolo assure qu'elle a été enlevée par des Espagnols et il prétend qu'il y avait à leur tête un homme qui contrefaisait le borgne mais qui était Votre Excellence en personne.

— Si cet homme me disait cela en face, je lui ferais avaler sa langue car c'est un mensonge. N'a-t-on pas dit plus justement que l'auteur du rapt est le capitaine Diego Ramirez qui est au service du duc d'Urbino ?

— On l'a aussi dit, mais nul ne sait où est passé ce Ramirez.

— Moi non plus, mais il semblerait qu'il soit fort amoureux de la dame et qu'elle-même soit sa maîtresse.

En cela, César ne mentait pas car Ramirez lui avait avoué éprouver un vif sentiment pour la jeune femme, ce dont l'avait félicité César en se disant qu'il lui serait loisible de la lui céder lorsque se serait apaisée sa flamme. Il lui semblait inutile de braver l'opinion publique et surtout celle du roi de France qui, à ce qu'on lui avait rapporté, avait déclaré que s'il avait eu deux fils et que l'un d'eux se fût rendu coupable d'un tel crime, il l'aurait condamné à mort ; c'était d'ailleurs la peine qui menaçait les auteurs de rapts dans nombre de cités italiennes. Il est vrai qu'il avait remarqué que le roi avait parlé ainsi parce qu'il n'avait pas d'enfants et il avait eu bien soin de préciser qu'il aurait ainsi agi s'il avait eu deux fils. Mais s'il n'en avait eu jamais qu'un ?

Pour ce qui regardait les Vénitiens, César était sûr qu'ils ne soutiendraient que mollement leur condottiere offensé car ils tenaient trop à l'amitié du duc de Valentinois ; la preuve en était que depuis le mois d'octobre dernier, la seigneurie de la Sérénissime lui avait accordé le titre de « gentilhomme vénitien » avec, pour tenir son rang, un palais sur l'un des principaux canaux. Et, en effet, si Venise délégua auprès du pape des orateurs pour lui exposer leurs griefs et accusations, ils interdirent à Caracciolo de quitter la république pour aller à la recherche de son épouse. Il est vrai qu'il y avait fortement à craindre pour sa vie dans le cas où, ce dont en secret personne ne doutait, César Borgia aurait été l'instigateur de l'enlèvement et tenu la jeune femme à sa discrétion.

Les forts remous soulevés par cette affaire se calmèrent bientôt et César n'y attacha aucune importance, occupé qu'il était par le siège de Faënza qui reprit de plus belle. Le pape requit la médiation de Venise pour proposer à Astorre Manfredi de rendre la ville, en échange de quoi il recevrait le chapeau de cardinal et un revenu annuel de 5 000 ducats. Ce fut en vain. Lorsque revint le mois d'avril, César qui avait consacré une grande partie de son temps à Dorotea, logée dans le palais d'Imola, revint prendre la direction du siège qu'il poussa avec vigueur. Il parvint à s'emparer d'un bastion où il installa des batteries d'où il canonna la citadelle qui fut accablée de mille six cents coups de bombardes, puis, le 16 avril, César lança un assaut général. Le combat fut acharné et même les femmes montèrent sur les remparts pour repousser les assaillants qui durent battre en retraite après avoir essuyé d'énormes pertes. Les assauts, de plus en plus meurtriers, se renouvelèrent les 20 et 21 avril, toujours sans résultats définitifs. Mais les défenseurs étaient à bout de force. C'est ce qu'un teinturier de la ville qui s'était glissé nuitamment hors des remparts, vint dire à César en lui proposant de lui indiquer les points faibles de la défense.

— Par sa résistance, Faënza fait honneur à l'Italie. Or voici que tu déshonores tes concitoyens en voulant ainsi les trahir, dit César à l'homme qui lui demandait le prix de sa forfaiture. Voici comment le duc de Valentinois récompense les traîtres.

Aussitôt il ordonna que fût pendu le malheureux teinturier qui, malgré ses pleurs et ses objurgations, se balança bientôt au bout d'une corde, au vu des gens de Faënza à qui un héraut fit part de son action.

Le lendemain, une délégation de citoyens, drapeau blanc en tête, vint demander à parler à César. Ils lui proposèrent de capituler aux conditions suivantes : les habitants ne seraient ni molestés, ni imposés d'une taxe de guerre ; ils conserveraient intacts leurs biens et nul ne serait inquiété pour avoir combattu contre les troupes du Saint-Siège. Les statuts de la ville, actuellement en vigueur, seraient conservés et tenus pour valables les contrats passés par le gouvernement d'Astorre Manfredi. Ne rentreraient dans la ville que les hommes d'armes indispensables pour y assurer la police et la prise de possession des bastions et forteresses au nom du duc de Valentinois. Quant au seigneur de la ville, il pourrait se retirer librement avec sa famille et ses biens. César accepta toutes ces conditions et signa l'acte de capitulation.

Le soir-même Michelotto à la tête de cent cinquante hommes prenait possession de la citadelle et Astorre

Manfredi, avec son frère naturel Giovanni Evangelista et ses cousins, quittaient la ville. Ils vinrent saluer César qui les accueillit avec tant d'affabilité et de courtoisie qu'Astorre et son frère, après le banquet que leur offrit le duc, décidèrent de rester à la cour vaticane. Astorre était un tout jeune homme de seize ans, beau et gracieux. Son père, Galeotto, avait les qualités d'un homme de guerre mais aussi d'un artiste et d'un poète, si bien qu'il s'était fait aimer de son peuple, ce qui était rare parmi les princes italiens. Mais il avait, par ailleurs, eu le tort d'aimer les femmes et surtout une belle Ferraraise qui était devenue sa maîtresse bien aimée, qu'il conservait auprès de lui dans son palais. Il avait épousé Francesca Bentivoglio, fille du seigneur de Bologna. La jeune épouse, qui avait donné un fils, Astorre, à Galeotto ne put supporter d'être supplantée par une maîtresse. Un après-midi du printemps de 1488, elle avait simulé un malaise et avait réclamé la présence de son époux à son chevet. Ce dernier s'y était rendu en toute quiétude car il ne s'attendait en aucune manière à tomber sous les coups des sicaires que sa femme avait dissimulés dans sa chambre. C'était l'aboutissement d'un complot soigneusement ourdi car aussitôt après Giovanni Bentivoglio, père de Francesca, se présentait aux portes de la ville à la tête d'une forte troupe. Mais les Faënziens, soutenus par Florence, réagirent vigoureusement et capturèrent Giovanni Bentivoglio qui ne dut la vie sauve qu'à la médiation des Florentins. Astorre, âgé de trois ans, fut déclaré seigneur de la ville et placé sous la tutelle d'un conseil composé de quatre-vingt-seize citoyens de Faënza.

Il ne restait plus dans les Romagnes que deux États de quelque importance, Bologna et Urbino. Pour la première, César savait qu'elle était sous la protection du roi de France et il se contenta d'enlever à Giovanni

Bentivoglio quelques forteresses et de recevoir de ses mains Castel Bolognese, malencontreusement situé entre Imola et Faënza. Quant à Urbino, il attendrait que le fruit fût plus mûr : son annexion serait le but de sa troisième campagne. Il songeait que pour l'instant il convenait de rentrer à Rome pour attendre l'armée du roi de France qui s'apprêtait à redescendre en Italie pour conquérir le royaume de Naples. César leva bientôt le camp et se mit en route pour Rome, mais il avait décidé de faire un détour par la Toscane afin d'éprouver les réactions des Florentins et par Piombino dont, la seigneurie indépendante n'étant pas sous la protection de la France, il comptait bien s'emparer : ainsi la république florentine serait encerclée par les États de César qui la tiendrait comme dans un étau. Il était temps, pour lui, de prendre langue avec les Médicis en exil et de se préparer à participer avec les Français à la curée contre Naples.

CHAPITRE XIX

Durant les mois qui suivirent, César ne vécut plus que pour la réalisation de ses ambitions qu'il voyait sans cesse menacées. Il avait laissé en Toscane son lieutenant Vitellozzo, assisté de Paolo Orsini et Giulio dei Medici, afin de rejoindre l'armée française qui descendait sur Rome pour envahir le royaume de Naples. Avec un zèle intempestif, son condottiere avait bien enlevé Piombino et l'île d'Elbe, mais il s'était ensuite mis à ravager la campagne toscane de manière à indisposer les Florentins contre les armées du duc de Valentinois. Or, pour l'instant, César tenait à l'amitié de Florence. Le pape lui-même avait marqué ces dispositions pacifiques en permettant à Catarina Sforza de gagner Florence et avait adressé à la seigneurie de cette ville une chaude lettre de recommandation.

Mais César rongeait son frein surtout vis-à-vis des Français et des Espagnols. Gonzague de Cordoue, au nom du roi d'Espagne, avait occupé un nombre important de places du royaume de Naples, soi-disant pour les défendre contre les Français. Et dans son for intérieur, César espérait que la campagne des armées de Louis XII — lequel était d'ailleurs demeuré en France — à Naples se terminerait par un abandon, comme il en avait été pour son prédécesseur. Car la possession du royaume de Naples était pour César l'une des conditions nécessaires à la réalisation de ses visées sur l'ensemble de la Péninsule italienne. Les Napolitains avaient placé dans Capoue tous leurs espoirs de résistance : la ville et sa citadelle commandaient la route de Naples et le roi Federigo avait la conviction que les envahisseurs essuieraient un cuisant échec devant les murs de la vieille cité où s'était, dix-sept siècles auparavant, enlisée dans les délices l'armée carthaginoise d'Hannibal. « Les Français, avait déclaré le roi avec une folle assurance, ne parviendront jamais à s'emparer de Capoue. Nous l'avons si bien pourvue qu'il n'y a aucune inquiétude à avoir et nous pouvons, grâce à Dieu, garder l'esprit serein. »

Dans le temps où le roi de Naples parlait ainsi, César et le sire d'Aubigny qui commandait l'armée française, mettaient le siège devant Capoue défendue par 3 500 hommes commandés par Fabrizio Colonna et Rinuccio de Marciano. Or, dans le même temps, on apprenait la trahison de Gonzalve de Cordoue qui remettait au roi d'Espagne les places occupées. D'Aubigny prit la route de Naples, laissant à César le soin d'enlever la citadelle de Capoue. Ce fut fait en quelques jours malgré une résistance acharnée des défenseurs. César laissa les troupes mettre la ville à sac, ce qui était contraire à tous ses principes politiques ; mais il agissait au nom des Français et non au sien propre, et voulait que la population pût haïr ces envahisseurs barbares tout autant que les Espagnols qui avaient cyniquement abandonné leur cause. Afin de flatter leur chef, les capitaines de César choisirent cinquante femmes capturées, parmi les plus belles et les lui offrirent. Il accepta ce cadeau en songeant que celles-ci seraient sauvées du massacre et il les fit envoyer à Rome où il les établit. Federigo d'Aragon, trahi par les siens, dut abdiquer. L'année suivante, il se réfugia en France, auprès de Louis XII, qui le fit comte du Maine et lui versa une rente viagère. Mais les Espagnols restèrent finalement maîtres de Naples.

Il aurait été dans les desseins de César de se mettre rapidement en campagne pour terminer la conquête des Romagnes. Mais malgré les 40 000 ducats qu'il avait reçu des rois de France et d'Espagne pour sa participation à la campagne de Naples, l'argent manquait pour entretenir l'armée. Il est vrai que les tractations de mariage entre Lucrezia et le duc de Ferrare coûtaient cher car ce dernier voulait que soit doublée la somme déjà considérable de 100 000 ducats de dot proposée par Alexandre VI ! Aussi, les derniers mois de l'année 1501 furent-ils consacrés à l'écrasement des familles féodales des Colonna et des Savelli, à l'administration des États du Valentinois, aux plaisirs et à la quête de revenus. Les terres et châteaux des Colonna et Savelli furent réunis pour constituer deux fiefs érigés en duché : le premier, avec Sermoneta, fut attribué au petit Roderigo, fils de Lucrezia et d'Alfonso de Bisceglie, le second, avec Nepi, devint l'apanage de l'enfant né des amours de Lucrezia et de César qu'on appelait « l'Infanto romano ». Et afin que les droits de ce dernier fussent bien établis, le pape promulgua deux bulles, l'une dans laquelle il déclarait que le petit Giovanni était fils de César et d'une femme divorcée — le nom de Lucrezia fut pudiquement tu —, une autre dans laquelle il endossait lui-même la paternité :

— C'est pour lui une double sécurité, expliqua-t-il à César. Si d'aventure tu venais à périr avant moi et que notre chère Lucrezia dut l'élever à la cour de Ferrare, il lui sera aisé de le faire passer pour son frère et il héritera une partie de mes biens ; dans le cas contraire, tu le prendras en charge et il sera l'un de tes héritiers car tu ne conserveras alors que la première bulle.

Comme César se refusait à pressurer ses nouveaux

sujets, il fallait multiplier par ailleurs les sources de revenus : Alexandre VI se montrait, en cela, d'une incroyable fécondité d'imagination ; il ne cessait de distribuer des chapeaux de cardinaux contre des pluies de ducats d'or ; il s'arrangeait pour se trouver sur les testaments des riches dignitaires de l'Église. C'est de cette époque que datent les bruits qui coururent dans Rome et firent la réputation des Borgia, selon lesquels, lorsque des cardinaux étaient trop riches et trop vieux, il les aidait à rejoindre leurs aïeux par un moyen fort à la mode en ces temps et en d'autres, le poison. Il est vrai qu'il était difficile de distinguer les décès causés par le poison de ceux qui l'étaient par la maladie. Les richesses des Colonna et des Savelli, celles d'Ascanio Sforza, retenu captif en France, vinrent aussi alimenter les coffres sans fond du Vatican.

Quant au plaisir, César s'y abandonnait plus par dégoût que par envie réelle. Tout désir pour Lucrezia l'avait fui depuis qu'elle était devenue la veuve du duc de Bisceglie, et elle-même manifestait par ailleurs peu d'empressement à renouer d'anciennes relations. Blessée par l'assassinat de son frère Alfonso et la politique hostile de César contre sa famille, Sancia se montrait à son égard agressive et refusait de le voir dans l'intimité. Il s'était fatigué de Dorotea et s'il voyait toujours Fiammetta qui avait trop engraissé à son goût, c'était pour évoquer de vieux souvenirs et surtout apprendre par elle des secrets d'alcôve qui étaient utiles à sa politique. Ainsi, au sommet de sa puissance, il se retrouvait terriblement seul et il cherchait à fuir cette solitude dans le tourbillon des fêtes et de la débauche. Dans ces temps, il vivait plus la nuit que le jour. Il ne se levait que tard, recevait souvent dans son lit, tout habillé, communiquait ses instructions à ses secrétaires et officiers, puis il s'adonnait à ses plaisirs.

Il s'était installé dans ses appartements du Vatican,

au-dessus de ceux que le pape s'était fait aménager et orner par Pinturicchio. Là, chaque soir des cavaliers lui amenaient en croupe des courtisanes sélectionnées parmi les plus belles de Rome. Alexandre VI venait souvent rejoindre son fils lors de ces agapes car, même s'il n'avait plus la force pour, toutes les nuits, honorer cavalièrement la beauté féminine, il aimait toujours à la contempler. La veille de la Toussaint, César voulut donner une sorte de banquet d'adieu à sa sœur qui allait bientôt épouser l'héritier du trône de Ferrare. Il convia quelques-uns des plus beaux et spirituels gentilshommes de sa cour et fit venir cinquante jeunes femmes, toutes fort belles et bien faites. Le pape avait revêtu un habit de cavalier et Lucrezia avait, comme à l'accoutumée, soigné sa mise : grâce aux centaines de robes dont elle disposait dans sa garde-robe, elle en pouvait changer plusieurs fois par jour. Plus il devenait puissant, plus César voyait les dignitaires de la cour pontificale, les nobles romains, les orateurs des États italiens, se prosterner devant le pape et lui-même, image de la réussite, plus il sentait croître son mépris à l'égard du monde. Et aussi, plus il avait de goût pour la provocation. Il lui était apparu que le fait de faire venir dans le palais du Vatican des femmes chaque soir n'avait finalement guère choqué les Romains qui depuis longtemps étaient blasés. Il voulut par ce banquet parvenir à scandaliser le monde et la ville. Il y réussit.

Avant que ne finisse le banquet qui fut accompagné de musique, de chants et de rires, les femmes, « honnêtes courtisanes » selon les termes du maître des cérémonies, Johannes Burchard, se mirent à danser. Le pape prenait le plus grand plaisir à voir danser des femmes court vêtues. Mais bientôt les robes mêmes semblèrent leur être une gêne et elles s'en dépouillèrent jusqu'à demeurer entièrement nues. Elles dansèrent ainsi encore un moment avec des serviteurs et des jeunes hommes eux aussi choisis pour leur beauté. Une fois le repas terminé, César demanda que les chandeliers d'argent disposés sur les tables fussent placés sur le sol puis il prit des châtaignes rôties qui étaient servies pour le dessert et les jetant au sol par poignées, il ordonna aux femmes de les ramasser, avec leur bouche. Ainsi se mirent-elles sur les mains et les genoux et, leurs corps blancs éclairés par les flammes indécises des chandelles, elles ramassèrent les fruits au milieu des rires et des encouragements des spectateurs qui leur jetaient sans cesse de nouvelles châtaignes.

Le pape, enchanté du spectacle, frappait dans ses mains et était le premier à bombarder de fruits les beaux corps qui se tortillaient sous ses yeux. Enfin, la lassitude aidant, les femmes se jetèrent sur les coussins épars et les tapis en haletant. César fit alors apporter par des valets des mantes en soie, des souliers de cuir fin, des broches et des barrettes en or, d'autres objets précieux encore et il fit savoir aux jeunes hommes présents que ces cadeaux étaient destinés à récompenser ceux qui, au cours de cette nuit, connaîtraient charnellement le plus de fois possible les courtisanes. Cette nuit-là, Alexandre VI se coucha si tard qu'il fut incapable, le matin venu, d'assister à la messe de la Toussaint, ceci malgré les objurgations du maître des cérémonies qui s'était empressé de noter les événements de la nuit dans son journal.

Bien qu'il eût eu vent de cette bacchanale nocturne, le duc de Ferrare n'annula pas les accords de mariage et le 30 décembre avait lieu la cérémonie du mariage par procuration dans la camera Paolina du Vatican, en présence du pape, des cardinaux, de César, de l'évêque d'Adria qui fit un discours, bref à la requête d'Alexandre, du cardinal Ippolito d'Este. Le 6 janvier, Lucrezia se mettait en route pour Ferrare avec un magnifique cortège.

Peu après, César lui-même, avec le pape, se mettait en route pour prendre possession de sa nouvelle seigneurie de Piombino. Il avait pris à son service Leonardo da Vinci qu'il institua son ingénieur militaire et le chargea, en un premier temps, de renforcer les fortifications de Piombino. Avant la fin du printemps de 1502, Alexandre VI avait procuré à César les sommes nécessaires pour qu'il pût poursuivre ses opérations militaires dans les Romagnes. C'est vers ce temps qu'on retrouva dans le Tibre le corps d'Astorre Manfredi : nul ne douta qu'il avait été mis à mort par César. Dans son impatience, ce dernier semblait vouloir brûler les étapes, et dans cette course à la puissance se débarrasser des ennemis susceptibles d'entraver son ascension, même s'il les avait vaincus. Il marcha sur Camerino, puis, par une manœuvre aussi audacieuse que perfide, il se porta si soudainement contre Urbino qu'il enleva la ville sans coup férir tandis que le duc Guidobaldo se réfugiait à Florence, son épouse, Elisabetta Gonzaga se trouvant alors à Mantoue chez son frère. En agissant de la sorte, César songeait que naguère il n'aurait jamais ainsi trahi un allié ; mais Gonzalve de Cordoue, célébré comme le « grand capitaine », lui avait ouvert largement la route en trahissant d'une manière encore plus cynique, le roi de Naples, parent du roi d'Espagne.

Par cette chaude nuit du 24 juin 1502, le vaste palais du duc d'Urbino qui avait si longtemps retenti des rires des jeunes femmes, de chants et de musiques, où les fêtes succédaient aux heures studieuses de lectures et de conversations savantes, était sombre et silencieux. Toute la cour avait fui et il n'était plus occupé que par quelques familiers du duc de Valentinois et des gardes portant l'uniforme rouge et jaune frappé du taureau des Borgia. La nuit était déjà fort avancée et seules restaient éclairées quelques fenêtres : celles de la salle des gardes, du grand vestibule, des appartements ducaux où s'était installé César. Seulement vêtu d'un léger habit de soie, le Valentinois était installé dans son lit, adossé à un amoncellement de coussins. Agapito était assis devant une table sur laquelle étaient disposés une plume, un encrier en or ciselé, des feuilles de papier, des parchemins. Seules quatre chandelles fichées dans un haut candélabre de bronze éclairaient la table, laissant le reste de la pièce dans une pénombre dans laquelle semblait se dérober Ramiro de Lorqua, venu récemment de Cesena pour rendre compte de son administration. César venait de le semoncer vertement car il avait reçu de nombreuses plaintes à son sujet. Lorqua s'était trop souvent montré cruel et injuste envers ses administrés et, qui plus est, avait été accusé de concussion. Le gouverneur avait cherché à se disculper sans convaincre le duc qui lui avait finalement déclaré qu'il lui laissait son gouvernement mais qu'il devait sans plus tarder se réformer s'il ne voulait pas encourir sa colère.

— Y a-t-il, mon bon Agapito, encore quelque autre sujet à traiter avant que nous ne recevions les orateurs de Florence ? s'enquit César.

— Peu de choses, Mon Seigneur. Seulement une requête de son éminence le cardinal d'Este. Il a reçu une lettre de sa sœur, l'Illustrissime marquise de Mantoue, qui lui rappelle qu'il y a dans le palais de son beau-frère le duc d'Urbino un petit marbre antique d'une Vénus et un autre d'un Cupidon que Votre Excellence a jadis offerts au duc de Montefeltre. La marquise pense que ces objets sont retombés entre vos mains et comme elle s'est donné bien de la peine pour rassembler des antiques destinés à son studiolo, elle aimerait fort les avoir. Elle assure s'être laissé dire que

Votre Excellence ne prend que peu de plaisir dans la possession des antiques en foi de quoi madonna Isabella serait bien aise si vous vouliez lui en faire cadeau.

César se souleva sur un coude en riant :

— Cette femme ne manque pas d'un bel aplomb ! À peine sa sœur, la duchesse Elisabetta, vient-elle de la quitter pour rejoindre son époux en fuite qu'elle me fait prier de lui offrir ces objets que je leur ai confisqués ! Magnifique duplicité ! Elle ne peut non plus croire que je puisse ignorer tout le mal qu'elle dit de moi, ni, non plus, qu'elle hait ma sœur bien-aimée devenue sa belle-sœur.

— Nous avons d'ailleurs récemment pris connaissance des nouvelles lettres que lui adresse ce prêtre qui se trouve sans cesse dans le sillage de madonna Lucrezia pour informer la marquise de tous les agissements de la nouvelle duchesse de Ferrare.

— Je trouve, en effet, bien déplaisant que mon illustre sœur soit ainsi sans cesse épiée par cet homme. Il est vrai que ce sont là jalousies de femmes car la marquise s'intéresse avant tout aux vêtements que porte madonna Lucrezia et à la manière dont elle danse.

Cette remarque fit sourire César qui resta un instant silencieux.

— Que faisons-nous donc, Mon Seigneur ? l'interrogea enfin Agapito.

— Tu choisis un messager avec une escorte afin qu'il porte dès demain ces deux statues à cette excellentissime marquise. Elle verra que le duc de Valentinois est grand seigneur, et point rancunier... Enfin quand cela ne l'incommode pas. Qu'à ce présent soit jointe une aimable lettre dans laquelle tu lui mentionneras que le Cupidon n'est pas un antique mais qu'il a été sculpté par messer Michelangelo Buonarroti.

César se rehaussa dans le lit avant de reprendre :

— Il est maintenant temps qu'on introduise les envoyés de Florence. Qui sont-ils ? Il y a, je crois, mon seigneur Francesco Soderini, l'illustre évêque de Volterra ?

— Oui, Votre Excellence, et un certain Nicolo Machiavelli, secrétaire de la Chancellerie.

Agapito se leva et alla lui-même chercher les orateurs qu'un chambellan avait annoncés peu de temps auparavant ; César avait toujours la courtoisie de ne pas faire attendre ses visiteurs.

Bien qu'il connût fort bien l'évêque de Volterra, César resta froid en le saluant. Il examina avec attention son compagnon, homme mince, au visage anguleux, aux lèvres fines, au regard mobile et pénétrant. Après les avoir invités à s'asseoir, il les entreprit aussitôt :

— Mes Seigneurs, j'ai bien des plaintes à formuler. Votre gouvernement manifeste à mon égard une déplaisante hostilité. En vain, j'attends que soient remplis les termes du traité passé entre nous à Campi l'an dernier. Je n'ai encore reçu le moindre florin ni non plus le moindre soldat. Je veux maintenant avoir une certitude : les Florentins recherchent-ils mon amitié ? Dans ce cas, il convient que vous changiez de politique. Dans le cas contraire, je me verrai obligé à prendre des mesures déplaisantes pour vous afin d'assurer la sécurité de mes États.

— Pardonnez-nous, Mon Seigneur, répliqua Soderini, mais ce sont les troupes du Saint-Siège commandées par Vitellozzo Vitelli qui ont commencé par ravager les campagnes de Toscane. Et maintenant le même condottiere de Votre Seigneurie est venu au secours des gens d'Arezzo révoltés contre la seigneurie. Aussi souhaiterions-nous que Votre Excellence intervienne et commande...

— Ne croyez pas, l'interrompit avec brusquerie

César, que je vais vous rendre un quelconque service car vous n'avez rien fait pour le mériter. Il est vrai que Vitellozzo est mon condottiere, mais je ne savais rien de l'affaire d'Arezzo. Bien loin de le désapprouver et de regretter ce qui vous arrive, j'en suis satisfait et continuerai de l'être si vous persistez dans la voie que vous avez choisie.

— Seigneur duc, intervint à son tour Machiavel, il n'est pas toujours possible de choisir une voie simple et droite, en matière de politique. Votre Excellence le sait mieux que personne. Nous aurions volontiers payé, mais les ravages commis par vos condottieri dans nos campagnes ont indisposé la seigneurie à votre égard.

— Il est grand temps de changer d'attitude car le prétexte est bien mince, repartit César. Décidez-vous promptement à choisir. Je ne peux rester longtemps ici, dans cette région montagneuse, avec une si grande armée. Un premier objectif lui est donné, ensuite elle sera libérée du côté des Romagnes. Il ne saurait y avoir de demi-mesures entre nous : vous êtes ou mes amis, ou mes ennemis. Rappelez-vous que Florence est si faible qu'elle n'a pas été capable d'arrêter Vitellozzo. Je veux que vous me donniez la certitude de ma sécurité. Si vous le faites, vous me verrez toujours prêt à vous apporter mon soutien mais, dans le cas contraire, je serai contraint de poursuivre mon expédition.

Il fit une pose et reprit d'une voix persuasive :

— Je sais que vous êtes prudents et que vous me comprenez.

— Depuis toujours, assura Machiavel, notre gouvernement a su montrer la plus grande prudence. Mais je prétends que vous nous accusez à tort et notre présence ici est à elle seule une marque de notre volonté de paix.

César resta un bref instant silencieux avant de reprendre d'un ton sec et autoritaire :

— Je vous dirai en quelques mots le fond de ma pensée : votre gouvernement ne me plaît pas et je ne puis me fier à lui. Il faut donc que vous en changiez !

Cette remarque péremptoire laissa les deux orateurs muets de stupeur. On savait que César était en son for intérieur favorable aux Médicis, bien qu'il ait prudemment refusé de recevoir Pietro, héritier du Magnifique, en exil. Les deux Florentins préférèrent éviter de soulever la question, mais César, qui avait bien senti qu'ils la formulaient en eux-mêmes, voulut les rassurer :

— Sachez, reprit-il, que je ne viens pas tyranniser les peuples, mais au contraire supprimer les tyrans.

— Il est exact, reconnut avec habileté Machiavel, que Votre Excellence a abattu tous les petits princes des Romagnes, comme nous-mêmes avons chassé notre tyran.

— Nous voilà sur un premier terrain d'entente, déclara César avec satisfaction. Songez-y, mes seigneurs, et souvenez-vous qu'entre nous il ne peut y avoir de moyen terme : ou bien vous serez mes amis, ou bien mes ennemis.

Il se leva pour signifier que l'entretien était terminé. Les deux hommes saluèrent et sortirent, accompagnés d'Agapito qui les reconduisit à la porte du palais en s'éclairant d'une torche. Dès qu'il se retrouva seul dans sa chambre, Machiavel prit sa plume et rapporta son entrevue dans une longue lettre adressée à la seigneurie de Florence. Il la termina par cette conclusion :

« Ce seigneur est splendide et magnifique. Son ambition et son génie des armes sont tels qu'il n'y a guère de grande chose qui ne lui semble petite. Pour la gloire et pour accroître sa puissance, il ne prend jamais de repos, ne connaît ni fatigue ni danger. Il est déjà parvenu à son but avant que d'avoir quitté son point de départ. Il sait se faire bien voir de ses troupes et il a pris à son service les meilleurs soldats d'Italie. Toutes ces choses unies à une insolente fortune le rendent victorieux et terrible. »

Le lendemain, César convoqua à nouveau les envoyés florentins et leur donna quatre jours pour obtenir une réponse de la seigneurie. Machiavel se rendit en hâte à Florence pour demander des instructions. Les Florentins qui savaient que Louis XII s'apprêtait à entrer en Italie cherchèrent encore à temporiser. Cependant César avait toute son attention tournée vers Camerino qu'il avait entrepris d'assiéger. C'était, avec Bologna, la dernière ville indépendante des Romagnes car après Urbino, il avait soumis sans mal la petite république de San Marino. La ville fut rapidement prise avec sa citadelle. Le seigneur de la cité, Giulio Cesare Varano, fut capturé avec deux de ses fils et emprisonné.

Quelques jours plus tard, César se trouvait en compagnie de messer Leonardo près de Cesenatico, le port de Cesena. Son ingénieur militaire, qui avait décidément oublié ses pinceaux et son ciseau, expliquait à César ses projets pour l'aménagement du port et le percement d'un canal navigable qui relierait le port à Cesena, nouvelle capitale du duché des Romagnes. Quelques officiers du duc demeuraient en retrait, tandis que s'entretenaient familièrement les deux hommes. Un cavalier vint s'arrêter parmi les officiers et, mettant pied à terre, il se dirigea vers César qui, le voyant s'approcher, dit à Leonardo :

— Veuillez me pardonner messer Leonardo. Je dois vous laisser à vos travaux que j'approuve totalement.

Après l'avoir salué, il vint au-devant du cavalier. Francesco Torche était secrétaire du pape et l'un des affidés secrets de César. Ce dernier savait que sa visite impromptue ne pouvait être que de la plus haute importance. Il le prit par le bras et l'entraîna à l'écart.

— Monseigneur, lui dit le secrétaire, je viens de Milan où se trouve le roi Louis et où m'a envoyé Sa

Sainteté. J'ai fait ce détour en retournant à Rome afin de vous aviser du danger que court Votre Excellence.

— Du danger, dites-vous ?

— Je dis bien du danger, mais je sais que Votre Seigneurie saura bientôt le conjurer. À Milan est accourue auprès du roi la meute hurlante de vos ennemis. D'abord le seigneur Guido de Montefeltre, et Ercole Varano qui souhaite en secret que Votre Seigneurie mette à mort son oncle Giulio Cesare et ses cousins afin de leur succéder à Camerino après la chute de Votre Excellence.

— Ma chute, dis-tu ? interrogea César en éclatant de rire.

— C'est ce que souhaitent et déclarent ces impudents. Il y a aussi les fils de Giovanni Bentivoglio qui commence à trembler pour son fief de Bologna, Giovanni Sforza qui ne peut se consoler de la perte de son épouse et de sa seigneurie. Et aussi des ambassadeurs de la seigneurie de Florence qui sont venus se plaindre de l'occupation d'Arezzo, et les Vénitiens tout remplis de leur dernière victoire sur les Turcs. Ils ont déclaré au roi qu'ils savaient devoir être la prochaine victime de Votre Excellence et ils ont ajouté qu'une fois maître des États de Venise et de sa flotte, Votre Seigneurie ne se fera plus qu'un jeu d'annexer la Toscane. Maître de la moitié de l'Italie, ce n'est certainement pas Gonzalve de Cordoue qui pourra défendre Naples et la Sicile contre vos entreprises.

— Voilà qui est fort judicieusement raisonné.

— Le roi s'en est inquiété et il est visiblement jaloux des succès de Votre Seigneurie en Italie. Son aide vous a permis de vous tailler un duché, vos condottieri veulent vous faire roi de Toscane, alors que ses troupes ont effectué une expédition inutile contre Naples.

— Il a raison d'être inquiet.

— Sa Sainteté l'est aussi, pour vous, Mon Seigneur.

Elle sait que votre puissance n'est pas suffisamment assurée pour que vous risquiez d'encourir l'inimitié du roi de France. Elle requiert, en conséquence, que vous ordonniez au seigneur Vitellozzo d'évacuer Arezzo et de la rendre aux Florentins à qui il convient de donner des assurances.

— Et Bologna ?

— Le Saint-Père pense que si vous faites ces concessions au roi et savez le prendre convenablement, il vous abandonnera Bologna.

— Le Saint-Père est toujours inspiré de Dieu. Je vais sans tarder partir pour Milan.

Le lendemain, César se rendit à Urbino afin de régler les affaires de la cité et expédier à Vitellozzo Vitelli une lettre lui enjoignant de rendre Arezzo aux Florentins, puis, le 25 juillet, il prenait la route de Ferrare. Il avait revêtu un simple habit de chevalier de Saint-Jean de Jérusalem et ne se faisait accompagner que de quatre officiers. Trois jours plus tard, il arrivait à Ferrare où il se rendit au chevet de Lucrezia qui sortait d'une grave maladie. Le 5 août tous les Italiens de la cour de Milan étaient en émoi car on apprenait que César Borgia approchait de la ville.

— Cette fois, déclara d'un ton de satisfaction le marquis de Mantoue, Francesco Gonzaga, venu lui aussi à Milan soutenir les plaintes de son beau-frère, le ci-devant duc d'Urbino, c'en est fait du Valentinois. Je ne serais pas étonné que le roi ne fasse arrêter ce bâtard fils de prêtre. Je serais bien volontaire pour faire office de bourreau.

Guidobaldo de Montefeltre à qui il s'adressait ainsi, mit un doigt sur sa bouche :

— Seigneur marquis, gardez pour vous ces réflexions. N'oubliez pas ce que vous a écrit votre épouse, madonna Isabella. N'a-t-elle pas assuré qu'il y avait, à son avis, une entente entre le roi et le Valentinois, sans quoi il ne viendrait pas si aisément à sa rencontre ?

— Je sais que ma chère épouse s'alarme facilement. Elle m'a même recommandé de veiller à mon langage lorsque je parle du Valentinois au roi. Mais ne craint-elle pas aussi qu'on m'empoisonne, ici, en cette cour ?

— On ne peut la blâmer de ce surcroît de précautions car ce Borgia est capable d'empoisonner même son père si cela peut servir ses intérêts.

— Il est vrai qu'il ne serait pas le premier, admit Francesco.

Il terminait de parler ainsi lorsque s'approcha Giovanni Sforza, car ils se tenaient dans l'une des salles de réception du palais ducal de Milan.

— Savez-vous la nouvelle, Mes seigneurs ? Leur demanda-t-il à brûle-pourpoint.

— La nouvelle ? s'étonna le marquis.

— Le roi est sorti de la ville avec toute sa suite pour aller au-devant du Valentinois.

— Que dites-vous là ? s'écria Gonzaga. C'est alors pour l'arrêter, pour être sûr qu'il ne fuira pas.

— Permettez-moi d'en douter.

Et, de fait, alors que d'aucuns se réjouissaient en pensant que bientôt le Valentinois serait envoyé en quelque prison vers Loches ou Chinon, comme Ludovic le More, on apprit que le roi, en rencontrant César, l'avait embrassé sans affectation en disant :

— Soyez le bienvenu, mon beau cousin et bon parent.

Puis, il avait suffi que César lui parlât un moment en déployant tout le charme dont il était capable pour que, de nouveau, le roi l'embrassât à plusieurs reprises. Il le ramena au palais, et comme César était venu à la hâte sans bagages, il le pria de disposer de ses vêtements et de ses chevaux comme s'ils lui appartenaient. Il tint lui-même à composer le menu du repas avec les mets les plus fins qu'ils prirent ensemble. Pendant tout le souper le roi fit mille caresses et compliments à César et, le soir venu, il vint le visiter dans sa chambre, en chemise de nuit afin de converser encore avec lui et l'assurer de son amitié. Le duc de Rohan qui accompagnait le roi se montra de son côté des plus prévenants. Niccolò da Correggio, témoin de ces scènes, écrivit à Isabella d'Este qu'on n'aurait pas fait plus pour un fils ou un frère. Ceci au plus grand dépit des plaideurs et en particulier du marquis de Mantoue qui, faisant contre mauvaise fortune bon cœur, se montra des plus accorts vis-à-vis du duc de Valentinois. Ce dernier lui rendit ses amabilités si bien que, en fin de compte, ils s'accordèrent pour fiancer la petite Louise, fille de César et de Charlotte d'Albret avec Federigo, fils de Francesco Gonzaga et d'Isabella.

César resta auprès du roi et lorsque ce dernier décida de rentrer en France, il le raccompagna jusqu'à Asti. Lorsqu'il rentra dans ses États de Romagne, César avait obtenu l'accord du roi pour s'emparer de Bologne.

CHAPITRE XX

Le cardinal Battista Orsini restait assis dans un large fauteuil, sur la terrasse de son palais de Magione. Il découvrait de là tout le lac Trasimène, enchâssé dans sa parure de forêts comme un saphir serti d'émeraudes. Une légère brume s'élevait sur les eaux du lac qui tissait un rideau ouaté tout au long des rives opposées. Il songeait là à la victoire d'Hannibal sur les armes romaines et sa pensée se porta naturellement sur le duc de Valentinois qu'il se prit à comparer au grand Carthaginois. Il y avait quelque chose d'Hannibal chez César, la même détermination, une grande audace et, se dit le cardinal, la même perfidie punique. Mais Rome avait pour elle le temps et, mieux encore, la ténacité ; comme elle avait finalement vaincu le général carthaginois, Battista Orsini se disait que les princes italiens parviendraient à abattre l'ambitieux Espagnol. Il est vrai que le cardinal qui était cassé par l'âge, s'inquiétait de savoir s'il verrait la victoire finale des Orsini sur les Borgia. Il fut tiré de ses pensées par un valet qui vint l'aviser de l'arrivée du premier de ses hôtes, le seigneur Vitellozzo Vitelli. Il se leva afin de venir au-devant de lui. Quoique jeune encore, le grand condottiere, seigneur de Città di Castello, paraissait vieilli prématurément. Son visage épais, aux traits forts, était ravagé par les pustules du mal que les Italiens disaient français, les Français napolitain, en deux mots, la syphilis. Son corps puissant paraissait gonflé et il avait tant de mal à se déplacer qu'il s'était fait porter en litière. Son regard dur reflétait toujours la férocité de l'âme de cet homme qui n'aimait que la guerre et prenait un étrange plaisir à ravager les campagnes où il était loisible de violer, piller et massacrer sans merci.

Le cardinal Orsini salua le condottiere qui prit appui sur les épaules de deux pages pour aller s'installer sur la terrasse du palais où l'invitait son hôte.

— Votre Seigneurie a-t-elle fait bon voyage ? s'enquit le cardinal.

— Aussi bon qu'il est possible quand on a le corps rompu et les organes dévorés par ce mal satanique. Mais mon âme se réjouit à l'idée qu'est imminent le jour où nous mettrons à bas ce Valentinois. Ensuite, je pourrai enfin me venger de ces Florentins que je hais plus que le diable et je leur reprendrai Arezzo.

Peu après arrivait Oliverotto da Fermo. Ce dernier, jeune homme de vingt-sept ans, avait appris l'art de la guerre sous la paternelle protection de Vitellozzo Vitelli. Ayant perdu fort jeune ses parents, il avait été élevé par son oncle maternel, Giovanni Fogliani, seigneur de Fermo. Une fois devenu adulte, son oncle l'avait confié à Paolo Vitelli pour faire ses armes sous ses ordres et, après la mort de ce dernier, il avait servi sous son frère Vitellozzo. Ayant acquis quelques mérites, l'année précédente il avait écrit à Giovanni Fogliani qu'il désirait retourner auprès de lui pour mettre à son service son bras et sa troupe et il lui avait demandé la permission de venir à Fermo accompagné d'une centaine de cavaliers, d'amis et de serviteurs. Son oncle l'avait reçu avec de grandes démonstrations d'amitié et après lui avoir fait réserver une magnifique réception par les gens de la ville, il l'avait logé en sa demeure. Le lendemain de son installation, Oliverotto avait offert un banquet à son oncle et aux premiers de la ville. Durant le repas, il s'était mis à parler de son passé récent et avait porté la conversation sur César Borgia qu'il servait avec Vitellozzo, sur le pape et leurs entreprises. Les convives avaient donné leur avis puis, soudain, Giovanni s'était levé en déclarant : « Mes Seigneurs, ce sont là matières à traiter en secret. C'est un sujet d'une grande importance et je veux vous inviter à passer dans la salle voisine pour en discuter de manière que ni les serviteurs ni d'autres témoins ne puissent entendre ce qui se dit. » Les convives l'avaient approuvé et ils étaient passés d'un commun accord dans la salle voisine dépourvue de gardes. À peine étaient-ils installés que des soldats de Vitellozzo, apostés dans une pièce contiguë par Oliverotto, étaient entrés et avaient massacré Fogliani et ses compagnons. Aussitôt après Oliverotto était monté à cheval et, suivi de ses hommes, il s'était emparé du palais du suprême magistrat, avait soumis ce dernier à sa volonté et instauré sa tyrannie en massacrant tous ceux qui avaient manifesté quelque velléité d'opposition.

Le vieux cardinal accueillit le jeune tyran avec un air affable et à peine l'introduisait-il dans le palais qu'arrivait à cheval Gian Paolo Baglioni. C'était un homme jeune dont le beau visage, hâlé par les longues chevauchées au soleil, était frangé d'une courte barbe soigneusement taillée. Il avait succédé à son père comme seigneur de Pérouse, deux ans auparavant, après avoir échappé de justesse au massacre de sa famille par les Varano de Camerino. Il était ainsi entré au service de César Borgia dans l'espoir de venger la mort des siens, ce qu'il avait vu se réaliser avec plaisir lorsque, après la prise de Camerino, César avait fait étrangler les deux Varano. Sur ses talons arrivèrent les deux Orsini qui s'étaient mis au service du duc de Valentinois, Francesco, duc de Gravina et Paolo, seigneur de Palombara. À ces hommes qui étaient les principaux condottieri de César, vinrent bientôt se joindre ses adversaires : Guidobaldo di Montefeltre venu spécialement de Venise où il avait trouvé refuge après que le marquis de Mantoue l'eut aimablement prié d'aller se faire pendre ailleurs ; Ermete Bentivoglio délégué par la famille qui régnait à Bologne. Lorsque furent enfin arrivés Antonio da Venafro et Guido Pecci, envoyés par Pandolfo Petrucci, seigneur de Sienne, le cardinal Orsini, qui avait fait servir des rafraîchissements sur la terrasse, renvoya les domestiques et déclara :

— Mes Seigneurs, vous êtes ici mes hôtes, mais moi-même je n'ai guère à vous parler. Je crois que le Seigneur Vitellozzo, qui a pris l'initiative de cette rencontre est le mieux placé pour vous exposer nos projets.

Vitellozzo évoqua alors la montée du soleil des Borgia, l'ambition sans limites de ce parvenu de duc de Valentinois :

— Déjà, poursuivit-il, les Romagnes sont dans leur ensemble sous sa domination. Toutes les vieilles familles que nul pape, nul roi n'avait réussi à dompter, sont abattues, dispersées, détruites. Les Colonna sont réduits à néant et bientôt ce sera le tour des Orsini que déjà Alexandre VI a tenté d'exterminer, oubliant que sa cousine a épousé un Orsini. Mais que sont à leurs yeux les Orsini alors qu'ils ont participé à la chute de la maison des Aragon de Naples ? Maintenant, le Valentinois s'apprête à marcher sur Bologne. Une fois prise cette cité dont il veut faire sa capitale, il lui sera trop facile de s'emparer de nos fiefs : Sienne et Pérouse, Città di Castello. Pour l'instant il nous utilise comme il a utilisé le seigneur Guidobaldo di Montefeltre, pour ensuite le spolier grâce à ces coups d'audace dont il est familier.

— Il n'est que temps d'agir, ou plutôt de réagir, assura de son côté Oliverotto da Fermo, si nous ne voulons bientôt nous retrouver errants, pourchassés, jetés dans les prisons de Saint-Ange, voire dans le Tibre.

Chacun exposa alors ses griefs, excepté Gian Paolo Baglioni qui n'en avait pas, mais craignait aussi pour sa cité. Les condottieri de César avaient déjà tenu entre eux une réunion à Todi, le 25 septembre, au cours de laquelle ils avaient décidé de refuser de marcher sur Bologne s'ils en recevaient l'ordre. Mais cette rébellion ne leur suffisait pas, c'est pourquoi, par l'intermédiaire du cardinal Orsini qui avait l'oreille du roi de France, ils avaient préparé cette assemblée élargie à tous ceux qui étaient intéressés à la chute du duc de Valentinois.

Après de longues discussions, il fut décidé que les condottieri uniraient leurs troupes pour se porter contre César, et Vitellozzo conclut en déclarant :

— Mes Seigneurs, je m'y engage : avant qu'une année ne se soit écoulée, j'aurai capturé et mis à mort le Valentinois, ou tout au moins je l'aurai chassé d'Italie.

Et l'on se mit à se partager les dépouilles du duc vaincu : Guidobaldo d'Urbino rentrerait dans son duché, mais on donnerait aux Vénitiens Imola et Faënza pour les remercier de l'aide qu'ils étaient disposés à apporter aux révoltés. Chacun espérait s'agrandir au détriment des voisins, en particulier de ceux qui étaient hors du jeu, Catarina Sforza et son cousin Giovanni. Les condottieri et leurs alliés ayant compté leurs forces, ils virent qu'ils pouvaient aligner dix mille hommes, grâce à quoi ils se croyaient assurés de la victoire. À leurs yeux, César était perdu, il était déjà mort.

Le 7 octobre, à onze heures du matin, Niccolò Machiavel arrivait à Imola, envoyé par la seigneurie de Florence, aussitôt qu'elle avait eu vent de la rébellion des condottieri. Sans même prendre le temps de se changer, il se présenta au palais de César qui le reçut aussitôt. Le duc était revêtu d'un habit de velours noir d'une sobre élégance. Il accueillit le secrétaire florentin avec une grande amabilité et ne parut pas s'alarmer des nouvelles, bien qu'il eût appris que la veille avait éclaté une révolte à San Leo, place forte près d'Urbino dont s'étaient emparés des rebelles. Cependant il chercha à se justifier comme il ne l'avait encore jamais fait, du ravage de la Toscane par les troupes de Vitellozzo, assurant que ce dernier n'avait cherché là qu'à lui nuire. Il aspirait visiblement à obtenir la neutralité des Florentins dans ce conflit, sinon même leur alliance. Après avoir rapporté à Machiavel les détails de la prise de San Leo, qui aurait été faite selon les uns pour le compte des Vénitiens, selon d'autres pour celui des Orsini ou des Vitelli, il conclut :

— Écrivez à votre gouvernement de réfléchir sur sa position et de me faire savoir rapidement sa volonté. Car si le duc d'Urbino revient de Venise, vos intérêts seront fort compromis et les miens le seront plus encore. Voilà qui doit nous rapprocher les uns des autres tout en nous inclinant à une confiance réciproque.

Bien qu'il montrât à tous ceux qui l'approchaient un visage impassible et le plus grand calme dans son comportement, César ne se dissimulait pas le danger que lui faisait courir la défection de ses condottieri, ce qui lui fit songer à lever une milice parmi la population, initiative impopulaire mais qui évitait d'avoir recours à des mercenaires sur lesquels il était difficile de compter. Connaissant la pusillanimité de certains de ses ennemis, prévoyant les dissensions qui n'allaient pas manquer de les séparer, César s'ingénia à gagner du temps tout en tissant un réseau d'intrigues afin de désolidariser les coalisés. Par ailleurs, tout en criant bien haut qu'ils ne reposeraient les armes qu'une fois le Valentinois abattu, les plus habiles parmi les alliés songeaient à se réserver une porte de sortie en cas d'échec. Ainsi, avec une parfaite duplicité, Paolo Orsini fit savoir en secret à César qu'il était prêt à se rendre à Imola pour l'assurer de la fidélité de sa famille tandis que Pandolfo Petrucci envoyait auprès de lui un orateur pour lui jurer qu'il ne voudrait lui nuire d'aucune manière.

Chaque jour César recevait Machiavel, chacun d'eux renouvelant les assurances d'amitié entre Florence et le duc de Valentinois, fait depuis quelque temps duc de Romagne par le pape. Le 20 octobre, Machiavel venant lui faire savoir que les Florentins étaient décidés à l'aider de toutes les manières, César l'en remercia et promit de témoigner sa reconnaissance dès qu'il en aurait l'occasion.

— Les événements tournent de plus en plus en notre faveur, assura le duc.

— Il paraît, cependant, rappela Machiavel, que vos ennemis attendent six cents hommes d'armes, ce qui fera balancer en leur faveur l'équilibre des forces.

— Vous verrez que ces hommes se rallieront bientôt à ma bannière. Je ne veux pas sembler bravache, mais je montrerai par les résultats qui de nous vaut le mieux. J'estime d'autant moins mes adversaires que je les connais bien, eux et leurs hommes. Et ce Vitellozzo à qui on a fait une telle réputation, je puis dire que je ne lui ai jamais vu faire une action digne d'un homme de cœur ; son excuse serait le mal français qui le ronge. Il est uniquement bon à ravager un pays sans défense, à piller ceux qui se montrent faibles et à commettre toutes sortes de perfidies. Personne n'en peut plus douter depuis qu'il m'a trahi quoique étant à mon service et ayant été bien payé par moi.

César conservait un inaltérable optimisme bien que ses lieutenants, Michelotto et Ramiro de Lorqua, eussent été battus à Fossombrone par les condottieri. Son autre lieutenant Ugo da Moncada fut même capturé tandis que Michelotto était assiégé dans Pesaro. Mais les condottieri dispersaient leurs forces pour recouvrer Camerino et Urbino, alors que chaque jour parvenaient des renforts à César : mercenaires suisses, cinq cents Gascons envoyés par le maréchal d'Amboise, plusieurs centaines de lances françaises conduites par le frère de Charlotte d'Albret, d'autres encore sous le commandement du comte de La Mirandola, de Dionigi di Naldo... Par ailleurs, César s'entendait avec Ferrare qui lui envoyait des hommes d'armes, et les Gonzaga de Mantoue. Sigismondo, frère du marquis, devait recevoir un chapeau de cardinal et on reparla sérieusement du mariage de Louise, fille de César, avec Federigo Gonzaga.

Préférant les certitudes des négociations aux hasards des combats, et voyant le duc de Valentinois soutenu par la France, Florence, Mantoue et Ferrare, Paolo Orsini et le cardinal Orsini vinrent lui faire des propositions de paix. À la suite de nombreuses discussions, on parvint à un compromis que Paolo s'empressa de porter à la connaissance des condottieri réunis près de Fano : César acceptait de les reprendre à son service, le commandement des troupes devant être assuré par l'un d'entre eux à tour de rôle, et il leur garantissait la possession perpétuelle de leurs domaines. En revanche, on lui rendait Camerino et Urbino, le duc Guidobaldo pouvant conserver San Leo et deux villes fortifiées du duché. Pour ce qui concernait les Bentivogli, César, qui assurait ne pas avoir de visées sur Bologne, avait traité directement avec eux.

Paolo Orsini fut tout d'abord froidement accueilli, mais il se fit avec un si grand art de la persuasion le défenseur de la réconciliation, qu'il convainquit les condottieri d'entrer dans cet accord après plusieurs jours de négociations. Le 26 novembre, Paolo Orsini apportait à César toujours installé à Imola, le texte du traité signé par tous les condottieri. Et aussitôt après, Vitellozzo adressait au duc des lettres enflammées dans lesquelles il l'assurait de son indéfectible attachement tandis que Baglioni et Petrucci lui proposaient en secret de l'aider à devenir « roi de Toscane ». Le malheureux Guidobaldo da Montefeltre se voyait peu après intimer par Paolo Orsini, l'ordre de quitter au plus vite Urbino où il venait à peine de s'établir à nouveau.

César triomphait, mais il doutait de la bonne foi des condottieri qui restaient sous les armes. Lui-même se mit en route pour Cesena avec son armée, le 10 décembre. La famine commençait à sévir dans toute la région, à la suite, assurait-on, des exactions de Ramiro de Lorqua qui n'avait visiblement tenu aucun compte des remontrances de César. Aussi, le 22 décembre, César faisait arrêter son gouverneur, accusé de corruptions graves, extorsions et rapines. Il fut convaincu de s'être aussi enrichi par un trafic de céréales, trafic qui était cause de la famine. Le matin de Noël les habitants de Cesena purent voir exposé sur la place principale de leur ville le corps décapité de l'ancien gouverneur. Certains prétendirent que César avait sacrifié son serviteur à la vindicte populaire afin de justifier la famine, Machiavel assura que c'était pour montrer qu'il avait le pouvoir d'élever et d'abattre les hommes selon son bon plaisir ; en réalité, il n'avait fait que punir un homme qui avait failli à sa tâche. Il y gagna une nouvelle estime du peuple tandis que ses fonctionnaires savaient qu'ils devaient redouter la justice impartiale de leur seigneur.

César se trouvait dans son palais de Cesena en conférence avec Agapito et Michelotto, lorsqu'on lui annonça l'arrivée d'Oliverotto da Fermo qui avait, par une lettre préalable, demandé une audience. C'était la première fois que le duc se trouvait en présence du jeune tyran de Fermo depuis qu'il avait entrepris de conspirer contre lui. Oliverotto s'inclina devant César qui lui posa familièrement les mains sur les épaules et le salua avec un sourire joyeux :

— Mon cher Seigneur, lui dit-il, je suis heureux de vous retrouver auprès de moi en si bonnes dispositions.

— Je remercie Votre Excellence de me recevoir avec tant de bonté, assura Oliverotto.

— Je suppose que vous venez à moi au nom de nos condottieri heureusement redevenus nos amis après ce malheureux malentendu. Comment avez-vous pu croire que le duc de Valentinois pourrait se montrer aussi ingrat envers ceux qui ont ainsi contribué à sa puissance ?

— De bien méchantes langues, Mon Seigneur, nous ont laissé mal penser de vous, mais nous avons bientôt compris que Votre Excellence n'était remplie envers nous que des meilleures intentions du monde.

— Il en est bien ainsi et je me réjouis que vous n'ayez plus de doutes sur mes intentions.

Ils avaient pris place sur des sièges couverts de coussins et César lui-même servit une coupe de vin à son hôte qu'il eut la courtoisie de faire auparavant goûter par Agapito. Lui-même se servit à la même carafe et après qu'ils eurent levé leurs verres, Oliverotto prit la parole :

— Comme Votre Seigneurie le sait, le seigneur Vitellozzo et les autres condottieri se trouvent à Urbino avec leurs armées, Guidobaldo da Montefeltre en ayant été chassé par nos soins, selon les conventions passées entre nous.

— Vous les avez respectées comme j'ai moi-même l'intention de les suivre à la lettre, assura César.

— Il nous a paru qu'il était temps de nous remettre en campagne car il n'est pas bon que les hommes de guerre restent oisifs dans leurs cantonnements. Aussi mes collègues m'ont délégué auprès de Votre Seigneurie pour recevoir votre assentiment. Plusieurs d'entre nous ont déjà suggéré à Votre Seigneurie de prendre la couronne de la Toscane. Dites un mot et nous sommes prêts à marcher sur Florence.

— J'admire votre zèle, mon cher seigneur, mais vous savez que j'ai passé un pacte d'alliance avec Florence qui est protégée par le roi de France. Il convient d'oublier Florence, en tout cas pour l'instant.

— Puisque Votre Seigneurie a abandonné l'idée de soumettre Bologne, nous ne pouvons plus alors que lui suggérer de marcher sur Sinigaglia.

— Voilà une idée qui me plaît car il est temps d'abattre la puissance de ces della Rovere.

— Nous savons que madonna Giovanna qui gouverne la ville au nom de son fils Francesco Maria ne pourra résister plus d'un jour à nos armées conjuguées.

— Vous allez me donner là un gage de votre fidélité. Oui, enlevez la ville et je viendrai ensuite en prendre possession.

— Je remercie Votre Excellence de sa confiance et dès ce jour je retourne à Urbino afin que soit donné sans plus différer l'ordre de marche.

Lorsque se fut retiré Oliverotto après que César lui eut renouvelé ses serments d'amitié, Agapito regarda son seigneur :

— Cet homme respire la trahison, lui dit-il. Je crains fort qu'il n'y ait quelque perfidie au fond de cette requête.

— Agapito, lui répondit César, tu ne te trompes pas. Je sais par des gens qui me sont dévoués, à l'insu de ces stupides condottieri, qu'ils songent à m'attirer là-bas dans l'espérance de prendre possession de la ville afin de pouvoir se saisir de moi sans courir le risque d'une bataille. C'est dans un tel dessein qu'ils ont finalement accepté les offres de paix transmises par Paolo Orsini. Celui-là, qui est un sot sans nulle malice, a cru les avoir persuadés par l'habileté de ses discours car je sais qu'il a été tenu à l'écart de cette nouvelle conspiration.

— Votre Seigneurie a-t-elle néanmoins l'intention de se rendre à Sinigaglia ? s'étonna alors Michelotto.

— Naturellement car je n'attendais en secret qu'une telle invitation pour les faire tomber dans mon piège alors qu'ils se croient les chasseurs qui vont prendre dans leurs filets le taureau des Borgia.

César n'en dit pas plus. Quelques jours plus tard, lorsqu'un émissaire des condottieri vint lui annoncer que madonna Giovanna avait abandonné la ville qui avait été occupée sans combats, excepté la citadelle dont le gouverneur, Andrea Doria, avait déclaré qu'il ne la rendrait qu'au duc en personne et qu'il était temps que Sa Seigneurie vînt en prendre possession, César lui répondit qu'il se mettait en route pour Fano et qu'il allait auparavant congédier les Français qui étaient à son service et les renvoyer en Lombardie, n'ayant désormais plus besoin de leurs services.

— Je pars aussitôt après pour Fano, ajouta-t-il. Dites aux seigneurs Vitelli et Orsini de m'attendre à Sinigaglia afin que nous nous rencontrions car notre traité ne pourra encore longtemps subsister si nous montrons encore une défiance réciproque.

— Votre Excellence peut être certaine que je rapporterai vos paroles à Leurs Seigneuries. Je crois qu'elles sont aussi impatientes de rencontrer Votre Excellence afin que soit ôté de leur esprit tout doute quant à la réalité de vos intentions.

— Je m'en réjouis. Allez et annoncez-leur la prochaine venue du duc de Romagne.

— Mon Seigneur, s'étonna encore Agapito, le piège est grossier, il est visible que ces traîtres sont disposés à vous...

— Mon bon Agapito, l'interrompit César, il me plaît que tu manifestes tes craintes pour ma vie, et tu as raison.

— Et cependant Votre Seigneurie a l'intention de renvoyer les Français qui ont plus que d'autres dissuadé les condottieri de persister dans leur révolte ?

— Je veux même que, Michelotto, reprit César en se tournant vers son fidèle lieutenant, tu ailles de ce pas donner de ma part leur congé à ces braves Français et il faut qu'avant que nous ne quittions cette ville ils aient pris la route de Milan afin que nul ne puisse penser que j'aie la moindre défiance.

Tout en parlant ainsi César s'était à demi couché sur le lit disposé au fond de la salle, d'où il reprit :

— Ce qu'ignorent ces fous, c'est que le seigneur Andrea Doria m'est acquis et c'est la raison pour laquelle il a déclaré ne vouloir remettre la forteresse qu'entre mes mains. Ainsi les condottieri voient là une excellente raison de me forcer à venir vers eux afin de me prendre dans leur piège.

Sur ces mots il éclata de rire et Agapito, qui connaissait suffisamment bien son maître pour comprendre ses desseins à demi-mots, se mit à rire à son tour.

Une fois arrivé à Fano, où il s'installa dans le palais des Malatesta, il convoqua dans sa chambre Michelotto, Mgr d'Euna qui fut ensuite fait cardinal et lui était devenu l'un des plus fidèles partisans, ainsi que six autres parmi ses familiers les plus sûrs :

— Mes amis, leur dit-il, à Sinigaglia sont réunis quatre de nos principaux condottieri : Vitellozzo Vitelli, Oliverotto da Fermo, Paolo Orsini et le duc de Gravina. Je regrette que le seigneur de Pérouse, que guide une trop grande prudence malgré sa jeunesse, ne soit pas parmi eux. Ils ignorent quelles sont les forces dont nous disposons et, en vérité, ils pensent que je ne serai accompagné que d'une médiocre escorte car ils n'ont pu suivre les mouvements des troupes que j'ai envoyées dans la région par petits groupes. Eux-mêmes, selon nos accords, ont réparti leurs hommes dans les forteresses des environs afin que je ne m'alarme pas ; mais ils conservent dans les rues de la ville l'armée d'Oliverotto qui se compose de mille fantassins et cent cinquante cavaliers. C'est avec ces hommes qu'ils espèrent me prendre. J'ai donné des ordres pour que nos escadrons se regroupent sur le Métaure où nous les rejoindrons demain. Nous nous rendrons alors à Sinigaglia où les condottieri viendront à ma rencontre. Ils seront là, tous les quatre ; je vous laisse le soin, une fois que nous nous serons salués, de les prendre par le bras, de chaque côté, en leur donnant les marques de la plus affectueuse amitié. Ceci afin qu'ils viennent en toute confiance dans le palais où je sais qu'ils ont fait préparer mon logement et où ils ont aposté leurs bravi. D'après ce que je crois savoir, Oliverotto restera dans la ville avec sa troupe afin d'intervenir si l'affaire tournait mal pour eux. Dans ce cas, Michelotto a des instructions pour aller au-devant de lui et l'inviter à venir à ma rencontre. Et, afin d'éloigner ses hommes, il lui fera remarquer que c'est un tort de sa part de ne pas les tenir dans leurs quartiers car en leur absence, mes propres soldats pourraient fort bien s'en emparer.

Ayant ainsi donné ses instructions secrètes, César se mit en route le lendemain, 31décembre, et il retrouva sur les bords du Métaure son armée composée de dix mille hommes d'infanterie et deux mille cavaliers. Le soleil commençait à peine à s'élever sur l'horizon par cette froide et grise journée d'hiver lorsque César, après avoir envoyé en avant deux cents cavaliers, se mit en route au milieu de sa cavalerie, les hommes de pied venant derrière. Le chemin sinuait entre la mer et la montagne qui, par endroits, ne laissait plus qu'un étroit passage tout au bord du rivage ; lorsque le vent soulevait les vagues, celles-ci éclaboussaient les passants en se brisant sur les grèves pierreuses.

César n'avait pas revêtu d'armure, mais il avait néanmoins passé une cotte de mailles sous son pourpoint de velours noir. Il maintenait de sa main gantée son épais manteau fermé sur sa poitrine et il détournait la tête pour ne pas recevoir sur le visage le vent de plein fouet. Il songeait à la fragilité des choses humaines, à l'instabilité de la fortune, à la précarité de toute puissance. Il continuait de mener une difficile partie contre ses condottieri et il ne se cachait pas que malgré son habileté, il pouvait encore sortir vaincu de l'épreuve de force qui allait se jouer ce jour-même avec son destin. Il se sentait cependant sûr de lui, mais la manière dont ses capitaines l'avaient trahi et avaient mis en péril tout l'édifice qu'il avait eu tant de mal à construire le remplissait d'une sombre colère qu'il enfermait au fond de lui-même. Il se calmait en se persuadant qu'il ne pouvait que triompher et que les traîtres recevraient sous peu le châtiment que méritait leur perfidie.

Les murs sombres derrière lesquels se pressaient les blanches maisons de Sinigaglia se dessinèrent bientôt sur le ciel nuageux. L'armée parvint sur les bords du Misa dont les eaux baignaient les remparts de la ville, et ils en suivirent le cours jusqu'au pont jeté en face de la porte principale. Parvenue là, la cavalerie s'arrêta et se déploya le long de la route sans traverser le pont, protégeant ainsi l'infanterie qui passa sur l'autre rive bordée par un quai au-delà duquel s'étendait un faubourg qui fut ainsi occupé. César, entouré de ses familiers, passa la porte de la ville après qu'une partie de son armée y fut entrée pour s'assurer qu'il n'y avait aucun piège à redouter. Les deux Orsini, accompagnés de quelques cavaliers, vinrent au-devant de César qui descendit de cheval pour les accueillir avec mille marques d'amitié. Vitellozzo apparut aussitôt après, à cheval, sans armes, son ample manteau, soulevé par le vent, montrant la riche doublure de satin vert. Alors qu'il s'apprêtait péniblement à descendre de sa monture, César le prévint en venant à lui et, en le priant de ne pas se donner la peine de descendre de cheval, il lui serra la main avec chaleur. Les trois condottieri se virent bientôt flanqués chacun de deux gentilshommes qui se montraient particulièrement avenants tandis que César continuait de leur adresser des compliments. Comme n'apparaissait pas Oliverotto, César fit un signe de tête à Michelotto qui, aussitôt éperonna son cheval pour partir à sa recherche. Il revint avec lui au moment où César étant remonté à cheval, ils s'apprêtaient à se remettre en route.

En voyant arriver le dernier des conjurés, César vint vers lui avec un sourire. Cependant ces manifestations d'amitié n'avaient pas tout à fait rassuré les condottieri qui voulurent prendre congé du duc en lui disant qu'on lui avait fait préparer un logis.

— Voilà qui me comble, Mes Seigneurs, assura César. Mais je vous en prie, veuillez m'accompagner car il me semble qu'il serait temps de régler définitivement notre ancien différend en toute confiance.

Les condottieri restèrent un moment hésitants ; s'ils refusaient, le duc pouvait craindre une traîtrise et les faire aussitôt arrêter si telle était son intention. Il leur parut plus habile d'accepter son invitation et de procéder eux-mêmes à son arrestation lorsqu'il se retrouverait avec seulement quelques fidèles dans le palais. Mais leur attente fut cruellement trompée lorsque, au lieu de se rendre au lieu prévu, il s'arrêta devant une vaste demeure qui déployait sa façade flamboyante le long d'une large rue.

— Mais, Mon Seigneur, s'étonna Paolo Orsini, lorsqu'il vit César mettre pied à terre, ce n'est pas là le palais qu'on avait préparé pour vous.

— Ah ! s'exclama César en prenant un air étonné.

Mais c'est ici la demeure de messer Bernardino da Parma qui est mon obligé et j'ai l'intention d'honorer son hospitalité. Nous serons certainement mieux là que n'importe où ailleurs pour nous entretenir familièrement.

À nouveau les quatre hommes se virent dans l'obligation d'obtempérer sans encore être assurés des intentions du duc. Ils le furent lorsqu'une fois entrés dans la demeure, ils se virent entourés d'hommes d'armes qui leur déclarèrent qu'ils étaient les prisonniers du duc de Romagne. Paolo Orsini tomba alors à genoux, implorant César pour qu'il lui fît la grâce de l'écouter tandis que les autres restaient droits, figés dans ce qu'on ne savait être dignité ou terreur. Sans daigner entendre les supplications, César ressortit aussitôt et à la tête de ses hommes il marcha contre les mercenaires d'Oliverrotto qui furent surpris, mais se défendirent un long moment avant de se rendre. Laissant une partie de ses fantassins terminer l'affaire, César, à la tête de la cavalerie, courut vers les forteresses et les casernements des faubourgs de la ville où se tenaient les soldats des condottieri. Avant que la nuit ne fût tombée, César avait désarmé les ennemis dans l'intention de les prendre ensuite à son service. Cependant une partie d'entre eux qui s'étaient disposés en carré avaient réussi à s'éloigner à la faveur de la nuit.

En rentrant à Sinigaglia, César vit que la ville était mise au pillage par ses soldats victorieux. Aussitôt il s'élança par les rues à la tête de ses cavaliers, tua de ses propres mains ceux de ses hommes surpris à piller, en fit pendre d'autres, si bien que dans l'heure qui suivit le calme fut rétabli et les citadins purent rentrer chez eux sans plus de crainte.

Le soir même était instruit le procès de Vitellozzo et Oliverotto qui reconnurent leur trahison. César se contenta de faire un signe vers Michelotto qui attendait, debout, le visage sombre, au fond de la salle éclairée par quelques torches. En voyant approcher Michelotto avec son « lacet pisan », Vitellozzo demanda que le pape lui accordât une indulgence plénière pour ses péchés, mais Oliverotto, lui qui avait froidement fait massacrer son oncle et ses invités venus vers lui sans nulle méfiance, se mit à pleurer et injuria Vitellozzo qu'il accusait de l'avoir conduit à sa ruine. Ses cris et gémissements furent étouffés dans sa gorge par le lacet que Michelotto avait serré autour de son cou.

Dans les jours qui suivirent, César écrivit aux divers princes italiens et au roi de France pour leur faire part de ces événements et leur dire comment il s'était débarrassé de traîtres qui avaient espéré prendre le renard à leur piège. Isabella d'Este le félicita par une aimable lettre dans laquelle elle l'assura que cette affaire « lui a donné le plaisir et la satisfaction qui sont propres à l'affection et au désir d'entente qui existent entre nous. » Elle lui fit parvenir en présent une centaine de masques car il était de notoriété publique que César aimait à se promener ainsi masqué. De son côté le roi Louis XII le félicita en déclarant que c'était là une action digne des anciens Romains. Le pape montra une grande satisfaction qui contrastait avec la colère qu'il avait prise quelques jours auparavant contre son fils à qui il reprochait alors de rester à Cesena sans venir le voir à Rome et de dilapider les ducats. Ainsi dans l'un de ces moments de colère, aussi brefs que violents, il avait traité son fils de « fils de pute, bâtard », répétant ces mots d'une voix claironnante au milieu du Vatican. Deux jours plus tard, lors des fêtes de Noël, Alexandre oubliait sa colère en s'amusant comme un adolescent en voyant défiler et danser sur la place Saint-Pierre un cortège en délire dont une trentaine portaient des masques pourvus de longs nez en forme de phallus, puis il alla dîner en compagnie du cardinal Orsini et de jeunes femmes qui dansèrent pour lui en jupes courtes et enfin il perdit plusieurs centaines de ducats au jeu.

L'affaire de Sinigaglia rendit au pape toute sa bonne humeur et il se décida à faire arrêter le cardinal Battista Orsini dont les biens furent saisis. Dans le même temps, César enlevait Città di Castello, la ville de Vitellozzo, et le lendemain 6 janvier, Pérouse se soumettait à son armée qui se présentait devant ses portes.

Le 18 janvier, Paolo Orsini et le duc de Gravina étaient à leur tour exécutés dans le château de la Pieva. Désormais, César était débarrassé de tous ses ennemis et il se trouvait entièrement maître des Romagnes ; ou presque, car il restait encore à prendre Bologne. Il pouvait tourner ses regards vers Sienne, et là allait commencer la partie la plus périlleuse de son entreprise car tous les États qui l'entouraient étaient soit des alliés, soit protégés par le roi de France. Mais César savait comment se comporter envers la fortune, ce qu'avait parfaitement perçu Machiavel qui avait écrit, en pensant à lui : « Il est mieux d'être impétueux plutôt que respectueux parce que la fortune est femme, et il est nécessaire, pour ceux qui veulent se la soumettre, de la battre et la violenter ; et l'on voit qu'elle se laisse plutôt vaincre par ceux-là que par ceux qui procèdent froidement. Et encore toujours, comme femme, elle aime les jeunes parce qu'ils sont moins respectueux, plus féroces et la commandent avec plus d'audace. »

César, cependant, ignorait qu'il était parvenu au sommet de sa puissance et que la roche tarpéienne est proche du capitole.

CHAPITRE XXI

Un an ! un an que je suis enfermé dans cette chambre, dans cette tour, dans ce château maudit !

En parlant ainsi, César va et vient dans la vaste salle, jusqu'à la haute fenêtre qui domine la campagne desséchée par le soleil, en ce jour d'octobre 1506. Cette campagne accidentée de collines abruptes qui se découpent crues sur un ciel lumineux n'est pas celle de son Italie tant aimée, de cette Italie dont il a fait sa véritable, sa seule patrie malgré son origine à demi espagnole, mais celle de la Castille où l'a conduit cette fortune qui semble l'avoir si soudainement abandonné après l'avoir tant aimé.

César s'est arrêté devant la fenêtre d'où il regarde le ciel, en silence. La fenêtre est si haute qu'il n'est pas besoin de barreaux pour interdire toute fuite par là. La fuite ! César y a souvent songé, elle l'a obsédé, et voici qu'est venu le temps où son rêve d'évasion va bientôt se concrétiser ; encore faut-il réussir, non seulement à sortir de ce donjon, mais à quitter les territoires hostiles du roi Ferdinando, son plus perfide ennemi. Car le château où César est enfermé est celui de la Mota, près de Medina del Campo, la capitale des Rois Catholiques, ou plutôt du Roi Catholique car Isabella a rendu son âme au dieu cruel qu'elle adorait avec fanatisme.

La salle de la tour où vit César est vaste et pourvue de meubles et de tapis. César partage cette prison avec un valet qui lui tient aussi lieu de secrétaire, qu'on lui a laissé, jeune Espagnol de Naples qui a appris à admirer son maître et à l'aimer. Il ne l'a cependant pas connu du temps de sa splendeur ; il n'a été mis à son service qu'après sa captivité qui a commencé à Naples, mais depuis ce temps, il est resté sans cesse auprès de lui et, dans ce donjon, dernière étape d'une longue pérégrination de captif, il partage sa chambre, restant nuit et jour en sa compagnie. Jamais César ne s'est senti en une aussi grande familiarité avec un serviteur, pas même avec Agapito qui lui a été si fidèle et si proche. C'est pourquoi, lui, le taciturne, l'homme qui avait pris le parti de ne jamais s'épancher et de garder secrets ses desseins jusqu'au moment de les mettre à exécution, prenait plaisir à s'entretenir avec son secrétaire, se confiait à lui. Durant ces longues journées de réclusion il avait eu tout le temps de l'entretenir de son passé, de ses enthousiasmes, de ses déboires. Il songeait même que tout ce qu'il lui disait, et que l'autre prenait en notes, pourrait constituer le matériau pour des mémoires qu'il écrirait ou ferait rédiger plus tard, si Dieu voulait qu'il en fût ainsi.

Garcia, le secrétaire, est assis derrière une table, une plume à la main, et il regarde son seigneur avec une attention soutenue, prêt à noter tout ce qu'il jugera digne d'être conservé par la mémoire du temps.

Sans se retourner, César se met à parler, comme pour lui-même, mais ainsi fait-il communément et Garcia sait que, dans le fond, il n'est lui-même en ces moments qu'un miroir de la pensée de son maître et que ce dernier s'entretient dans un éternel monologue.

— Lorsque je suis né, mon illustre père don Roderigo avait auprès de lui un éminent savant de Nuremberg, maître Lorenz Beheim. Un de ces hommes qui avait embrassé tout le savoir humain, aussi bien la médecine que l'alchimie, l'art de la guerre que la science des astres. Il est demeuré de longues années à la cour vaticane et j'étais jeune cardinal lorsqu'un jour je lui ai demandé quel était l'état de mon ciel lors de ma naissance, car mon vénéré père m'avait alors fait savoir qu'il lui avait demandé mon horoscope le jour même de ma naissance. Je n'ai jamais oublié ce qu'il m'a alors répondu, avec précision : « À l'heure où tu es venu au monde, le soleil se trouvait dans sa phase ascendante ; la Lune dans la septième, Mars dans la dixième, Jupiter dans la quatrième... » Je ne comprenais rien à ce galimatias et comme j'exigeais qu'il fût plus explicite, il m'a répondu avec une franchise que j'ai appréciée que cela signifiait une montée irrésistible vers la puissance, une gloire exceptionnelle, mais éphémère, bientôt suivie d'une chute brutale, de l'exil et de la mort.

— Mon Seigneur, ce sont là élucubrations de charlatans auxquelles vous ne pouvez vous arrêter, s'insurgea le fidèle Garcia.

— J'en ai ri, et c'est pourquoi je ne me suis pas mis en colère car c'était une malheureuse prédiction.

César se retourne et reprend son va-et-vient dans la salle tout en poursuivant :

— Il est vrai que si j'avais eu le choix de mon destin, je continuerais de préférer une vie brève mais riche en événements et en gloire brutalement terminée par la mort, à une longue vie dans l'obscurité. J'avais d'ailleurs la plus grande estime pour cet homme que j'accablais de questions. Il était de la famille d'esprit de messer Leonardo da Vinci. Comme lui son esprit était fertile en inventions mais il s'avérait trop souvent incapable de les réaliser. Il savait contrefaire les écritures, avait inventé des formules chimiques d'encre sympathique que j'ai utilisées pour mes messages secrets, il songeait à des gaz toxiques pour détruire des armées ennemies, des appareils pour respirer sous l'eau, des systèmes pour parler de loin entre deux endroits éloignés l'un de l'autre. Naturellement, il était épris d'alchimie et il était passé maître dans la préparation de poisons et d'antidotes. C'est lui qui avait mis au point cette poudre blanche de cantharide qu'on appelle maintenant la cantarella et qu'on nous a accusés, mon père et moi-même, d'avoir souvent utilisée contre nos ennemis. Comme s'il était si facile d'administrer des poisons à des cardinaux vivant dans leurs palais au milieu de gardes et veillant à faire goûter chaque plat, chaque verre de vin par un préposé à ce dangereux office ! Le poignard est tellement plus sûr !

César observa un moment de silence avant de reprendre :

— Oui, je vois maintenant que ce messer Beheim ne s'est pas trompé dans ses funestes prédictions.

— Votre Excellence ne devrait pas parler ainsi. Le moment de la délivrance est proche et bientôt les villes de l'Italie vont résonner de vos nouveaux exploits. On rapporte que les cités des Romagnes n'ont pas oublié leur duc, sa bienveillance, son gouvernement si bénéfique. La preuve en est dans la mauvaise grâce avec laquelle elles ont dû se rendre à l'autorité du pape.

César alla s'étendre sur le lit et y demeura, les paupières closes.

Il évoqua pour lui-même les derniers temps passés auprès de son père. César était dans son duché de Romagne, en janvier 1503, où il terminait de rétablir ses affaires un instant menacées par la rébellion des condottieri, lorsqu'il avait reçu du pape l'ordre de marcher contre tous les Orsini et de les exterminer, y compris les femmes et les enfants. À Rome même, son frère Joffré avait entrepris cette sanglante tâche. César n'avait aucune raison de haïr les Orsini ; le seul dont il aurait pu avoir voulu la mort était Orso, l'époux de

Giulia, mais il avait trop vite jugé de son insignifiance et puis il s'était si tôt éloigné de la jeune femme avec qui il n'avait plus jamais voulu avoir de contacts ! Au demeurant, Orso, devenu borgne, était mort depuis plusieurs années. Quant à Paolo et Francesco, s'il les avait fait étrangler, c'était pour ne plus leur donner l'occasion de le trahir à nouveau. La réaction des Orsini à l'arrestation du cardinal par le pape et à la campagne conduite contre eux par Joffré ne s'était pas fait attendre. Giangiordano, seigneur de Bracciano et Niccolò, comte de Pitigliano, les deux hommes les plus puissants du clan, avaient pris la tête des forces conjuguées des Orsini et des Colonna décidément unis dans le malheur. Alexandre avait aussitôt appelé César à l'aide, mais César n'avait manifesté aucune hâte à se rendre aux ordres du pape. D'abord parce qu'il voulait de plus en plus fermement marquer son indépendance vis-à-vis de lui, mais aussi parce qu'il désapprouvait cette guerre qui ne pouvait qu'affaiblir les États de l'Église ; sa connaissance du passé l'avait persuadé qu'il était indispensable pour le Vatican de s'appuyer soit sur les Colonna, soit sur les Orsini. Les premiers ayant été dépouillés de leurs fiefs par Alexandre, il convenait de se concilier les Orsini ; or, comme il le craignait, la politique de son père avait finalement scellé l'union de toutes les grandes familles romaines contre le Vatican. Enfin il était moralement impossible à César de s'attaquer à Giangiordano Orsini car ce dernier appartenait comme lui-même à l'ordre de Saint-Michel patronné par le roi de France ; or le premier acte d'un chevalier de cet ordre était de jurer de ne jamais faire la guerre à l'un de ses pairs. C'est pourquoi César avait mis plus d'un mois pour se rendre à Rome, dans l'espoir qu'entre-temps la guerre contre les Orsini serait terminée. Il n'en avait été ainsi et, devant toute la cour vaticane, César refusa d'obéir à son père qui lui ordonnait de marcher sur Bracciano et il sortit sans un mot tandis que le pape criait : « Dans ce cas, nous la ferons seuls, nous, cette guerre ! »

César s'intéressait plus à la Toscane qu'aux Orsini. Il avait investi Sienne et Pise, et guettait le moment favorable, une faiblesse du roi de France en guerre contre l'Espagne dans le royaume de Naples où ses armées ne cessaient d'essuyer des revers face à Gonzalve de Cordoue, pour marcher sur Florence. La Toscane une fois en son pouvoir, César savait qu'il lui serait alors aisé de mettre Venise à ses pieds. Il se berçait de ces magnifiques espoirs lorsque survint brutalement le drame qu'il n'attendait pas.

Au début du mois d'août, César avait accompagné le pape pour dîner dans la vigne du cardinal Adriano Castellesi da Corneto. Durant les jours qui suivirent, plusieurs convives furent saisis d'étranges malaises. Le cardinal Adriano fut fortement dérangé, mais les plus atteints furent César et le pape. César avait gardé le pire souvenir de ces jours où, terrassé par la fièvre et d'intolérables douleurs aux entrailles, il était resté pendant un mois entre la vie et la mort. Le pape, lui, n'y avait pas survécu et il mourait le 18 août.

Le duc de Romagne savait son père mortel et il avait tout prévu pour une telle éventualité. Il avait tout prévu excepté que lui-même se trouverait incapable de bouger, écrasé par la maladie. Lorsqu'il avait récupéré suffisamment de forces pour agir, déjà plusieurs des villes conquises avaient été reprises par les Vénitiens, et Guidobaldo di Montefeltre était rentré dans son duché. Mais les Romagnes étaient restées fidèles et surtout ses capitaines qui tenaient les forteresses, attendant ses ordres. César, convalescent, avait réussi, avec la collaboration des cardinaux espagnols qui tenaient pour lui, à faire élire le cardinal Francesco Piccolomini. Ce dernier, monté sur le trône pontifical sous le nom de

Pie III, avait soutenu le duc de Romagne et l'avait confirmé dans ses fonctions de Gonfalonier. Le duc se remettait lentement de son mal ; il n'était pas arrivé à savoir s'il avait été empoisonné avec son père par son hôte, Adriano da Corneto, ou s'il avait été victime d'une maladie endémique comme celle qu'on appela plus tard la malaria.

Mais Pie III était vieux et malade et il mourut bientôt, le 18 octobre.

— J'ai alors commis la plus grave erreur de ma vie, dit César à Garcia. La politique ne tient compte ni des sentiments personnels ni des anciennes haines. Ainsi, bien que nous ayons avec Sa Sainteté été les ennemis de Virginio Orsini, deux Orsini sont devenus mes condottieri ; nous avions brisé les Colonna, mais après la mort de mon père, j'ai fait alliance avec les Colonna contre les Orsini qui ne rêvaient que de me mettre à mort, entraînés par ce même Giangiordano que j'avais défendu contre le pape. J'ai cru de bonne politique d'inciter les cardinaux espagnols à voter pour Giuliano della Rovere. Il avait acquis une réputation de sincérité et j'avais cru que nos intérêts pourraient être liés. Il me l'avait laissé entendre de son côté. Il est vrai que, une fois monté sur le trône pontifical sous le nom de Jules II, pendant un premier temps il a paru sincère. J'ai pu m'installer au Belvédère avec mes gens et chaque soir je soupais en sa compagnie. Nous avions même envisagé un mariage possible entre ma fille Louise et son neveu qui avait récupéré avec sa mère la seigneurie de Sinigaglia. Quel fou ai-je été de faire confiance à ce fils d'un misérable pêcheur de Ligurie, ennemi juré de ma famille ! Il n'avait qu'un désir, récupérer les villes des Romagnes qui se trouvaient entre mes mains... Il craignait aussi mon armée encore puissante. Ma folie a été de ne pas agir à ce moment, de vouloir tenir mes engagements... et surtout d'avoir continué à lui faire confiance lorsqu'il me permit, à la mi-novembre, de me rendre à Ostie afin de noliser cinq galères pour me transporter en Toscane d'où je comptais gagner la Romagne. Je me séparai de mes meilleurs officiers et je me mis follement à sa merci à Ostie. Il n'attendait qu'une pareille occasion : quelques jours après mon arrivée là-bas, il me faisait arrêter et ramener à Rome où mon fidèle don Michele fut mis à la torture pour témoigner contre moi et livrer les mots de passe de mes forteresses en Romagne. Cet excellent serviteur ne dit rien et je le crois toujours prisonnier du pape.

César fait un silence avant de reprendre :

— J'ai toujours comblé de bienfaits ceux qui m'ont servi fidèlement et dans mon malheur j'ai eu la satisfaction de voir que tous mes serviteurs, qui étaient aussi mes amis, me sont restés fidèles. Tous, Dionigi di Naldo qui avait un moment repris pour moi Rimini et Cesena, Taddeo della Volpe qui a refusé d'entrer au service de Florence, tous les gouverneurs de mes forteresses qui ont refusé de les rendre sans mon ordre. Et lorsque cet impudent Piero da Orvieto osa réclamer à Pedro Ramirez la citadelle de Cesena qu'il tenait en mon nom, celui-là le fit aussitôt pendre en le déclarant traître à ma cause. Oui, tous mes amis me sont demeurés fidèles, et aussi le peuple de Romagne, et les gens d'Imola qui ont crié qu'ils ne voulaient qu'un seul maître, leur bon duc.

« Ma seconde erreur a été encore de mettre ma confiance en un homme que j'en croyais digne, Gonzalve de Cordoue. J'avais oublié qu'il était le serviteur de ces perfides Rois Catholiques. Après plusieurs mois de tractations, j'avais dû accepter contre ma liberté, de rendre les forteresses au pape. Celui-ci m'avait fait reconduire à Ostie où je fus placé sous la surveillance du cardinal de Carvajal. Un honnête homme qui, une fois qu'il sut que le pape avait obtenu ce qu'il espérait, me fit embarquer sur un navire espagnol à destination de Naples car il craignait pour ma vie, Jules II ayant obtenu de moi tout ce qu'il pouvait espérer.

« À Naples, j'ai eu un moment de répit et d'espoir. J'y ai retrouvé ma chère Sancia, toujours aussi charmeuse et passionnée. Mon père avait dû se résoudre à l'enfermer dans le château Saint-Ange tant elle s'abandonnait avec ostentation à ses penchants lubriques, au point que mon frère Joffré devenait la risée de la ville. Elle lui en a voulu férocement au point que libérée et installée à Naples où elle était devenue la maîtresse de Prospero Colonna, elle refusait de recevoir le prince de Squillace établi chez notre cousin Pedro Luis, évêque de Sorrente. Je suis intervenu auprès de Sancia pour qu'elle retourne auprès de son mari, mais mes prières sont demeurées vaines. Il est vrai que je ne puis la désapprouver tant ce pauvre Joffré est insignifiant.

« Oui, je recommençais d'espérer. J'avais fait venir de Gênes et des villes d'Italie où j'avais des dépôts, des fonds grâce auxquels je commençais à reconstituer une armée dans l'intention de m'embarquer pour Pise et retourner en Romagne où mes partisans étaient encore nombreux. Et j'entretenais Gonzalve de Cordoue de tous mes projets qu'il approuvait sans réserve. Quelle folle confiance avais-je en lui ? Sans doute Dieu a-t-il voulu m'aveugler ! Moi qui avais su rester toujours secret, étonner mes adversaires par la rapidité de mes interventions en frappant là où nul ne s'y attendait, je suis devenu une eau de roche face à l'homme que j'aurais dû leurrer plus que tout autre ! Connaissant tous mes projets, tous mes préparatifs, il lui était aisé de retarder ou précipiter mes actions selon ce qui lui convenait en m'administrant d'amicaux conseils, afin de préparer lui-même soigneusement un piège ourdi avec ses maîtres les Rois Catholiques. Enfin je fus prêt à repartir pour cette nouvelle aventure. La veille du départ, je vais prendre congé de ce perfide Gonzalve. Il me reçoit avec chaleur, me souhaite un heureux succès dans mes entreprises, enfin nous nous embrassons. Ma confiance est d'autant plus totale qu'il m'a remis un laissez-passer lequel vaut plus qu'une parole donnée. Je me retire en compagnie de Pedro Navarro qui s'était acquis quelque mince titre de gloire pour avoir enlevé le Castel dell'Ovo aux Français. Il me suit jusque dans ma chambre, ce qui me surprend. Là, je veux prendre congé de lui, je lui dis qu'il est temps d'aller dormir car le lendemain il faudra se lever de bonne heure. Sans sourciller, il me regarde et dit : "Je répondrai à Votre Seigneurie que je dois vous tenir compagnie cette nuit ici même. Et moi, je ne puis me permettre de dormir." J'ai alors tout compris et le regardant droit dans les yeux, j'ai crié : "Santa Maria, je suis trahi !" Aussitôt sont entrés dans la chambre le gouverneur du château avec ses gardes pour m'arrêter. Quant au sauf-conduit que j'avais confié à mon fidèle capitaine Baldassare Scipione, on est venu le lui arracher de force pour le détruire. Ce traître de Gonzalve de Cordoue a cherché une excuse à sa trahison en prétendant qu'il avait dû agir ainsi sur ordre des rois Ferdinando et Isabella. Je n'en ai jamais douté et c'est à moi-même que je dois m'en prendre car ces rois sont la honte de l'Espagne et de l'institution monarchique, tout leur règne est poisseux de basses intrigues et de trahisons. »

César se tait. Il ne peut plus rien apprendre à son secrétaire qui est entré à son service au cours des trois mois de captivité qu'il a passés à Naples avant d'être embarqué au mois d'août sur une galère pour être conduit en Espagne sous la surveillance de l'un de ses pires ennemis, Prospero Colonna. Malgré l'intervention auprès des Rois Catholiques du roi de Navarre, son beau-frère, des cardinaux espagnols, de sa sœur Lucrezia, du marquis de Mantoue qui, par un étrange revirement, lui était resté un fidèle ami, afin qu'ils libérassent César, il fut enfermé dans le château de Chinchilla, dans la province d'Albacete. Il y demeura un an avant d'être transféré au château de la Mota à la suite d'une tentative d'évasion au cours de laquelle il avait cherché en vain à terrasser le gouverneur du château.

Dans cette nouvelle prison, César avait retrouvé un nouvel espoir. Là vivait le couple, héritier légitime du royaume de Castille, Jeanne et son époux Philippe d'Autriche, fils de l'empereur Maximilien. César voyait souvent de ses fenêtres la famille royale, ou plutôt le prince Philippe et son fils Carlos, le futur Charle-Quint. Car Jeanne vivait prostrée dans les cuisines du château, évoluant dans l'univers qu'elle s'était construit et d'où, dans sa folie, elle ne voulait sortir. Isabella de Castille, épouse du roi Ferdinando et mère de Jeanne avait laissé un testament par lequel elle faisait régent de Castille son mari à condition qu'il ne convolât pas en une nouvelle noce. Or, au mépris de cette clause, le roi avait épousé Germaine, fille du comte de Foix, fraîche demoiselle de dix-huit ans qui le changeait de sa trop pieuse et acariâtre épouse défunte. Philippe avait aussitôt réclamé le droit de régence au nom de sa femme tenue pour folle. Une partie des Cortès décida de maintenir Ferdinand dans ses droits, mais une minorité très puissante soutint les prétentions de Philippe. Ce dernier était maître des Flandres héritées de sa mère, Marie de Bourgogne, de la Franche-Comté, de l'Artois et du Charolais ; il était l'héritier des États germaniques de son père et à la mort de don Ferdinando, il devait régenter l'Espagne entière au nom de son épouse et de son fils don Carlos. Le chef de son parti en Espagne était le comte de Benavente qui s'était lié d'une amitié admirative pour César qu'il venait souvent visiter dans sa prison.

— Seigneur duc, lui avait-il confié un jour, Son Altesse don Filippo a mis en vous ses espoirs. Sachez que le roi don Ferdinando se prend à regretter de vous avoir transféré dans ce château. Car après la mort de son épouse la reine et après qu'il a eu fait la folie de se remarier avec la fille du comte de Foix, notre seigneur don Filippo est resté maître de ce château et vous a eu, si j'ose dire, en héritage. Vous savez combien il s'en est montré satisfait car l'on vous regarde comme l'un des meilleurs capitaines de notre temps. Nous craignons, en effet, d'avoir quelques difficultés avec le roi d'Aragon et ceci serait une bonne chose pour vous car nous serions alors heureux de placer Votre Seigneurie à la tête de l'armée qu'il faudra peut-être lever contre don Fernando.

— Seigneur comte, avait répondu César, vous me voyez charmé par vos paroles car rien ne me ferait plus de plaisir que de mettre mon épée au service du prince don Filippo.

— C'est donc bien qu'il en soit ainsi. Je tiens cependant à vous mettre en garde contre le roi. Il a demandé à notre seigneur don Filippo de vous rendre à lui dans l'intention de vous emmener à Naples. Il prétend n'avoir que peu de confiance dans don Gonzalve de Còrdoba et il songerait à vous utiliser contre lui. Mais ce n'est visiblement là qu'un prétexte et je sais avec certitude qu'il serait dans ses intentions de supprimer Votre Seigneurie lorsque vous serez parvenu en son pouvoir : de cette manière il donne satisfaction au pape qui craint toujours de vous voir reparaître en Italie, et au roi de France avec qui il a fait sa paix et qui ne veut pas vous donner la dot de 100 000 ducats qu'il vous doit toujours et qui craint aussi pour le Milanais dans le cas où vous reviendriez en Italie. En outre, don Fernando commence à redouter que vous ne mettiez votre épée au service de don Filippo, ce en quoi son sentiment est bien fondé.

Les espoirs que ces entretiens avaient fait naître dans

le cœur de César avaient été bientôt déçus. Philippe d'Autriche avait refusé de livrer son prisonnier au roi d'Aragon, lequel s'était finalement embarqué pour Naples avec une petite armée, le 7 septembre de cette année 1506. Philippe d'Autriche avait vingt-sept ans, il avait l'esprit rempli de projets et il avait invité César à plusieurs reprises à sa table. Mais à peine dix-huit jours après que Ferdinand d'Aragon se fut embarqué, Philippe mourait inopinément. Le gouverneur de la citadelle, Bernardo de Cardenas, était un partisan du roi d'Aragon, tout autant que Gabriel de Tapía chargé de la garde de César ; ce n'est pas sans raison qu'on put murmurer que le jeune prince avait été empoisonné par les deux hommes sur l'ordre du roi. Aussitôt César, à qui avait été accordée la faculté de circuler librement dans le château, fut enfermé soigneusement dans sa chambre. Il se savait désormais menacé, sans protection. Mais le comte de Benavente était resté fidèle à César et il avait déclaré qu'il le tirerait de sa prison, dût-il enlever le château par la force. Il était assuré de pouvoir compter sur la reconnaissance du duc si un jour il avait besoin de son aide pour soutenir les droits de l'infant don Carlos, héritier de Philippe d'Autriche et de Jeanne, dite la Folle.

César s'est assoupi sur son lit lorsque quelques coups sont frappés à la porte et entre le chapelain mis au service particulier du duc. Derrière lui le fils de Tapía, qui fait office de geôlier, referme soigneusement la porte. Le chapelain jette un coup d'œil pour s'assurer que personne ne peut le surprendre, puis il vient rapidement vers Garcia, le salue et sort de sous sa soutane une corde qu'il a pu ainsi passer sous l'œil, au reste peu attentif, des gardes.

— Sa Seigneurie s'est endormie, dit le secrétaire en se hâtant de dissimuler la corde sous le lit.

— Laissez le duc se reposer. Il faut qu'il soit bien dispos demain soir.

— Demain soir, dites-vous ?

— Oui, demain, nous serons le 25 du mois d'octobre. Deux hommes sûrs du comte de Benavente, son majordome et don Jaime, un solide hidalgo, vous attendront au bas de la tour avec de bons chevaux. Ils vous conduiront à Villalon où se tient le comte de Benavente. De là, le seigneur duc sera emmené en Navarre, auprès de son royal beau-frère où il se trouvera en sûreté. Ensuite, Dieu pourvoira à l'avenir.

Le chapelain est reparti en déclarant à haute et intelligible voix, après que le garde eut ouvert la porte, qu'il reviendrait lorsque Sa Seigneurie aurait terminé son somme. Dès qu'il s'est éveillé et a appris que le projet si longtemps caressé allait enfin se réaliser, César ne peut plus tenir en place et son impatience naturelle prend le pas sur cette indolence à laquelle il lui plaît de s'abandonner lorsqu'il sait qu'elle ne peut nuire à ses desseins.

Enfin est venue la nuit de la délivrance. Garcia se tient penché sur la fenêtre en attendant le signal. Un bref son de trompe l'avertit bientôt que les guides sont là, au bas de la tour.

— Allez d'abord, Mon Seigneur. C'est vous qui devez être mis rapidement en sûreté, dit le secrétaire à César.

— Non, descends d'abord. Si d'aventure un geôlier entrait tout à l'heure et que tu restais seul, tu serais aussitôt mis à mort pour n'avoir pas donné l'alerte alors que moi, on ne me fera rien, car je reste un otage précieux.

César a parlé avec autorité. Garcia juge inutile de perdre du temps en échange de politesses. Il a attaché une extrémité de la corde à un crochet fixé dans le mur, destiné à recevoir une torche, et il a lancé l'autre extrémité dans le vide. Il enjambe aussitôt après la fenêtre et se laisse glisser le long de la corde. César se penche sur l'abîme obscur, en vain il écarquille les yeux pour tenter de voir si son secrétaire a touché terre. Il perçoit soudain un éclat de voix dans l'escalier conduisant à l'étage où est sa chambre. Sans plus balancer il s'agrippe à son tour à la corde et se laisse glisser après avoir protégé ses mains de son manteau. Il ne pouvait ainsi savoir que la corde était trop courte et que Garcia qui s'était laissé tomber, avait perdu connaissance en tombant sur le sol où il s'était brisé les jambes. En arrivant au bout de la corde, César découvre à son tour qu'il reste un vide sous lui, mais il n'a pas le temps de décider s'il va remonter ou se laisser choir : là-haut se dessine la silhouette du fils de Tapía qui, d'un coup de poignard, tranche la corde. César se sent précipité dans le vide et à son tour il perd connaissance sous le choc. Lorsqu'il retrouve le sentiment, César ressent une affreuse douleur au poignet et il a la tête lourde, tout le corps meurtri. Il est maintenu sur un cheval par la poigne de fer de son voisin qui galope sur sa propre monture, botte contre botte.

Cette fuite dans une nuit qui semble ne jamais finir est un véritable martyre pour César. Mais lorsque revient le jour, ils sont parvenus en vue du château fortifié de Villalon où le comte de Benavente attend les fugitifs. César s'est à nouveau évanoui, terrassé par la douleur. Il restera près d'un mois dans ce château, afin de se remettre de ses blessures. C'est là que le comte lui apprend que son fidèle Garcia a dû être abandonné expirant au pied de la tour : Tapía, venu à leur poursuite à la tête des gardes, l'avait aussitôt achevé d'un coup de poignard.

— Seigneur duc, dit un jour le comte à son hôte, il est temps que vous repreniez la route de Pampelune. Le roi don Ferdinando a été averti de votre fuite et il a donné mandat pour qu'on perquisitionne chez moi, ce que n'avaient osé ni pu faire ces chiens de Cardenas et Tapía. Une récompense de 10 000 ducats a été promise à qui vous livrerait mort ou vif, ce qui prouve bien que le roi Ferdinando en veut à votre vie. Je vous donne deux guides sûrs, ce sont deux hommes que vous avez eu l'occasion de rencontrer ici-même, Martín de la Borda et Miguel de la Torre. Vous vous ferez passer pour des marchands de grains et comme les routes de la Navarre sont étroitement surveillées, nous avons dû prévoir un plus long itinéraire. Vous passerez par Valladolid, Amusco et la Tierra da Campos d'où vous traverserez les Asturies jusqu'à l'Océan, vers Santander. Là, vous vous embarquerez pour Castro Urdiales d'où il vous sera alors aisé de rejoindre la Navarre et Pampelune.

César a remercié son hôte et il s'est mis en route. Il a encore la main bandée, en écharpe pour soutenir son bras, mais il a retrouvé toute sa vigueur. La première partie du chemin se réalise sans grande difficulté, mais les monts Cantabriques sont couverts de neige en cette fin du mois de novembre. Deux des bêtes, épuisées par le train que soutiennent les cavaliers, en selle dès l'aube, meurent sous la neige qui tombe à gros flocons, dans les cols vertigineux des montagnes. César et Martín de la Borda poursuivent leur route à pied tandis que Miguel de la Torre, qui a pu conserver son cheval, va en avant, car on est sur le versant nord et la mer est proche. Il louera un bateau afin de ne pas perdre de temps. Ils se retrouvent le soir sur le port de Santander, dans la *posada* de Ruiz Gutiérrez. Dans la grande salle remplie d'odeurs de rôti, de vin, et d'embruns, chauffée par un grand feu dans une immense cheminée où un jeune marmiton fait tourner sur une broche un mouton entier, les trois voyageurs se sont attablés entre des poulets et des pichets de vin.

— Je suis inquiet, chuchote Miguel de la Torre. Le patron de l'embarcation est un homme retors. Il s'est étonné que j'affrète son bateau par de telles journées et que j'insiste pour qu'il accepte de nous emmener. J'ai été obligé de lui promettre une forte somme pour le décider et il m'a demandé 50 ducats, pas moins. Je suis arrivé à descendre le prix de moitié, mais j'ai le pressentiment qu'il a quelque soupçon. Aussi, mettons-nous bien d'accord sur ce que nous faisons. Nous avons vendu notre cargaison d'avoine à Medina del Campo et nous avons hâte de rentrer à Bernico où nous attend notre bateau avec le reste du chargement de grains.

Cette précaution ne s'avère pas inutile car à peine terminent-ils leur repas qu'entre le corregidor, accompagné de quelques algazils. Le patron marin à qui a eu affaire de la Torre est avec eux et désigne les trois voyageurs. César, qui tient la tête basse et conserve le capuchon de son manteau, serre dans sa main le manche de son poignard glissé sous son vêtement. Le corregidor les prie poliment de le suivre, l'un après l'autre, dans une salle voisine où il les interroge sur leur origine, le but de leur voyage. Les trois hommes montrent l'assurance de personnes sûres de leur droit et chacun ayant répondu comme convenu, le corregidor se retire après leur avoir souhaité une bonne fin de voyage. C'est dans une telle circonstance que César, qui a toujours eu l'habitude d'ordonner et de parler haut, ressent la dureté de sa chute ; il se serait senti disposé à poignarder le marin trop zélé s'il l'avait pu faire sans risquer de compromettre leur fuite. Ils embarquent le lendemain matin sur une mer déchaînée mais parviennent sains et saufs à Castro-Urdiales. Là ils doivent demeurer deux jours avant de pouvoir louer deux mules au monastère voisin de Santa Clara. Le lendemain, après une marche forcée, ils sont à Durango, à portée de flèche de la

Navarre. Le muletier ne veut aller plus loin et s'en retourne à Santa Clara. Ils font l'acquisition de deux mules et d'un cheval et c'est dans cet équipage, les vêtements sales, hâves et les traits tirés par la fatigue qu'ils font leur entrée à Pampelune, le 3 décembre. César ne peut s'empêcher de songer que Pampelune a été son premier évêché et qu'il y est maintenant comme un homme traqué ; mais n'avait-il pas mis les pieds pour la première fois dans Valence qui avait été son archevêché, en tant que captif du roi d'Aragon ? Sans doute, s'il avait conservé la robe, il serait toujours cardinal et archevêque, et pourtant il ne regrette rien.

César se sent à l'aise dans cet âpre pays de montagnes, enchâssé entre l'Èbre et les Pyrénées. D'autant plus que son beau-frère, Jean d'Albret lui a réservé une chaleureuse réception. Jean règne depuis 1494 sur la Navarre que lui a apportée en dot son épouse, Catherine, fille du comte Gaston de Foix. Le roi Jean voit dans l'arrivée de César un moyen d'abattre son plus dangereux ennemi, don Ferdinando d'Aragon qui ne rêve que d'intégrer la Navarre à ses États. César est venu au nom du comte de Benavente et du parti de la maison d'Autriche. Il songe même à se rendre dans les Flandres afin de rencontrer l'empereur Maximilien. Le projet caressé par César et son royal beau-frère est de faire de la Navarre une base d'opérations d'où l'armée impériale pourrait s'emparer de la Castille et porter la guerre contre don Ferdinando. Un instant, César a songé engager la France dans cette aventure. Mais il a appris avec stupeur que Louis XII, non content de ne pas lui envoyer la dot promise depuis son mariage avec Charlotte, lui a confisqué ses fiefs français, le duché de Valence, le comté de Diois, la seigneurie d'Issoudun. Le Roi Très Chrétien a fait preuve de la même perfidie et du même opportunisme que ses contemporains : il a accordé ces avantages à l'homme qui lui était indispensable pour réaliser ses visées matrimoniales et ses ambitions italiennes, il les lui a retirés dès qu'il a jugé qu'il lui était devenu inutile.

À peine s'était-il installé à Pampelune que César avait envoyé en Italie son nouveau secrétaire Federico, porteur de lettres destinées à sa sœur Lucrezia, à Francesco Gonzaga et au cardinal Ippolito d'Este à qui il avait confié une partie de ses biens lorsqu'il avait dû quitter Rome, afin de leur annoncer sa fuite. La nouvelle s'était d'ailleurs répandue comme une traînée de poudre de manière que déjà l'Italie était enfiévrée, ses partisans l'attendant avec impatience, Jules II, Florence et Venise s'inquiétant de ses intentions.

Mais César ne se leurre pas : il manque de moyens financiers pour lever une armée en Italie et, si d'aventure il réussissait à parvenir dans la Péninsule, le pape, Venise, Florence, Louis XII et le roi d'Aragon, qui tous le redoutent, auraient tôt fait de se liguer contre lui avant même qu'il n'ait réussi à lever des troupes. Il sait aussi combien l'empereur Maximilien est velléitaire, faiblesse qui lui fut un temps profitable, lorsque, par exemple, il s'emparait d'Imola et de Forli, mais qui joue maintenant contre lui. Car l'empereur promet sans tenir une parole qui risquerait de le mettre en une position difficile face au roi de France. Plus il réfléchit sur son avenir, plus il découvre un horizon fermé, comme l'est cette Navarre par la chaîne des Pyrénées, cette Navarre qui lui apparaît de plus en plus comme le seul champ borné où il pourrait exercer ses ambitions. Mais celles-ci sont bien trop vastes pour ce petit royaume où il ne pourra jamais y être plus qu'il n'est, depuis que le roi Jean a fait de lui son capitaine général.

César se sent souvent abattu, désespéré. Il songe que désormais sa vie ne pourra plus que se passer dans ce petit royaume où déjà il étouffe, où il n'est, en définitive, qu'un simple capitaine, une sorte de condottiere.

Et il songe à l'Italie, à Rome, au faste de sa vie passée, à la beauté des femmes qu'il a aimées ou désirées, à la grandeur de ses ambitions, à sa devise : *aut Caesar, aut nihil*. Ou César, ou rien. Il n'a pu être César, il ne lui reste que le néant s'il veut demeurer sincère avec lui-même. Et cette idée du néant, de sa propre fin, le poursuit, le harcèle.

Cependant, il a retrouvé une certaine confiance en soi par ce matin de mars 1507, alors qu'il quitte Pampelune à la tête d'une petite armée. Près de lui chevauche le porte-étendard, mais ce ne sont plus les armes orgueilleuses des Borgia qui flottent dans le vent frais du matin, ce sont celles de la Navarre. Et il ne marche pas contre l'un de ces princes italiens maîtres de villes opulentes, mais contre un petit seigneur, Louis de Beaumonte. Vassal turbulent du roi de Navarre, le comte de Beaumonte est un partisan du roi d'Aragon qu'il voudrait introduire en Navarre ; ce seigneur, fier et querelleur, s'est emparé de la citadelle de la petite ville de Viana, aux confins de la Navarre et de l'Aragon. Il la tient avec une garnison composée principalement de Castillans fournis par le roi don Ferdinando et de là rançonne les habitants de la ville, partisans du roi de Navarre. Depuis près de deux ans que Beaumonte tient cette forteresse, le roi n'a pu l'en chasser. C'est la première tâche dont il a chargé son nouveau capitaine-général.

César a établi sous les murs de Viana sa petite armée composée de 200 lances et 130 hommes d'armes ; une troupe dérisoire pour lui qui a commandé des armées de plus de 15 000 hommes ! et qui lui permet de prendre la mesure de sa propre faiblesse. Passé maître dans l'art des sièges, il tient la forteresse bloquée, coupée de toute relation avec le seigneur de Beaumonte établi dans la petite ville voisine de Mendavia.

Ce soir-là (le 11 mars 1507), César s'est retiré tôt

dans sa tente. Il a pris son souper avec ses lieutenants qui lui ont assuré que la garnison est aux abois, sans plus guère de vivres. Il peut ainsi espérer enlever la place dans les jours qui suivent. César s'est étendu sur son lit de camp. Il est resté tout habillé, s'étant contenté d'ôter son armure. Il ne peut trouver le sommeil car un grand vent s'est levé qui siffle dans les arbres et les cheminées des maisons, tandis que s'abat une pluie torrentielle et que gronde le tonnerre au loin. Il évoque un autre siège, celui de la forteresse de Forli, première étape de sa conquête des Romagnes. Un siège fantastique où l'héroïsme de Catarina Sforza avait plus encore fortifié en lui le désir qu'il avait d'elle et son admiration. Et maintenant, cette femme si digne de lui, vit retirée à Florence, après avoir, elle aussi, vu son rêve de gloire et de domination brisé, par lui. La pensée de Catarina le ramène aux jours enflammés de sa jeunesse, lorsqu'il découvrit la passion amoureuse avec Giulia, la Bella, Giulia qui avait trahi leurs serments. Elle aussi se retrouvait dans la solitude et, peut-être, le désespoir : leurs vies à tous les trois seraient-elles donc destinées à se clore sur des constats d'échecs ? Mais ce qui avait été vécu demeurait, les joies, les peines, les enthousiasmes, les déceptions. César se demande si désormais, la vie mérite d'être vécue. N'aurait-il pas été préférable qu'il mourût en même temps que son père, à la suite de ce fatal dîner dans la vigne du cardinal de Corneto ?

Ainsi pense-t-il lorsque soudain s'élèvent des cris au-dehors. L'orage s'est éloigné, la pluie tombe moins dru. Aussitôt César saute hors de sa couche, revêt son armure, ceint son épée. Un homme se précipite dans la tente, lui dit que le comte de Beaumonte a profité de la tempête et de l'obscurité pour faire entrer des vivres dans la citadelle. Les sentinelles ont donné l'alarme et les ennemis se retirent en hâte.

César est saisi de colère car cet apport de vivres va encore longtemps prolonger le siège. Il donne l'ordre que la cavalerie se lance à la poursuite des fuyards et, au lieu d'attendre que ses hommes soient prêts à le suivre, il saute sur son cheval et l'éperonne fermement. La bête s'élance au galop sur le chemin boueux que commencent à éclairer les lueurs blafardes de l'aube. Dans la fureur qui l'a soudainement saisi, il se met à jurer et blasphémer, plus d'ailleurs à l'adresse de Dieu et du destin que de ses ennemis. César distingue dans le lointain les silhouettes de quelques-uns des ennemis en retraite. Il pousse plus encore son cheval qui bronche, glisse sur le sol fangeux. César le redresse en jurant et repart de plus belle. Il a dégainé sa lourde épée qu'il brandit en criant. Il a bientôt rattrapé le dernier des cavaliers de l'arrière-garde et il l'abat d'un coup fulgurant. Deux autres tentent de lui faire face, mais ils sont fauchés dans les tourbillons mortels de la lame d'acier. Le reste de la troupe est maintenant loin, mais César, toujours seul sur sa puissante monture, son armure commençant à briller dans les rayons du soleil levant qui se glissent à travers les nuages dentelés, continue sa folle chevauchée qui l'entraîne vers une mort qu'il sait se trouver au bout de sa route. Mais il vit l'un de ces instants d'ivresse où la mort se présente comme une délivrance et le couronnement d'une vie d'exception.

Les cavaliers ennemis ont rejoint la troupe de Louis de Beaumonte. Ce dernier voit avec étonnement ce guerrier solitaire, pareil aux chevaliers des romans français, qui, l'épée au poing, les provoque par ses cris. Il lance contre lui une troupe de chevau-légers qui se déploient et lui opposent une muraille de fer hérissée de pointes aiguës. César n'arrête pas pour autant sa charge et son épée frappe si fort son premier adversaire que le heaume éclate, et il s'abat dans une mare de sang. Les cris se mêlent alors aux tintements des épées qui se heurtent, mais malgré toute sa fougue, César doit reculer. Avec une grande habileté il fait tournoyer son cheval, son épée scintille dans l'air pur du matin, frappe sans relâche, se teinte bientôt d'un sang purpurin qui gicle sur la poignée, englue le gant de fer qui protège la main invincible. Mais arrivent de nouveaux combattants qui obligent César à reculer pas à pas, jusqu'au bord d'un petit ravin. Il doit alors retenir son cheval afin qu'il ne glisse pas, mais il ne peut continuer de tournoyer en évitant les attaques qui se multiplient. Son bras n'est pas las de manier la lourde lame et il pourrait encore longtemps combattre s'il était épaulé par quelques robustes compagnons. Mais il est seul, toujours seul, serré de près, de plus en plus près. Il lève encore le bras pour frapper et abattre encore un nouvel adversaire, mais un homme dont l'histoire a conservé le nom, tant son exploit a paru prodigieux en face d'un si fantastique guerrier, Ximenes Garcia de Agredo, lui traverse l'aisselle d'un coup de lance et le désarçonne. Il se redresse, pareil à un Titan immortel de la fable. Il a repris l'épée de la main gauche et serre son bras droit contre le flanc pour tenter de retenir le sang qui s'en épanche. Il se laisse glisser dans le ravin, bientôt suivi de la meute hurlante des assaillants qui ont sauté à bas de leurs montures. D'une main maladroite il leur tient encore tête, en blesse grièvement plusieurs, mais il est maintenant aux abois, entouré de tous côtés. Un premier coup d'épée l'atteint à la cuisse, un autre à l'aine. Bientôt les coups pleuvent sur lui et il s'écroule dans une mare de sang ; il a reçu vingt-trois blessures avant qu'un trou noir ne s'ouvre devant ses yeux et qu'il n'y plonge pour l'éternité tandis que tombe dans la boue son corps qu'a finalement quitté toute vie.

Les assaillants, rendus furieux par une résistance aussi acharnée, dépouillent le cadavre de son armure, de ses habits et l'abandonnent, nu, baignant dans la boue sanglante. Une seule personne de la suite de César a tenté de le suivre, son page nommé Juanito Grasica. Il a été capturé par les soldats du comte de Beaumonte et conduit devant ce dernier. On lui montre l'armure du guerrier inconnu qui s'est battu avec tant d'ardeur, et aussitôt le jeune garçon éclate en pleurs et s'écrie :

— Vous avez tué mon maître, César Borgia !

Louis de Beaumonte reste silencieux, atterré car il admirait déjà son ennemi de son vivant, il loue une mort aussi héroïque tout en la déplorant. Il ordonne que soit relâché le page mais il doit aussitôt après battre en retraite car arrivent enfin les cavaliers du capitaine-général de Navarre. Ils ne pourront que ramener la dépouille de celui qui avait fait trembler l'Italie dont il avait rêvé d'être roi, César Borgia de France, duc de Valentinois et de Romagne.

Notes

LES ORSINI ET LEURS RELATIONS AVEC LA FAMILLE BORGIA

Les papes savaient qu'ils devaient compter avec la puissante maison des Orsini. Ces grands barons, nominalement vassaux du Saint-Siège, dominaient les régions à l'ouest du Tibre où ils possédaient domaines et châteaux. Anguillara, Bracciano, Campagnano, Galera, Trevignano, Monterotondo, Scrofano, Fornello, Vicovaro, San Gemini, Mentana, d'autres bourgs encore leur appartenaient. Clarissa Orsini, l'épouse de Lorenzo dei Medici, était la fille naturelle de Carlo Latino, seigneur de Mentana et son frère Paolo était appelé à devenir duc de Bracciano. Cependant Virginio Orsini était considéré comme le chef de ce véritable clan. Or, depuis déjà de nombreuses années, Virginio Orsini, passé au service du roi de Naples Ferrante, était en guerre ouverte contre le Saint-Siège.

Bien que sa cousine Adriana ait épousé un Orsini, Roderigo Borgia n'avait que peu d'inclinations pour ce clan dont il pouvait redouter les entreprises et il nourrissait contre eux une rancœur qui remontait à l'époque où sous le pontificat de son oncle Calixte III il partageait avec son frère aîné Pedro Luis, le pouvoir sur les affaires du Saint-Siège ; car le pape avait fait de Pedro Luis le préfet de Rome, et subsidiairement, duc de Spolète et gouverneur de nombreuses villes dépendant de l'Église, telles Assise, Terni, Orvieto. Or, Pedro Luis n'avait ni le charme, ni la souplesse, ni la subtilité, ni l'intelligence de son jeune frère, le cardinal et, alors que ce dernier avait su par ses manières et son comportement séduire bien du monde, par son arrogance Pedro Luis ne s'était fait que des ennemis, et plus particulièrement dans la famille des Orsini. Quand mourut Calixte III, Pedro Luis consentit à céder Saint-Ange au Sacré Collège contre une somme de 22 000 ducats d'or. Mais lorsqu'il prétendit quitter Rome avec ce pécule, il apprit que les Orsini, maîtres des campagnes environnantes, avaient quasiment fait cerner la ville afin de capturer l'ancien préfet de Rome et le mettre à mort. Pedro Luis ne dut son salut qu'à la présence d'esprit de Roderigo : avec la complicité du cardinal Barbo, qu'il allait bientôt aider à monter sur le trône de Saint-Pierre sous le nom de Paul II, il fit déguiser son frère et réussit à le faire sortir de Rome ; il put alors déjouer la surveillance des Orsini et trouva refuge à Civita-Vecchia où il était parvenu sain et sauf. Il était cependant dit que Pedro Luis ne survivrait pas longtemps à son oncle, car peu de temps après son arrivée dans ce port romain, il fut pris d'une fièvre maligne et mourut six semaines plus tard. Il laissait à Roderigo toute sa fortune qui était considérable.

Donc, bien qu'il n'ait jamais oublié le rôle joué par les Orsini, Roderigo Borgia avait plus de diplomatie que de rancune et il travailla si ardemment et habilement à établir la paix entre les Orsini et le pape que finalement Innocent VIII, en partie grâce à l'intervention du Magnifique, accepta de signer un concordat avec les Orsini, et Virginio put revenir à Rome et rentrer en possession de son palais de l'Horloge, après cependant avoir accepté de s'humilier devant le pape en se présentant à lui tête et pieds nus, la corde au cou.

GIULIA FARNÈSE

Giulia devait étonner par son altière beauté les Italiens qui pourtant ne manquaient pas de belles femmes, au point qu'ils l'appelèrent simplement « la Bella ». Nul portrait authentifié avec certitude ne subsiste pour nous permettre de connaître le véritable visage d'une femme qui éblouit pareillement ses contemporains. On a prétendu qu'elle aurait été le modèle de la statue de la Justice, dans le monument funèbre de Paul III (Alessandro Farnèse, le frère de Giulia) dû au ciseau de Guglielmo della Porta. La jeune femme, assurément d'une grande beauté, qui posa nue pour le sculpteur, car ce n'est que par la suite que la statue fut voilée par un drap de plomb imitant le marbre, ne peut être Giulia qui était morte depuis déjà une vingtaine d'années. Peut-être pourrait-on la voir dans la jeune femme agenouillée de la *Transfiguration* de Raphaël. Le modèle était certainement d'une exceptionnelle beauté mais ce chef-d'œuvre du maître d'Urbino, sa dernière œuvre et l'une des plus parfaites, date environ de 1518 ; Giulia avait alors quarante-quatre ans et elle avait quitté Rome ; aussi est-on en droit de douter qu'elle soit cette jeune femme, à moins que Raphaël n'ait travaillé sur une esquisse de sa jeunesse, ce qui serait surprenant. Vasari, dans sa *Vie de Pinturicchio*, assure que Giulia est représentée dans un médaillon figurant la Vierge, au-dessus de la porte de l'une des salles des appartements Borgia au Vatican. Il s'agit sans doute de la Vierge et l'enfant entourée de têtes d'anges de la salle dite « des Saints ». La jeune femme qui a posé est sûrement jolie et gracieuse, mais nombre de critiques n'acceptent pas le témoignage de Vasari qui fait des confusions dans son texte et semble ne pas avoir visité les salles dont il parle.

GIROLAMA FARNÈSE ET SA MORT DRAMATIQUE

Girolama devait périr une douzaine d'années plus tard, lacérée de coups de poignard par le fils de son second époux, aidé de quelques sbires, alors qu'elle était à table, à l'heure des vêpres, ses assassins l'ayant abandonnée dans une mare de sang après lui avoir tranché la gorge jusqu'à l'os. Ce crime horrible nous est rapporté en détail mais toujours avec la parfaite froideur qui le caractérise, par Burchard dans son journal, à la date du 1er novembre 1504, le crime ayant eu lieu la veille. Girolama avait épousé en secondes noces Giovanni Battista di Stabia, comte d'Anguillara, veuf et père de plusieurs enfants dont Giuliano, l'assassin de la jeune femme. Le château de Stabia n'était guère éloigné de Caprarola et des fiefs des Farnèse. Pour justifier son crime, Giuliano fit accuser sa victime par des témoins suspects, d'adultère et d'avoir eu l'intention d'empoisonner la famille du comte son père, les prêtres du bourg, les tenanciers du domaine, enfin tous ceux qui pouvaient lui contester la propriété des biens de son défunt mari. L'accusation est si énorme qu'on a quelque mal à y croire ! Le témoin qui prétendait avoir personnellement apporté le poison de Rome fut assassiné le lendemain par des spadassins dont on ne sait s'ils voulaient venger Girolama ou plutôt supprimer un témoin qui pouvait trop facilement se rétracter. C'est là un de ces drames courants dans les familles italiennes de la Renaissance qui aurait pu servir de thème à une nouvelle de Stendhal.

ÉPIGRAMMES CONCERNANT LES BORGIA

Les textes originaux des deux épigrammes cités ici sont :

Vendit Alexander claves, altaria, Christum ;
Emerat ille prius, vendere jure potest.

Le texte se poursuit ainsi :

De vitio in vitium, de flamma crescit in ignem ;
Roma sub hispano deperit imperio.
Sextus Tarquinius, Sextus Nero, Sextus et iste :
Semper sub Sextis perdita Roma fuit.

Sextus est le nom donné à Alexandre VI dans certains pamphlets, à cause du chiffre six (sextus), comme précisément dans le second que nous avons donné en traduction :

Pistorem hominum ne te non, Sexte, putemus,
piscaris natum retibus ecce tuum.

Ces pamphlets qui reflètent la haine des Napolitains pour les Borgia sont attribués par certains modernes (par exemple Funck-Brentano, Fusero, Bérence) à Sannazar qui s'illustra par d'autres œuvres de plus grand mérite. En fait, ils se trouvent dans le recueil des épigrammes de Pasquin et Marforio (traduits en français en 1861) où on en donne la paternité à Pasquin. En revanche, Sannazar et Pontano, qui fut premier ministre de Ferrante Ier de 1486 à 1495, soit jusqu'à l'invasion française, rédigea de nombreuses œuvres, dialogues satiriques, traités moraux, scientifiques (sur l'astronomie) et fonda l'académie qui porte son nom et connut une grande fortune, ont apporté leur lourde contribution à la légende d'une Lucrèce maîtresse de son propre père, témoins ces deux épigrammes, le premier étant de Sannazar et le second de Pontano :

Hoc jacet in tumolo Lucretia nomine, sed re
Thaïs ! Alexandri filia, sponsa, nurus.

Ce qu'on peut traduire par : « En ce tombeau gît une nommée Lucrèce, mais en réalité une Thaïs, fille, épouse et bru d'Alexandre. »

Ergo te semper cupiet, Lucretia, Sextus ?
O fatum diri numinis ! hic pater est !

« Lucrèce, Sextus te désirera donc toujours ? Ô terrible destin, celui-ci est ton père. »

Ce pamphlet fait allusion au viol de Lucrèce par Sextus Tarquin. On doit aussi à Sannazar un autre long poème où il est question du taureau (Borgia) qui saigne de passion pour sa génisse (Lucrèce) laquelle erre dans les bois en mugissant : « C'est toi, toi que je désire, mon amour perdu... »

LA CHANSON DE CÉSAR BORGIA

Cette chanson dont je ne donne ici qu'une partie appartient à un recueil de quatorze *Canzoni musicali*. Chanson préférée de César Borgia, elle avait connu un grand succès à Florence dans les premières années du XVe siècle.

LA MORT D'ALEXANDRE VI ET LES POISONS

La question a été longuement discutée de savoir si César et Alexandre avaient été victimes d'un empoisonnement. Les adversaires des Borgia et surtout les historiens postérieurs ont voulu faire des Borgia et en particulier d'Alexandre VI des maîtres dans l'utilisation des poisons. On a prétendu que le pape avait nommé nombre de cardinaux en leur accordant des bénéfices afin de les engraisser et ensuite les empoisonner pour hériter de leurs biens. Or, une statistique a permis de démontrer que sous le règne d'Alexandre VI le nombre de cardinaux promus dépasse à peine la moyenne des trois règnes précédents, et il en va de même pour celle des cardinaux morts ; ainsi a-t-on : sous Sixte IV, 35 cardinaux créés et 27 décédés pour 13 ans de règne ; sous Innocent VIII, 13 créés, 11 décédés pour 8 ans ; sous Alexandre VI, 36 créés, 27 décédés pour 12 ans ; sous Jules II, 27 créés, 36 décédés pour 19 ans.

La plupart des historiens modernes ont admis qu'Alexandre VI est mort de la malaria. La version de l'empoisonnement a été soutenue par plusieurs auteurs plus ou moins contemporains. Selon Guichardin, César aurait fait parvenir le vin empoisonné à la vigne du cardinal, dans l'intention de se débarrasser de ce dernier ; le sommelier qui n'aurait pas été dans le secret aurait servi ce vin à la demande du pape assoiffé, et César en aurait lui aussi réclamé. On a le plus grand mal à croire à ce que Guichardin désigne comme une rumeur qui courait à son époque. On a aussi pensé, et si l'on retient la version de l'empoisonnement la position est plus raisonnable, que c'est Adrien de Corneto qui a été l'instigateur de l'affaire. Il est d'ailleurs remarquable qu'à l'époque où vivait Guichardin, le pape Léon X, c'est-à-dire Jean de Médicis qui fut un ami de jeunesse de César Borgia (il succéda à Jules II et régna de 1513 à 1521), accusa le cardinal de Corneto d'avoir empoisonné Alexandre VI et lui retira son chapeau de cardinal avec les bénéfices qui lui étaient attachés. En définitive, la mort d'Alexandre VI et la maladie de César constituent une énigme historique qui n'est pas résolue et il serait quelque peu téméraire de tenir pour incontestable la thèse de la maladie.

Bibliographie

La bibliographie relative aux Borgia et à leur époque est immense. Je ne donnerai ici que quelques ouvrages de base, pour la plupart en français. Pour ce qui concerne le journal de Burchard, la publication la plus récente est :

Giovanni Burcardo, *Liber notarum ab anno MCCCCLXXXIII usque ad annum MDVI*, a cura E. Celani, 2 vol., Città di Castello, 1906-1907.

Une traduction française a été publiée en 1934 à Paris par J. Turmel.

Pour ce qui concerne l'Italie de cette époque et Catarina Sforza, je me permets de renvoyer à mon ouvrage pourvu d'une importante bibliographie :

Guy Rachet, *La dame de Forli, vie de Catherine Sforza*, à paraître chez Denoël.

Balchin, N., *The Borgia Testament*, London 1948. Il s'agit d'une biographie romancée de César.

Bellonci, M., *Lucrèce Borgia* ; la traduction est parue chez Plon, puis en Livre de Poche. Une nouvelle édition est parue chez Pygmalion.

Bérence, F., *Lucrèce Borgia*, Paris, 1937. *Les Borgia*, Paris, 1966.

Bertaux, E., *Les Borgia dans le royaume de Valence*, Paris, 1911.

Carli, E., *Il Pinturicchio*, Milan, 1960.

Collison-Morley, L., *Histoire des Borgia*, Paris, 1951.

Funck-Brentano, F., *Lucrèce Borgia*, Paris, 1932.

Fusero, C., *La vie de César Borgia*, Paris, 1966.

Gallier, A. de, *César Borgia, duc de Valentinois*, Paris, 1895.
Gebhart, E., *Moines et papes*, Paris, 1896. Un long chapitre est consacré aux Borgia.
Gille, B., *Les ingénieurs de la Renaissance*, Paris, s.d.
Goffin, A., *Pinturicchio*, Paris, 1908.
Heers, J., *La vie quotidienne à la cour pontificale, au temps des Borgia et des Médicis*, Paris, 1986.
Jagot, Dr., *Le poison des Borgia*, Paris, 1909.
La Sizeranne, R. de, *César Borgia et le duc d'Urbino*, Paris, 1924.
Lucas-Dubreton, J., *Les Borgia*, Paris, 1952.
Navenne, F. de, *Rome. Le palais Farnèse et les Farnèse*, Paris, 1914.
Portigliotto, G., *Les Borgia*, Paris, 1929. Ouvrage curieux et sans nul sérieux, dans lequel l'auteur, qui n'est pas un historien, prend à son compte tous les ragots relatifs aux Borgia.
Rival, P., *César Borgia*, Paris, 1931. Vie romancée de César présenté comme un monstre, mais dans un style poétique.
Rodocanachi, E., *Histoire de Rome. Une cour princière au Vatican pendant la Renaissance. Sixte IV, Innocent VIII, Alexandre VI Borgia*, Paris, 1925.
Sabatini, R., *The Life of Cesare Borgia*, Londres 1912, 9 ed., 1925.
Schlumberger, G., *Charlotte d'Albret, femme de César Borgia*, Paris, 1913.
Tomaso, T., *La Vita del Valentino*, Monte Chiaro, 1665.
Truc, G., *Rome et les Borgia*, Paris, 1939.
Vasari, G., *Les vies des meilleurs peintres, sculpteurs et architectes*, édition française sous la direction d'A. Chastel, Paris. Le vol. 4 (1983) contient la vie de Pinturicchio, le vol. 5 (1983) contient celles de Vinci et de Raphaël.
Yriarte, Ch., *César Borgia, sa vie, sa captivité, sa mort*, 2 vol. Paris, 1887.
— *Autour des Borgia*, Paris, 1891.

DU MÊME AUTEUR

Chez d'autres éditeurs

DICTIONNAIRE DE LA CIVILISATION GRECQUE, Larousse.

DICTIONNAIRE DE LA CIVILISATION ÉGYPTIENNE, Larousse.

ARCHÉOLOGIE DE LA GRÈCE PRÉHISTORIQUE, Marabout Université.

L'UNIVERS DE L'ARCHÉOLOGIE (2 volumes), Marabout Université.

LA TRAGÉDIE GRECQUE, Payot.

DES MONDES DISPARUS, Hachette.

GUIDE-EXPLO DE L'ARCHÉOLOGIE, Hachette.

PREISTORIA E CULTURE PRIMITIVE (volume de la *Storia della culture nel modio*), Mondadori, Milan (édition française, PRÉHISTOIRE ET CULTURES PRIMITIVES, Celiv).

MASSADA, LES GUERRIERS DE DIEU, Lattès.

VIE ET ACTIVITÉ DES HOMMES DANS L'ANTIQUITÉ, Hachette.

LES VERGERS D'OSIRIS, Orban, Prix R.T.L. Grand Public pour 1981.

VERS LE BEL OCCIDENT (suite des VERGERS D'OSIRIS), Orban.

DELFI, IL SANTUARIO DELLA GRECIA, Mondadori (édition française, DELPHES, LE SANCTUAIRE D'APOLLON, Laffont).

GUILLAUME LE CONQUÉRANT, Orban, Prix littéraire de Normandie 1982.

DICTIONNAIRE DE L'ARCHÉOLOGIE, Laffont, collection Bouquins.

THÉODORA, Orban.

NÉFERTITI, REINE DU NIL, Laffont.

L'ÉGYPTE, Nathan.

LE ROI DAVID, Denoël (*Folio*, n° 2198).

LA GRÈCE ET ROME (volume de la *Nouvelle encyclopédie Nathan*).

DUCHESSE DE LA NUIT

tome 1 : *Le Sceau de Satan*,

tome 2 : *Le lion du nord*,

tome 3 : *Les chemins de l'aurore*, Laffont.

LE SIGNE DU TAUREAU, VIE DE CÉSAR BORGIA, Mercure de France.

LE SOLEIL DE LA PERSE, La Table Ronde (*Folio*, n° 2343).

LA DAME DE FORLI, biographie de Catherine Sforza, Denoël.

L'ÉGYPTE MYSTIQUE ET LÉGENDAIRE, Sand.

LES DOUZE TRAVAUX D'HERCULE, Le Rocher (*Folio* n° 2450).

Composé chez Traitex
Impression Maury-Eurolivres S.A.
45300 Manchecourt
le 24 avril 1993.
Dépôt légal : avril 1993
Numéro d'imprimeur : 93/04/M1538
ISBN 2-07-038734-8 / Imprimé en France

64071